Knaur

Über die Autorin

Nicola Griffith wurde in England geboren und lebt heute in Seattle. Wie ihre Heldin ist sie Expertin in Selbstverteidigung und leitete entsprechende Kurse für Frauen. Außerdem ist sie Leadsängerin einer Frauenrockband und Autorin zweier Science-Fiction-Romane, für die sie den renommierten Nebula Award gewann.

nicola griffith

Kalt wie Eis

Roman

Aus dem Amerikanischen
von Stefan Troßbach

Knaur

Die amerikanische Originalausgabe erschien unter dem Titel
»The Blue Place« bei Simon & Schuster, London

Besuchen Sie uns im Internet:
hhtp://www.droemer-weltbild.de

Deutsche Erstausgabe August 2000

Redaktion: Eva-Marion Biehl
Umschlaggestaltung: ZERO Werbeagentur, München
Satz: Ventura Publisher im Verlag
Druck und Bindung: Clausen & Bosse, Leck
Printed in Germany
ISBN 3-426-61324-7

5 4 3 2 1

Für Kelley, mein Juwel

eins

Eine Aprilnacht in Atlanta zwischen Wärmegewittern: stickig-feucht, mit regenglänzenden, von zerrissenen Blättern und Azaleenblüten schlüpfrigen Gehsteigen. Kurz vor Mitternacht. Ich ging schon über eine Stunde und hatte vier oder fünf Meilen zurückgelegt. Ich war nicht erschöpft. Ich war nicht müde.

Man sollte annehmen, in meinen schlechten Träumen ginge es um den Mann, den ich getötet hatte. Vor dreizehn Jahren. Oder wenn nicht um ihn, dann vielleicht um den Teenager, der vor meinen Augen verbrannt war, weil ich den Kerl mit dem Streichholz nicht rechtzeitig erwischt hatte. Aber nein, wenn ich abends um zehn in meinem Haus in Lake Claire das Licht ausmache und keine Ruhe finde, ja, mich nicht einmal in aller Ruhe hinsetzen kann, dann weil ich wieder die erste Leiche vor mir sehe, die nicht ich auf dem Gewissen hatte.

Ich war damals einundzwanzig, eine frisch gebackene Polizistin in einer neuen Uniform – so neu, dass sie nach scharfen chemischen Textilfarben roch. Meine Mütze war zu groß. Man hatte meinen Partner und mich zu einer Maisonettewohnung in der Lavista Road gerufen. Ich war es, die die Tür zum Badezimmer aufmachte.

Sobald ich das Wasser in der Wanne sah, wusste ich Bescheid. Wasser wird einfach nicht so still, wenn derjenige, der darin sitzt, noch am Leben ist: Der Rhythmus des Blutes in den Adern, die ununterbrochene Peristaltik des Verdauungstrakts, ein schwaches Einatmen – all das bewegt die Flüssigkeit sacht, aber unzweideutig. Doch dieses Wasser war still. Erst nachdem ich wie gebannt den trockenen Schaum auf dem Stück Seife angestarrt und mein Partner mich behutsam zur Seite geschoben hatte, bemerkte ich, dass der Mund der Frau offen stand, dass ihre Augäpfel nicht weiß waren, sondern wie eine blaugraue klebrige Masse wirkten. Wenn ich nachts aufwache, dann sehe ich diese Augen.

Die Gehsteige rings um den Inman Park bestehen aus unebenen sechseckigen Platten, die schon ohne die Hinterlassenschaften eines Unwetters bemoost und glitschig sind. Darum ging ich auf der Straße. Eine Fichte zwischen den Eichbäumen duftete nach warmem Harz, und der Dampf, der jetzt vom Asphalt aufstieg, verbreitete die Gerüche von Öl, Gummi und warmem Teer. Ich lächelte. Das war typisch für sie, die Städte der Südstaaten. Oft sagen Leute zu mir: *Aud, wie hältst du nur diese Hitze aus?* Aber ich liebe sie, diese Hitze. Ich liebe das Gefühl, wenn die Sonne sich an meiner blassen Nordmenschen-Haut reibt – wenn sie mir mit ihren Fingern in Muskeln und Knochen hineingreift. Ich bin in Fjordwinden aufgewachsen, deren Temperatur unter dem Gefrierpunkt lag und die mit Eiskörnchen gespickt waren; tief durchzuatmen und zu spüren, wie sich schwüle Sommerhitze in die feinfühligen Bronchiolen hineinrankt, ist ein Luxus, von dem ich nie genug bekommen kann. Selbst während meiner Teenagerjahre in England, wenn meine Mutter entschied, die Botschaft könne ein, zwei Wochen ohne sie auskommen und wir alle zu Lord Horley nach Yorkshire fuhren, selbst da gab es diesen ewigen beißenden Wind über dem Moor, der das Heidekraut und den Ginster unaufhörlich schwanken ließ. Die Südstaaten der USA sind genau mein Geschmack.

Atlanta ist ein üppiges, saftiges Pflaster. An den Toren, Rasenflächen und Hecken, wo ich vorüberkam, wurde einem schwindlig von den Düften des Virginischen Geißblatts, des Jasmin und der letzten weißrosa Hartriegelblüten. Bis zum Juni wären natürlich all die kleinen Blüten verdorrt, und die wahren Farben der Stadt würden zum Vorschein kommen: schwarz gestreifte Tigerlilien, Orchideen, wachsweiße Magnolienkelche – Dschungelfarben. Aber bis Ende August hätten selbst diese den Geist aufgegeben, und die Stadt würde sich grün färben: Bananenstauden, leuchtend wie Heliodore und mit Blättern, so groß wie Kanus, jadefarbene Sumpfeichen und riesige Flächen smaragdgrünen Bermudagrases, eine nach der anderen. Doch während die Sommerhitze schwindend in das Ende des Oktobers, den Anfang des Novembers überging, würde auch dieses Grün verblassen. Im Winter wurde Atlanta zum fahlen Schwarzweißfoto einer Stadt mit Gehsteigen aus Beton, rötlichgelbem Gras und kahlen grauen Bäumen.

Donner rollte Richtung Südwesten, und Blitze ließen die Wolken so rosa aussehen wie Pampelmusen aus Florida: Es war noch lange, lange hin bis zum Winter.

Ich machte längere Schritte, lauschte zufrieden dem metronomartigen Stapfen meiner Stiefel auf dem Asphalt, dem lärmenden Himmel, und als ich um die Ecke bog, rannte ich geradewegs in eine Frau, die es sehr eilig zu haben schien.

Einen Moment hielten wir uns aneinander fest – lange genug, dass ich den teuren Duft ihres dunklen, regennassen Haars wahrnehmen konnte –, dann traten wir einen Schritt zurück. Sahen uns an. Ende Zwanzig, Anfang Dreißig, schätzte ich. Schlank, gepflegte Erscheinung. Gesicht unbewegt, wachsam: schließlich bin ich sehr groß; es heißt, wenn ich will, kann ich Furcht erregend aussehen. Und das brachte mir zu Bewusstsein, wie zerbrechlich sie war, trotz der festen Muskeln, die ich unter meiner Hand gespürt hatte. Es wäre ja so leicht: ein Schritt, ein Lächeln, schnell am Arm herumdrehen, zupacken und zack – fertig. Ich wusste sogar, wie sie hinfallen, was für ein winziges Geräusch ihr letzter Seufzer sein, wie sie auf dem Pflaster zusammenklappen würde. Acht Sekunden.

Sie wich noch einen Schritt zurück. Es sollte zufällig, unbekümmert wirken, aber ich bemerkte das Gewicht auf ihrem nach hinten gesetzten Fuß, die Anspannung in ihren Schultern. Komisch, was für Gedanken wir kurz vor Mitternacht haben. Ich verschränkte die Hände auf dem Rücken, um weniger bedrohlich auszusehen, nickte dann, trat beiseite und ging weiter. Alles ohne ein einziges Wort. Als ich an den großen, von dichten, tropfnassen Bäumen umgebenen Häusern vorbeikam, unterdrückte ich den Drang, über die Schulter zurückzuschauen. Das hätte ihr Angst gemacht. Ich redete mir ein, es sei nichts Ungewöhnliches an einer Frau, die um Mitternacht die Straße entlanggeht – ich redete es mir ein –, aber in meinem Hinterkopf regte sich etwas.

Wieder grollte der Donner, und ein plötzlicher, kalter Wolkenbruch schlug Schaum auf dem Gehsteig wie verschüttete Milch. Man bekam kaum noch Atem vor lauter Wasser. Links von mir zuckten Blitze herab, gerade so nah, dass es unangenehm wurde. Ich wandte mich Richtung Zuhause und begann, mit gleichmäßigen, gemächlichen Schritten loszulaufen. War Unsinn, sich ersäufen zu lassen.

Die Straße bebte unter meinen Füßen. Ein einziger Hüpfer. Trafo, dachte ich; aber dann traf der Knall meine Ohren, von beiden Seiten wie zwei riesige Katzenpfoten, die auf mich einschlugen. Ich riss die Augen auf, und sofort strömte mir der Regen hinein. Ich schüttelte den Kopf, um das Klingeln in meinen Ohren loszuwerden, als die Erde wieder einen Satz tat. Straßenpflaster knallte mir gegen die Fußsohlen, nur dass das Geräusch diesmal so viel Wucht hatte wie ein Schlag in die Magengrube, und jetzt erkannte ich es:

Sprengstoff. Im Nu hatte ich mich umgedreht und lief dorthin zurück, von wo ich gerade gekommen war – zu der Ecke, zu einem Haus, das vor meinen Augen in orangefarbene Flammen und schwarzen Rauch aufging, mit einem helleren Gelb in der Mitte, wie eine gigantische Tigerlilie. Schlitternd und völlig verwirrt kam ich zum Stillstand. Es war noch zu früh für Lilien …

Ich stand da, während mein Gesicht immer heißer wurde. Was tun? Ich hob die Hand, um meine Augen zu schützen, aber es nützte nicht viel. Ich musste ein paar Meter zurückweichen. Die Flammen brüllten. Menschen erschienen in ihren Haustüren. Jalousien ruckten oder wurden gekippt. Ich tat gar nichts. Sollten die Nachbarn sich satt sehen; falls noch irgendwer in diesem Haus war, gab es für ihn keine Rettung mehr, und sicher hatte auch schon jemand die Feuerwehr gerufen. Nicht dass es viel Sinn hatte: Das Feuer brannte schön ordentlich; die Nachbarhäuser blieben außer Gefahr, und wahrscheinlich würden die Flammen nicht einmal auf die Garage übergreifen.

Der Brand war viel zu professionell, um von einem Amateur-Brandstifter zu stammen, der nicht widerstehen könnte, noch in der Nähe herumzulungern und sein Werk zu betrachten, aber ich schaute mich trotzdem um. Keine Spur von der Frau mit dem regennassen Haar.

In meinem Hinterkopf erwachte etwas und begann zu schnuppern. Ich dachte also an diese Frau. Was hatte sie an sich, das mich instinktiv in Alarmbereitschaft versetzte? *Sie* war nicht für das hier verantwortlich: Flüchtende hatten meist ganz bestimmte Gerüche, die sich schwer verheimlichen ließen, und außerdem war sie auf das Haus *zu* gerannt, nicht davon weg.

In der Ferne heulten Sirenen, Polizei und Feuerwehr in ihren Uniformen, voll Tatkraft und schroff vom Adrenalin. Sie würden es nicht gerne sehen, wenn ich hier war, würden nicht wissen, wie sie sich in meiner Nähe verhalten sollten, und ich wollte mich heute Abend nicht damit abgeben, sie so weit zu beschwichtigen, dass sie mich zwar »*Lieutenant*« nannten, sich aber trotzdem fragten, was ich mitten in der Nacht allein auf der Straße zu suchen hatte.

Die Flammen erstarben rasch und hinterließen ihre Negativabdrücke auf meiner Netzhaut, dunkel wie verwelkendes Laub. Ich zog mich in die Schatten zurück.

Ich schlüpfte aus meinen nassen Sachen, setzte mich im Schneidersitz auf den seidenen Läufer und frottierte mir die Haare mit einem Handtuch. Regen pochte an die Fensterscheiben. Blut pochte in meinen Adern. Sie hatte die Ecke weit genommen ...

Es ist ganz simpel: Wer scharf um eine Ecke biegt, der kann von jedem überrascht werden, der dahinter lauert. Es ist, als säße man mit dem Rücken zur Tür, als trüge man einen geladenen Revolver, der nicht entsichert ist, als ginge man in einem Kleid, das die Bewegungsfreiheit einengt, oder als liefe man mit den Händen in den Hosentaschen: Es ist dumm. Aber so viele tun genau das. Ich gebe manchmal, in unregelmäßigen Abständen, jungen Frauen in einer Schule Selbstverteidigungsunterricht. Ich frage: Wie viele von Ihnen wissen, in welche Richtung man schauen muss, bevor man die Straße überquert? Und jede Hand geht hoch; keine bleibt unten. Also frage ich als Nächstes: Wer weiß, wie man sich in einem Brandfall verhält? Und immer noch bleiben die meisten Hände oben. Selbst auf die Frage »Wer versteht etwas von Wiederbelebungsmaßnahmen oder weiß, was zu tun ist, wenn man Gas riecht?«, melden sich viele. Frage ich aber, wer weiß, wie man richtig um eine Ecke biegt, einem Würgegriff entkommt oder herausfindet, ob einen wirklich jemand verfolgt, dann gehen die Hände verwirrt nach unten. Dabei sind das alles ganz vernünftige Vorsichtsmaß-

regeln. Nur wurden Frauen dazu erzogen, nicht über die Gefahr nachzudenken, in der sie sich oft befinden, beziehungsweise, wie man dieser Gefahr vorbaut. Man erzieht uns zur Angst, lehrt uns aber nicht die geeigneten Gegenmaßnahmen.
Ich bin es gewohnt, dass die Leute glauben, ich litte unter Verfolgungswahn. Ich entgegne dann schlicht und einfach, dass es keinerlei zusätzliche Mühe kostet, *richtig* um die Ecke zu biegen oder sich in fremder Umgebung mit dem Rücken zur Wand zu setzen; mit der Zeit tut man das ja ganz automatisch, so wie man erst links, dann rechts, dann wieder links schaut, bevor man eine Straße überquert, und das könnte einem das Leben retten. Mir hat es das Leben mehr als einmal gerettet. Aber ich bin es gewöhnt, die Einzige mit diesen Überzeugungen zu sein, die Einzige, die diese Vorkehrungen trifft. Die Frau von heute Nacht jedoch hatte die Ecke *weit* genommen. Und sie hatte an diese Vorsichtsmaßnahme gedacht, obwohl sie sichtlich in Eile war.

Als ich am nächsten Morgen erwachte, war das Gewitter abgezogen, ohne eine Spur zu hinterlassen. Der Baum vor meinem Schlafzimmerfenster leuchtete golden-grün in der Sonne, und die Vögel sangen unbekümmert. Ich duschte lange Zeit, um unter dem Wasser hartnäckige Gedanken an dieses Haus zu ersticken, das wie eine glühende Lilie gebrannt hatte.
Ich habe eine große Küche: quadratisch, mit Terrakotta-Boden. Ein Balkonfenster führt auf eine hölzerne Veranda, die ich letztes Jahr selbst gebaut habe. Den Sommer über liegt sie im Schatten, aber im Frühling, solange die Blätter noch klein sind, fällt ein leichter, schimmernder Sonnenschein über die Planken. Ich nahm meinen Toast und meinen Tee mit nach draußen und zerteilte eine Orange, wäh-

rend ein Kardinalsvogel auf dem Futterkästchen landete. Da hatte jemand sozusagen vor meiner Nase ein Haus niedergebrannt. Das stachelte zwar meine Neugier an, aber vorerst hatte ich ein anderes Problem: Ich musste mit dem Morgenverkehr fertig werden und rechtzeitig zu meinem Neun-Uhr-Termin im spanischen Konsulat sein.

Während ich frühstückte, dachte ich über die zweite Tochter des spanischen Regierungsministers nach, die nächste Woche für vier Tage nach Atlanta kam. Hoffentlich hatte sie keine Lust auf Konversation. Ich mag es nicht, wenn sich Klienten mit mir anzufreunden versuchen. Warum sie kam, wusste ich noch nicht, der Spanier hatte es mir bisher nicht verraten. Hoffentlich war der Grund irgendetwas Langweiliges – Ungefährliches. Aufregung macht mir zwar Spaß, aber nur wenn ich sie geplant habe – wenn ich die Situation kontrollieren kann. Ich setze mein Leben oder das anderer Leute nicht gern aufs Spiel, um jemanden zu beschützen, den ich nicht kenne und der mich auch nicht interessiert.

Ich wischte mir die Hände an einer Serviette ab, legte diese auf den Teller und brachte Teller und Tasse in die Küche. Serviette in die schmutzige Wäsche, schmutziges Geschirr in die Spülmaschine, Butter in den Kühlschrank. Ordentlicher Haushalt, ordentliches Leben. Ich suchte meine Kleider sehr sorgfältig aus. Obwohl Philippe Cordova mich vor seinem Anruf bestimmt gründlich hatte überprüfen lassen und wusste, dass ich auf das Geld nicht angewiesen war, schadete es doch nie, dieses Faktum zu betonen. Es ersparte einem Zeit. Also wählte ich von meinen maßgeschneiderten Kobayashi-Kostümen eines in warmem Grau, trug dazu goldenen Ohrschmuck und frisierte mir mein weißblondes Haar mit Schaum nach hinten. Schwere, eckige Schuhe europäischen Stils. Enge Perlenschnur um den Hals.

Ich fühlte mich tough, reich, sehr attraktiv. Ich trage gern hochwertige Seidenkostüme, Gold und Perlen. Es gefällt mir, wie es sich auf meiner Haut anfühlt, wie es an mir aussieht.

Die Jacke von gestern Abend war immer noch auf einem Bügel im Badezimmer, wo ich sie zum Trocknen hingehängt hatte. Ich nahm den kleinen Lederbeutel mit dem Autoschlüssel heraus, steckte ihn in meine Handtasche, die Hausschlüssel in die Jacke, griff dann in meine Brusttasche – und stellte fest, dass sie leer war. Ich fühlte noch einmal nach; prüfte sämtliche anderen Taschen. Meine Brieftasche war weg.

Ich wusste, dass sie auch nicht auf dem Tisch neben der Tür, auf der Kommode, auf dem Fußboden oder hinter einem Sofakissen sein würde, aber ich sah trotzdem nach. Dabei entdeckte ich mich zufällig im Spiegel – dem langen Spiegel im Flur. Ich wirkte vollkommen gefasst. Ich ging rasch ans Telefon und wählte Cordovas Direktanschluss im Konsulat. Während das Freizeichen ertönte, erinnerte ich mich, wie das regennasse Haar der Frau gerochen hatte – wie wachsam ihr Gesichtsausdruck gewesen war.

»Philippe? Aud Torvingen. Wie sieht's in Ihrem Terminkalender aus? Wahrscheinlich verspäte ich mich um zwanzig, dreißig Minuten.« Ich bot keine Erklärung: Er fragte nicht. Wie die meisten.

Ich legte auf und schnaufte tief durch die Nase. Andere hassen den Gefühlswirrwarr, den ein Verbrechen auslöst: den Verdruss, die Ratlosigkeit und die Wut. Was mich daran ärgert, sind die damit verbundenen Umstände: Führerschein, Waffenschein, Versicherungskarte ... Ich sah noch einmal zum Telefon, nahm aber nicht ab. Eine innere Stimme sagte mir, dass ich diesmal nicht alle diese Anrufe würde machen müssen, und sollte ich mich irren, dann kam es auf *die* zwei Stunden auch nicht an.

Wer immer meine Brieftasche hatte, kannte jetzt meine

Adresse. Beim Verlassen des Hauses schaltete ich die Alarmanlage ein.
Draußen sangen immer noch die Vögel, schien immer noch die Sonne. Bäume zitterten in einer leichten Brise und ließen Wolken von Blütenstaub rieseln. Die überdachten Stufen vor dem Haus waren dick damit bedeckt, und mein rotbrauner Saab hatte eine grünlichgoldene Farbe angenommen. Er stand in der Einfahrt wie ein kleiner pelziger Hügel. Ich stieß rückwärts auf die Straße und ließ den Motor laufen, während ich noch einmal ausstieg und unauffällig ein paar Zweige und Blätter über die Einfahrt verteilte. Dann merkte ich mir das Muster der Fußabdrücke und Autoreifen in dem Blütenstaub.

Die Brieftasche schaute unter einem Busch hervor, etwa einen Meter zwanzig von der bewussten Ecke. Ich ging in die Hocke, rührte die Brieftasche aber nicht an. Sie war für jeden, der hinschaute, deutlich sichtbar. Die Feuerpolizei hatte bestimmt hingeschaut.
Ich berührte das Leder vorsichtig mit der Fingerspitze. Trocken. Ich sah die einzelnen Fächer durch. Nichts fehlte. Ich steckte mir die Brieftasche tief in die Jacke und stand auf.
Es ist merkwürdig mit meinem Gesicht: Die Leute vertrauen mir. Mehr noch, sie sehen in meinem Gesicht, was sie dort sehen wollen. Ein alter Mann, den ich aus einem Autowrack gezogen hatte, sagte mir einmal, ich hätte das Gesicht eines Engels. Für andere bin ich das Mädchen von nebenan – so wie es gewesen wäre, wenn es sich nicht in schlechter Gesellschaft herumgetrieben, nicht getrunken hätte, nicht mit sechzehn schwanger geworden wäre. Diejenigen, die von mir getötet wurden, haben nie eine Meinung geäußert, obwohl etliche überrascht wirkten. Mein Gesicht ist mein nützlichstes Instrument.
Der uniformierte Beamte, der das Absperrband um das aus-

gebrannte Gebäude bewachte, war noch jung. Er kannte mich nicht. Wäre ich irgendwie anders gekleidet gewesen, hätte ich gelächelt und die Schaulustige gespielt, dann hätte er geglaubt, ich sei ebenso wie er und hätte mir Dinge erzählt, die er eigentlich nicht erzählen durfte. Aber ich war für das spanische Konsulat angezogen. Also ging ich mit forschen Schritten auf ihn zu und nickte in Richtung der schutzgekleideten Gestalt, die hinter einer dreißig Meter entfernten Mauer in der Asche herumstocherte. »Wer leitet die Branduntersuchung?«

»Ma'am?«

Ich lächelte freundlich. »Bertolucci oder Hammer?«

Er wich meinem Blick aus, unsicher, wie er mit dieser energischen Zivilistin umgehen sollte, die allem Anschein nach wichtiger war, als sie aussah. Vielleicht war mir meine Ungeduld anzumerken. Er wich nervös einen Schritt zurück.

»Schon gut.« Ich trat auf die eine Seite. »Hey!«

Die Gestalt mit dem Schutzhelm zuckte hoch und schaute verdrossen.

Ich kannte diesen Gesichtsausdruck. »Bertolucci?«

»Ja, wer will ... Torvingen?«

»Ja.«

Er nahm seinen Helm ab, wischte sich die Stirn und stieg über die Trümmer auf mich zu. »Ist schon 'ne Weile her.«

»Ja.« Bertolucci hatte mich nie besonders gemocht, mich aber auch nicht abgelehnt. Er war einfach auf der Hut.

»Nach allem, was man so hört, haben Sie nach Ihrem Rausschmiss irgend 'nen Job in einem Kaff, weiter nördlich, übernommen.« Er wartete, betrachtete meine Kleidung. Ich sagte nichts. »Heute Nacht kam auch Ihr Name zur Sprache. Irgendeine Frau hat erzählt, sie hätte Sie unmittelbar, bevor die Show losging, hier rumlaufen sehen.« Er betrachtete prüfend das Trümmerfeld. »Sie würden wissen, wie man so was macht.«

Ein Kompliment. Es war eine wunderschöne, saubere Arbeit. Schnell und präzis. Nichts beschädigt außer dem Zielobjekt. »Ich hab mir's eine Zeit lang angeschaut. Ist das Feuer bis zur Garage vorgedrungen?«

»Komisch, dass Sie gerade das fragen.« Diesmal galt der prüfende Blick mir. Bertolucci versuchte, sich ein Bild zu machen. »Kommen Sie mal mit, ich zeig Ihnen was. Vorsicht mit Ihren Kleidern.«

Ich duckte mich unter dem Absperrband hindurch und ging an einem Camry neuester Bauart vorbei, der in der Zufahrt stand. »Ich hab mir schon überlegt, so einen zu kaufen«, sagte Bertolucci. Für meinen Geschmack zu massiv.

Die Garage war aus Backstein – ungewöhnlich für Atlanta. Das Tor stand offen. Die Wände waren mit dem normalen Krimskrams zugestellt: eingetrocknete Farbwalzen; ein Rechen und eine Schaufel, an deren Schaufelblatt noch roter Schmutz klebte; ein Schlauch, schlecht zusammengerollt und für immer geknickt. Warum waren die Amerikaner nur so schlampig?

Das Innere befand sich im Rohzustand: nackter Backstein mit Mörtel, der vor Feuchtigkeit und Alter grau und bröcklig war und der aus den Zwischenräumen hervorquoll wie eine Kuchenfüllung. Spinnweben in sämtlichen Ecken. An der einen Wand stapelten sich Säcke voll Pflanzenerde, wohl ungefähr fünfzehn Jahre alt, und über meinem Kopf ertönte ein träges Summen: irgendein Hornissennest. Es war eine ganz gewöhnliche Garage. Ich fragte mich, was es hier zu sehen gab.

»Als diese Frau hergekommen ist und über Sie sprach, hat Detective Nolan nur gelacht. ›Oh, Aud war früher eine von uns!‹ hat er gesagt und sie weggeschickt. Aber Sie wissen selbst: Zu denken gab ihm das natürlich.« Ich wette, allen hatten es zu denken gegeben. Ich kannte meinen Ruf. »Allerdings nicht lange – nach dem, was wir hier drin fanden.«

»So? Was haben Sie denn gefunden?«
»Koks. Viel Koks. Sechs, sieben Kilo.«
»Koks?«
»Alles in allem betrachtet – die professionelle Brandstiftung und den Typen, der dabei ums Leben gekommen ist – hat Nolan also eher auf einen Anschlag getippt, der mit Drogengeschäften zusammenhängt. Einen Racheakt oder eine Lektion.«
Das hörte sich plausibel an, solange man nicht näher darüber nachdachte. »Erkennen Sie die Handschrift des Brandstifters?«
»Nein. Der bin ich nie begegnet.«
»Und wer kam dabei ums Leben?«
»Ein gewisser Lusk. Jim Lusk. Irgendein Kunstprofessor.«
»Schon Verwandte oder Familienangehörige aufgetaucht?«
»Nichts.«
»Und wurde er im Haus gefunden?« Bertolucci nickte. »War der Koks auch da drin?«
»Genau hier war er.« Er klopfte auf das Regal, das die Längswand der Garage einnahm. »Interessant, finden Sie nicht?«
Hochinteressant sogar. »Ich muss wieder an die Arbeit. Schauen Sie sich ruhig mal um.« Er grinste – ein hartes Grinsen, das besagte: Jetzt hab ich was bei Ihnen gut.
Ich nahm das Regal näher in Augenschein. Aufgequollen von Feuchtigkeit, Länge von einer Wand bis zur anderen. Mehlige Löcher und Termitenflügel. Schwache Konturen von weißem Pulver, durchzogen von einem Zickzack silbriger Schneckenspuren. Das Ganze reimte sich einfach nicht zusammen. Keiner, der bei Verstand war, würde Koks in einer feuchten, insektenverseuchten Garage deponieren. Und hätte der Brandstifter gewusst, dass hier Rauschgift lagerte, dann hätten er oder sie es mitgenommen.
Bertolucci hatte nur eines gewollt: einem Außenstehenden klarmachen, dass die nächstliegende Erklärung keinen Sinn ergab. Aber trotzdem fühlte er sich wohler, wenn die Feuer-

polizei die nächstliegende Erklärung akzeptierte und den Fall zu den Akten legte. Es gab zu viel Arbeit, um weiter einem Mord nachzuspüren, für den man schon eine Erklärung hatte, sei sie auch noch so fadenscheinig. Und auch politisch war das das Vernünftigste. Bürgermeister Foley bemühte sich angestrengt um einen Sonderzuschuss für die Drogenbekämpfung. Die Polizei von Atlanta, die clever genug war, um zu wissen, dass sich dieser Kampf nicht gewinnen ließ, würde das Geld einstecken und es in etwas investieren, was ein sicherer Aktivposten war: fünf neue Streifenwagen, Munition für sechs Monate, einen einwöchigen Trainingskurs für die halbe Spezialeinheit. Jim Lusks Tod war nur ein Eintrag mehr in dem Antragsformular für diese Zuschüsse, eine Waffe in dem immer erbitterter werdenden Kampf ums Geld. Der Ermittler, der mit dem Fall beauftragt würde, müsste sich noch mit vier weiteren Morden und einem Dutzend gewalttätiger Übergriffe herumschlagen. Sein weiblicher Lieutenant würde die meiste Zeit damit verbringen, Einsatzpläne zu schreiben, mit Terminen zu jonglieren, sich mit einer Öffentlichkeit herumzuschlagen, die zunehmend auf die Barrikaden ging. Der Captain des Reviers sähe sich mit alptraumhaften Budget-Überziehungen konfrontiert, während er zu entscheiden versuchte, ob die Einsatzzentrale nun neue Terminals bekommen sollte (die sie nötig hatte) oder einen Ersatz für diese veraltete Klimaanlage, die für die auffallende Zahl von Erkrankungen verantwortlich war, was bedeutete, dass die Beamten die ihnen zustehende Ausfallzeit überschritten und damit den Zorn der Stadtbuchhaltung heraufbeschworen. Lusks Mörder würde nie gefunden werden.

Aber das alles ging mich nichts an. Ich wollte mehr über die Frau erfahren, die glaubte, *ich* hätte das hier angerichtet, aber ich hatte es nicht sonderlich eilig. Sollte sie doch zu mir kommen.

Ich war auf halbem Wege zur Botschaft, als mein Autotelefon ging. Es war Denneny. »Denneny. Gerade hab ich an Sie gedacht. Haben Sie sich schon zwischen der Klimaanlage und den neuen Terminals entschieden?«
»Terminals diesen Monat. Klimaanlage im Juni. Wie ich höre, waren Sie bei dieser improvisierten Grillfete gestern Abend im Inman Park vor Ort. Ich dachte, wir könnten vielleicht die Formalitäten einhalten und Ihre Aussage aufnehmen.«
»Haben Sie zu Mittag schon was vor?«
»Bisher nicht.«
»Wie wär's um halb zwölf im *Deacon's?*«

Ein sehr junger Mann mit Hemd und Seidenkrawatte wartete draußen vor dem Konsulat in der Sonne. Er öffnete mir geschickt und professionell die Wagentür, und ich übergab ihm das lederne Schlüsselmäppchen. Ihm wässerte regelrecht der Mund danach, in so einen Wagen zu springen.
»Er hat auch CD-Quadro-Sound«, sagte ich.
Ein verunsichertes Blinzeln, bei dem seine rosa Unterlippe leicht an den Zähnen hängen blieb. »Ma'am?«
Ich lächelte nur. Hoffentlich musste er recht lange fahren, um eine Parklücke zu finden. Wahrscheinlich war er irgendeine Art Praktikant, der sich die nächsten drei Monate, an einen Computertisch gefesselt, im Airconditioning zu Tode frieren würde, nur um seinen Abschlussbericht aufzumöbeln. Ich hätte gewettet, dass er noch nie in seinem Leben einen Wagen einparken durfte außer für seine Eltern. Normalerweise bieten Konsulate nicht diesen Service, und die meisten Leute verlangen ihn auch nicht. Ich verlange immer, so viel ich kriegen kann. Das ist eine Sache des Prinzips.
Summend durchschritt ich die schweren Teakholz- und Glastüren. Der Teppich hatte ein wunderschönes tiefes

Grün. Viel schöner als der kalte Marmor im englischen Konsulat. »Aud Torvingen«, meldete ich der Frau am Empfangsschalter. Ihre Haare waren glatt wie Seehundfell, und obwohl sie die dunkle Haut und die dunklen Augen von Sevilla hatte, entsprach ihre Erscheinung dem Stil der Südstaaten: lange Fingernägel, Goldschmuck, eine überflüssige Schleife an der Bluse. Es passte zu ihr so wenig wie ein Bart zu einer Fummeltunte.

Ich nahm in einem bequemen Sessel Platz. Die Frau blickte einmal kurz auf, dann fuhr sie in ihrer Arbeit fort – sie fragte sich im Stillen, wer ich war, wusste aber wahrscheinlich genau, dass sie es nie erfahren würde. So ist es nun mal in einem Konsulat. Eine Reihe geschlossener, behaglicher Räume, in denen die meisten Mitarbeiter niemals sitzen dürfen.

Philippe holte mich persönlich ab. Es hätte mich auch gewundert, wenn nicht. Er hatte tiefgoldenes Haar und sehr lange Gliedmaßen. Die Personenüberprüfung, der ich ihn nach seinem ersten Anruf bei mir unterzog, hatte ergeben, dass er gerne Squash, Racketball und Tennis spielte – alles Sportarten, bei denen ein Ball geschlagen wurde – und darin ziemlich gut war. Wahrscheinlich überraschte er viele Spielgegner, die annahmen, seine Arme und Beine würden sich verfangen und ineinander verheddern, aber sein Gang war zielstrebig und schnell. Ich stand auf.

»Freut mich, dass Sie kommen konnten.« Wir gaben uns die Hand. Meine Mutter hatte mir ein Dutzend unterschiedlicher Arten von Händedruck gezeigt. *Der hier bedeutet: Ich glaube, Sie verdienen nicht meine Aufmerksamkeit:* ein kurzes Schütteln, bei dem ihre Hand schon aus der meinen glitt, ehe es recht beendet war. *Der hier zeigt, dass ich dich tief verachte:* eine Art Auf-und-ab-Schlängeln mit geknicktem Handgelenk, wobei die Finger so steif waren, als könnte sie es gar nicht erwarten, meinen Schweiß abzuschütteln. Diese und noch mehr.

Cordovas Händedruck war eine Mischung aus Hast und Reserviertheit: schnell, leicht, dynamisch.
Sein Büro hatte eine sehr schöne Eichenholztür. Wir nahmen vis-a-vis auf überraschend bequemen georgischen Stühlen Platz. Er überreichte mir einen Aktendeckel. »Beatriz del Gato.«
Konsulatsbeamte sind detailverliebt: Daten, Orte, Uhrzeiten; Mutter, Vater, Liebhaber; Schulbildung, Beruf, Krankheiten. Ich nahm die verschlossene Akte und legte sie neben mich. »Warum haben Sie nicht die hiesige Polizei über Miss del Gatos Besuch informiert?«
Er verschränkte seine Hände auf dem Schoß. »Miss del Gato wird sich nur vier Tage hier aufhalten. Sie möchte unerkannt bleiben und ist der Überzeugung, der Grund ihres Kommens sei ziemlich … delikat.«
Ich lächelte. »Sie macht hier etwas, das sie als peinlich empfinden würde, wenn es in die Presse käme, aber Sie selbst finden es nicht besonders peinlich?«
Sein Mund verriet nichts, aber in seiner Stimme lag ein Lächeln. »Miss del Gato möchte in einer Werbeagentur arbeiten. Sie möchte, dass man ihr eine Stelle anbietet, jedoch ohne irgendwelche Sonderbehandlung seitens ihres künftigen Arbeitgebers.«
»Warum hat sie es nicht in New York versucht?«
»Das hat sie ja.«
»Aha.« Beatriz war zu dumm, zu fantasielos oder sonst etwas, um aus eigener Kraft eine Stelle zu finden. »Ich verstehe immer noch nicht, warum Sie die Sache nicht der Polizei mitteilen.«
Nun lächelte er wirklich. »Das habe ich ja getan. Die Polizei hat nichts dagegen, wenn Sie den Job übernehmen.« Warum auch? Auf diese Art sparte sie Geld. Und außerdem bezweifelte ich, dass Miss Beatriz für das Konsulat wie auch für die Polizeibehörde genug Bedeutung besaß, als dass man

sich ihretwegen irgendwelche Mühe machen wollte. Philippe tat nur, was der diplomatische Dienst aller Länder am besten tut: jedermanns Gesicht wahren.
Ich lehnte mich zurück. »Sagen Sie: Was ist Miss del Gato für ein Mensch?«
Philippe verdrehte die Augen. »Witzlos, langweilig und verstockt. Möchten Sie etwas Kaffee?«

Ich gab dem Verwaltungspraktikanten, der viel lieber beim Einpark-Service gewesen wäre, zehn Dollar Trinkgeld, weil er den Blütenstaub von meinen Seitenspiegeln poliert hatte und weil es wirklich ein schöner Tag war. Es wehte immer noch ein sanfter Wind, und die Luftfeuchtigkeit lag unter sechzig Prozent. Selbst die verkümmerten jungen Birken, die mit der Genauigkeit von Baumschulsetzlingen alle zehn Meter auf dem Beton-Gehsteig aufgestellt waren, wirkten frisch und sauber.
Auf dem ganzen Weg zum *Deacon's* hörte ich Diamanda Galas. Ich kam fünf Minuten zu früh. Denneny war bereits da. Vor Jahren, als er noch eine Uniform trug – damals, als seine Frau noch lebte – hätte er mit der weiblichen Bedienung geschäkert, die hinter der Theke Brathühnchen und Gemüse anrichtete, hätte ihr eine Gratisscheibe Maisbrot abgeschwatzt, hätte dabei die üppigen Dämpfe von Hafergrütze, Bratensoße und Fett eingeatmet, bis sein schon von Natur aus gerötetes Gesicht pflaumenblau wurde; heute Vormittag aber saß er an einem der altersschwachen Resopaltische und sah sich unter den Gästen um, als wäre er hier fremd – fehl am Platz mit seinem Geschäftsanzug und seiner Seidenkrawatte.
»Sie sehen mehr wie ein Manager aus als wie ein Bulle«, sagte ich.
Er stand auf. »Bin ja auch einer, heutzutage.«
»Irgendwas Besonderes auf der Karte?«

Es war ein alter Witz – Deacon und jetzt seine Nachfolger tischten stets das Gleiche auf –, aber Denneny zuckte bloß die Achseln. Wir stellten uns am Büfett an und beluden unsere Tabletts mit Hähnchen, Gemüse, Bratensoße, Brot und Eistee. Ich bezahlte für uns beide und holte eine Hand voll Papierservietten. Dann setzte ich mich mit Blickrichtung zur Tür.
»Sie sehen aus, als ginge es Ihnen ganz gut. Geben Sie auf Ihre Kleider Acht, bei all dem Fett.«
»Dafür wurden ja die Servietten erfunden.« Ich steckte mir zwei in den Kragen, legte mir eine über den Schoß und nahm einen Hähnchenflügel. Die besten Brathähnchen der Stadt. »Sie wollten also eine Aussage.«
Denneny zog eines dieser Miniatur-Tonbandgeräte aus der Tasche, legte es auf den Tisch und sah auf seine Uhr. »Ich hab vergessen, eine neue Kassette mitzubringen; es ist nur etwa eine halbe Stunde Band übrig.«
»Das müsste ja reichen.«
Zwischen Bissen von heißem Hähnchen und Gabeln voll Kartoffelbrei, der die reinste Cholesterinbombe war, erzählte ich ihm also von meinem Zusammenstoß mit dieser Frau, über die Explosion und die Flammen. Ich nannte ihm Zeiten, gab Beschreibungen, ja, lieferte sogar einen Wetterbericht. Er stellte keinerlei Fragen, nickte einfach und aß. Als ich zu Ende war, schaltete er das Gerät aus und steckte es sich wieder in die Tasche. »Ich lasse das heute Nachmittag noch zu Papier bringen. Sie können jederzeit vorbeikommen und unterschreiben. Damit dürften die Formalitäten erfüllt sein.«
»Irgendwelche Spuren?«
»Bloß das Rauschgift.«
»Erstaunliche Geschichte.«
»Finden Sie? Was diese Leute betrifft, wundere ich mich über gar nichts mehr.«

»Ich glaube nicht, dass es Drogendealer waren.«
»Die Drogen waren da, und es gab keinerlei weiteren Anhaltspunkt.«
»Ja, warum auch erst nach Indizien suchen, wo es doch so eine schöne, saubere Explosion gab!«
»So in der Art. Sie wissen ja, wie die Dinge stehen, Torvingen. Wenn wir nicht unser Teil an staatlichen Zuschüssen kriegen, ist's nicht nur Essig mit der Klimaanlage – wir können uns dann nicht mal mehr die Batterien und Bänder für dieses Maschinchen hier leisten.« Er klopfte auf seine Jackentasche. »Wenn Sie also nicht Anschrift und Konfession des Täters wissen, dann halten Sie sich da raus.«
Ich zuckte die Achseln. »Wollte nur Konversation machen.«
Er ließ nicht so leicht locker. »Haben Sie irgendein besonderes Interesse an dem Fall?«
»Nein, eigentlich nicht.«
»Gut. Es wäre mir nämlich zuwider, wenn wir uns dabei in die Quere kommen würden.«
»Weshalb sollte es mich interessieren, wer wen aus welchem Grund umgebracht hat? Ich bin nicht mehr bei der Polizei.«
»Und selbst damals hat es Sie nie sehr interessiert.«
»Oh, so weit würde ich nicht gehen.«
Er wandte sich eine Zeit lang seinen Kartoffeln zu. »Vermissen Sie's?«
»Nein.«
»Nicht mal ein bisschen?«
»Nicht mal ein bisschen.«
»Ich begreife immer noch nicht, warum Sie mein Angebot ausgeschlagen haben, als man Sie aus dem Verkehr zog – diesen Job als Verbindungsbeamte.«
»Sie wissen genauso gut wie ich, dass der Bürgermeister Zustände gekriegt hätte bei dem Gedanken, dass ich in einem Wahljahr immer noch mit Dienstmarke und Revolver rum-

laufe.« Ich wusste mit meinem Leben etwas Besseres anzufangen, als mich für die Polizeibehörde fotogen zu präsentieren.

»Stimmt. Wenn Ihnen also die Polizei nicht fehlt, warum haben Sie dann diese Stelle in Dahlonega angenommen?«

»Es war ein Job. Erst jetzt kann ich es mir leisten, nicht mehr zu arbeiten.«

»Sie Glückliche.« Es lag ein bitterer Unterton in seiner Stimme.

»Hört sich an, als könnten Sie einen Urlaub vertragen.«

»Ich mach bald welchen. Zwei Wochen im Napa Valley, ab nächsten Samstag. Nichts als Sonne und der Duft von Wein.«

Damals, als ich ihn kennen lernte, hatte er nur Bier und Bourbon getrunken. Und damals waren ihm Seidenkrawatten nicht mal vom Hörensagen ein Begriff. So ändern sich die Menschen.

Wir sahen einander an. Mir fiel auf, dass er eine Lesebrille trug. Er wischte sich sorgfältig die Finger an einer Serviette ab. »Na, jedenfalls war's schön, mit Ihnen zu plaudern. Kommen Sie morgen mal zum Unterschreiben vorbei, wenn Sie mit den Neulingen fertig sind.«

»Irgendwelche besonderen Wünsche, was ich mit ihnen abhandeln soll?«

Er stand auf. »Nö. Erzählen Sie ihnen einfach, wie's im richtigen Leben zugeht, damit sie sich beim Aussteigen aus dem Wagen nicht gleich abmurksen lassen.«

Das richtige Leben. Wir waren uns nie darüber einig gewesen, was genau das bedeutete. Er glaubte von jeher an feste Richtlinien, aber Regeln und Richtlinien sind nutzlos, wenn Menschenleben auf dem Spiel stehen. Das schien er nie zu begreifen.

Sportanlagen konnten sich in ihrer Art sehr voneinander unterscheiden. Die Turnhallen meiner Teenagerjahre waren – wie an sämtlichen Schulen der Welt – von Sonne durchflutet und still, die Luft darin verbraucht, staubig und erfüllt mit dem Geruch von Kletterseilen, uralten Sprungkästen mit schweißdurchtränkten, abgewetzten Griffen und eines dünnen, schmierigen Gummibelags, der den Holzboden bedeckte, sich aber während zahlloser Rutschpartien und Plumpslandungen durchgescheuert hatte. Alles sehr exklusiv. Die Fitness-Studios in der Stadt waren nüchterner, kerniger, mit trüben Deckenlampen, Talkumstaub, ächzenden Ventilatoren und überall Metall: dröhnende, klirrende Nautilus-Geräte, klingende Gewichte, klimpernde Halskettchen mit Erkennungsmarken. Männerschweiß und Menthol. Raues Prusten und Pusten beim Gewichtstemmen, ein gelegentlicher Ausbruch lauter Jungengespräche: das Spiel, der Kampf, der Wettbewerb. Kampfsportstudios zeichneten sich, im Gegensatz dazu, mehr durch körperliche Geräusche aus: Das Klatschen offener Hände auf Armen, der dumpfe Knall nackter Füße auf Sandsäcken, der schwere, fast lautlose Aufprall bei einem Überschlag … und die Stimmen: Karaterufe, schrill wie der Schrei eines Falken, der auf seine Beute herabschießt; das ganz besondere, halb verschluckte *Hatthatt,* ähnlich dem Klang einer Schalldämpferpistole, mit dem eine ganze Schule von Menschen ihre Katas absolviert;

das rhythmische, endlose Raunen von Atem, während ein dutzend Schüler im Zazen meditiert.
Das Studio in der City Hall East war noch nicht ein Jahr alt: sehr schöner Frühholzboden, flüsternde Klimaanlage, Vollspektrum-Beleuchtung. Der aufdringlich süße Geruch neuer Plastik- und Gummigriffe an den Kraftsportgeräten wetteiferte mit Eau de Cologne und einem ganz schwachen Parfumduft. Frischlinge rochen heute anders als damals.
Die vierzehn frisch gebackenen Polizeibeamten trugen bunt zusammengewürfelte T-Shirts und Shorts. Ich hatte ihnen Anweisung gegeben, etwas Langärmeliges und Trainingshosen anzuziehen. So schön der Fußboden auch war, man schürfte sich das Knie auf, wenn man neben der Matte landete. Zwei waren noch sehr jung, der Rest Mitte bis Ende zwanzig. Nur einer war schon etwas grau an den Schläfen. Sie wirkten alle frisch geduscht. Es war halb sieben Uhr morgens.
»Es ist noch keiner von Ihnen aufgewärmt. Ich habe heute anderthalb Stunden zur Verfügung. Wir können es uns nicht leisten, diese Zeit mit irgendwas zu verplempern, das Sie auch allein fertig bringen. Ich gebe Ihnen fünfzehn Minuten.«
Ich sah ihnen zu. Wie sie sich aufwärmten, verriet mir viel über ihre Vorkenntnisse und ihre Persönlichkeit. Der ältere Mann begann mit Grätschsprüngen – hatte er wahrscheinlich noch in der Schule so gelernt; von der Polizeiakademie abgesehen, wahrscheinlich auch das letzte Mal, dass er irgendeine Art methodischer Körperertüchtigung betrieben hatte. Zwei muskulöse Typen taten sich zusammen, um einander die Kniesehnen zu dehnen. Eine große kräftige Frau machte etwas, was Ähnlichkeit hatte mit Übungen, wie sie Lang- und Kurzstreckenläufer in den letzten Minuten vor dem Start tun. Niemand von ihnen wirkte sehr fit.

»Alle Mann zu mir! Die erste Überlebensregel lautet: aufpassen. Das heißt normalerweise: aufpassen auf das, was um einen herum vorgeht. Heute aber heißt es: Passen Sie auf mich auf, und zwar ganz genau. Ich werde mich nicht wiederholen. Sie dürfen mich mit Lieutenant anreden.« Ich war zwar keiner mehr, hatte aber festgestellt, dass es mir viel Zeit und Mühe ersparte. Das und das Red-Dogs-Sweatshirt, das ich trug. »Wir sind hier nicht auf der Akademie. Hier und heute lernen Sie erstens, wie Sie sich selbst schützen können, und zweitens, wie man einen Straftäter festnimmt, ohne ihn zu verletzen. Es ist unmöglich, sich zu schützen, wenn man nicht weiß, wo der Gegner sich befindet. Liegt er in Handschellen auf dem Bauch, sind Sie ein bisschen sicherer. Sie –« Ich sprach mit einem drahtigen rothaarigen Mann, der sportlich genug aussah, um sich nicht wehzutun oder gar zu verletzen. »Tun Sie, als wollten Sie mich aus dem Gleichgewicht bringen und weglaufen.«

Ich hielt ihm meinen rechten Arm hin. Er griff nach meinem Handgelenk.

Wäre dies eine reale Situation gewesen und ich hätte gewusst, dass mein Angreifer mich verletzen wollte, ich hätte ihn ohne eine Sekunde zu überlegen zum Krüppel gemacht: ein Tritt ins Knie, ein Stoß mit dem Ellbogen in seine krachenden Rippen. Aber vielleicht handelte es sich ja um einen älteren Betrunkenen, für den eine solche Behandlung zu hart war; als daher der Rothaarige mit seiner Rechten nach mir schnappte, drehte ich mein Handgelenk herum, zog es gerade so weit zurück, dass er aus der Balance geriet, trat auf der Diagonalen hinter ihn und bog entgegen der Gelenkrichtung seinen Arm zurück. Der Mann erstarrte vor Schmerz, und ich riss ihn von den Füßen, dass er platt auf dem Bauch landete.

»Wenn Sie seinen Arm so fest halten, wird er sich nicht zur Wehr setzen, denn sonst könnten sie ihm diesen Arm ausrenken, wie Sie einen Truthahnflügel ausreißen. Achten Sie darauf, dass Sie seine Handfläche immer so nach oben drehen.« Ich bewegte sie gerade genug, dass die anderen es sehen konnten, und der Rothaarige quiekte. »Sobald es anfängt wehzutun, klopfen Sie auf die Matte. Dann lässt Ihr Partner los.« Rotschopf klopfte auf die Matte. Ich lockerte meinen Griff. »Sie können fester zupacken, wenn Sie Ihren Daumen auf dem Handrücken des Gegners behalten und Ihre Ellbogen anziehen.« Ich holte mit der Linken ein Paar Handschellen heraus und legte sie dem Mann an. »Sie sollten üben, bis Sie das hier mit beiden Händen können. Halten Sie den Festgenommenen am Boden, solange Sie ihm die Handschellen anlegen, und wenn Sie ihn dann hochlassen, befreien Sie ihn frühestens, wenn Sie ihn in den Wagen verfrachtet haben.« Ich öffnete die Handschellen und steckte sie mir wieder in den Waffengürtel. »Irgendwelche Fragen?«

»Wie haben Sie das geschafft, Ihre Hand über seine zu bekommen, ganz am Anfang?«

Ich führte es ihnen vor; in der Gruppe, einzeln und paarweise. Immer wieder. Manche erfassten die Sache schneller als andere. Manche gaben sich mit der Technik gar nicht erst ab. Die kräftige Frau verließ sich auf ihre Kraft: Sie überwältigte ihren Gegner einfach.

»Sie. Ja, Sie. Her zu mir.« Wir standen uns Auge in Auge. Ich packte sie am Handgelenk. »Probieren Sie das mal bei mir.« Sie versuchte sich loszureißen. Ich verlagerte mühelos mein Gewicht. Sie zog fester. »Setzen Sie nicht Ihre Muskeln ein. Und übrigens: Was, wenn ich nun ein über zwei Meter großer Biker auf Angeldust wäre?«

»Dann würde ich Sie erschießen«, antwortete die Frau und sah fröhlich in die Runde, um Gelächter zu ernten.

»Schusswaffen werden ungeheuer überschätzt«, erwiderte ich milde. »Los, holen Sie Ihren Revolver und Ihren Gürtel.« Sie lächelte verstört. Anscheinend fragte sie sich, ob sie richtig gehört hatte. »Wie heißen Sie?«

»Miebach. Linda.«

»Miebach, holen Sie Ihren Revolver.« Ich machte deutlich, dass es mir Ernst war. Sie lief regelrecht los und kam mit dem schweren Gürtel zurück, an dem Revolver, Handschellen, Schlagstock und zusätzliche Munitionsstreifen hingen. »Ziehen Sie ihn an.«

Sie schnallte sich den Gürtel um.

Alle sahen zu. »Wenn jemand einen Revolver zieht, dann gibt es nur eine sichere Position: hinter dem Betreffenden. Alle hinter Miebach aufstellen!« Sie gehorchten mit offensichtlicher Nervosität. »Jetzt, Miebach, ziehen Sie Ihre Waffe. Nehmen Sie die Munition raus.« Sie steckte den Streifen in ihren Gürtel. »Freut mich zu sehen, dass die Waffe gesichert ist. Jetzt entsichern Sie sie.«

»Aber –«

»Entsichern Sie sie. Und jetzt stecken Sie die Waffe wieder weg. Ich möchte, dass Sie sie ziehen und mich zu erschießen versuchen.«

»Ich –«

»Wir sind hier nicht auf der Polizeiakademie. Hier ist es wie draußen im richtigen Leben. Los!«

Also versuchte sie es, und ich entwaffnete sie, zwang sie zu Boden und setzte ihr die kalte Revolvermündung an die Stirn. »Tun Sie jetzt besser keinen Mucks, Miebach. Sie haben nicht geprüft, ob die Kammer leer ist.« Eine Schweißperle lief ihr ins Auge, aber sie wagte nicht zu blinzeln. Jeder Einzelne im Raum schien die Luft anzuhalten. Ich trat zurück und hantierte mit der Revolverkammer. Eine volle Ladung schoss hervor und klimperte auf den Holzboden.

Es herrschte Totenstille. »Sie hätte Sie umbringen können«, flüsterte einer schockiert.

»Nein. Aber ich *sie.* Merken Sie sich das. Ziehen Sie niemals

eine Waffe in Reichweite des Täters. Miebach, bringen Sie diesen Gürtel weg und kommen Sie erst mal wieder zu sich.« Ich fischte meine Uhr heraus. Noch zwanzig Minuten. »Sie.« Zu einem der Muskeltypen. »Kommen Sie her.« Er trat vor, war aber auf der Hut. »Miebach hat anscheinend geglaubt, ihre Waffe würde sie vor allem schützen. Aber eine Waffe kann man Ihnen wegnehmen. Schauen wir jetzt mal, wie es mit Körperkraft steht. Dieser Mann hier ist größer als ich.« Breiter war er jedenfalls. Ich hielt ihm mein Handgelenk hin. »Versuchen Sie mich so zu packen, dass ich wehrlos bin.«
Ich spürte, dass er keine Lust dazu hatte, aber er probierte es trotzdem. Ich schob meine Hand über seine, trat schräg an ihm vorbei, ging auf ein Knie hinunter und warf ihn in einer unfreiwilligen Rolle rückwärts auf meinen Oberschenkel. Er atmete flach und schnell; seine Zehen berührten gerade den Boden. »Wenn ich niese, breche ich ihm das Rückgrat. Er wäre für immer gelähmt. Wenn ich ihn nur ein paar Zentimeter höher bewege ...« Er keuchte. »Würde er nie wieder selbstständig essen können.« Ich ließ ihn abrollen und schaute in die weißen Gesichter. »Es gibt immer jemanden, der größer und stärker ist als Sie. Kraft ist keine Lösung. Versuchen Sie es noch mal, alle.«
Die beiden unfähigsten Neulinge hatten sich zusammengetan. Das war meistens so. Ich sah zu, wie sie sinn- und zwecklos aufeinander eindroschen, und fragte mich, warum ich mir überhaupt die Mühe machte.
»Stopp«, sagte ich. »Immer schön der Reihe nach.« Ich hielt mein Handgelenk hin und bedeutete dem Hellhaarigen mit den Sommersprossen, mich daran zu packen. Er schaute mich verschreckt an. »Wir machen das jetzt in Zeitlupe, einen Schritt nach dem anderen. Ich schmeiße Sie schon nicht hin. Ihnen wird nichts passieren. Greifen Sie langsam nach meiner Hand.« Er griff nervös zu. Ich lächelte ermun-

ternd und bewegte meinen Arm im Zeitlupentempo nach oben, wo ich ihn über seinen verdrehte. Genau als seine Unterarmsehnen anfingen, sich zu verspannen – bevor es wehtat – hörte ich auf. »Sehen Sie, wie ich dabei immer den Ellbogen an die Hüfte drücke? Die Bewegung kommt aus dem Unterarm. Von dort geht der Druck auf Ihr Handgelenk aus. Merken Sie sich das: Wo ein Gelenk ist, ist eine Schwachstelle. Noch mal.« Ich führte es ihm noch zweimal vor. »Und jetzt, versuchen Sie's.« Ich ergriff sein Handgelenk. Er zuckte zurück wie in Panik. »Zuerst ganz langsam. Probieren wir's noch mal. So ist es gut ... nein. Lassen Sie bitte einen Moment los. Haben Sie schon mal mit einem Stift, der an einem Faden befestigt war, einen Kreis gezogen? Gut, dann stellen Sie sich jetzt vor, Ihr Ellbogen sei der Mittelpunkt dieses Kreises. Ihr Unterarm ist der Faden, der von dort ausgeht, und Sie haben einen Stift vorne an Ihrem Mittelfinger. Halten Sie den Ellbogen fest angewinkelt und ziehen Sie den Kreis senkrecht zum Boden.« Ich machte es vor. »Das ist die Grundbewegung. Probieren wir's noch mal.«

Beim vierten Versuch hatte er den Bogen raus. Er lächelte unsicher.

»Gut. Sehr gut. Probieren wir's jetzt ein bisschen schneller, etwa auf einem Drittel der Realgeschwindigkeit.« Es klappte immer noch. »Halbe Geschwindigkeit.« Es wurde ein wenig holprig, weil er sich verkrampfte. »Denken Sie daran: Ihre Schultern müssen locker bleiben. Etwas schneller.« Er machte es, so schnell er konnte, und bekam meinen Arm ganz ordentlich in den Griff. Er strahlte wie ein Honigkuchenpferd. »Jetzt können Sie loslassen.«

Er gehorchte und schwenkte seinen Unterarm ein paar Mal im Kreis, so zufrieden mit sich, als hätte er ein Heilmittel gegen Aids entdeckt.

Er trug ein T-Shirt der Braves. »Es ist ein bisschen wie beim

Baseballwerfen: Kriegen Sie den Ellenbogen an die richtige Stelle, dann geht alles andere wie von selbst. Jetzt zeigen Sie Ihrem Partner, wie's gemacht wird.«

Ich überschaute den Raum. Anscheinend hatten jetzt alle das Grundprinzip kapiert.

»Okay, Leute. Nun, da Sie begriffen haben, wie es gehen soll, muss ich Ihnen sagen, dass es oft *so* nicht funktioniert. Wenn Sie an jemanden geraten, der auf Koks oder ein waschechter Irrer ist, dann juckt es den nicht, ob Sie ihm einen Arm ausreißen. So jemand spürt das gar nicht. In diesem Fall also setzen Sie den Betreffenden ganz außer Gefecht.«

Ich hatte die volle Aufmerksamkeit.

»Captain Denneny wäre mit dem, was ich jetzt sage, zwar nicht einverstanden, aber er ist ja nicht da. Wenn Sie nicht sicher sind, ob Sie mit einem Festgenommenen fertig werden, dann hauen Sie ihm in die Magengrube. Ungefähr hier.« Ich deutete auf meinen Solarplexus. »Dort gibt es keine Blutergüsse oder Schwellungen, das heißt, im Zweifelsfalle können Sie es später leugnen. Verwenden Sie dazu die Spitze Ihres Schlagstocks. Wenn es zu sehr mit Ihnen durchgeht, könnten Folgeschäden entstehen. Sagen Sie dann einfach, der Betreffende wäre auf die offen stehende Tür Ihres Fahrzeugs gefallen, als Sie ihn festzunehmen versuchten.«

Rotschopf sah sich unbehaglich um. Die beiden Muskeltypen zuckten nicht mit der Wimper. Miebach schien jedes Wort in sich aufzusaugen.

»Wenn Sie jemanden k.o. schlagen wollen, ohne blaue Flecke zu hinterlassen, dann versuchen Sie, ihn mit der flachen Hand auf die Stirn zu treffen. Dann gibt es auch noch das Knie. Niemand kann Ihnen hinterherrennen, wenn eins seiner Beine bewegungsunfähig ist. Aber auf ein paar Stellen dürfen Sie nie schlagen: Hals und Nacken, die Augen, den Hinterkopf, die Geschlechtsteile. Wenn der Festgenommene Ihnen eine Klage anhängt und Verletzungen in diesen Regionen aufweist, haben Sie keine Chance. Und merken Sie sich eins ...« Ich lächelte. »Jeder, der Ihnen wie ein Krimineller vorkommt, könnte ein hoch angesehener Bürger sein. Wenn Sie so einem Menschen etwas tun, nehmen seine Rechtsanwälte Ihnen vielleicht die Polizeimarke weg oder bringen Sie gar hinter Gitter. Und wir wissen ja alle, was mit Polizisten im Gefängnis passiert. Seien Sie sich also im Klaren: Wenn der Betreffende nicht verrückt ist oder unter Drogen steht und Sie fügen ihm einen Schaden zu, dann sind Sie unfähig. All Ihre Kollegen werden das wissen. Sie werden nicht mit Ihnen zusammenarbeiten wollen, denn wenn Sie unfähig sind, sind Sie auch in einer brenzligen Situation nicht zu gebrauchen. Tun Sie einem Verdächtigen deshalb nichts, solange es nicht sein muss. Und wenn es sein muss, dann tun Sie nicht mehr als nötig. Und lassen Sie sich nicht erwischen.«

Ich sah auf meine Uhr. Fünf vor acht. »Okay, Leute, das war's. Das nächste Mal sind Sie bitte schon aufgewärmt, wenn ich komme.«

Ich ließ sie ziehen. Sie würden keine Zeit mehr zum Duschen haben, bevor sie in ihrer Dienststelle zur Tagesschicht antraten. Na, so ein Pech!

Als sie weg waren, zog ich mir die Schuhe aus, stellte mich mitten auf den Boden und schloss die Augen. Sanftes Zischen einer Klimaanlage. Fernes Dröhnen des East-Ponce-Verkehrs. Langsamer werdendes Klopfen meines Herzens. Ich atmete tief ein, immer tiefer, bis mein Bauch anschwoll, und dann durch die Nase wieder aus – ein, aus –, wobei ich meine Hände mit jedem Atemzug ein bisschen weiter anhob. Dann streckte ich mich – immer höher –, hielt diese Position, ließ mich danach herabsinken und setzte meine Hände flach auf den Fußboden. Verharrte in dieser Stellung und beugte beim Ausatmen meine Ellbogen noch weiter.

Ich absolvierte meine Routine-Übungen, dehnte Sehnen, Bänder und Muskeln und war nach zwanzig Minuten geschmeidig wie eine Peitsche.

Es gibt außer in Japan nur vier Schulen für Shuto-Kai-Karate. Ich hatte es mir in England beibringen lassen, dienstagabends und sonntagmorgens in einem alten Gemeindezentrum, dessen Betonböden immer noch vom verschütteten Bier und der Zigarettenasche der gestrigen Abendveranstaltung klebten. Unter Anleitung eines Fernfahrers mit kernigem Yorkshire-Akzent und einer echten Liebe zu dieser Kunst lernte ich dort zusammen mit fünf Männern. Er brachte mir eine Methode bei, die sich »die leere Hand« nennt. Mitten im Winter kniete ich dann im Zazen und mit ausgestreckten Armen auf diesem unbeheizten Betonboden. Mein Lehrmeister legte mir eine schwere Stange quer über beide Handgelenke, und der Kampf begann, der Kampf um Atem, Schmerzunempfindlichkeit und Willenskraft. Die ersten fünf Minuten war es leicht, die nächsten zehn gerade noch erträglich, die nächsten dreißig waren ein Alptraum. Schweißperlen liefen mir den Hals hinunter, und Ians Stimme dröhnte von den Wänden, dass die daran festgehefteten Kinderzeichnungen bebten. »Atmet durch den Schmerz! Atmet! Mit mir, ein und *aus*. Ein und *aus*.« Meine Schultermuskeln, die schon zweihundert Liegestütze und eine Stunde Sparring hinter sich hatten, brannten erst dumpf, dann scharf, dann mit einem Schmerz, der größer war als alles auf der Welt. Und der einzige Weg, die Sache durchzustehen, war das Atmen. Ein und aus. Komm aus dem Rhythmus, und du bist verloren.

Nach rund vierzig, fünfzig Minuten wurden die Endorphine freigesetzt, und die Kinderzeichnungen an den Wänden nahmen eine kristallene Klarheit und Schärfe an, die Farben wurden tiefer, leuchteten auf, und mein Gesicht entspannte sich durch und durch. Es gab nichts außer Atem, der wie eine Brandung zu meinem Körper hin und wieder weg, ein- und wieder ausströmte, bis jede Zelle dieses Körpers so deutlich erkennbar war, als wäre sie ein Körnchen Glimmer, und ich mich rein fühlte – geläutert durch diese Flut. Manchmal fragte ich mich, was passieren würde, wenn ich ganz einfach ... so bliebe; ob sich das Endorphin-High für immer in meine Zellen einbrennen und ich für den Rest meines Lebens mit einem sanften Lächeln um die Mundwinkel herumlaufen würde, selbst wenn ich gerade jemandem die Beine brach. Aber da nahm Ian die Stange immer weg, schrie, und wir liefen im Kreis durch den Saal. Immer rundherum. Zwanzig Minuten. Zwei oder drei Meilen für gewöhnlich. Dann machten wir eine Kata.

Katas sind eine choreografische Serie von Kampfbewegungen gegen einen oder mehrere imaginäre Kontrahenten. Gut ausgeführt, sind sie Meditation und Tanz zugleich. Sie reichen von den einfachsten, geradlinigen Bewegungen gegen einen einzigen Gegner, bei denen man nichts als Fausthiebe einsetzt, bis hin zum wirbelnden, beinahe fliegenden Tanz, mit dem man eine ganze Armee bekämpfen konnte, dem so genannten Basai Dai. Basai Dai lernt man erst, wenn man den schwarzen Gürtel erreicht hat.

In den ersten paar Monaten meines Studiums waren die Katas meine Belohnung; der fließende Tanz, die Anmut, die glühende, sausende Gewalt von Luft, die so fest ist wie Faustschläge, die Wucht meines gesamten Körpereinsatzes. Erst nach meinem blauen Gürtel, dem zweiten Grad, lernte ich, dass der wahre Lohn des Shuto Kai darin besteht, die eigene Willenskraft kennen zu lernen. Ich lernte, dass Schmerz nicht nur Schmerz ist, sondern eine Botschaft. Man kann diese Botschaft bewusst ignorieren. Der Körper ist zu wesentlich mehr im Stande, als er einen wissen lassen möchte.

Und deshalb – obwohl die Kampfkunst des Shuto Kai zum

praktischen Gebrauch nicht sehr geeignet ist – tanze ich immer noch seine Katas.
Ich machte die vierte mit all ihren kniffligen Fußtritten und Basai Dai. Mein Atem floss glatt wie Öl, mein Blut gesund und sauerstoffreich. Wahrscheinlich lächelte ich.
Von Karate ging ich zu einer Wing-Chun-Form des Kung-Fu über, Siu Nim Tao genannt, was so viel wie »Schlichter Gedanke« bedeutet, und ich war gerade bei der zweiten Runde Pak-Sao, der »klatschenden Hand«, da ging die Tür auf. Selbst mit geschlossenen Augen hätte ich erkannt, wer es war. Ihr Duft war heute etwas ausgeprägter, obwohl sie kein nasses Haar hatte. Ich nickte kurz, ließ mich aber nicht unterbrechen. Ding-Jem. Huen-Sao. Sie begann mit ihren Lockerungsübungen. Bill-Dschi. Mut-Sao, die »peitschende Hand«. Sie trug kurze schwarze Stretchhosen und einen smaragdgrünen Body. Ich konzentrierte mich auf die Form. Als ich den letzten langsamen Atemzug einsog und wieder ausstieß, richtete sie sich auf. »Erste Form?«
»Ja.«
»Lust auf Chi-Sao?« Es war eine Herausforderung.
»Ja.«
»Ziehen Sie Ihre Schuhe aus.«
»Meine Schuhe?«
»Ja. Ich brauche meine Füße noch.«
Das ärgerte sie. Sollte es auch. Immer die Oberhand gewinnen. Ich streckte mein rechtes Bein aus, dazu meinen rechten Arm, Ellbogen nach unten, Handgelenk auf gleiche Höhe mit dem Brustbein. Sie tat dasselbe. Die Rückseiten unserer Handgelenke berührten sich. Wohl geformte Fingernägel, kein Ehering. Ihre Haut war dicht und feinkörnig, von glatten Muskeln gestrafft; ihr Knochenbau schlank. Sie sah wie die Sorte Frau aus, die zwölf Jahre in der Ballettschule war. Ihre Augen waren blau, vom tiefen Blau einer Jeans, frisch aus dem Färbebad, mit helleren Sprenkeln in der

Nähe der Pupillen, die sich vor Konzentration verengt hatten. Die Haare trug sie gescheitelt und zu einem dicken Zopf geflochten. Eine Zopffrisur fürs Fitness-Studio.

Chi-Sao heißt »klebrige Hand«. Die Handgelenke bleiben dabei immer in Kontakt, und alle Bewegungen laufen in Zeitlupe. Es ist ein Schachspiel, bei dem es ums Gleichgewicht geht.

Ich bewegte meine Hand vorwärts, zu etwas, das auf den ersten zwei bis drei Zentimetern Huen-Sao hätte werden können, die »kreisende Hand«, aber die Frau wich elegant zur Seite aus und konterte, ohne ihren Arm zu bewegen. Dabei verselbstständigte sich die Konterbewegung zu einer eigenen, die die Schritte fortsetzen und versuchen sollte, meinen Arm von der Körpermitte wegzuführen, sodass ich aus dem Gleichgewicht käme. Bisher lauter Anfängerbewegungen. Ihre Haut mit der biskuitähnlichen Textur glitt auf ihrem Schlüsselbein vor und zurück. Während das Schritttempo sich verstärkte, fragte ich mich, woher Frauen diese Bräune bekamen: ein sehr feiner Farbton, nirgends zu stark, nirgends zu schwach, und das im Februar und November, aber ganz ohne Hilfe eines Sonnenstudios, wie es schien. Die Augenbrauen dieser Frauen hatten immer eine perfekte Rundung; ihr Haar war niemals in Unordnung.

Wer bist du? Die Antwort bestand in ausdrucksloser Konzentration.

Sie war gut: gut in der Balance, geschmeidig; sie verstand etwas von den Wechselbeziehungen zwischen Bauch und Füßen, Handgelenk, Ellenbogen und Schulter. Sie richtete gut ihren Schwerpunkt aus und atmete ganz ruhig.

Ich wollte mehr wissen. Ich signalisierte »Pause« und trat zurück. »Sern-Chi-Sao?«

Sie nickte bloß und streckte beide Arme aus. Doppelte »klebrige Hand«.

Diesmal bewegten wir uns schneller, mit tiefer gebeugten

Beinen. Wir kreisten im Jong-Tao durch die ganze Halle, ein tödlicher Walzer. Der Körperschwerpunkt liegt bei einer Frau im Allgemeinen fünf Zentimeter unterhalb ihres Nabels, genau da, wo die Bauchwölbung beginnt. Egal wie schnell man sich über den Boden bewegt, diese Stelle sollte sich parallel dazu befinden. Ich war größer als meine Gegnerin, aber ein höher gelegener Körperschwerpunkt ist ein Nachteil. Deshalb bewegte ich mich in geduckter Haltung. Wir schwitzten jetzt beide leicht, und unser Atem ging rascher. Ihre Haut fühlte sich unter der meinen wunderbar lebendig an. Wir bewegten uns vor und zurück, und ich wusste, dass auch ihre warm wurde, während wir in der Sporthalle umeinander herumkreisten, ein Planet und sein Satellit, die sich um die Sonne drehen.

Zeit, ihr klarzumachen, wo's langging, ihr zu zeigen, dass ich es nicht sehr schätzte, wenn man mir an einem Schauplatz von Brandstiftung und Mord die Brieftasche stahl. Ich bewegte mich stärker, atmete in tiefen, sehr festen Zügen, als könnte schon allein mein Atem sie aus dem Gleichgewicht bringen. Ihr Body war dunkel unter den Armen. In meinem Bauch brannte es heißer. Sie fing an, sich ein ganz klein bisschen unkoordiniert zu bewegen. Ich machte mit meiner Linken einen langsamen Biu-Tze, »die schießenden Finger«, zu ihren Augen hinauf und ließ meine Rechte unter ihre Hand gleiten. Wenn sie – sei es auch noch so leicht – aus dem Gleichgewicht war, dann bedeutete dies, dass sie mich gewähren lassen oder sich beeilen musste, um wieder die Oberhand zu gewinnen. Und falls sie sich beeilte, würde das fast auf ein Sparring hinauslaufen.

Sie beeilte sich.

Unterschiede im Können treten bei Geschwindigkeit deutlicher zu Tage. Ich drängte sie durch die Halle, immer im Kreis, aber ohne jede Hast, und genoss es, sie auf die Probe zu stellen. Sie begann allen Ernstes ein Sparring. Zack! Ihre

Faust schnellte auf meinen Kopf zu, aber ich wehrte sie ziemlich mühelos mit der Handfläche ab; dann brach sie in der Hoffnung, mich aus dem Gleichgewicht zu bringen, in eine Reihe kämpferischer Faustschläge aus. Ich zentrierte mich, trat dann mit einer doppelten »kreisenden Hand« mitten durch sie hindurch – und verdrehte ihr im Geist eine zigstel Sekunde lang die beiden Handgelenke, sodass sie zu Boden schmetterte –, ließ den Moment in Wirklichkeit aber vorbeiziehen.

Sie fühlte es – fühlte den Augenblick, als ich die Hitze meines Bauchs gegen ihren hätte stoßen und mir alles nehmen können, und nun änderte sich der ganze Charakter unseres Kräftemessens: Ich führte, sie folgte. Es wurde zu einem Tanz zwischen Lehrer und Schüler. Ich fragte, sie gab die Antworten.

Als wir in der Mitte dieser wunderschönen Sporthalle zum Stillstand kamen, die Handgelenke immer noch aneinander gelegt, war ihr Gesicht glatt wie Butter. Wir verneigten uns. Ich wartete.

»Darf ich Sie zu einem Kaffee einladen?«

Das *Beat Bean* in der Monroe gehört zu der Art Lokale, die ich hasse: durchgehend im Stil der fünfziger Jahre, orangefarbene Stühle und Resopaltische, die Kellner mit Raver-Bärten und alle in Schwarz. Auch das Zuckergebäck, das meine Begleiterin sich kaufte, wirkte trocken genug, um vierzig Jahre alt zu sein. Der Kaffee schmeckte gnadenlos rabiat. Ich trinke sehr gerne einen guten Mokka, aber den kriegt man in solchen Läden nur selten.

Sie suchte sich das senfgelbe Vinylsofa aus, ich nahm den deformierten Designer-Alptraum gegenüber.

»Ich heiße Julia Lyons-Bennet.«

Das wunderte mich überhaupt nicht. »Wie ich heiße, wissen Sie ja wohl schon.«

Sie errötete – eine jähe Verfärbung, die ihre hohen goldenen Wangen madeirarot machte. »Ich hoffe, Sie haben Ihre Brieftasche gefunden.«

»Ja.«

»Wahrscheinlich fragen Sie sich, was mich zu Ihnen führt.«

»Sie wollen irgendwas.«

»Ich will wissen, warum Sie sich fünfzig Meter von Jims Haus im Regen herumgetrieben haben, mitten in der Nacht, fünf Minuten bevor sein Haus explodiert ist.« Es brach nur so aus ihr heraus. Sie keuchte vor rechtschaffener Empörung, und ihre hochroten Wangen ließen sie sehr entschlossen wirken.

»Ich war auf einem Spaziergang.«

»Das ist ungefähr so aufschlussreich, als würden Sie mir erzählen, dass Sie atmen.«

»Als würde ich Ihnen erzählen, die Todesursache sei Herzversagen gewesen«, stimmte ich zu.

»Wie?«

»Sehen Sie, Julia, ich war auf einem Spaziergang. Weiter nichts. So viel ich weiß, war der Verstorbene ein Freund von Ihnen, und es muss schrecklich für Sie sein, aber es gibt keine andere Verbindung zwischen mir und seiner Ermordung, außer dass ich draußen vor seinem Haus war, als es in die Luft flog. Sicher hat Ihnen die Polizei schon erzählt, dass auf Mr. Lusks Anwesen Drogen gefunden wurden und dass man annimmt, sein Tod sei irgendeine Art Botschaft an die Drogendealerszene der Stadt.«

»Sagen Sie bloß, Sie glauben diesen Mist!«

»Nicht unbedingt. Aber ich weiß immer noch nicht, was Sie von mir wollen.«

»Ich habe Nachforschungen über Sie angestellt. Sie waren früher bei der Polizei, aber dann ist Ihr Vater gestorben und hat Ihnen Geld vererbt. Ich habe Ihre Personalakte gelesen.«

Meine Personalakte. Eine Liste von Todesfällen, verschuldeten und unverschuldeten, und sie hatte ihre Nase hineingesteckt. Ich stand auf.

»Bitte! Ich brauche Ihre Hilfe.« Sie schob ihre Tasse beiseite und stellte eine abgewetzte Aktentasche aus Schweinsleder auf den Tisch. »Können Sie mir wenigstens zehn Minuten zuhören?«

Die Aktentasche war alt und zerknautscht. Sie sprach von einem Menschen aus Fleisch und Blut, mit einem wirklichen Leben, wirklichen Gefühlen.

»Bitte, ja?«

Zehn Minuten sind ein sehr kleiner Bruchteil von der Lebenszeit eines Menschen. Ich setzte mich.

»Ich führe ein Kunsthandels- und -transportunternehmen; Ankauf und Verkauf, meist im Auftrag von Firmen. Manchmal organisiere ich für sie auch Ausstellungen oder bin Beraterin in Transport- und Sicherheitsfragen bei Wanderausstellungen. Vor zwei Wochen hat sich ein Bankier an mich gewandt. Er wollte ein wertvolles Gemälde, einen Friedrich, nach Frankreich übersenden, und zwar diskret. Normalerweise gebe ich mich mit solchen Kleinigkeiten natürlich nicht ab, aber der Mann war mir von einem sehr guten Kunden empfohlen worden – dem ursprünglichen Besitzer des Gemäldes, der es damals durch meine Vermittlung gekauft hatte. Also erklärte ich mich, als Geste des guten Willens, dazu bereit. Die Verpackung des Objekts habe ich sogar selbst überwacht.« Sie griff nach ihrem Kaffee, überlegte es sich aber anders.

»Ich werde ein Mineralwasser bestellen. Für Sie auch?«

»Ja. Danke.«

Das Wasser kam, wir hantierten mit Zitronenscheiben.

»Wie Sie sich denken können, mache ich so etwas nur selten persönlich, aber ich war gerade im Gebäude, als das Bild geliefert wurde; deshalb ging ich es mir ansehen, bevor es neu verpackt würde. Das Gemälde war wirklich sehr schön – sehr, sehr schön. Ich sah zu, wie meine Mitarbeiter es aus seiner Kiste zogen. Sie würdigten das Bild kaum eines Blickes, aber ich schon. Wie gesagt, es war wunderschön. Hervorragende Arbeit. Besagter Kunde hatte es damals über mich erworben. Ich wollte es gerne wieder sehn.« In diesem Licht hatten ihre Augen das tiefe, satte Blau von Buntglas aus dem zwölften Jahrhundert. »Ich habe es mir angesehen, und mir wurde unbehaglich dabei. Ich kenne mich heute besser aus als noch vor zwei Jahren. Ich betrachtete dieses Gemälde und wusste, dass es kein Friedrich war. Was ich nicht weiß, ist, ob es dasselbe war, das ich vor zwei Jahren als Friedrich verkauft hatte.«

»Was hat Sie darauf gebracht, dass dieses eine Fälschung sein könnte?«

»Eine Kopie. Eine Fälschung ist, wenn man etwas als bislang unentdecktes Original ausgibt. – Ich weiß es nicht. Es war, glaube ich, die Pinselführung, Sie ... nun ja, es lässt sich schwer beschreiben, aber sie besaß nicht diese Präzision, die ich mit Friedrich verbinde.«

»Haben Sie viele seiner Werke gesehen?«

Ihr Blick war unbehaglich. »Nein. In den letzten zwölf Monaten mehr denn je, aber eigentlich sind die deutschen Romantiker nicht mein Gebiet. Ich kenne mich viel besser mit Gegenwartskunst aus. Meine Spezialität sind Kunstinvestitionen. Bei Kleinanlagen – also vor allem unter einer Million – erzielt man mit zeitgenössischer Malerei die höchsten Gewinne.«

»Aber den Friedrich haben Sie trotzdem gehandelt.«

»Seine Herkunft war über jeden Zweifel erhaben. Der ursprüngliche Verkäufer hatte einen tadellosen Ruf. Es bestand keinerlei Grund zum Verdacht.«

»Aber jetzt haben Sie einen?«

»Ich weiß nicht, was ich davon halten soll. Ich weiß lediglich, dass das Gemälde, das ich diskret nach Frankreich schaffen sollte, meines Erachtens kein Friedrich war.«

»Sie verwenden im Zusammenhang mit dem Versand jetzt schon zum zweiten Mal das Wort ›diskret‹.«

Sie schien überrascht. »Diskretion ist bei dieser Art von Transport fast immer gefragt. Die französische Regierung *bestraft* Kunstsammler geradezu durch Steuergesetze, die ein wenig Geheimhaltung wünschenswert machen.«

»Aha.«

»Was heißt ›aha‹?«

Ich zuckte die Achseln. Sie würde nicht hören wollen, dass sie da etwas Vorschub leistete, was letztendlich auf Kunstschmuggel hinauslief – erst recht nicht von jemandem, der nicht einmal den Unterschied zwischen einer Kopie und einer Fälschung kannte.

»Jedenfalls bin ich beim Anblick dieses Gemäldes sehr nervös geworden. Deshalb fuhr ich zu einem Freund, der Kunsthistoriker und Gutachter war. Ich spielte schon mit dem Gedanken, den damaligen Kunden anzurufen, entschied mich dann aber anders. Schließlich wusste ich ja gar nicht, *ob* es eine Kopie war, und außerdem hatte der Mann es mit sattem Gewinn verkauft. Ihm wäre die Sache sowieso egal. Aber Honeycutt, den Bankier, musste ich informieren, dass es eine winzige Verzögerung geben würde. Natürlich wollte er wissen, warum ich Zweifel an der Herkunft des Gemäldes hatte. Er war offensichtlich besorgt – wir reden ja hier von einer sehr erheblichen Investition für einen Privatmann; darum versuchte ich ihn zu beruhigen. Ich sagte ihm, wie zuverlässig und diskret mein Gutachter sei; dass er das alles im Schnellverfahren und nur mir zuliebe tue; dass ich abends um halb zwölf eine Verabredung mit ihm hätte, um eine definitive Antwort zu erhalten, ob so oder so.«

»Eine Verabredung mit Jim Lusk.«

»Ja. Mit Jim. Um halb zwölf sollte ich da sein. Ich wurde

überraschend in der Firma aufgehalten, aber ich kenne Jim. Er ist ... er war ... eine Nachteule. Es würde ihm nichts ausmachen, wenn ich ein paar Minuten später kam. Nur wurde es noch später als erwartet. Ich hatte gerade geparkt und stürmte zu seinem Haus, da bin ich in Sie gerannt.« Ihr Rücken presste sich dicht an die Stuhllehne, sodass noch acht bis zehn Zentimeter mehr Abstand zwischen uns lagen. Wahrscheinlich sah sie im Geiste noch einmal mein Gesicht, als ich in Erwägung gezogen hatte, ihr das Genick zu brechen.

Ich dachte an diese sich windende Tigerlilie aus Flammen und an den hellen Blütenstempel in ihrem Mittelpunkt, die Jim Lusk zu einem Klumpen Asche verbrannte.

»Sie gingen weg, sein ... das Haus brannte, und ich sah Ihre Brieftasche. Die muss Ihnen bei unserem Zusammenstoß aus der Tasche gefallen sein.« Ich ließ ihr diese Ungewissheit. »Also hab ich sie durchgesehen. Und bin daraufhin zur Polizei, die mich aber mehr oder weniger auslachte. ›Doch nicht Aud!‹, hieß es. ›Die war mal eine von uns!‹ Seltsam war jedoch, dass sich unter ihrem Gewieher Unsicherheit verbarg, so als dächten sie, Sie könnten vielleicht *doch* was damit zu tun haben. Dann kam einer der Beamten zu dem zuständigen Ermittler gerannt, und der seufzte nur. In Anbetracht der neuen Beweislage, sagte er, sei er ziemlich sicher, dass der Mord mit Drogen in Zusammenhang stehe. Aber das konnte er mir nicht erzählen! Ich kannte Jim. Er fand ... Nun, sagen wir einfach, dass er nicht nur keine Drogen nahm – er fand Leute, die sie konsumierten, stets eher belustigend.« Sie schüttelte den Kopf. »Ich weiß, Freunden und Verwandten traut man nie etwas Schlimmes zu, aber glauben Sie mir: Ich habe Jim gekannt.«

Schon, aber selbst unsere besten Freunde kennen wir nie ganz genau! Nicht mal den Ehemann, der jede Nacht neben uns im Bett schnarcht. Wir können nie hinter diese strahlenden Augen sehen, nie in diese Haut schlüpfen, nie in diesem schimmernden Elfenbeingefäß zu den dunklen Träumen und lüsternen Begierden vordringen, die sich ohne Rücksicht auf Kultur, Religion oder Moral durch das Krokodilshirn schlängeln.

»Er wurde aus einem ganz bestimmten Grund ermordet. Nicht wegen Drogen, sondern wegen etwas anderem.«

»Aber es waren Drogen am Tatort. Mehrere Kilo Kokain.«

»Die dienten nur zur Irreführung«, erwiderte sie geduldig. »Eine falsche Spur, um von der Wahrheit abzulenken.«

»Sehr, sehr teure Irreführung.« Was natürlich auch die Frage aufwarf: Warum hatte der Brandstifter die Ware nicht mitgenommen?

Sie tat die Bedeutung von mehreren hunderttausend Dollar Beweismaterial mit einem Achselzucken ab. »Gestern erschien Honeycutts Versicherungsagentin – bei einem Schaden dieser Größenordnung nichts Ungewöhnliches. Honeycutt hatte ihr gegenüber natürlich nichts von den Zweifeln an der Herkunft des Bildes erwähnt. Wäre ja auch schön dumm gewesen. Ich sagte ihr, es sei alles in Ordnung. Ich hätte das Gemälde nur zu einem Gutachter gebracht, um noch ein zweites Urteil einzuholen, reine Routinesache.«

»Sie haben gelogen.«

»Ja. Und das tue ich nicht gern. Ich hasse es sogar. Aber ich habe es getan, weil ich an meinen Ruf denken muss. Man vertraut mir. Hundertprozentige Zuverlässigkeit gehört zu meinem Beruf. Ich kann es mir nicht leisten, dass die Kunden sagen: *Sie* hat den Mist mit diesem Friedrich gebaut. Das geht einfach nicht.«

»Honeycutt wird dichthalten – schließlich will er ja die Versicherung kassieren. Der Vorbesitzer wird ebenfalls dichthalten; Ihres Wissens ahnt er ja gar nichts davon. Und das Bild kann nicht reden, weil nur noch ein paar ölige Atome in der Stratosphäre davon übrig sind. Erklären Sie mir also: Worin besteht eigentlich Ihr Problem?«

»In meinem Gewissen.«

Wir betrachteten einander durch die künstliche 50er-Jahre-Schummrigkeit. Gewissen. Was für ein großes, edles Wort! Nach meiner Erfahrung nahmen es die Leute in den Mund, wenn sie meinten: *O Gott das hätte ich nicht tun sollen das war eine Dummheit was wenn es jemand herausfindet?!* »Gewissen« hörte sich für ihren inneren Zensor besser an. »Gewissen ist eine Sache für Priester.«

Sie warf mir einen merkwürdigen Blick zu. »Diese altmodische Priestertracht mit der langen schwarzen Soutane und dem weißen Kragen würde Ihnen ganz gut stehen. Ihre hellen, beinah farblosen Augen – wie Sie so konzentriert dasitzen und vor sich hin nicken ...« Sie lachte – der brüchige Schimmer eines Geräuschs, das versuchte, Ratlosigkeit und Verwirrung zu überspielen und alles ins Lustige zu ziehen. »Tja, da sitze ich nun und beichte meine Sünden. Aber ich brauche keine Absolution. Oder Buße. Was ich brauche, sind Informationen.«

»Sie wissen etwa genauso viel wie ich. Sogar mehr.«

»Ich möchte, dass Sie mir helfen herauszufinden, wer Jim das angetan hat und warum.« Ihre Stimme klang heiser, glaubwürdig. »Meine Firma würde Sie dafür bezahlen, Lyon Art. Und sie würde gut zahlen. Vielleicht nicht ganz so lohnend, wie Ihre Privatanlagen, aber es wäre bestimmt besser, als ... sich mit nervösen Polizeirekruten in dieser Turnhalle herumzuschlagen. Aufregender.«

Ich fragte mich, was der Begriff »Aufregung« für sie bedeutete. Einen Nervenkitzel, ein sekundenlanges hormonbedingtes Muskelzittern und Anspannen der Sehnen. Aufregung entsteht durch Konfrontation mit der Gefahr. Ich mag Aufregung, wenn sie einer genau kontrollierten Gefahr entspringt: Bungeespringen, Skydiving, freies Tauchen vor der

Küste von Belize. Gefahr der unkontrollierten Sorte hat oft die unschöne Eigenschaft, dass Leute mit Messern oder Revolvern aus dem Dunkeln auftauchen und eine zigstel Sekunde über Leben und Tod entscheidet. Gefahr ist der winzige Moment, der zwischen zwei Atemzügen über jemandes Schicksal bestimmt, wo das Leben zweier Gegner einem Eiswürfel gleicht, der eine heiße Klinge hinunterrutscht, und wo Schnelligkeit den Ausschlag gibt – der Moment, wo »Überleben« bedeutet, schneller als der Blitz vom einen Stadium ins nächste überzugehen, jegliche Bedenken auszuschalten, ein Wesen zu sein, das einfach nur agiert und reagiert, sich durch eine Welt bewegt, in der sich alles um es herum so weit abkühlt und verlangsamt, dass man zwischen Schlägen und Kugeln hindurchgleiten kann, um jemandem das Herz aus der Brust zu reißen. Gefahr ist irrsinnig verlockend.

»Nein. Danke. Ich bin rundum glücklich und zufrieden.«

Julia Lyons-Bennet lehnte sich auf ihrem Stuhl zurück, bis ihr Kopf fast an den grässlichen orangefarbenen Schirm der Hängelampe stieß und bizarre Schatten auf ihr Gesicht traten. »Wenn Sie so glücklich sind, warum haben Sie dann den Polizeidienst quittiert? Warum laufen Sie dann mitten in der Nacht durch die Straßen und sehen dabei aus wie ein Gespenst? Warum treiben Sie sich dann mit gefährlichen, schmuddligen Typen in lauten, übel riechenden Bars herum, wo Ihnen keiner auch nur die Uhrzeit sagen würde, wenn er wüsste, wer Sie sind und dass Ihre Mutter König Haralds Botschafterin am Court of St. James ist?«

Mein Gesicht ist mein nützlichstes Instrument. Ich ließ es lächeln. »Haben Sie das vorher einstudiert?«

Ihre hohen Wangenknochen traten in dem Licht scharf hervor, aber Augen und Mund lagen im Schatten. »Ich bin keine ausgebildete Ermittlerin wie Sie, aber Jim war mein

Freund. Ich werde versuchen herauszufinden, was passiert ist, und zwar notfalls auch allein – ich bin nicht auf den Kopf gefallen und lerne schnell. Aber Sie könnten mir eine Hilfe sein. Ich bin bereit, dafür zu zahlen.«

Ich kenne mich aus mit Polizeiarbeit und Tod; ich kenne die Raffinessen der Diplomatie, die seltsamen Winkel, in denen die Kunst der Verstellung, Maskierung und High Society aufeinander prallen und sich vermischen. Und ich wusste auch, was *sie* nicht wusste: dass das Aufspüren eines Profikillers kein Spiel, kein Freizeitsport ist, den man übers Wochenende erlernen kann. Schon gar nicht, wenn dabei das eigene Leben auf dem Spiel steht.

Die Lampe erwärmte das glatte, glänzende, zum Zopf geflochtene Haar dieser Frau, und durch den bitteren braunen Kaffeegeruch stieg mir sekundenlang der Duft ihres Shampoos in die Nase – leicht, sonnig und stechend, wie die Moltebeeren am Fjord, wenn nach einem kurzen Sommerschauer die Sonne wieder herauskommt –, und ich erkannte sie ganz deutlich: ein naives Wesen, das sich für eine Zynikerin hielt – zu naiv, um zu begreifen, dass der Sprengsatz nach einem genauen Zeitplan gezündet worden war; dass der Anschlag ebenso ihr gegolten hatte wie Lusk oder dem Gemälde. Irgendjemand wollte diese Frau töten, die meine Personalakte gelesen und mich um Hilfe gebeten hatte, und wenn sie jetzt, mit ihren stümperhaften Bemühungen, Staub aufwirbelte, dann würde der Betreffende es wieder versuchen. So sagte ich zu meiner eigenen Überraschung: »Ja.«

Während ich die Abschrift meiner Zeugenaussage durchlas, lehnte sich Denneny – tadellos in einem kurzärmeligen weißen Leinenhemd gekleidet – auf der anderen Schreibtischseite behaglich zurück und putzte sich die Brille.

»In ›Blitz‹ gehört ein ›t‹ rein.«

Er stellte sich taub. Die Brille hatte tiefe Abdrücke auf beiden Seiten seiner Nase hinterlassen, und er musste sich die Gläser sehr dicht vor die Augen halten, um ihre Sauberkeit zu überprüfen. Sein Gesicht wirkte absolut konzentriert, frei von jeder Gefühlsregung, wie das eines Jungen, der den sezierten Körper seines ersten Goldfisches untersucht.

Ich unterschrieb mit Orts- und Datumsangabe. »Sie sollten wirklich in besser ausgebildete Schreibkräfte investieren.«

Er schob sich die Brille auf die Nase und hatte wieder ein Männergesicht. Er nahm die Zeugenaussage, überprüfte meine Unterschrift und legte das Ganze zuoberst auf einen Stoß Papiere, links von ihm.

»Ihre Rekruten waren diesmal besonders unbedarft.«

»Hoffentlich haben Sie keinem wehgetan«, antwortete er, eher geistesabwesend.

»Sie sollten selbst mal eine Stunde übernehmen.«

»Ich hab in letzter Zeit zu viel hinterm Schreibtisch gesessen –«

Wenn ihm etwas fehlte, dann eher seiner Seele als seinem Körper.

»– und außerdem würde man auf einen Captain nicht hören. Die würden zwar ›Zu Befehl!‹ sagen, aber eigentlich nur glotzen und kein Wort von mir registrieren.« Genau wie er – eigentlich – kein Wort von mir registrierte.

Ich stand auf. »Sollte irgendeiner die Anforderungen nicht erfüllen, geb ich Ihnen Bescheid.«

»Ja.« Er gab sich einen Ruck. »Ich weiß das zu schätzen, Torvingen. Das Dezernat kann es sich nicht leisten, dass Dienstkräfte im Krankenhaus rumliegen anstatt Patrouille zu schieben.«

Früher mal waren seine Rekruten nicht bloß Namen in einer Akte gewesen, Rädchen in seinem kostenintensiven

Dienstapparat. Ich versuchte mich zu erinnern, wann ich ihn das letzte Mal gut gelaunt oder lachend gesehen hatte. Ich wusste es nicht mehr. Zwanzig Jahre Polizeidienst hatten Stück für Stück alles getötet: seinen Ehrgeiz, seine Leidenschaft, und zuletzt seine Frau.

drei

Ich mag es nicht überrascht zu werden, schon gar nicht von meinem eigenen Verhalten, und ich wusste nicht, warum ich Julia Lyons-Bennets Karte überhaupt angenommen und mich für morgen früh halb neun mit ihr in ihrem Büro verabredet hatte. Wenn eine Maschine nicht richtig funktioniert, ist es ein Leichtes, sie auseinander zu nehmen und den Fehler zu suchen. Stürzt beispielsweise ein Computer ab, während man gerade online eine E-Mail zu lesen versucht, dann zuckt man einfach die Achseln, drückt auf den Startknopf und fährt alles wieder hoch.

Mein Startknopf ist Adrenalin.

Das *Revolution* ist zwar nicht die hippste Frauendisco in Atlanta, aber die größte: ein gewaltiger Bau in Ansley Mall. Als ich mit dem Saab in eine Parklücke glitt, füllte sich der Platz bereits mit den Fahrzeugen, die bei begüterten Südstaatenlesben so beliebt sind: apfelgrünen Samurais, blutroten Jettas, pfirsichgelben Kabrios, würdevoll goldlackierten Camrys und zwei silberfarbenen Isuzu Troopers. Es war erst zweiundzwanzig Uhr, und die Abgase der Rushhour lagen noch in der Luft. Hartriegelblüten bedeckten den Boden, und auf dem Parkplatz roch es nach Gummi, Asphalt und Parfum: ein erregender Großstadtgeruch. Ich vergewisserte mich, dass ich mein offenes, freundliches Gesicht aufsetzte.

Dienstags gibt es keine Türsteherin. Ich huschte hinein und holte mir an der Bar ein Corona. Es waren schon zirka zweihundert Gäste da: die eine Hälfte auf der Tanzfläche, die andere beim Trinken und Tratschen. Zwei der drei Billardtische waren besetzt. Am Rand des dritten lag Geld. Ich legte meine eigenen Vierteldollarstücke dazu, sah mich ein bisschen um und nahm einen Schluck von meinem Bier. Schön beißend kalt.

»Werfen wir eine Münze, wer anfängt«, sagte eine Frau, die mit ihrem langen Haar und der frischen Haut direkt von einer Farm zu kommen schien.

Ich lächelte. »Gern.«

Wir stellten uns einander vor. Sie hieß Cathy und spielte die erste Runde wirklich nicht schlecht. Ich ließ sie gewinnen.

»Noch eine?«

»Warum nicht?« Ich holte mir ein neues Bier.

Dieses Mal gewann *ich,* und es waren schon mehr Frauen da. Es wurde wärmer. Ich holte mir ein drittes Bier.

Cathy ging und wurde von Ellie abgelöst. Mir egal. Ich wartete, ließ mir das Bier schmecken und fühlte den Pulsschlag des Publikums, denn Publikum gibt es immer. Von den Frauen an den kleinen Tischen rings um den Billardbereich plauderten manche, während sie tranken und zusahen, aber andere taten nichts als trinken und zusehen.

Als Ellie von Jodie abgelöst wurde, merkte ich, dass die Disco fast voll war, und hielt den Zeitpunkt für gekommen. Ich lächelte Jodie an, steckte mir die Haare am Hinterkopf zusammen – um meinen Unterkiefer und die kleinen Muskeln am Genick zu betonen – und öffnete mich dem Publikum. Als ich die Kugeln zum Spiel bereitlegte, behielt ich die letzte in der Hand – wog sie, wie man eine Brust in der Hand wiegt, wenn deine Liebhaberin sich auf dir hoch und runter bewegt und dein Atem immer ein, aus, ein, aus geht. Ich beugte mich über den Billardqueue und ließ dabei das gelbe Licht der Lampe über dem Tisch die Vertiefungen in meinem Handgelenk und die langen glatten Muskeln meiner nackten Arme entlanggleiten, bis es sich in der geschwungenen schattigen Mulde von Schlüsselbein und Busen verlor. Als ich den Queue – den langen, wunderschön glatt lackierten, warmen, starken Queue – über das empfindliche Hautstück zwischen Daumen und Zeigefinger nach hinten zog, genoss ich dieses Gefühl und zeigte das auch auf meinem Gesicht; dann stieß ich mich mit meinen Hüften, meinem Arm, meinem Billardstab in die Kugel, durch sie hindurch, und das hübsche bunte Dreieck explodierte zu einem Dutzend rollender Einzelkugeln. Ich warf den Kopf nach hinten und lachte, als sie in den Löchern verschwanden: eins, zwei, drei. Jetzt auf die andere Seite des Tisches mit meinem Queue: Ich nahm das Stück Kreide (reib es über die Spitze, streichle sie damit, die abgerundete samtige Spitze, geh sicher, dass du keinen Millimeter übersiehst!), ließ meine linke Brust schwer auf dem Filz ruhen und streichelte an dem Stab auf und ab, auf und ab, kalkulierte dabei meinen Stoß, schätzte die Distanz ab, wartete, während mein Atem sich beschleunigte und der Moment zitternd im Raum hing, stieß dann erneut zu, und wieder um den Tisch, immer, immer, immer wieder, bis der Filz grün und völlig leer war und ich mich aufrichtete, mit steifen Brustwarzen unter meiner Seidenweste und einem langsamen, zufriedenen Lächeln. Da lächelte sie von der anderen Seite des Tisches zurück, stand auf und trat vor wie ein junges Reh, das den Schutz der Bäume verlässt.

Ich bestellte uns zwei Bier. Sie hieß Mindy und kam aus Birmingham, um hier unten in Atlanta ein Bewerbungsgespräch als Controllerin bei Coca-Cola zu führen. Sie bleibe zwei Tage und wohne in einem hübschen Innenstadthotel, kenne aber niemanden. Ob ich denn allein da sei, wollte sie wissen. O ja, antwortete ich und berührte sie leicht am Handgelenk. Jetzt endlich nahm ich ihren Geruch wahr – zart und blumig, aber nicht unschuldig. Sie presste ihre Hüfte sacht gegen die meine, hob ein wenig ihr Kinn, zwinkerte, und ich gab ihr einen Kuss.

»Was für helle Augen, beinah farblos«, sagte sie.

Wir tranken noch ein Bier, spielten weiter Billard, tranken noch ein Bier und tanzten; um eins fuhr ich sie dann zu ihrem Hotel zurück, zog ihr die Kleider aus, nahm mir alle Zeit der Welt, während ein spätes Gewitter im Hintergrund losbrach. Ich küsste sie, streichelte die sanften Flächen von Flanken und Schenkel, neckte sie mit Fingerspitzen, Atem und Blick, und als sie zitterte wie ein Drache an einer langen Schnur, als sie begann sich aufzubäumen und wieder zusammenzusacken, als sie mich anbettelte, da drehte ich sie um, beschwichtigte sie und ließ sie los.

Es war immer das Gleiche. Sie flogen, und ich flog, aber zu unterschiedlichen Zielen.

Später streichelte sie mir schläfrig die Wange. »Bei diesem Licht sind deine Augen anders. Wirklich farblos. Wie Zement.«

Die Beduinen beschreiben den Tag als die Zeit, wenn das Licht stark genug ist, um den Unterschied zwischen einem schwarzen und einem weißen Haar zu erkennen. Die Nacht verschluckt alle Farben.

Schließlich schlief Mindy ein. Ich lauschte dem Regen und betrachtete gedankenverloren das entspannte Gesicht: glatt, zart und sehr jung. Ganz bestimmt hielt sie sich für weltgewandt und lebenstüchtig, aber was, wenn sie gewusst hätte, dass sie neben jemandem schlief, der mit achtzehn zum ersten Mal getötet hatte? Was wusste sie schon von der Ausdruckslosigkeit, die immer in ihren Blick trat, bevor sie Blut spien oder versuchten, einen letzten rasselnden Atemzug zu tun?

Ich sah auf meine Hände – drehte sie im gedämpften Licht der Straßenlampen, das durch den Spalt zwischen den Vorhängen fiel. Es waren starke Hände; stark und professionell, mit hübsch manikürten Nägeln; hart genug für einen Schlag mit der Handkante, sanft genug, um auf einer straffen, zitternden Bauchdecke oder einem weichen Innenschenkel zarte Arabesken zu zeichnen. Das Blut an diesen Händen war unsichtbar.

Kurz nach Tagesanbruch wurde ich wach. Ich lag auf der Seite, hatte einen erbärmlichen Kater sowie einen Riesenappetit auf Eier und das herbe Aroma von Grapefruitsaft. Mindy kuschelte sich hinter mir heran, drückte den Bauch in meinen Rücken und ließ ihre Hand meinen Schenkel hochgleiten. Ich hörte auf, an Eier zu denken. Diesmal ging es direkter, einfacher, mit Grinsen auf beiden Seiten. Beklemmung war eine Sache für die Dunkelheit.

Dann rückte sie von mir weg, und ich merkte, dass sie damit durch war: halb sieben – Zeit, die Maske sachlicher Leistungsfähigkeit für die Jobsuche aufzusetzen. Es überraschte mich nicht, als ich sie nach dem Duschen in einem geschäftsmäßigen Kostüm sah, mit einem Make-up, das all ihre persönlichen Eigenschaften versteckte. Sie habe keine Zeit mehr, aber ich dürfe im Frühstücksraum des Hotels ruhig ihre Zimmernummer angeben. Ich bedankte mich höflich, wir nickten, statt uns noch einmal zu berühren, und ich ging.

Der Weg zu den Fahrstühlen war lang. Ich fragte mich, warum die Hotels in Atlanta ihre öffentlichen Bereiche immer so kalt ließen.

Der Saab roch noch immer schwach nach Mindys Parfum, nach den Rauch- und Bierdünsten aus der Disco, und ich ärgerte mich über meine eigene Dummheit. Alle Fenster weit geöffnet, raste ich nach Lake Claire zurück, wo ich feststellte, dass auf sämtlichen Weckern in meinem Haus »88:88«

blinkte – es hatte mitten in der Nacht einen Stromausfall gegeben. Zweifellos das Gewitter.

Ich schenkte dem Obdachlosen vor dem Marquis Tower Two einen Dollarschein, der von einer warmen Aprilbö fast weggerissen wurde. Dann betrat ich die ganz in Chrom und schwarzem Marmor gehaltene Lobby. Eine sehr gute Beschallungsanlage spielte Satie, und die Klavierklänge, die rings um die harten Wände und den polierten Boden glitten, machten den Ort wärmer und menschlicher. Aber nicht genug.

Vierunddreißig Stockwerke höher marschierte ich auf die Lyon-Art-Suite zu. Ich erwartete noch mehr glatte, glänzende Flächen, vielleicht mit irgendwelchen ungemütlichen Möbeln und elegantem, aber nichts sagendem Personal,doch stattdessen begrüßten mich Gelächter, bunte Farben und herzhafter Bratenduft. Die Frau, die gerade lachte – angenehm mollig und um die sechzig – drehte sich um, als ich eintrat, rollte ihren Stuhl unter den schönen Empfangstisch aus Kiefernholz und lächelte. »Guten Morgen. Kann ich Ihnen helfen?«

Die vier, fünf Personen in den Arbeitsnischen zur Linken hingen entweder am Telefon oder tippten auf ihrer Tastatur herum. Ich lächelte zurück. »Aud Torvingen. Ich habe einen Termin bei Julia Lyons-Bennet.«

Die Frau runzelte die Stirn. »Oh. Aber Sie sagte doch … Hat sie Sie denn nicht angerufen? Ich weiß genau, dass sie mir gestern Abend gesagt hat, sie werde mit Ihnen telefonieren.« Die Frau schwang sich auf ihrem Stuhl zu einem Mann herum, der an seinem Computer saß und einen Zimtwecken mampfte. »Ricky, sag mir, dass ich nicht schon völlig verkalkt bin. Gestern Nachmittag, als Julia diese Nachricht von InterCom bekam, da sagte sie doch, sie wolle Ms. Torvingen anrufen?«

»Klaro.«
Sie drehte sich wieder zu mir um. »Da ist wohl was aneinander vorbei gelaufen. Julia ist nicht da. Sie musste gestern nach Boston. Gestern Abend sagte sie noch, sie werde Ihnen Bescheid geben.«
Mir fiel das Gewitter ein, das an das Hotelzimmerfenster gedroschen hatte.
»Ich muss mich in Julias Namen entschuldigen. Hoffentlich hatten Sie keine zu großen Umstände. Ich weiß genau, dass sie dringend mit Ihnen hat sprechen wollen.«
Sie schaute so unglücklich drein, dass ich mich beeilte, sie zu trösten. »Ich glaube, ich weiß, was los ist. Wahrscheinlich hat sie eine Nachricht auf Band gesprochen, aber bei mir gab es heute Nacht einen Stromausfall. Der Anrufbeantworter hat alles gelöscht und sich wieder neu eingeschaltet. Deshalb blinkte, als ich heimkam, auch das Lämpchen nicht, und ich dachte, es wäre keine Nachricht drauf. Da kann wirklich niemand etwas dafür.«
»Dieses Elektrizitätswerk raubt mir langsam die Nerven, Ihnen nicht? Bei jedem Gewitter, *pfft*, ist der Strom weg. Um diese Jahreszeit ist es ja nicht so schlimm. Aber zum August hin, da werde ich einfach verrückt ohne Klimaanlage. Diese Hitze!«
»Ja, das geht mir ebenso. Wann wird Ms. Lyons-Bennet denn aus Boston zurückerwartet?«
Die Frau wirkte verblüfft. »Heute Vormittag. Habe ich das denn nicht gesagt? Nein, wahrscheinlich nicht.«
»Könnten Sie sie dann vielleicht bitten, mich anzurufen?«
Ich griff nach einer meiner nicht sehr viel sagenden Visitenkarten.
»Um Himmels willen, behalten Sie die. Sie hat ja Ihre Nummer. Und außerdem *müssen* Sie doch gar nicht so schnell verschwinden. Julias Flieger landet in« – rascher Blick auf die Armbanduhr – »nicht mal einer Stunde, und ich piepse

sie an, dass sie sofort hierher kommt. Nehmen Sie Zucker? In Ihren Kaffee«, fügte die Frau freundlich hinzu.
»Nein. Danke.«
Sie brach in hektische Betriebsamkeit aus. »Und Sahne? Ja? Ich wünschte, ich könnte Julia dazu überreden, dass sie Sahne nimmt. Haut und Knochen, mehr ist sie doch nicht. Ich sage ihr dauernd, sie könnte ein bisschen mehr Speck auf den Rippen vertragen, kein Mann führt doch ein Gerippe aus. Aber sie wirft mir jedes Mal nur diesen Blick zu.« Die Frau reichte mir den Kaffee, schaute durchbohrend auf meine unberingte Linke und nickte vor sich hin. »Rendezvous können für Karrierefrauen ein Problem sein.«
Ich musste an Mindy denken. Wahrscheinlich lächelte sie jetzt schon effizient ihren Arbeitgeber in spe an.
Die Frau warf mir ein verschmitztes Lächeln zu. »Los, schauen wir mal nach, ob wir diese Akte finden, die sie Ihnen hat zeigen wollen.«
Ich folgte der Angestellten an Ricky vorbei, der mir einen wohlgefälligen Blick zuwarf, dann hinter den Kabinen an einem großen Raum vorüber, in dem merkwürdige Kisten und Säcke voll Styroporflocken standen, in etwas hinein, das wohl Julias Büro war. »Da haben wir's ja schon!« Die Frau hielt mir einen kastanienbraunen Aktendeckel hin. Wo sie ihn hergezaubert hatte, war mir entgangen. »Aber stehen Sie doch nicht da wie ein Ölgötze. Setzen Sie sich, setzen Sie sich.« Ich ließ mich zu einem bequemen Sessel bugsieren. »Jetzt lesen Sie das da durch, trinken Ihren Kaffee, und ehe Sie's sich versehen, wird Julia schon hier sein.«
Ich kam mir vor wie eine Siebenjährige, die von der Mutter einer Freundin vertröstet wird, gewann meine Fassung aber so weit zurück, dass ich lächeln und sagen konnte: »Ich glaube, ich weiß nicht einmal Ihren Namen.«
Die Frau warf mir ein schelmisches Augenzwinkern zu, ant-

wortete »Mrs. Miclasz, aber nennen Sie mich Annie« und schloss die Tür hinter sich.
Ich nippte an meinem Kaffee. Er war köstlich, meisterhaft zubereitet und mustergültig wie wahrscheinlich alles, was Annie Miclasz in die Hand nahm. Eine von diesen unglaublichen Frauen, die meinten, ihre Tüchtigkeit hinter einem mütterlichen Äußeren verstecken zu müssen – und sie so lange versteckten, bis das Äußere zum wahren Kern wurde; eine dieser Frauen, die die Welt in Gang hielten; eine der Frauen, die nie im Leben etwas dafür zurückbekamen.
Das Büro war sehr groß und allem Anschein nach mehr für den praktischen Gebrauch, als zur Repräsentation eingerichtet. Zwei große Zeichentische, einer mit Blättern, die darauf festgeklemmt waren, ein Computer, sieben Aktenschränke, davon drei mit verschließbarem Rouleau, eine schlichte Eisenstatue in der Ecke neben dem gewaltigen Panoramafenster, zwei üppige Grünpflanzen, die ich nicht identifizieren konnte, und überall Lampen, die meisten davon ausgeschaltet. Ich hatte Kunstobjekte an den Wänden erwartet, aber stattdessen hingen dort Tabellen und Diagramme. Die Aussicht auf die Stadt bei Nacht bot bestimmt mehr als genug Entschädigung dafür.
Ich öffnete den Aktenordner. Auf der einen Seite war eine minuziöse Liste zu berechnender Arbeitsstunden befestigt (ich hob eine Augenbraue, als ich Julias Stundensätze las); dazu Telefonate; Verpackungsmaterial; Spezialtransporte; geschätzte Kosten für Flughafengebühren; eine Aufstellung zu treffender Sicherheitsmaßnahmen beim Transport nach und von Atlanta und Orly – alles über Subunternehmen; ein trübes, verwaschenes Polaroidfoto, das ein seltsam kantiges Bild zeigte, anscheinend ein zwischen Eisschollen brechendes Schiff, und in der unteren Ecke dieses Fotos den handschriftlichen Vermerk: *Caspar David Friedrich, 39 x 51, Öl …*

Ich sinnierte über den relativen Wert aller Dinge. Der Obdachlose draußen, der um ein paar Dinge bettelte. Tausende von Dollar, um ein einziges Stück Leinwand zu verschicken, das nicht einmal groß genug war, um jemanden vor Regen und Wind zu schützen.
Ich betrachtete wieder das Foto. Auch die Handschrift in der unteren Ecke wirkte spitzkantig; meines Erachtens eher die einer Lyons-Bennet als einer Miclasz. Interessanter war das, was man auf der anderen Seite des Aktendeckels befestigt hatte: teils von Hand, teils mit Maschine geschriebene Memoranden über sämtliche Telefongespräche zwischen Lyons-Bennet und dem Banker, einem gewissen Michael Honeycutt; zwischen Lyons-Bennet und Dr.phil. James D. Lusk, ASA, ISA; zwischen Lyons-Bennet und Paulette Ciccione, die sich als Versicherungsbeauftragte erwies.
Ich zog Schreibblock und Stift aus meiner Jackentasche, um mir beim Lesen Notizen zu machen. Telefonmemo: Am elften April hatte David Honeycutt die Firma Lyon Art gebeten, den Friedrich bis Monatsende nach Mantes-la-Jolie zu übersenden (eine sorgfältige Anmerkung in Julias Handschrift besagte: *Fünfunddreißig Meilen von Paris*) und sich um Versicherung und Transportüberwachung zu kümmern. Dazu Empfangsquittungen, laut derer Honeycutt das Bild am zwölften an Lyon Art übergeben hatte. Ich notierte mir: *Wer war Überbringer? Welche Art von Transport? Persönliche Übergabe?* und wandte mich dann erneut den Aufzeichnungen zu.
Ungefähr eine Stunde später ging die Tür auf, und Annie kam herein. »Ich habe sie angepiept. Julia müsste bald hier sein.« Sie nahm meine leere Kaffeetasse und nickte zufrieden. »Noch einen?«
Ich hatte einen Druck auf der Stirn. Zu wenig Schlaf und zu viel Bier. Dagegen konnte auch Koffein nichts ausrichten. »Nein, danke.«

Julias spätere Notizen waren alle handschriftlich. Der Verdacht, dass sie einen Fehler gemacht hatte und es sich bei dem Gemälde um eine Fälschung handelte, ließ sie verständlicherweise vorsichtig sein. Handschriftliche Notizen waren da viel sicherer als irgendeine Computerfestplatte. Ich hätte allerdings darauf gewettet, dass Annie Miclasz diese Akte haargenau kannte.

Als ich alles durchgelesen hatte, ging ich ans Fenster und starrte hinaus. Die Peachtree Street war, architektonisch gesprochen, reine John-Portman-Domäne. Schräg gegenüber erhob sich das One Peachtree Center, das so typisch für Portmans Neu-Atlanta war. Seine offene, aus Metallgerüst bestehende Spitze, arrogant, zu groß, ohne jede Rücksicht auf die Nachbarschaft hochgezogen, glitzerte protzig und golden in der Vormittagssonne. Links daneben stand ein zweites von Portmans monströsen Hochhäusern, aus sandbraunem Stein und mit boshaft wirkenden, gefängnisartigen Fenstern, das hoch in der Luft über diese albernen Glasröhren, die mein Freund Dornan immer als »Wühlmausgänge« bezeichnet, mit dem Mariott Marquis und dem Gaslight Tower verbunden war. Nervöse Menschen hasteten darin hin und her, während unten auf den Straßen der Verkehr brodelte; dabei war es noch ewig hin bis zur nächsten Rushhour oder auch nur Mittagspause. Ich fragte mich beiläufig, was für eine Art Schaden wohl ein, zwei Tretminen in diesen Röhren und unten auf der Straße anrichten würden.

Atlanta war eine Großstadt, die mit jedem Tag noch größer wurde: Drei Millionen Menschen, die hier lebten, atmeten, arbeiteten, Bäume fällten, Müll und Abgase ausstießen. Und diese Woche waren es einer weniger als vorher: Dr. phil. Jim Lusk, ASA, ISA. Wie passte er in diese Geschichte von dem gefälschten Gemälde, dem Kokain und dem Banker? Die Polizei ging dem Fall nicht weiter nach; sie glaubte nur allzu gern an die Story vom schief gelaufenen Drogendeal, aber Drogendealer würden kein Rauschgift im Wert von mehreren hunderttausend Dollar herumliegen lassen, damit die Polizei es nur aufzuheben brauchte.

Morde werden aus einer Vielzahl von Motiven verübt, aber in Anbetracht des Schätzwerts dieses Gemäldes und des Kokains hätte ich auf Geld, Macht oder eine Warnung getippt. Oder alle drei zusammen. Die Frage war: wessen Geld, wessen Macht, welche Warnung und an wen?

Fragen Sie jeden beliebigen Flugbegleiter und er wird Ihnen sagen, die schlimmsten Passagiere sind immer die aus der ersten Klasse: Vorstandsmitglieder, die ihre Notdurft aufs Getränkewägelchen verrichten und Leinenservietten zum Abputzen verwenden, wenn man ihnen die dritte Flasche Wein nicht schnell genug bringt; die siebzehnjährige Tochter eines Araberscheichs, die das Personal kneift und schlägt, wenn es nicht mit belgischer Schokolade aufwarten kann. Diese Leute besitzen Geld und Macht, und sie sind es gewöhnt, dass die Welt jede ihrer Launen mitmacht. Lusks Ermordung lief auf das Gleiche hinaus wie jeder andere Mord: Jemand da draußen glaubte, dass die Regeln, die alle Welt befolgte, für ihn nicht galten.

Hinter mir ging die Tür auf. Julia. Ohne Mantel, die Haare so ordentlich geflochten, dass sich entweder der Wind gelegt hatte, oder sie sich die Zeit genommen haben musste, sich nach der Landung frisch zu frisieren. Sie trank kleine Schlückchen aus einer großen Henkeltasse: wahrscheinlich hatte Mrs. Miclasz sie bereits informiert.

»Tut mir Leid, dass ich Sie warten ließ.«

Ich deutete mit einem Kopfnicken nach der Akte, die immer noch auf dem Stuhl lag. »Das war sehr aufschlussreich.«

»Ich nehme an, Sie haben ein paar Fragen.«

»Stimmt. Aber besprechen wir das beim Mittagessen. Ich hatte heute keine Zeit zum Frühstücken.«

»Gern. Nur sollten wir uns vorher um eine kleine Formsache kümmern: Ihr Honorar.« Hier, auf ihrem eigenen Terrain, wirkte sie anders: irgendwie gefestigter und tatkräftiger; mehr in sich geschlossen.

Ich hatte keine Ahnung, was Privatdetektive verlangen. »Einsfünfundzwanzig die Stunde plus Spesen, sowie dreitausend Dollar Vorschuss.«

»Der Vorschuss ist okay, aber ich kann höchstens achtzig pro Stunde zahlen, und die einzigen Spesen, die ich anerkenne, sind Reisekosten.«

»Einhundert, Reisekosten und Essen.« Und mit einem Lächeln fügte ich schließlich hinzu: »Das Mittagessen geht auf *mich.*« Ich hatte ihr Geld zwar nicht nötig, aber nach dem, was sie für ihre eigenen Dienste verlangte, konnte sie es sich leisten.

Sie willigte ein, ohne sich eine Blöße zu geben, und bat Mrs. Miclasz um die Ausfertigung eines Vertrags, der in verdächtig kurzer Zeit vorlag. »Engagieren Sie oft Privatdetektive?« Sie zuckte die Achseln, was ich als »Nein« verstand. Ich las den Vertrag sorgfältig durch – er erschien mir ziemlich knapp und eindeutig; dann unterschrieben wir beide. Mrs. Miclasz stellte einen Scheck aus – eins von diesen überdimensionalen Dingern, wie sie in Firmen üblich sind und das ich zweimal zusammenfalten musste, um es in die Tasche zu bekommen.

Das alte *Murphy's* hatte mich früher an die Unterdecks eines Segelschiffes aus dem neunzehnten Jahrhundert erinnert: heiß und stickig, mit knallengen Sitznischen und niedriger Decke. Aber vor fünf Jahren war das Lokal in ein Gebäude gleich auf der anderen Straßenseite umgezogen, und Julia und ich nahmen einen Tisch an einem der vielen langen offenen Fenster, wo die Frühlingsluft – nun da wir aus den Straßenschluchten des Geschäftsviertels heraus waren, auf eine sanfte Briese abgeflaut – weiß-rosa Hartriegelblüten

über die beflaggte Tür hinwehte und ich mich am liebsten in der Sonne geaalt hätte wie eine Katze.
Ich bestellte einen Salat- und Gemüseteller mit Oregano/Knoblauch-Dressing, gefolgt von Zitronenhühnchen an wildem Reis. »Und bitte bringen Sie uns schon mal etwas Brot.« Julia vertiefte sich in die Speisekarte. Ihre blauen Augen hatten in der prallen Sonne die Farbe von verblasster Tinte. Ich nippte müßig an meinem Wasser und verspürte einen Anflug von Begehren, als sich eine Kellnerin mit freiem Bauchnabel vorbeilavierte und mich daran erinnerte, wie sich Mindys geschmeidiger Körper unter meinen Händen angefühlt hatte.
Niemals Geschäftliches mit Privatvergnügen vermischen! Ich richtete meine Gedanken auf diesen Brand – was er mit einem Menschen gemacht hatte. »Irgendjemand da draußen wollte Lusk aus einem ganz bestimmten Grunde ermorden. Haben Sie eine Ahnung, wer?«
»Nein. Aber das mit dem Drogendeal ist einfach Quatsch.«
»Stimmt.«
»Dann geben Sie mir Recht?«
»Das Kokain sollte nur zur Irreführung dienen. Hatte Lusk irgendwelche Feinde – oder irgendwelche Freunde, Bekannte, Liebschaften, Ex-Ehefrauen?«
»Nein. Zumindest nicht, dass ich wüsste.«
»Wie gut waren Sie mit ihm befreundet?«
»Gut.« Pause. Sie musste sich offensichtlich einen Ruck geben, ehe sie die Karten auf den Tisch legte. »Wir verstanden uns sogar immer besser. Kennen gelernt hatten wir uns vor zehn Jahren, an der Northwestern. Er war einer meiner Dozenten. Wir blieben in Kontakt. Als er vor sechs Jahren nach Atlanta zog, haben wir uns einmal zum Mittagessen verabredet. Danach regelmäßig. Manchmal, wenn er ein seltenes Gemälde oder Porträt dahatte, aßen wir auch bei ihm daheim, damit ich es mir einmal ansehen konnte. Das klingt

nach nichts Besonderem, aber für ihn war es das. Er war ein freundlicher, gepflegter Herr. Schüchtern. Ich glaube, ihm wurde erst nach all diesen Jahren klar, dass ich nichts von ihm wollte außer seiner Freundschaft – seiner Sachkenntnis und seiner Liebe zur Kunst. Er ging allmählich aus sich heraus. Wir hatten die Idee, diesen Sommer vielleicht nach Memphis zu fahren und uns die dortige Ausstellung über die Moderne anzusehen. Er reiste nicht gerne, aber er war schon so aufgeregt ...« Sie starrte unverwandt aus dem Fenster.

Ich wollte nicht, dass sie weinte, bevor ich das Essen vor mir stehen hatte. »Hatten Sie mit ihm eine Liebesbeziehung?«

»Nein.« Eine knappe, unterkühlte Antwort. Ich konnte mir die aufsteigenden Tränen vorstellen, die auf Julias Hornhaut erstarrten.

»Was bedeuten die Abkürzungen ISA und ASA?«

»International Society of Appraisers und American Society of Appraisers – zwei Gutachterverbände.«

»Hat er *so* sein Geld verdient?«

»Ja. Wie gesagt, er reiste nicht gern und hasste es, zu fliegen. Darum, verriet er mir einmal, setzte er seine Reisespesen auch irrsinnig hoch an. Aber es gab doch immer wieder ein besonders kniffliges Identifizierungsproblem, beispielsweise in New York oder Vancouver, und einen Kunden, der bereit war, dieses astronomische Honorar plus Kosten für eine Bahnfahrt erster Klasse zu bezahlen.«

»Sie sagen ›irrsinnig hoch‹ – wie viel denn genau?«

»Ich weiß nicht. Aber vermutlich so um die viertausend Dollar pro Tag.«

Pro Tag! »Demnach befand er sich in keiner finanziell angespannten Situation.«

»Nicht dass ich wüsste. Aber er war ja ein sehr verschlossener Mensch.«

Ich zog meinen Block heraus, notierte mir darin, Lusks Person näher zu untersuchen und ein paar Fragen bezüglich des am Tatort gesicherten Kokains zu stellen. Dann kam der Salat, und ich widmete mich einige Minuten meinem Essen, ehe ich in dem Notizbuch zu den Anmerkungen zurückblätterte, die ich mir bei der Lektüre von Julias Akte gemacht hatte.

»Erzählen Sie mir Näheres über den Transport des Gemäldes von diesem Bankier zu Ihrem Unternehmen. Jemand von Ihrem Personal hat es in Marietta abgeholt – war das Honeycutts Privatadresse oder sein Büro?«

»Seine Privatadresse. Er arbeitet drinnen in der Stadt, bei Massut Vere.«

»Erhielten Sie das Bild von ihm persönlich oder durch irgendeinen Mittelsmann?«

»Ricky und Maya – das heißt, Ricard Plessis und Maya Hall –, die beide schon lange für mich arbeiten, fuhren vormittags um zehn mit einem unserer Transporter zu Honeycutt und nahmen das Gemälde von Honeycutts Haushälterin entgegen. Es war schon in einer Kiste verpackt. Sie gaben der Frau eine Empfangsquittung.« Zügig, klar und präzise: Offensichtlich war sie das alles selbst im Geist durchgegangen, bevor sie es mir erzählte.

»Haben Ihre beiden Mitarbeiter das Objekt ausgepackt und noch einmal überprüft, ehe sie die Quittung ausstellten?«

»Nein.«

»Und die Tatsache, dass es schon in einer Kiste verpackt war – hat das Ricky oder Maya nicht misstrauisch gemacht?«

»Nein. Es ist üblich, solch wertvollen *Objekte* zu schützen.«

»Aber *Sie* haben es ausgepackt, um noch einmal nachzusehen?«

»Nein. Das heißt, ja, ich *habe* es ausgepackt, aber auch das ist üblich. Wenn ich für den sicheren Transport eines Gemäldes verantwortlich bin, dann verpacke ich es gern so, dass es nicht etwa Kratzer abbekommt. Die Besitzer haben manchmal sehr eigentümliche Vorstellungen vom Verpacken von Bildern. Ich habe schon Horrorstorys gehört, wie alte Meister in Zeitungspapier geschlagen wurden und wie bei der Ankunft grauenhafte Abdrücke von Comics auf einer altehrwürdigen Stirn waren.«

»Meinen Sie, die Kunden wissen, dass Sie ihre mühevoll gemachte Verpackung wieder öffnen?«

Sie dachte darüber nach. »Keine Ahnung. Wenn einer fragt, sagen wir, wir haben unser eigenes Verpackungsmaterial, um das Werk auf dem Transport vom Kunden zu Lyon Art zu schützen; aber es fragen sowieso nur wenige. Sie nehmen an, wir stecken das eingepackte Objekt einfach nur in eine Kiste.«

»Wie gut war dieser Friedrich – oder diese Friedrich-Kopie – denn verpackt?«

»Sehr gut. Saubere Leintücher. Holzkiste mit ganz genauen Abmessungen und dem richtigen Füllmaterial. Eigentlich dieselbe Verpackung, wie ich sie vor zwei Jahren schon dem ersten Käufer zusandte, Charlie Sweeting.«

Ich machte mir eine Notiz. »Erzählen Sie mir über das Gemälde.«

Allem Anschein nach ließ Caspar David Friedrich sich mit einigem Recht als bedeutendster Maler der deutschen Romantik bezeichnen. Seine Technik war ganz auf den Gegenstand abgestimmt und von peinlicher Genauigkeit. Das Bild stammte aus dem Jahre 1824 und war für drei Millionen Dollar versichert. »Auf einer Auktion würde es natürlich etwas weniger einbringen, denke ich. Vor zwei Jahren, als ich es für Sweeting gekauft habe, erzielte es ein und eine Viertel Million.«

»Und damals, vor zwei Jahren, waren Sie von seiner Echtheit noch überzeugt?«

»O ja.« Ihre Pupillen wirkten klein und schmal.

»Ich verstehe nicht so viel von Kunst, wie für diese Sache nötig wäre«, sagte ich scheinbar unbekümmert, »sollte ich also Fragen stellen, die Ihr Fachwissen oder, noch schlimmer, Ihre Seriosität in Zweifel ziehen, dann schieben Sie das bitte auf meine Ignoranz, aber beantworten Sie sie. Ich brauche diese Informationen.« Sie nickte eifrig vor sich hin, als wolle sie nie wieder aufhören. »Weshalb also waren Sie damals sicher, dass das Gemälde echt sei, so wie Sie heute sicher sind, es handele sich um eine Kopie?«
»Friedrichs Arbeiten haben so etwas ganz Besonderes, eine prismatische Einsamkeit, die einen nicht mehr loslässt.« Sie klang überhaupt nicht mehr schüchtern oder zurückhaltend. »Sie versuchen den Betrachter nicht zu manipulieren. Sie versuchen die Gefühle nicht so zu beeinflussen wie beispielsweise Turner mit seinen nebulösen Farbnuancen.«
»Nebulöse Farbnuancen?«
»Das hat Constable einmal gesagt. Jedenfalls schien mir, als ich die *Zerdrückte Hoffnung* zum ersten Mal sah, diese Klarheit, diese Eindeutigkeit vorhanden zu sein. Als ich es zwei Jahre später wieder sah, nicht.«
Interessant, wie viel förmlicher sie sprach, wenn sie sich über Kunst ausließ. »Wenn Sie sich also entscheiden müssten, würden Sie dann sagen, Sie haben sich vor zwei Jahren getäuscht, oder gibt es vielleicht *zwei* Gemälde?«
In diesem Moment kamen unsere Vorspeisen, und sie nahm sie zum Anlass, um ihre Antwort hinauszuzögern; nach einer Weile sagte sie jedoch seufzend: »Das weiß ich nicht. Ich *glaube*, es gibt zwei unterschiedliche Gemälde, aber ich habe keine Ahnung, wie ich das beweisen soll.«
Wir aßen eine Weile. Falls die Fälschung sich in Luft aufgelöst hatte, wo war dann das Original? »Als Sweeting damals über Sie das Bild gekauft hat, haben Sie da seine Herkunft überprüft?«

»Natürlich habe ich es mir mal angesehen. Der damalige Verkäufer besaß es seit über dreißig Jahren und zeigte mir die Expertise, die er selbst in den Sechzigern von dem Auktionshaus erhalten hatte.« Ich runzelte die Stirn, aber noch ehe ich etwas sagen konnte, fügte Julia hinzu: »Eine Expertise, ein Herkunftsnachweis von einem angesehenen Auktionshaus ist so etwas wie ein Wertpapier, eine Banknote. Man ... akzeptiert sie einfach.«

»Besitzen Sie eine Kopie dieser Urkunde?«

»Ja.«

»Ich glaube, wir müssen uns die Arbeit aufteilen: *Ich* gehe den beteiligten Personen nach, *Sie* kümmern sich um das Gemälde.« Sie brauchte unbedingte Klarheit über dessen Herkunft; die Zweifel an ihrer eigenen Sachkenntnis zehrten sie auf. »Finden Sie heraus, was Sie nur können. Verfolgen Sie die Sache notfalls bis ins letzte Jahrhundert. Ich brauche die Adressen von Honeycutt und Sweeting. Und, Julia, wenn ich von Arbeitsteilung rede, dann meine ich das auch so. Lassen Sie die Finger von Honeycutt und Sweeting. Halten *Sie* sich an das Gemälde. Meinen Sie, Sie können das?«

»Wieso?«

»Weil ich es zur Bedingung für unsere Zusammenarbeit mache.« Ich zog den überdimensionalen Scheck aus der Tasche. »Wenn Sie nicht einverstanden sind, zerreiße ich den hier und jetzt und wir trennen uns in freundlichem Einvernehmen.«

»Aber weshalb –«

Ich hielt den Scheck hoch. »Ja oder nein.«

»Ich habe ja wohl keine Wahl. Gut, einverstanden. Ich lasse die Finger von Honeycutt und Sweeting.«

Wir unterhielten uns noch ein bisschen über dieses und jenes. Ich zahlte. Dann traten wir hinaus in den Sonnenschein und blieben bei unseren jeweiligen Wagen kurz

noch einmal stehen. Nach Chi-sao erschien ein Händedruck lächerlich.
»Ich werd mich melden«, sagte ich.

»Benny? Hier Torvingen. Ja, ich weiß, es ist lange her, aber warum sollte ich in einem muffigen Beweismittelarchiv rumhängen, wenn ich nicht muss? Sehr schön, sehr schön. Aber was ich eigentlich sagen will – jetzt hören Sie mal zu, Benny, rein neugierhalber: Was können Sie mir über den Koks erzählen, den man Anfang dieser Woche bei dem Brand im Inman Park sichergestellt hat? Nein, Benny ... Benny, ich brauche ja nicht alles zu wissen. Sagen Sie mir bloß, ob der Stoff echt war oder hundertmal verschnittenes Dreckszeug. Tatsächlich? Sind Sie sicher? Ja, ich Sie auch. Wie wär's gegen Ende der Woche? Da kommt ein neuer Katherine-Bigelow ins Kino.«
Ben Heglund war ein Filmnarr. Er hätte alles dafür gegeben, einen Film eine Woche vor dem offiziellen Start zu sehen. Außerdem war er gut einssiebzig groß, dünn wie eine Bohnenstange und konnte mehr Junkfood verschlingen als jeder andere, den ich kannte.
Dann war das Kokain also unverfälscht. Koks im Wert von mehreren hunderttausend Dollar, den man hatte liegen lassen, damit die Polizei ihn einsammeln könnte. Und warum? Das passte genauso wenig zu dem Drogenkrieg-Szenario wie der Mord selbst.
Morde in der Drogenszene fielen meist in zwei Kategorien: einfache Revierkämpfe unter Banden – wer beherrscht welches Gebiet, wer entscheidet über den Marktwert? – und Kämpfe zwischen echten Rauschgiftbossen, was zu spektakulären Hinrichtungen ganzer Familien und manchmal sogar von deren Freunden und Bekannten führen konnte – als grausiges Exempel für kleine Fische, die sich in Versuchung fühlten, größer zu werden. Diesen Brand, bei dem Lusk ums

Leben gekommen war, hatte man jedoch mit chirurgischer Präzision durchgeführt.

Drei Namen: Lusk, Honeycutt und Sweeting. Lusk war tot und aus dem Rennen; und Sweeting gegenüber hatte Julia nichts von Lusk und ihren Zweifeln an der Herkunft des Gemäldes geäußert. Es bestand kein Grund zur Eile. Honeycutt hatte ja keine Veranlassung zu glauben, irgendjemand hegte irgendeinen Verdacht gegen ihn, und Menschen, die sich in Sicherheit wiegen, sind selten gefährlich.

Ich ließ mir das Ganze immer wieder durch den Kopf gehen. Ich hatte zwar mehr Zeit bei den Red Dogs, dem Sondereinsatzkommando der Polizei von Atlanta, zugebracht als im regulären Ermittlungsdienst, aber im Prinzip war es ja ganz leicht: Informationen sammeln, Beweise aufnehmen, verhaften – oder, in diesem Fall, alles der Polizei übergeben, damit sie die Verhaftung vornehmen konnte. Aber Informationen waren immer der erste Schritt.

Obwohl ich Charlie Sweetings Nummer hatte, schlug ich sie im Telefonbuch nach. Er wurde als *Charlie Sweeting* aufgeführt, nicht als C. oder *Charles*, und die Nummer stimmte mit der, die mir Julia gegeben hatte, überein. Ich rief bei ihm an. In dem Südstaatenakzent, der den Einwohnern von Neu-Atlanta so peinlich zu sein scheint, erklärte er sich zu einem persönlichen Treffen mit mir bereit, sobald ich bei ihm vorbeikommen könnte.

Er wohnte nur zehn Minuten von mir, in der Spring Street, wo die Dienstbotengebäude im Garten hinterm Haus größer waren als mein eigenes. Ich bremste vor dem weitflächigen Rasen einer Luxusvilla, den man wahrscheinlich vor sechzig Jahren angelegt hatte und auf dem tausende, vielleicht sogar zehntausende prächtiger Tulpen leuchteten. Bei dieser Hitze würden sie sich nicht lange halten, egal wie viele Gärtner der Hausherr beschäftigte. Einer von ihnen war ge-

rade draußen, in einer durchgewetzten weiten Sommerhose, und fleißig mit einer Pflanzenschere zugange.
Als ich mich der Tür näherte, richtete er sich auf, und ich merkte sofort, dass er nicht der Gärtner war. »Miss Torvingen?«
Weißer, schön zurechtgestutzter Schnauzbart, blaugraue Augen, dünn, Sommersprossen auf der ledrig verrunzelten Haut seiner Arme, Leberflecke, die durch das schüttere gelbweiße Haar schimmerten. Alt genug, um in seinem Umgang mit Frauen eigensinnig zu sein. »Ja.«
Er zog seine Arbeitshandschuhe umständlich aus und streckte mir eine lange, wunderbar gepflegte Hand entgegen, die absurd jung, kraftvoll und geschickt wirkte. »Wie geht's Ihnen?«
»Ist ein bisschen warm.« Eigentlich schwitzte ich nicht besonders, aber ich bin zu groß und agil, als dass altmodische Südstaatler sich in meiner Nähe je entspannen könnten, bevor sie sich nicht davon überzeugt haben, dass sie die körperlich Überlegenen sind. Er führte mich in die gut durchlüftete Eingangshalle und dann in ein sonniges Empfangszimmer. Im Hintergrund flüsterte eine Klimaanlage. Er zog mir erst einmal einen Stuhl heran, bestellte bei seiner Haushälterin einen Eistee für mich und fragte mich dann, ob die Temperatur angenehm sei.
»Köstlicher Tee«, sagte ich, als das Getränk kam, und das war er auch: braun und stark wie der Arm eines Tennisspielers, kühl und mit genau dem richtigen Schuss Zitrone.
»Danke sehr. Bessie macht ihn seit zwanzig Jahren für unsere Familie und immer nach demselben Geheimrezept.«
Ich lächelte, und wir bewunderten selbstgefällig unsere Konversation: Ich war so wohlerzogen, nichts zu überstürzen und seine Gastfreundschaft erst gebührend zu würdigen, während er sich einerseits als so gut situiert zu erkennen gab, dass seine Familie eine alte Haushälterin besaß, an-

dererseits als so souverän, dass er nach Lust und Laune in seinem Garten herumwerkelte.

»Also, Miss Torvingen –«

»Aud bitte.«

»Dann müssen Sie mich aber Charlie nennen. Wie ich von Miss Lyons-Bennet höre, gab es irgendwelche Unannehmlichkeiten mit dem Gemälde, das ich Honeycutt verkauft habe. Irgendetwas mit einem Brand und nun Fragen bezüglich der Versicherung.«

»Ja.«

»Und ich kann Ihnen da helfen, meinen Sie?«

»Ganz bestimmt. Ich wäre Ihnen dankbar, wenn Sie mir zuerst einmal den Grund für Ihren Entschluss zum Verkauf verraten könnten.«

Er betrachtete den europäischen Schnitt meiner Kleider. »Ich weiß nicht, wie lange Sie schon in Atlanta leben, Aud, aber es ist ein hitziges, draufgängerisches Pflaster. Selbst heute noch lässt sich hier ein Vermögen machen.« Er wusste ebenso gut wie ich, dass Vermögen im heutigen Atlanta von Immobilienhaien mit kalten Augen und gespaltener Zunge gemacht wurden. »Ich bin selbst ein hitziger Mensch, und dieses Werk von Friedrich wirkte so kalt, wenn man jeden Tag davor aufwachte – jeder Pinselstrich so beherrscht, dass Eis dagegen wie ein Stoß Briketts wirkt. Ich hatte das verdammte Ding einfach satt.«

»Und Sie haben nie begonnen sich zu fragen, ob es überhaupt echt es ist?«

Sein Gesicht erstarrte einen Moment. Dann dehnte es sich zu einem Grinsen, das breit genug war, Sweetings Geheimratsecken ein Stückchen tiefer an die Augenbrauen zu ziehen. »Ach, darum geht es also! Kein Wunder, dass Julia am Telefon so verteufelt rumgedruckst hat. Sieht aus, als hätte ich mir das Ding gerade noch rechtzeitig vom Hals geschafft. Hält man meinen Friedrich für eine Kopie?«

»Kommt darauf an, wen Sie mit ›man‹ meinen.«
»Ach, reden wir doch nicht um den heißen Brei!« Er sprühte jetzt von Humor und guter Laune: Ihn hatte noch keiner aufs Kreuz gelegt. Er war immer noch allen über. »Eigentlich wollen Sie also wissen: Hat einer *mich* für dumm verkauft, oder habe ich selbst es bei jemandem versucht?«
»Ja, das trifft den Nagel ziemlich auf den Kopf.«
»Dazu kann ich nur sagen, dass ich von Julia Lyons-Bennet in gutem Glauben ein Gemälde gekauft und genau dieses Gemälde in ebenso gutem Glauben vor drei Monaten weiterverkauft habe. Ich war – und bin übrigens immer noch – überzeugt, dass es echt ist. Niemand außer einem Deutschen mit Leichenbittermiene und hohem Stirnrunzelfaktor hätte etwas so Humorloses malen können. Nein, nein«, sagte er leutselig, »was ich Ihnen nicht verraten kann, ist lediglich, warum ich das Ding überhaupt gekauft habe.«
Ich versuchte es aus einer anderen Richtung. »Wie kam es, dass Sie das Gemälde Honeycutt anboten?«
»*Er* machte *mir* ein Angebot.«
»Und wie kam *das* zu Stande?«
»Wir waren auf einer dieser verfluchten Benefizveranstaltungen, ein Dinner zu Gunsten des Zoos oder vielleicht auch des Symphonieorchesters. Jedenfalls hat er mich nach angesehenen Händlern in dieser Stadt gefragt. Ich erzählte ihm von Julia – dass sie mir zu einem guten Preis einen Friedrich beschafft hätte, obwohl ich das verdammte Ding jetzt hassen würde. Ein paar Monate später sind wir uns in Turners Box bei einem Spiel der Braves zufällig wieder begegnet.« Er war viel zu wohlerzogen, um abzuwarten, ob ich bemerkt hätte, dass er Ted Turners Gast gewesen war, aber ich zeigte trotzdem die gewünschte Reaktion und hob die Augenbrauen. »Honeycutt erinnerte sich noch an unser Gespräch. Danach redeten wir ein bisschen über andere Dinge, Geldanlagen et cetera. Es ist immer gut, wenn man

noch einen anderen Banker kennt. Deshalb lud ich ihn zu der Party ein, die ich alljährlich veranstalte, um mich all meiner Gesellschaftspflichten zu entledigen – schlägt etwa hundert Fliegen mit einer Klappe. Jedenfalls hat er zugesagt. Während dieser Party – und das weiß ich noch ganz genau, weil gerade das Essen auf den Tisch kam, und Gans wird ja immer so schnell kalt – bat er mich, sich das Gemälde einmal anschauen zu dürfen. Es hing oben im Ankleidezimmer. Also sagte ich ihm, er solle es nach Herzenslust anschauen, aber nicht zu lange, wenn er noch irgendwas von dem Vogel abbekommen wolle. Als er wieder runterkam, meinte er, er würde das Bild gern kaufen. Ich antwortete, genauso gern würde ich es ihm auch geben, falls er bezahle, was ich vor zwei Jahren dafür bezahlt hatte, plus zehn Prozent Wertsteigerung – der Wert von Kunst steigt ja ständig, selbst steife deutsche Fehlschüsse wie dieser – und sämtliche Unkosten. Das war's so im Großen und Ganzen.«

»Wann fand Ihre Party statt?«

»Am neunzehnten Januar.«

»Und das Braves-Spiel?«

»Das müsste September gewesen sein, so um den Dreh.«

»Sagen Sie: Was halten Sie von Honeycutt?«

Seine Augen funkelten vor Belustigung. »Er kann gut reden und kennt die richtigen Leute, aber ich würde mein Geld nicht bei ihm anlegen, und erst recht würde ich ihm nicht zutrauen, dass er seinen Hund erschießt, wenn's drauf ankäme. Da können Sie Gift drauf nehmen!«

Ich überlegte einen Moment. Der gute alte Charlie Sweeting hatte etwas für mich übrig, hielt mich wahrscheinlich für ein cleveres nettes Ding. »Ich würde Sie gern um einen Gefallen bitten.«

»Schießen Sie los.«

»Ich möchte Mr. Honeycutt persönlich kennen lernen, ohne dass er weiß, warum. Das Ganze ist eine sehr heikle

Angelegenheit. Schließlich geht es um Ms. Lyons-Bennets Reputation und so weiter. Vielleicht wüssten Sie da ja eine Möglichkeit?«

»Naja, kann schon sein ... Geben Sie mir einen Tag Zeit, darauf herumzukauen; vielleicht fällt mir was ein.«

Ich ließ ihm meine Karte da und verabschiedete mich von einem sehr mit sich zufriedenen Charlie Sweeting.

Beim Ausbau der Veranda und des Haupttrakts in meinem Haus habe ich eins der beiden Schlafzimmer zu meiner Werkstatt gemacht. Sie ist sehr groß und quadratisch, mit einem Boden aus Fichtenkernholz, großen Fenstern und Oberlicht. Direkt an den weißen Wänden, die am weitesten von der Tür entfernt sind, stehen meine Werkbänke mit Schraubstöcken und Drehbank, Montagegestell und Schwenkarmsäge sowie die Bandschleifmaschine – alles gute Qualität, leistungsstark und einigermaßen neu. Wenn ich sie brauche, nehme ich sie, und wenn nicht, vergesse ich sie. An der Wand rechts, wenn man hereinkommt, bewahre ich mein Handwerkszeug auf, von dem ich manches schon seit meiner Teenagerzeit habe. Meine Bindeahle zum Beispiel habe ich bei einem Schrotthändler in einem kleinen Städtchen in Yorkshire gefunden; sie stammt wahrscheinlich aus den Zwanzigern, und ihre glatten Holzgriffe liegen mir in der Hand wie angegossen. Außerdem besitze ich mehrere Hobel unterschiedlicher Form und Größe. Ihre Griffe haben schlichte, kraftvolle Farben – Marineblau, Waldgrün, Schokoladebraun –, und ihre Klingen blinken in diesem ganz besonderen öligen Grau, das für hochwertigen Stahl typisch ist. Die Meißel mit ihren hellen Eichengriffen bilden einen kompletten Satz, der einmal einem Onkel meiner Mutter gehört hat. Ich kenne die Schwächen jedes einzelnen Werkzeugs – weiß, wie jedes davon das Holz, an dem ich es zum Einsatz bringe, formt.

Holz ist ein unendlich vielseitiges Material. Man kann es hobeln, meißeln, sägen, schnitzen, schmirgeln und biegen, und wenn die Stücke in die gewünschte Form gebracht sind, kann man es mit Verzapfungen, Stahlnägeln, Dübeln, Klammern oder Leim bearbeiten, kann es für Lamellierungen, Furnier oder Intarsien verwenden; und abschließend mit Glanzlack, einfachem Leinöl oder Beize, die mit Gefühl aufgetragen wird, noch ganz besonders veredeln. Wenn man dann zu einem Freund oder einer Freundin zum Abendessen geht, hebt der Kerzenschein die Konturen der Maserung hervor, und man wird beim Platznehmen daran erinnert, dass man auf etwas Gewachsenem sitzt, etwas, das sich der Sonne entgegengestreckt, Wind und Wetter getrotzt und Tieren Unterschlupf geboten hat; das haben keine gesichtslosen, auf kaltem Betonboden aufgereihten und aus Metallbottichen gespeisten Maschinen ausgespien. Holz ruft uns ins Gedächtnis, woher wir kommen.

Wenn ich meine Muskeln einsetzen, wenn ich spüren will, wie Arme und Beine sich anspannen, wie mir der Schweiß das Genick hinunter und in die Augen läuft, dann zimmere ich etwas Großes. Der Ausbau der Haupträume in meinem Haus hatte mich zwei Wochen gekostet, die Veranda noch einmal sechs Tage. Aber nach meinem Gespräch mit Sweeting verlangte es mich nach etwas, das mehr Präzision als Kraftaufwand erforderte, etwas, das meinen Geist befreien sollte.

Während der letzten zwei Wochen hatte ich an einem Stuhl aus englischer Fichte gearbeitet. Mein Hobel glitt auf dem Holz entlang – *ssst, ssst* –, und butterweiche Flocken fielen zu Boden. *Ssst, ssst.* Englische Fichte ist dunkler als ihr grellgelber amerikanischer Vetter und so substanzhaltig, dass man am liebsten zugreifen und sich etwas davon in den Mund schaufeln würde. Ihre Maserung ist feiner, dichter, etwas weniger schwammig, und sie mit dem Hobel zu bearbeiten, macht so viel Vergnügen, dass ich anfangs oft mehr heruntersäbelte als nötig, einfach aus lauter Freude, die Klinge darüber hinsausen zu sehen. *Ssst, ssst.* Die Späne häuften sich zu einem kleinen Berg. Sonnenschein, der durch das Laubwerk vorm Fenster zittrig und grün wirkte, erwärmte die Späne und erfüllte den Raum mit dem schlichten, klaren Duft frisch gefällter Fichten. *Ssst, ssst.* Ich fühlte, wie mein Gesicht sich entspannte, wie die Muskeln um meine Rippen sich lockerten.

Das Telefon klingelte. Ich hörte nur mit halbem Ohr hin, als erst der Anrufbeantworter klickte und dann der Anrufer zu reden begann. Helen und Mick. Sie erzählten mir von einer Performance- und Körperplastik-Künstlerin, die Dienstagabend im King Plow Arts Center auftreten würde, und fragten, ob ich Lust hätte, sie zu begleiten. Ich hatte Helen und Mick schon zwei, drei Wochen nicht mehr gesehen. Vielleicht wäre es ja ganz amüsant.

Zehn Minuten später klingelte das Telefon abermals. »Ms. Torvingen, hier Philippe Cordova. Unsere Klientin wird in zwei Tagen eintreffen, und ich hätte gern noch ein paar Punkte ihres Aufenthaltsprogramms mit Ihnen besprochen. Wann immer es Ihnen passt.«

Nicht einmal zwanzig Sekunden. Sehr europäisch: kein »Wie geht's, wie steht's?«, kein nerviges Drumherum, nichts, was nicht zur Sache gehörte.

Ich legte den Hobel hin, nahm den Messinggriff aus dem Schraubstock, hielt das dicke längliche Stück Holz hoch. Wurde ganz hübsch – so wie ich es mir vorstellte. Ich schraubte es wieder fest. Setzte den Hobel an, hielt inne, als ich merkte, dass diese Seite etwas weniger Druck benötigte, und begann dann von neuem, bis ich in diesen gemächlichen, endlosen Rhythmus verfiel. *Ssst, ssst.* Das hier war eine Arbeit, von der ich was verstand. Ich wusste, woher das Holz kam, wusste, dass für jeden gefällten Baum ein neuer gepflanzt wurde und dass ich einen Stuhl anfertigen konnte, der sowohl zweckmäßig als auch schön war. Ich trug zu dieser Welt etwas bei, statt ihr etwas zu nehmen.

Ob Julia wohl je eine solche innere Befriedigung empfand? Ich hatte sie bisher nur angespannt, besorgt oder gereizt erlebt. Ich konnte mir dieses Gesicht nicht ruhig und zufrieden vorstellen – konnte mir nicht vorstellen, dass der erbitterte Wettstreit um Macht und Einfluss einen solchen Seelenzustand herbeiführte. Aber jeder hat seinen eigenen Spaß, selbst wenn der nur darin besteht, mit gelben Gummientchen in der Wanne herumzuplantschen. Ich lächelte bei dem Gedanken an Julia, wie sie mit ihren Entchen redete: das Haar oben auf dem Kopf zusammengeknotet, Seifenschaum auf ihrer nassen Haut, genau unter dem nackten Schlüsselbein ...

Sst, ssst.

Little Five Points liegt in Atlantas East Village, dem hipp-cool-funkigen Herzen der Stadt, wo die zwei neuesten Geschäftsgebäude ein Tattoo-Shop und ein Leder- und Fetisch-Trödler sind, der *sich Junkman's Daughter* nennt. Ich weiß nicht, ob es einen speziellen Bürgerausschuss dafür gibt, aber Uncoole sind dort unerwünscht. Selbst die Apotheke wird von jemandem geführt – er heißt Ira –, der alles über jeden weiß und mit Pillen, mit Salben und Rezeptausdrucken eine Show jongliert wie ein Barmixer seine Cocktails. Hier findet man »Charis«, den einzigen Frauenbuchladen der Stadt, und »Sevenandah«, die Filiale einer Reformhauskette. Hier treiben sich Atlantas Musiker, Dichter und Künstler herum, die sich vergewissern wollen, dass sie Recht haben, wenn sie für ihre Kunst am Hungertuch nagen.

Die beiden dreieckigen Grasflächen dort, wo die fünf Straßen zusammenstoßen, waren wie immer voll von langhaarigen Männern und kurzhaarigen Frauen, die versuchten, ausgezehrt, gequält und tragisch zu erscheinen, letztlich aber nur ein bisschen abgerissen, doch leidlich jung und wohlgenährt aussahen. Dornan nennt sie die »Ich bin ja so deprimiert, dass ich mein Zimmer schwarz und violett streiche«-Typen und nimmt ihr Geld mit Freuden.

Dornan ist Besitzer der »Borealis«-Cafeteriakette. Sie hat sieben Filialen in Atlanta und dessen Vororten, aber das L5P war die erste und Dornan verbringt dort den größten Teil seiner Zeit. Heute roch es hier nach dunklem, bitterem Kaffee, geschäumter Milch, Rotwein und, ganz schwach, nach Pott – wie immer.

»Torvingen! Du hast wieder mal Glück! Ein, zwei Sekunden später, und ich wäre ab nach Marietta, um dem jüngsten Nachkommen unserer Café-Familie einen kleinen Besuch abzustatten. Aber jetzt, wo du da bist, bleib ich vielleicht noch ein paar Minuten.«

Er war immer gerade auf dem Sprung, und er ließ sich immer herumkriegen, noch ein, zwei Minuten zu bleiben, aus denen zwei Stunden, ja, letztlich sogar die ganze Nacht wurden. Unsere Freundschaft reicht schon sehr lange zurück.

»Und was gibt's Neues in der Welt?«, fragte er, während wir uns an unseren Stammplatz, den Tisch in der Ecke, setzten, wo er gleichzeitig der Bedienung winken, die anderen Tische unter Beobachtung halten und aus dem Fenster schauen konnte.

»Dies und das.«

»Ach, zier dich doch nicht so. Du hast dein Jägerface. Zwei Lattés, groß, und Biscuits, bitte.« Die Bedienung stellte – beziehungsweise legte – mit stoischer Geduld bereits Tassen und Löffel auf ein Tablett. »Danke, meine Liebe.« Er wirkte – wie immer – entzückt, aber ich wusste, dass, hätte sie nichts von der Kaffeezubereitung verstanden, seine blauen irischen Augen so kalt geglitzert hätten wie die Galway Bay im Februar. Er nahm einen Schluck, seufzte vor Behagen, als

wäre dies sein allererster Kaffee heute, und beugte sich über den Tisch. »Also, erzähl mir von deiner Jagd.«
Ich berichtete ihm von meinem Zusammenstoß mit Julia, von dem Feuer, wie Denneny seine Nase in die Sache gesteckt hatte und von Julias Angebot. »Wenn das Ganze also nicht ein einziger großer Zufall ist, dann bin ich auf der Suche nach jemandem, der innerhalb von sechs Stunden einen professionellen Brandstifter auftreiben kann, dem es nichts ausmacht, mehrere Tüten unverschnittenen Kokains als falsches Indiz zu hinterlassen, und der irgendwie mit einem wertvollen Kunstobjekt zu tun hat.«
»Weiter nichts?«, meinte Dornan behaglich.
»Dabei ist dieser Frau nicht einmal klar, dass der Brandanschlag genauso *ihr* galt wie Lusk, oder dem Gemälde.«
»Hast du es ihr denn nicht gesagt?«
»Nein. Das braucht sie nicht zu wissen. Das Gemälde ist verbrannt, der Kunsthistoriker ist tot, und der Versicherungsbeauftragten hat sie gesagt, sie zweifle nicht an der Echtheit des Bildes. Sie besitzt keinerlei Beweise und hat sich ihre Glaubwürdigkeit schon verscherzt, indem sie die Versicherung belogen hat. Sie schwebt nicht in Gefahr.«
»Wie kommt es dann, dass du lieber wieder auf Verbrecherjagd gehen möchtest als eine langweilige Personenschutz-Spezialistin zu sein?«
Ich überhörte ihn wie immer.
»Na ja, vielleicht *ist* es ja die Langeweile. Aber warum riskierst du dein Leben nicht einfach in Kletterwänden, beim Skydiving oder beim Drachenfliegen, wie sonst auch immer?«
Er erwartete nicht wirklich eine Antwort, und das war gut so, denn ich konnte ihm keine geben.

vier

Ich trug ein leichtes Leinenkostüm. Es würde ein heißer Tag werden: Erst Viertel nach zehn und schon knapp dreißig Grad. Ich öffnete sämtliche Türen und Fenster des Saab und ließ die angestaute Backofenhitze nach draußen strömen. Ein kleiner rotköpfiger Specht, ein Männchen mit schwarzem Körper und weißen Streifen auf Rücken und Flügeln, hackte emsig auf den Mauerbehang unter der Dachrinne ein. Bestimmt imponierte das hallende Getrommel den braunen Weibchen der Umgebung und sie kamen ihn abwechselnd füttern, wenn er zum Käferfangen zu benommen war.

Ich ließ die Klimaanlage ausgeschaltet, die Fenster unten, und genoss die dicke Hitze, die beim Fahren durch den Wagen fegte.

Was für einen Wagen wohl Michael Honeycutt, der Banker, fuhr? Wie sah dieser Mann aus, wie klang seine Stimme? Ich wollte ihn sehen, den Stoff seines Anzugs abschätzen, sein Rasierwasser riechen, seinen Haarschnitt beurteilen, seine Körpersprache beobachten, hören, wie er seine Vokale bildete.

Eines der ersten Male, die ich als Polizistin auf den Plan gerufen wurde, war zu der Zeit, als Denneny noch den Rang eines Lieutenants hatte, als er noch beben konnte vor Wut, Gelächter oder Sorge um einen seiner Leute. Ich kann mich an die Einzelheiten dieses Vorfalls nicht einmal mehr erinnern; ich weiß nur noch, wie Denneny in seinem Büro auf und ab marschierte und mich dabei anschrie: »Sie können doch nicht einfach reinplatzen und anfangen, Leuten die Köpfe einzuschlagen, Torvingen! *Wissen* allein reicht nicht. Sie brauchen *Beweise,* denn unsere Justiz richtet sich nach dem Gesetz des Staates, nicht nach dem Gesetz der Straße.« Also würde ich Beweise sammeln und meine Gelegenheit abwarten müssen. Persönliche Eindrücke verrieten mir zwar Dinge, die keine Akte verraten konnte, aber sie erzählten mir auch nicht die ganze Geschichte.

Der Mensch ist ein bizarres Wesen. Man kann ihm nicht trauen. Ich habe Männer und Frauen kennen gelernt, die ich nicht mag, weil ich den Verdacht habe, dass sie in ihrem Herzen grausam sind, keinerlei Freude am Leben empfinden können oder einige Gruppen der Gesellschaft kaum höher einschätzen als Ungeziefer, das man mit Stumpf und Stiel ausrotten sollte; aber manchen ebendieser Frauen und Männern habe ich mein Leben anvertraut, weil sie ihre natürlichen Neigungen mit einem Korsett von ethisch-moralischen Verhaltensregeln zu unterdrücken wissen, das unter fast allen Umständen halten wird. Und genauso kenne ich Menschen, die mir auf Anhieb sympathisch waren, auf die ich mich aber nicht verlassen würde, weil sie sich nie bewähren und nie Werte und Lebensrichtlinien für sich formulieren mussten. Man braucht nur an zwei erwachsene Mädchen zu denken, die gemeinsam aufs College gehen: Die eine ist brillant, ein Genie, das über seinen Studienkameraden schwebt wie eine Zirruswolke; die andere ein reines Arbeitstier: stur, entschlossen, tüchtig. Die ganze Collegezeit hindurch hat das Genie sämtliche Hürden überspringen können, als wären sie gar nicht vorhanden, während das Arbeitstier notgedrungen lernen musste, auch die größten Hindernisse mit Geduld zu überwinden. Eines Tages, sagen wir, im zweiten Jahr ihrer Vorbereitung auf ihren

Dr. phil., gerät dieses Genie vor eine Wand, die so hoch ist, dass es sie nicht mehr überspringen kann. Aber es weiß auch nicht, wie man darüber klettert. Das Arbeitstier hingegen spuckt in die Hände, überprüft seine Ausrüstung und beginnt, den ersten Ringnagel einzuschlagen. Wer kommt wohl zuerst oben an?

Wenngleich es an Michael Honeycutt also gewisse Dinge gab, die ich nur erfahren konnte, wenn ich ihm Aug in Auge gegenüberstand, würde sich doch auch vieles durch einen Blick auf seinen Werdegang, seine Gewohnheiten und seinen Beruf herausfinden lassen.

Vor der Ponce-de-Leon-Zweigstelle der Fulton-County-Bibliothek stellte ich meinen Wagen sorgfältig unter den Mitleid erweckenden jungen Baum in der Mitte des Parkplatzes. Besser als gar nichts. Vier Plätze weiter stand ein Kleinbus. Die Schiebetür war offen. Auf dem Fahrersitz lag mit geschlossenen Augen ein Mann, während die Schlüssel an der Lenksäule baumelten. Wartete wahrscheinlich auf seine Frau. Es wäre ein Kinderspiel, heimlich auf den Beifahrersitz zu rutschen, dem Mann mit einem einzigen Ruck das Genick zu brechen, ihn auf der Rückbank zu verstauen und wegzufahren. Keine vierzig Sekunden. Keine Zeugen. Die Leute sind ja so dumm.

»Anthony«, sagte ich zu dem molligen Mann mit dem schütteren Haar, und er blinzelte in die Sonne, die durch das gewaltige Oberlicht auf die Theke fiel, »ich brauche einige Informationen über die Massut-Vere-Investment-Bank.«

Mit einem Seufzer – er seufzte immer und benahm sich wie ein Fünfzigjähriger, den man gezwungen hat, aus seinem gemütlichen Kaminsessel aufzustehen und in Pantoffeln auf irgendeine unangenehme Besorgung zu schlurfen, obwohl er wahrscheinlich keinen Tag älter als dreißig war – wiederholte er: »Massut Vere.«

»Unternehmensstruktur, Personal, Spezialgebiete, politische

Färbung, alles, was mir ein Bild vermitteln könnte, um welche Art von Unternehmen es sich handelt. Und achten Sie besonders auf sämtliche Erwähnungen eines gewissen Michael Honeycutt.«

»Bis wann brauchen Sie's denn? Vermutlich ist es wieder einmal furchtbar dringend und Sie hätten es am liebsten gestern, oder?«

Ich lächelte nicht; Anthony fand Lächeln in einer Bibliothek frivol und deplatziert. »In zirka vierzig Minuten bin ich wieder zurück.« In nicht einmal einer halben Stunde würde er mir eine erste Ausbeute vorzuweisen haben. Je mehr er sich auf eine Aufgabe freute, desto mehr brummte er.

In der Abteilung für Neue Belletristik überflog ich die Regale voll E. Annie Proulx, Anne Rice und Robert James Waller, bevor ich angewidert zur Sachliteratur überwechselte. Es gab eine neue Albert-Murray-Biografie, die interessant aussah. Weiter hinten stand etwas mit dem Titel *Geschlechterkritik in Körpermodifikation.* Helen hatte davon gesprochen, diese Performance-Künstlerin mache etwas mit »geschlechtsspezifischer Körperkunst«. Deshalb nahm ich das Buch heraus. Mit ihm, dem Murray und einem Werk über Sekten ging ich zu einem Lesetisch und fing an, sie durchzublättern. Ein Stichwortregister kann einem die Grundzüge eines Buches verraten. Alles, was ich in dem Murray suchte, war vorhanden: Romare Beardon, Malcolm X, Count Basie, Ralph Ellison, die Omni-Americans, Wynton Marsalis, Geopolitik. Das Sektenbuch dagegen schien weniger viel versprechend: Zusammenhalt, Persönlichkeitsanpassung, Einschränkung des Alkoholkonsums, Konformität ... Der Band über Körpermodifikation verfügte über etwas, das sich Hyperregister nannte, zweifellos von einem Menschen erstellt, der glaubte, es ginge dabei um eine Website. Ich blätterte in blödsinnigen Texten, die schon wieder

Charme hatten, und Grafiken, die einem den Magen umdrehten.

Nach einer halben Stunde nahm ich den Murray und das Buch über »Körpermodifikation« mit an die Ausleihe. Anthony thronte hinter einem Stapel von Büchern, Katalogen und Ausdrucken und machte ein saures Gesicht: seine Version von zufriedener Behaglichkeit. »Die da können Sie mal durchsehen« – er deutete auf die Bücher – »die da können Sie behalten« – eine Hand voll noch warmer Fotokopien – »und das hier ist eine Dateienliste, die ich bei einer elektronischen Schnellsuche rausgeholt habe, manches davon allgemeiner, als mir lieb wäre. Und nur zweimal der Name Honeycutt.«

Ich bedankte mich nicht – das brächte ihn nur ins Stottern –, aber wie immer würde ich einen Scheck an den Fonds der Kinderbibliothek schicken; die war Anthonys besonderes Steckenpferd. Vielleicht würde ich die Ausgabe ja diesmal als Spesen absetzen.

Ich starrte an meinem Monitor vorbei in den Garten hinterm Haus. Ein Erdhörnchen hob eine uralte Pekannuss auf und warf sie voll Abscheu wieder weg. Zwei Kardinalvögel, leuchtend rot vor dem Smaragdgrün des Baumes, trillerten einander zu. Eine der Katzen aus der Nachbarschaft pirschte sich, den Bauch fast auf dem Boden schleifend, an sie heran. »Schlangen im Pelzmantel« hatte Dorothy Parker Katzen einmal genannt. Manchmal konnte ich verstehen, warum.

Anthonys Material war nicht besonders hilfreich gewesen. Ich hatte weitschweifige Einzelheiten zu Massut Vere gefunden, die trotz des unglaublichen Namens zu den ältesten und reichsten Handelsbanken der Südstaaten gehörten und deren Interessen von Tabak, Baumwolle und Eisenbahnwesen bis zu Gentechnik, Kabelfernsehen und Pizza reichten.

Michael Honeycutt arbeitete dort seit knapp zwei Jahren. Er kam von einem Bankhaus in Kalifornien, und sein kleines Schwarzweißfoto hätte jeden darstellen können.

Die Katze hielt inne, bewegte sacht ihr Hinterteil hin und her und sprang; nicht nach den Vögeln, sondern nach etwas, das im Gras versteckt war. Wahrscheinlich eine Spitzmaus. Der Garten wimmelte davon. Überall im Rasen gruben sie Löcher, und wenn man sich auf die Lauer legte, konnte man sie früher oder später unter den Laubresten vom Vorjahr herumwühlen hören. Sie waren immer da, selbst bei Regen. Spitzmäuse können kein Fett ansetzen oder es durch ihren Stoffwechsel in Energie umwandeln. Wenn Menschen proportional genauso viel essen würden wie eine Spitzmaus, müssten wir täglich zwei Schweine, dreißig Hühnchen, zweihundert Birnen, drei Ananas und zwanzig Stück Schokolade hinunterschlingen. Ein stressiges Leben.

Ich schaltete den Computer aus. Zeit, sich dem zweiten Standbein meines Plans zuzuwenden.

Ich rief Eddie an, den Spezialassistenten und Rechercheur von Elaine Merx, einer beliebten Kolumnistin des *Atlanta Journal and Constitution.*

»Tag, Eddie.«

»Aud. Schön, von dir zu hören. Wie geht's denn so?«

»Gut.«

»Lass mich raten. Du willst sicher, dass ich dir bei irgendwas helfe.«

»Natürlich.«

»Ich habe da ein neues Restaurant entdeckt. Den *Horseradish Grill …*«

»Irgendwann nach Ende nächster Woche.« Es würde teuer werden – es wurde immer teuer, wenn Eddie ein Lokal aussuchte –, aber das Essen war jedes Mal wundervoll, der Service sogar noch besser, und wir würden uns königlich amüsieren. Ich kenne ihn schon lange. »Ich möchte alles über zwei Personen wissen. Die eine ist Charlie Sweeting, der –«

»Ein Mann in den Siebzigern? Wohnt unterhalb von Ponce de Leon? Den kenn ich. Charming Charlie. Und die andere?«

»Ein Banker bei Massut Vere, Michael Honeycutt.«

»Hmm.« Ein in die Länge gezogenes Überlegen, während er auf seiner Tastatur herumklapperte. »Aha. Hmmn. Dazu gibt's hier 'ne ganze Menge. Und weil sich einige Informationen über Charming Charlie nicht im Computerarchiv finden, solltest du vielleicht selbst rüberkommen und es dir ansehen. Ich bin bis heute Abend um sieben hier.«

»Ich würde gerne gleich kommen, wenn es dir passt.«

»Natürlich.«

Mit der Mühelosigkeit langer Praxis suchte ich mir meinen Weg um das große AJC-Gebäude in der Marietta Street und zu Eddies Arbeitshöhle.

»Aud, wie schön, dich zu sehen!« Eddies Stimme ließ sich einfach nur mit einem Wort beschreiben: »wehklagend«. Er war über einsachtzig groß, hatte die Statur eines Tänzers, dicht anliegendes, dickes Haar und tieftraurige braune Augen, die bei der geringsten Veranlassung in strahlender Freude aufleuchten konnten. Wir umarmten uns herzlich. »Du wirkst –« er neigte seinen Kopf zur Seite »– eingespannt.«

Ich zog die Brauen hoch.

»Aber eher in die Arbeit als in eine Beziehung.«

»Ich versuche gerade herauszufinden, wer letzte Woche im Inman Park jemanden zu einem Klumpen Asche verbrannt hat.«

»Also eine Kreuzfahrerin!«

»Wieso?«

»Erzähl mir nicht, dass du dich wegen des Geldes oder des Nervenkitzels auf einen Drogenfall einlässt.«

»Es ist kein Drogenfall.«
»Die Polizei hat Kokain gefunden.«
»Ja.«
»Aber es war ein braver weißer Kunsthistoriker, der dort ums Leben kam, nicht irgendein Koksdealer.«
»Eddie ...«
»Tut mir Leid. Ich falle immer in meine alte Gewohnheit zurück – auf dem Offensichtlichen herumzureiten. Du glaubst also, Charming Charlie und Honeycutt, Schirmherr aller stinklangweiligen Kulturverbände dieser Stadt und Liebling aller Innenstadt-Galeristen, hätten etwas damit zu tun – diesem Mord der Drogenszene, der keiner ist?«
»Liebling aller Innenstadt-Galeristen?«
»Aber ja! Nimm doch Platz.« Klick. »Im Januar war Honeycutt Meistbietender für dieses Stück aus Jade.« Klick. »Außerdem zu einem nicht genannten Preis Erwerber von nicht einem, sondern von gleich zwei Fabergé-Eiern.« Klick. »Dieser ziemlich uninteressanten Skulptur eines ortsansässigen Künstlers.« Klick. »Sowie Besitzer dieser erst kürzlich entdeckten römischen Münzen. Hmmn.«
»Was ist?«
»Bemerkenswert katholisch, findest du nicht?«
»Erkläre dich.«
»Die meisten Sammler haben ein Spezialgebiet, eine ganz besondere Leidenschaft: silberne Schnupftabaksdosen des siebzehnten Jahrhunderts, britische Commonwealth-Briefmarken aus der Zeit vor dem Zweiten Weltkrieg, und so weiter. *Diese* Objekte haben anscheinend nichts gemeinsam. Gibt es noch mehr?«
»Viel.« Er klickte den Rest durch: eine 25 cm große, dicht mit Juwelen besetzte Ikone; eine seltene Briefmarke; ein Paar rubinrote Pantoffeln von Judy Garland aus dem Film *Das zauberhafte Land* (»Meines Wissens sind davon mindestens sechs Paar in Umlauf«, sagte Eddie); eine chaotische

Explosion in Öl, von deren Maler ich noch nie gehört hatte.
»Er hat das Ganze über einen Zeitraum von nur zwei Jahren erstanden.«
»Und wie viel hat er dafür ausgegeben?«
»Einige Preise wurden nicht öffentlich genannt, aber nach vorsichtiger Schätzung würde ich auf irgendwas zwischen zwölf und fünfzehn Millionen tippen. Das war alles. Möchtest du's noch mal sehn?«
Ich nickte. Fünfzehn Millionen. Fünfzehn Millionen für eine so kunterbunte Sammlung, die teils kurios war (wie das Gemälde und die Skulptur), aber größtenteils kostbar.
»Sonst noch was?«
»Er besucht dutzende von Benefizveranstaltungen – Bälle, Diners, Reden. Er ist Mitglied der Handelskammer und zwei oder drei anderer Berufsverbände. Gibt Partys. Er ist unverheiratet, wird aber oft in Begleitung junger Schönheiten aus Atlanta oder von außerhalb fotografiert.«
»Schwul?«
»Glaub nicht. Letztes Jahr gab es ein Gerücht, irgendeine alte Freundin drohe ihn wegen körperlicher und seelischer Misshandlung zu verklagen, aber die Sache wurde außergerichtlich geregelt. Er ist zweiundvierzig –«
Seine Fotos zeigten einen sehr schlanken, braun gebrannten lächelnden Mann mit kurzem dunklem Haar und Nickelbrille. »Älter, als man ihm ansieht.«
»In der Tat. Vorher bei California Mullholland Holdings und davor bei Bay Banking. Keine Vorstrafen hier oder in Kalifornien. Nicht mal ein Strafzettel wegen Falschparkens. Wohnt in Marietta, Hausnummer eins, Lake Lanier.«
»Erzähl mir über seinen Job.«
»Vizepräsident, aber ich weiß nicht von was. In mehreren Artikeln werden Treffen mit ausländischen Firmenmanagern erwähnt, und ich glaube, er hat mitgeholfen, dass Nord-Carolina dieses BMW-Werk bekommt. Reisen in di-

verse abgelegene Steuerparadiese wie die Bahamas, Bermuda und – letztes Jahr gleich dreimal – auf die Seychellen. Fliegt auch ziemlich regelmäßig nach Mexiko und Los Angeles.«

»Sag mir die Namen der Galerien, wo er Stammkunde ist.«

»Kein Problem. Cess Silverman von Hye Galleries.«

Ich runzelte die Stirn. Cess Silverman. »Gehört die nicht zu den treibenden Kräften der Demokratischen Partei von Georgia?«

»Genau die.«

Ich überlegte eine Weile, konnte aber nichts von alldem in einen Zusammenhang bringen. »Was ist mit Sweeting?«

»Ah«, lobte Eddie, »der versteht wenigstens was vom Sammeln.« Er gab mir ein ausgedrucktes Blatt.

»Das ist ja ein Nachruf.«

»Ja. Als kurze Zusammenfassung seines bisherigen Lebens kaum zu übertreffen. Wir haben so was für sämtliche prominenten Einwohner Georgias im Archiv; wird alle vier Wochen auf den neuesten Stand gebracht.« Ich fragte mich, ob sie auch auf mich einen Nachruf hatten.

Ich überflog die Seite rasch. S. Charles Sweeting III. Geboren 1922 in Covington, Georgia, als Sohn des Kongressabgeordneten S. Charles Sweeting, junior. Purple Heart im Zweiten Weltkrieg. 1944 Heirat mit Jonetta Marie Sturton. Drei Kinder ... Rundfunkarbeit. Erbschaft. Kauf des Rundfunksenders. Zweiter Kauf. Kauf eines Fernsehsenders. Scheidung. Wiederheirat. Schirmherr des High Museum of Art, des Atlanta Ballet, des Zoos ... »Wirkt alles ganz klar und sauber. Was steht nicht hier drin, das ich wissen sollte?«

»Es heißt, seiner ersten Frau gegenüber wäre er ein richtiges Schwein gewesen. Keins seiner Kinder hält es aus, im selben Staat mit ihm zu leben. Das Nächste wohnt in Virginia, glaube ich. Er sitzt immer noch im Senderat, kann aber keinen Einfluss mehr auf das Programm nehmen.«

»Sein Ruf?«

»Dass er nicht lange fackelt: hat sich das, was er besitzt, hart erarbeitet, lässt sich von niemandem an den Karren pissen, kriegt, was er will und wann er es will, und geht dafür über Leichen. Und ein paar Leichen pflastern schon seinen Weg. Verdient viel Geld, gibt viel aus. Was hier nicht drinsteht, sind die Spenden – ganz erhebliche Spenden, die er anonym dem hiesigen Gehörlosenverband zukommen lässt, da bin ich mir ziemlich sicher.«

»Wenn sie anonym sind, warum glaubst du dann, dass er der Spender ist?«

»Eine seiner Geliebten hat sich während der Schwangerschaft mit Masern infiziert. Der Sohn, den sie zur Welt brachte, war taub; und auch geistig behindert, so weit ich mich erinnere. Ich habe letztes Jahr mit jemandem aus der Buchhaltung des Gehörlosenverbandes gesprochen – du weißt doch noch: in Zusammenhang mit der Nummer, die unsere Zeitung abzog von wegen ›noblesse oblige‹ in den Südstaaten –, und der erzählte mir, sie erhielten seit siebzehn Jahren jeden Juli einen Scheck über hundertfünfzigtausend Dollar. Inzwischen verlassen sie sich schon richtig auf dieses Geld, aber weil man nicht weiß, von wem es kommt, fürchtet man, die Gans, die goldne Eier legt, könnte eines Tages einfach … davonflattern. Deshalb wurden einige Nachforschungen angestellt, wer in der Vergangenheit in den Genuss der offiziellen Wohltaten gekommen war. Man suchte nach reichen Verwandten, und mein Bekannter entdeckte, dass im Juli vor siebzehn Jahren Sweetings Sohn zur Welt kam. Bisschen großer Zufall, findest du nicht?«

Ich nickte. »Du sagtest, er sei ein echter Sammler?«

»Er kauft öffentlich, in großem Stil und vergewissert sich immer, dass jeder weiß, was er bezahlt hat. Repräsentative Kunst: Landschaften und Porträts. Nichts moderner als aus den Zwanzigern. Er stellt die Kunstwerke in seinen eigenen vier Wänden zur Schau – keine Banktresore für Charlie

Sweeting! Und genauso groß wie sein Besitzerstolz ist sein Stolz, ein Mann zu sein, der Wort hält.«

»Hast du ihn je persönlich kennen gelernt?«

»Einmal. Flüchtig.«

»Würdest du ihm trauen?«

Er dachte nach. »Ich glaube, vor sechzig Jahren hätten er und seine Kumpels die Sommerferien damit verbracht, ihre Jagdhunde auf Leute wie mich zu hetzen, aber ja, ich würde mich auf das verlassen, was er sagt; er hält, was er verspricht. Seine Ehre ist sein ein und alles.«

Ich saß mit einem Bier gemütlich auf der Veranda, sah zu, wie die letzte blutrote Spur der Sonne am Himmel verblasste, lauschte dem Konzert der Frösche und Grillen und hatte dabei den flüchtigen Gedanken, ich sollte demnächst wirklich mal ein paar Blumenbeete ausheben und den Garten umfrieden.

Ein Mord, ein Haufen Kokain, ein gefälschtes Gemälde. Sweeting und Honeycutt. Sweeting ging über Leichen, kein Zweifel, aber ich teilte Eddies Ansicht: Kunstfälschung, das passte genauso wenig zu seinem Profil wie ein hinterhältiger Mord. Blieb nur Michael Honeycutt. Ich hatte es ja geahnt.

Römische Münzen. Unverheiratet. Jadeschnitzereien. Keine Strafzettel. Fabergé-Eier. Die Seychellen. Demokratische Partei. Kokain. Ich erkannte keinen Zusammenhang.

Eine riesige Streifeneule geisterte lautlos durch den Garten, um in der Krone des Pekanbaums neben der Veranda zu landen. Wachsam drehte sie ihren Kopf hin und her. Eine Spitzmaus huschte auf der verzweifelten Suche nach saftigen Insekten irgendwo durchs Gras; sie musste ihrem unersättlichen Stoffwechsel schließlich Nachschub liefern. Die Eule nahm ihr Ziel einen Augenblick ins Visier, ehe sie im Tiefflug nach unten glitt. Ein Zuschnappen, und ich hörte ein winziges, leises »Quiek!«. Dann erhob sich ein ausgebreitetes Schwingenpaar mit Krallen, die ihre Beute gepackt hielten, über die Hecke, um mit der Dämmerung zu verschmelzen.

Letzte Nacht hatte ich von einem Mann in einer Badewanne geträumt. Er sah aus wie tot, aber er war es nicht; ständig richtete er sich auf, und jedes Mal schlug ich ihn: mit der Handfläche auf die Nase – ein gedämpftes Krachen und Splittern: Knochen bohrten sich in das bereits tote Gehirn des Mannes; mit der Handkante auf den Kehlkopf, der sich eindrückte wie Pappe; mit einem doppelten Faustschlag auf die Schläfe, wo meine Finger vollständig in den weichen Schädel eindrangen. Und doch richtete sich der Mann immer wieder auf. Dann lächelte er. Er öffnete seinen Mund, und heraus flog eine Eule, die eine kleine Jadeskulptur in den Krallen hielt.

Als ich um sechs Uhr aufwachte, waren meine Muskeln so verkrampft, dass sie sich wie Spanndraht anfühlten, mein Geist schien im Wind zu flattern wie ein zerfetztes Segel und meine Hände zogen sich in Erinnerung an die Schläge in dieses Gesicht immer wieder zur Faust zusammen. Ich zog Shorts, Stiefel und ein Muskel-Shirt an, holte mir eine Flasche Wasser aus dem Kühlschrank und ging auf die Veranda. Die Luft war vollkommen still und lautlos, erfüllt von der Feuchtigkeit des Morgens und dem Duft des Jasmins. Der Schuppen, den ich unter die Veranda gebaut hatte, lag im Dunkeln. Der Spaten hing an der gegenüberliegenden Wand. Ich nahm ihn und packte ihn aus. Es dauerte ein Weilchen, bis ich die Planen gefunden hatte.

Blumenbeete in schwerem, gesundem Boden auszuheben, ist nicht leicht, aber mein Körper brauchte diese Arbeit. Er musste eine Zeit lang schwitzen. Ich habe nie verstanden, warum die Amerikaner ihre Zeit mit Joggen verschwenden. Weshalb die Muskeln nicht für etwas Sinnvolles einsetzen? Nachdem ich vier Planen so ausgelegt hatte, dass sie sich überlappten, stemmte ich die blinkende Spatenkante in den feuchten Boden, setzte meinen Stiefel auf den oberen Rand, trat zu und hob eine Schaufel voll Erde aus. Tief befriedigt spürte ich, wie der Stahl knirschend durch den Schmutz glitt. Den Aushub warf ich auf die Plane. Dann trat ich wieder zu, hob aus und drehte mich um, trat zu, hob aus, drehte mich um. Nach dreißig Minuten wechselte ich das Standbein.

Eine Stunde später fühlten sich die Muskeln in meinem Oberschenkel, meinen Waden und meinem Kreuz warm und geschmeidig an. Die Planen waren voll. Ich tauschte den Spaten gegen die Gabel ein, ging in die Knie, ließ meinen Trizeps und meine Schultern die Zinken durch die oberste Erdschicht rammen. Mittlerweile sangen Vögel, und in der Ferne hörte ich eine Autotür knallen, dann einen Motor starten. Irgendwann zwischendrin hatte das Summen des Verkehrs eingesetzt, der jetzt drei Blocks von hier die McLendon hinabströmte. Ich blieb bei meiner Arbeit.

Als ich sämtliche Beete ausgeschaufelt und den Aushub umgegraben, die Gartengeräte gereinigt und geölt sowie alles wieder aufgeräumt hatte, war es halb zehn. Meine Haut war glitschig von Schweiß und mir brannten die Muskeln, aber ich fühlte mich ruhig und erfrischt. Ich nahm gemütlich eine Dusche, aß kalten Reis mit Räucherfisch zum Frühstück und trank heißen, aromatischen Tee. Dann rief ich meinen Bankberater an.

»Laurence, ich bin's, Aud Torvingen. Danke, bestens. Und selbst? Catherine und die Kinder? Na fein. Laurence, dürfte ich heute Nachmittag wohl ein paar Minuten Ihre Geduld in Anspruch nehmen? Ich tappe völlig im Dunkeln, was ein Gebiet betrifft, das meinen Erfahrungshorizont bei weitem übersteigt. Es wäre schön, wenn Sie mich von *Ihrer* Erfahrung ein bisschen profitieren ließen.«

Es war eine sehr kleine Zweigstelle, und meine Einlagen waren beträchtlich. Er antwortete: »Ja, natürlich. Wie passt es Ihnen um eins?«

Vom spanischen Konsulat in der Innenstadt zu meiner Decatur-Bank sind es über die Piedmont und dann über die North Avenue etwa zwanzig Minuten Fahrzeit, wenn man das Tempolimit außer Acht lässt. Während ich also dahinraste und den Blütenstaub, der sich überall auf meinem Saab niedergelassen hatte, dem Fahrtwind überließ, genoss ich die Power unter meinen Händen und das geschmeidige Gleiten der Kupplung, als ich in den vierten Gang schaltete. Der Verkehr war erstaunlich ruhig, und ich schoss zwischen ihm hindurch wie ein Otter, der verspielt die Fluten durchschneidet. Ich machte die Fenster auf. Nina Simone sang gerade mit ihrer Schokosahne-Stimme *»Feeling Good«*, und ich hatte Lust mitzusingen.

Auf dem Nebensitz lag aufgeschlagen und mit einem Gewicht beschwert Beatriz del Gatos Aufenthaltsprogramm. Sie wollte erst eine spanischsprachige Schule in Duluth und dann ein Gemeindezentrum in Buford besuchen. Genau wie Phillipe gesagt hatte: langweilig. Ferner standen auf ihrer Liste – abgesehen von dem halben Dutzend Werbeagenturen in der Innenstadt – Underground Atlanta sowie eine katholische Kirche. Das Mädchen war dreiundzwanzig, einigermaßen gut aussehend, falls man dem Foto glauben konnte, gebildet und aus gutem Haus, und alles, was es in den geschichtsträchtigen Südstaaten interessierte, waren eine mittelmäßige Shopping-Mall, ein Gottesdienstbesuch und die Jobsuche.

Ich schaffte den Weg zur Bank in einer Viertelstunde.

Laurence ist um die fünfzig und einer von diesen Afroamerikanern aus dem Norden, die gehört hatten, Atlanta, »die Stadt, die zu *busy* ist, um zu hassen«, biete wahrhaft paradiesische Möglichkeiten. Er hatte eine Versetzung beantragt und war mit großen Hoffnungen und Kind und Kegel hierher gezogen. Jetzt lebte er schon neun Jahre hier – lange genug, um einzusehen, dass der verknöcherte weiße Klüngel in Atlanta noch stärker war als in Pittsburgh. Und die ganzen neun Jahre leitete er nun schon diese Bank. Er rechnete mit keiner Beförderung mehr, die ihn hier wieder wegbrachte. Einmal im Jahr traf ich seine Frau und seine Kinder auf dem steifen Weihnachtsfest, das die Bank für ihre wichtigeren Kunden veranstaltete. Wir behandelten einander mit ausgesuchter Höflichkeit.

Laurence wirkte heute ein wenig förmlicher, als er mich in sein Büro bat. Wir nahmen in zwei bequemen Sesseln neben dem Gummibaum Platz, dessen Blätter im zischenden Luftzug der Klimaanlage zitterten. »Würden Sie uns bitte erzählen, wie wir Ihnen helfen können?«

Er redete fast immer in der »Wir«-Form. Ich glaube, ich hatte aus seinem Mund noch nie etwas Persönliches gehört. »Die Angelegenheit, die mich zu Ihnen führt, ist ziemlich vertraulich.« Er nickte bloß. »Ich muss wissen, welche Art von Aufgaben und Befugnissen sich mit einem bestimmten Posten in einer Bank verbinden. Der Posten, von dem ich rede, ist der eines Vizepräsidenten bei einer sehr gut etablierten Investmentbank dieser Stadt.«

»Haben Sie irgendwelche weiteren Informationen? Es könnte ...« Er schob seine Brille hoch. »Nun ja, es ist ein bisschen, als würde Sie jemand fragen: ›Was macht ein Polizeilieutenant?‹«

»Ich verstehe.« Ein Lieutenant konnte überall arbeiten: in einem Einsatzkommando, bei der Presseabteilung, bei der Stelle für Innere Angelegenheiten, beim Morddezernat ...

»Möglicherweise hat der fragliche Bankier etwas damit zu tun, dass ein ausländischer Autohersteller beschlossen hat, in Nordcarolina eine Dependence zu gründen; der Mann fliegt auf die Bahamas, die Seychellen und nach Bermuda.

Ich könnte Ihnen zwar sagen, was für Befugnisse und Verantwortlichkeiten ein Lieutenant hat, aber der stellvertretende Direktor einer Bank ... keine Ahnung!«

»Vorausgesetzt, es handelt sich wirklich um einen stellvertretenden Direktor, dann ist er vor dem Gesetz in gewissem Umfang für die Geschäfte seines Hauses verantwortlich und kann sogar dafür haftbar gemacht werden. Doch im gleichen Umfang – je nach Entscheidungspolitik des betreffenden Unternehmens – hätte er auch eine gewisse Freiheit, dieses Unternehmen nach eigenem Ermessen zu führen.«

Er verriet mir nichts, das ich nicht schon wusste. Ich fragte mich, was er tun würde, wenn ich mich einfach vornüberbeugte und sagte: *Larry, ich gehöre auch nicht hierher. Draußen ist ein wunderschöner Tag. Holen wir uns doch ein Sixpack und sehen den Enten auf dem Teich zu.* Es wäre undenkbar. Er hatte diese vielen Abwehrmechanismen, weil er sie brauchte. Zweifellos sah er mich in einer blinkenden Rüstung, der ich mir nicht einmal bewusst war. Und er hasste es wahrscheinlich, wenn man ihn »Larry« nannte. »Das heißt, auch wenn es um eine große Sache geht, würde man ihn sich nicht gleich vorknöpfen?«

»Kommt auf die Größe der Bank an. Wenn er Vizepräsident eines großen Unternehmens ist, dann hat er wahrscheinlich auch selbst erhebliche Entscheidungsgewalt. Dass er oft auf die Bahamas und nach Bermuda fliegt, ist interessant.« Laurence hielt inne. »Dass er auf die Seychellen fliegt, noch interessanter.«

»Wieso?«

»Die Bahamas und Bermuda sind, wie Sie wahrscheinlich wissen, Steuerparadiese.«

»Die Seychellen etwa nicht?«

»Doch, doch. Aber sie sind auch achttausend Meilen von hier entfernt. Hat er nicht vielleicht einfach Urlaub gemacht?«

»Nicht dreimal in einem Jahr.«
Laurence zögerte erneut. Ich wusste, er wollte etwas von mir, irgendein Zeichen, ein Signal, dass er keine Abmahnung bekommen würde, weil er die Grenzen zwischen Bankmanager und Kunde überschritten hatte.
»Vielleicht sollte ich Ihnen den ganzen Zusammenhang ein bisschen erklären. Wie Sie wissen, bin ich nicht mehr bei der hiesigen Polizei, aber ich befasse mich gerade in privatem Auftrag mit einem Mord, den die Polizei der Drogenszene zuordnet, mein Auftraggeber und ich jedoch nicht. Es … ich habe das Haus des Opfers brennen sehen, Laurence, ich habe die Hitze auf meinem Gesicht gespürt, und wer immer das getan hat, er wird ungeschoren davonkommen, wenn es mir nicht gelingt, ihn zu finden. Ich weiß nicht einmal, ob dieser Banker überhaupt etwas damit zu tun hat, aber es ist möglich, und ich muss jeder Möglichkeit, auch der allerunwahrscheinlichsten nachgehen. Falls Sie also irgendeine Idee haben, dann helfen Sie mir bitte.«
»Um welche Bank geht es eigentlich?«
»Massut Vere.«
Laurence nahm seine Brille ab, lehnte sich in seinem Sessel zurück und putzte sie eine Zeit lang. An seiner rechten Schläfe glänzte schwach eine Brandnarbe, die mir noch nie aufgefallen war. Er starrte ein Stückweit ins Leere. »Abgesehen davon, dass die Seychellen achttausend Meilen weit weg sind, werden sie von den Banken, die ich als seriös bezeichne, im Allgemeinen nicht als Steuerparadies genützt …« *Den Banken, die ich als seriös bezeichne …*
»Warum?«, versuchte ich ihm nachzuhelfen.
Er setzte seine Brille wieder auf, und als er mich diesmal anschaute, sah er mich wohl zum ersten Mal richtig. »Was verstehen Sie vom internationalen Bankgeschäft?«
»Wahrscheinlich genauso viel wie Sie von Geiselbefreiung.«
»Es ist erstaunlich, was man im Fernsehen alles lernen

kann.« Ein Scherz. Gut, gut. »Früher waren die Schweizer diejenigen, die das Geld nahmen, keine Fragen stellten und es vor jedermann sicher verwahrten. Dann kam eine Gesetzesänderung, derzufolge man jede Einlage, die nachweislich unrechtmäßiger Herkunft war, zurückerstatten musste. Eine Menge zwielichtiger Zeitgenossen verlegten sich also auf Geldwäsche und die Steuerparadiese im fernen Ozean. Vor drei Jahren haben die Seychellen erklärt, dass jeder, der zehn Millionen Dollar oder mehr bei ihnen deponiert, sowohl Schutz vor Rückerstattung und Beschlagnahme seiner Geldeinlagen erhalten würde als auch ... Warten Sie.« Mit einem Mal zehn Jahre jünger als bei meinem Eintritt in sein Büro, sprang er auf, zog eine Schublade aus einem Aktenschrank und blätterte schnell einen sandfarbenen Ordner durch. »Da haben wir's! Abgesehen vom Schutz vor Rückerstattung und Beschlagnahme haben Großanleger auch Anspruch auf ›Konzessionen und Anreize entsprechend der Höhe ihrer Investition‹.« Er schloss seinen Ordner wieder, verstaute ihn in der Schublade, knallte sie zu und ließ sich in seinen Sessel fallen. Irgendetwas in seiner Art, sich zu bewegen, kam mir bekannt vor. »Mit anderen Worten: Den Kriminellen dieser Welt wurden Tür und Tor geöffnet.«
Die volle Tragweite der Fakten, die man geschaffen hatte, war überwältigend, besonders die der gebotenen Sonderrechte. Die Regierung der Seychellen hatte ein Gesetz erlassen, das Abschaum, Terroristen, Drogenschmugglern et cetera, Diplomatenpässe ermöglichte.
»Sie haben mein Leben gerade sehr viel komplizierter gemacht«, antwortete ich.
»Keine Ursache.« Er lächelte. Das Narbengewebe neben seinem Auge warf kleine Falten.
»Laurence ...« Wenn ein fertiges Insekt sich aus seiner Puppe befreit und seine immer noch feuchten Flügel ausbreitet, dann kann alles, selbst ein flüchtiger Windhauch, dieses

herrliche, vollendete Wesen verstümmeln. Genau wie eine krasse Frage jetzt dieses zerbrechliche neue Einvernehmen zerstören konnte. Ich stellte sie trotzdem. »Wo haben Sie gedient?«

Er fasste sich ans Gesicht und seufzte. »Zwei Dienstzeiten in Vietnam. Bei den Rangers.«

Schweigend saßen wir da und sinnierten über die Geister, die wir zwischen uns heraufbeschworen hatten – die Kluft zwischen unserer Welt und der fast aller anderen.

Beatriz del Gato kam mit der Vier-Uhr-fünfundvierzig-Maschine aus Madrid. Ich erwartete sie am Einreiseterminal des Hartsfield Airport, aber entweder war das Foto in ihrer Akte eine sehr teure Trickaufnahme oder sie hatte einen ganz fürchterlichen Flug gehabt. Beatriz del Gato war eine kleine, rettungslos unattraktive Frau, zwar einigermaßen symmetrisch in ihren Gesichtszügen – dort saß ungefähr alles an seinem Platz –, doch von der Last unnachgiebiger Trübsal und Langeweile niedergeschmettert und entstellt. Braunes, ohne jeden Schick nach hinten gestecktes Haar umgab ein Gesicht, das neben der sonnendurchglühten Bräune anderer Fluggäste bleich und aufgedunsen wirkte. Ihre Hände hingen herab, als wüsste sie nichts damit anzufangen, als wären es fremde Auswüchse, und die braunen Augen wirkten hinter der dicken Brille sehr klein.

»Miss del Gato?«

»Ja?« Die Art, wie sie ihren Kopf hob und mich von der Seite her ansah, erinnerte mich an eine Halbwüchsige, nicht an eine dreiundzwanzigjährige Frau.

»Philippe Cordova hat mich gebeten, Sie heute Abend in Ihr Hotel zu fahren und Sie dort sicher unterzubringen. Meine Name ist Aud Torvingen, und ich werde während Ihres Atlanta-Aufenthalts Ihr Bodyguard sein.«

»Danke.« So leise, dass man es kaum hören konnte.

Ich brachte sie und ihr Gepäck, das verblüffend wenig war, zu meinem Saab, hielt ihr die Hecktür auf und setzte mich dann hinters Steuer. Während sie ihren Anschnallgurt suchte, nahm ich die Walther-PPK aus meinem Unterarmhalfter und steckte sie in eine Revolvertasche, die ich mit Druckknöpfen am Gürtel befestigte – griffbereit, falls ich sie während der Fahrt benötigen sollte. Dann, als wir beide angeschnallt waren, lavierte ich mich in den Verkehrsstrom ein.

Ich warf einen Blick in den Rückspiegel. Sie saß in sich zusammengesackt da wie ein unbenutztes Strickzeugbündel.

»Wie war Ihr Flug?«

»Ganz angenehm, danke.« Gerade mal drei Worte! Eine straff modulierte Altstimme vielleicht – schwer zu sagen. Weicher, fließender kastilischer Akzent.

»Der Verkehr dürfte schlimm sein um diese Zeit, aber ich hoffe, wir schaffen es in vierzig bis fünfzig Minuten zum Hotel.« Sie nickte, ohne mich anzusehen. »Philippe hat mir schon gezeigt, wohin Sie fahren möchten, aber ich würde es gern noch einmal mit Ihnen durchgehen, damit es keine Irrtümer oder Missverständnisse gibt.«

»Natürlich.«

»Und ich würde gerne wissen, wie viel Diskretion Sie wünschen.«

Pause. »Wie meinen Sie das, bitte?«

»Philippe hat mir erzählt, Sie wollen sich bei den Werbeagenturen, die wir morgen besuchen, vorstellen, und wenn ich da als Ihr Bodyguard auftrete, könnte das Ihre potenziellen Arbeitgeber ein bisschen verschrecken.«

»Ich verstehe.« Das Strickzeug richtete sich ein ganz klein wenig auf. »Was würden Sie vorschlagen?«

»Dass wir uns mit Vornamen anreden und so tun, als hätten wir uns beim Besuch dieser Stadt zufällig kennen gelernt.«

»Ist gut. Aud.« Ihr Akzent ließ meinen Namen länger und weicher klingen.
»Das bedeutet dann aber auch, dass ich Ihnen nicht die Türen aufhalte oder Ihre Sachen trage.«
»Ja, natürlich.« Sie schien wieder zusammenzusacken und zu verblassen. Erschöpfung wahrscheinlich. Ich konzentrierte mich aufs Fahren.

Gleich beim Nachhausekommen legte ich Gurt und Revolver ab. Die nächsten vier Tage würden sehr, sehr anstrengend werden.
Auf meinem Anrufbeantworter waren zwei Nachrichten. Die erste kam von Charlie Sweeting und klang sehr geheimnistuerisch.
»Miss Torvingen? Aud. Ich habe Ihre Bitte nicht vergessen. Vielleicht kann ich Ihnen in ein, zwei Tagen helfen.«
Piep.
»Hey, Aud, hier ist Mick. Bist du da? Oh. Na gut, also pass auf. Wir haben vor einer Stunde einen Anruf von Helens Vater bekommen. Ihre Mutter liegt im Krankenhaus. Ich weiß nicht, ob es was Ernstes ist. Na ja, es muss wohl ziemlich ernst sein, sonst wäre sie nicht so plötzlich ins Krankenhaus gekommen.« Zur Sache, Mick! »Jedenfalls fliegen wir gleich morgen früh nach St. Louis. Die Performance heute Abend müssen wir also ausfallen lassen. Tut mir Leid. Ich glaube, es wird was ganz Abgefahrenes. Weißt du was: Gehn wir doch was trinken, wenn wir wieder zurück sind, dann kannst du uns haarklein davon berichten. Wir melden uns. Tschüss. Oh, hab ganz vergessen: Die Sache heute Abend – sie ist vom King Plow in die Masquerade verlegt worden, gleiche Zeit. Tschau.«
Helens Mutter war schon eine Weile krank. Wenigstens hatte meine Freundin Mick zur Seite.
Ich selbst hatte meine Mutter zum letzten Mal bei einem

dreitägigen London-Aufenthalt gesehen, auf meiner Reise nach Kirov. Wir waren damals beide zu beschäftigt gewesen – sie mit Konsulatspflichten, ich mit meinen Bemühungen, den Führer zu kontakten, der mich in die Steppe begleiten sollte. Zu beschäftigt, um viel Zeit miteinander zu verbringen. Typisch für unser ganzes Leben. Nicht immer unbeabsichtigt. Sie hat mir nie richtig verziehen, dass ich im Land meines Vaters leben wollte. »Du hast doch dort niemanden, Aud. Keine Verwandten. Keine Arbeit. Nichts, was dir Halt geben könnte.«

Aus einem spontanen Impuls heraus, griff ich zum Telefon und wählte.

»Ja, bitte?« Klar und scharf, ganz anders als Beatriz del Gato.

»Julia? Hier spricht Aud.«

»Haben Sie etwas herausgefunden?«

»Ja und nein. Das heißt, nichts Weltbewegendes, aber das ist auch nicht der Grund, weshalb ich anrufe. Wie weit reicht Ihr Kunstverständnis?«

»Warum habe ich das Gefühl, dass ich darauf lieber nicht antworten sollte?«

»Heute Abend gibt es eine Performance, die Sie vielleicht interessiert.«

»Was für eine Performance?«

»Da bin ich selbst überfragt. Es ist eine Künstlerin, die irgendwie in ›Körpermodifikation‹ macht. Mehr weiß ich nicht.«

»In Ordnung … Hallo? Aud, sind Sie noch dran?«

»Ja, ja. Ich hab nur gerade überlegt, wann es anfängt«, log ich. »Wie wär's, wenn ich Sie gegen halb zehn abhole?«

»Oder ich hole *Sie* ab? Ich weiß ja, wo Sie wohnen.«

»Schön. Und keine Abendgarderobe. Es ist im Masquerade.«

»Wo?«

»Schon gut. Ziehen Sie was Lässiges an. Und falls der CD-Player in Ihrem Wagen so eine abnehmbare Frontleiste hat, dann nehmen Sie sie ab.«

Anscheinend war die Nachricht bei ihr angekommen. Als sie um halb zehn erschien, war Julia genau richtig angezogen: weite Jeans mit breitem Gürtel, enges T-Shirt, das ihren flachen, braun gebrannten Bauch freiließ, und klobige Stiefel. Sie hatte irgendwas mit ihren Haaren gemacht; sie trug sie locker hoch gesteckt, sodass seitlich dicke Strähnen herunterhingen und sie nicht mehr gar so geleckt und nach Geld aussah. In ihrem linken Ohr blinkten zwei Silberknöpfe, und ihre Fingernägel waren in einem beinah schwarzen Rot lackiert. Insgesamt wirkte sie jünger und natürlicher. Ich warf meine Lederjacke nach hinten und stieg auf den Beifahrersitz. Es war lange her, seit mich jemand irgendwohin chauffiert hatte; die Türschlösser und Anschnallgurte schienen irgendwie spiegelverkehrt.

»North Avenue«, sagte ich. Als ich merkte, dass die Hände am Steuer ihre Sache verstanden, entspannte ich mich.

Wir fuhren ohne ein Wort. Alles, was wir voneinander wussten, hing mit dem toten Freund von ihr zusammen, und darüber wollte ich nicht reden – ich wollte nicht an Mord und an reiche Männer denken.

»Also. Auf was hab ich mich da heute Abend eingelassen?« Das orangefarbene Licht der Straßenlampen glitt über ihre rechte Wange und verschwand durch die Heckscheibe.

»Diane Pescatore hat die letzten elf Jahre ihres Lebens damit verbracht, sich chirurgisch und kosmetisch so verändern zu lassen, dass sie heute wie eine Barbiepuppe aussieht.«

»Barbie? Solche Schultern, Hüften und Beine sind doch anatomisch unmöglich!«

»Ich glaube, genau das ist der Punkt. Laut einem Buch, das ich mir diese Woche aus der Bibliothek ausgeliehen habe, gehört diese Pescatore zu einer Reihe namhafter Körper-Stylistinnen, die darauf aufmerksam machen wollen, wie der weibliche Körper durch das Patriarchat zum Objekt degradiert wurde, etc.pp.«

»Und sie führt sich wirklich auf offener Bühne vor?«
»Bitte achten Sie auf die Straße. Nein. Hoffe ich zumindest. Ich glaube, sie macht irgend so eine ... Multimediashow.«
»Irgend so eine Multimediashow?«
»›Performance‹ eben.«
Der Wagen fuhr unter einer Eisenbahnbrücke hindurch und verlangsamte vor einer grell beleuchteten, baufälligen Lagerhalle. »Ist es hier?« Sie bog auf den Parkplatz und hielt ganz automatisch unter einer Lampe. Es war seltsam, mit einer Frau zusammen zu sein, die an so etwas dachte – die Kurven weit zu nehmen, selbst wenn sie rannte.
Das Masquerade ist ein bizarrer Treffpunkt mitten in einem sonst brachliegenden Gewerbegebiet. Es wirkt ein wenig wie eine Kreuzung aus Ritterburg und hölzernem Wildwest-Fort, hat im dritten Stock mächtige, mit Ketten verschlossene Ladeluken und im Erdgeschoss einen Haupteingang mit eisernen Beschlägen. Wir zeigten unsere Personalausweise und traten ins Finstere. Julia hatte die Hände aus den Taschen gezogen, und all ihre Sinne waren in Alarmbereitschaft.
»Es ist nicht gefährlich. Es tut nur so.«
»Na, wenn Sie das sagen.«
»Schauen wir, wo die Performance stattfindet.«
Das Masquerade gliedert sich in drei Bereiche: den »Himmel«, im Obergeschoss, für größere Events; das »Fegefeuer«, eine Art Cafeteria für Leute, die erst aufstehen, wenn es draußen dunkel wird; und die »Hölle«, zu der man über eine Reihe von Rampen geht, wo das Licht immer schummriger und die Musik immer lauter, immer bizarrer wird. Auf dem Weg dorthin spürte ich, wie sich auf meinem Gesicht ein Lächeln ausbreitete und meine Schritte immer lockerer, immer länger wurden. Der stechende Geruch vom Schweiß der Tanzenden und von Tequila durchdrang den hippen Dunst selbst gedrehter Zigaretten. Julias Augen leuchteten.

Ich musste ihr ins Ohr schreien, um mich verständlich zu machen. »Lust auf 'nen Drink?«
Ein Nicken. Sie zog meinen Kopf zu sich herunter und berührte mit ihren Lippen meinen Wangenknochen, genau neben dem Ohr. »Bier und einen kleinen Tequila.«
»Aud!« Eine magere junge Frau pflügte sich durch die Menge. Metall glitzerte ihr an Stirn, Schulter, Brustwarzen, ja, selbst in der Haut zwischen Daumen und Zeigefinger, und eine dünne Kette verlief von der Nase übers Ohr bis zur Schläfe. »Aud, wie geht's denn so? Helen auch da?«
Julia trat einen winzigen Schritt näher.
»Nein. Cutter, das hier ist Julia. Julia, Cutter. Eine alte Freundin von mir.«
»Hey, Julia. Schön, dich zu sehen.« Sie streckte eine dünne, starke Hand nach Julias Gesicht und berührte Julias oberen Mundwinkel. »Kleiner Topaz hier würde dir gut stehn. Wirkt ziemlich wild. Aud mag's ja 'n bisschen wild. Denk mal drüber nach. Wenn du's gut findest, kann Aud dir meine E-Mail-Adresse geben. Muss mich jetzt klarmachen für den Auftritt. Aud – bis später, okay?«
Julias Finger lag immer noch auf der Stelle, wo Cutter sie berührt hatte, während sie sie in der Menge untertauchen sah. Dann drehte sie sich zu mir herum. »Aud mag's 'n bisschen wild?«
»Holen wir uns was zu trinken.«
Obwohl es voll war, standen nicht viele an der Bar an. Julia bestellte unsere Drinks und warf mir einen warnenden Blick zu, als ich Anstalten machte zu zahlen. »Sie kennen Cutter schon lange.«
»Acht Jahre.«
»Acht Jahre? So alt sieht sie gar nicht aus.«
»Sie war damals vierzehn und hatte kein Zuhause.«
»War sie ...« Julia deutete auf ihre Schläfe und ihre Nase.
»Ja. Als ich sie kennen lernte, hatte sie sieben Knöpfe in je-

dem Ohr, einen in der Nase und einen Ring in der Zunge. Inzwischen hat sie so was überall. Und Narben.«

»Was gefällt ihr daran? Ist es der Schmerz?«

»Hab sie nie danach gefragt.«

»Und ihre Familie, was ist mit der?«

»Was sollte mit der schon sein?« Die würde ihr nicht mehr auf die Nerven gehen – jetzt nicht mehr.

»Es ist bloß …« Julia versuchte es andersherum. »Dieses ganze Metall, ist das nicht ein *klein* bisschen übertrieben?«

»Wenn all dieses Metallzeug an ihrem Körper sie davon abhält, sich mit Heroin vollzupumpen, und sie sich dadurch wohler in ihrer Haut fühlt, dann bin ich absolut dafür. Sie verdient sich damit sogar ihren Lebensunterhalt. Wie Sie nachher sehen werden. Nach allem, was sie gesagt hat, bekommen wir wohl eine Live-Demonstration.«

Julia nahm einen Schluck Bier und leckte sich den Schaum von den Lippen. »Wer ist Helen?«

»Auch eine Freundin.«

»So wie Cutter?«

»Niemand ist wie Cutter. Helen unterrichtet an der soziologischen Fakultät der Georgia State University. Sie und ihr Mann wären heute Abend gern mitgekommen, aber sie mussten nach St. Louis, weil Helens Mutter im Krankenhaus liegt.«

»Also bin ich der Lückenbüßer.«

Ich kippte meinen Tequila, drehte mich wieder zur Bar und sagte: »Jetzt geb ich einen aus.«

Es war nach Mitternacht, und wir hockten mit Dornan zusammen im »Borealis«. Rund ein Dutzend Gäste saß im Lokal verstreut. Dornan und ich tranken Rotwein, Julia einen Kaffee.

»Aber das Interessante«, sagte sie gerade zu Dornan, »waren die Fragen aus dem Publikum, denen sie sich anschließend

gestellt haben. Sie redeten über die richtige Metallstärke für ein Piercing durch den Penis, wie Taxischüler, die fragen, welches Benzin sie in den Tank füllen sollen.«
Dornan blinzelte etwas schneller. »Ein Piercing durch den Penis?«
»Durch alles: Penis, Hodensack, Brustwarzen, Schamlippen, Zunge, Nase, Augenbrauen, Nabel, Klitoris. Ich kam mir dabei so ... alt vor. Meine einzigen Löcher, außer eins in diesem Ohr und zwei in diesem, sind die, mit denen ich zur Welt gekommen bin.«
»Da haben Sie mir immerhin eins voraus«, bemerkte ich.
»Ihr beide habt mich schon von Geburt an übertroffen«, seufzte Dornan, und Julia lachte. Ich hatte sie noch nie lachen gehört. Es klang fein und warm wie gerührter Brandy.
»Und dann dieses Cutting!«, fuhr Julia fort. »So was hab ich ja noch nie gesehen, oder Sie vielleicht, Aud? Es gab da so einen Schemel, einen ganz gewöhnlichen Holzschemel auf der Bühne, und Cutter überredete einen jungen Mann, sich dort hinzusetzen und seinen Oberkörper freizumachen. Der Typ sah grade mal wie zwanzig aus. Sie desinfizierte ihm die Brust mit Alkohol, griff dann zum Skalpell, und es war, als würde man jemandem zusehen, der diese Fantasiemuster in einen Rettich schneidet. Die Zunge trat ihr richtig aus dem Mundwinkel vor lauter Konzentration. Als ob zwei Kinder mit roter Farbe spielten, so sah es aus. Wenigstens trug sie Handschuhe. Und er hat die ganze Zeit nur dagesessen und gelächelt, während sie ihm diese große Spirale rings um die Brustwarze ritzte, in diese wunderschöne sanfte goldene Haut. Cutter sagt, so eine Haut würde sehr geschätzt, weil eine schöne dicke weiße Narbe zurückbleibt. Danach hat sie seine Brust mit einem Wattebausch abgetupft, er zog sich wieder an, und alle haben ganz normal weitergeredet. Was die Leute nicht alles tun für einen

Kick!« Sie stand auf. »Bitte entschuldigen Sie mich einen Moment.«
Julia entfernte sich aristokratisch Richtung Toilette, und als ich mich wieder zum Tisch umdrehte, sah ich Dornan milde lächeln. »Sehr nett, Torvingen.«
»Es ist rein geschäftlich.«
»Du hast mir noch nie eine Geschäftsbeziehung vorgestellt.«
Ich zuckte die Achseln. »Irgendwann ist immer das erste Mal.« Wir saßen in gemeinschaftlichem Schweigen, bis Julia zurückkam.
»Also«, sagte Dornan, während er von ihr zu mir sah, »ihr habt demnach gutes Geld dafür ausgegeben, einem primitiven Blutritual zuzuschauen?«
»Oh«, erwiderte ich, »Cutter war wie diese Ausschnitte am Anfang von Kaufvideos – nur eine unerwartete Gratiszugabe. Der Hauptteil des Abends war erst recht bizarr.«
Ich erzählte ihm von Diane Pescatore und ihrer Performance, von den Monitorreihen, wo Videoaufzeichnungen der diversen Operationen liefen, denen sie sich unterzogen hatte, um ihre Wangenknochen hervorzuheben, die Nase spitzer zu machen, ein paar Rippen und die Backenzähne entfernen zu lassen, die Lippen aufzuspritzen, den Bauch zu konturieren und ihre Beine zu verlängern. Dabei hatte sie fortwährend eigentümliche Verse über die Unterwerfung der Frau deklamiert, über deren hilfloses Bemühen, wie die Traumfrau der Männer, wie Barbie auszusehen. »Jawohl, wie die Puppe«, versicherte ich einem ungläubigen Dornan. »Sie sucht allen Ernstes einen Chirurgen, der versucht, ihre Schultern und sogar ihr Becken nach unten zu verschmälern.«
»Aber wie sieht sie denn aus?«
»Verrückt. Als würde sie überhaupt nur von diesem eisernen Willen zusammengehalten, es den Leuten zu *zeigen,* ihnen

klarzumachen, wie die Realität aussieht – allem Bewusstsein zum Trotz, dass ihr Publikum nur kommt, weil ihm das, was diese Frau mit sich macht, Grauen einflößt. Ich glaube, sie weiß, dass sie einen schrecklichen, nie wieder gutzumachenden Fehler begangen hat, aber wenn sie damit aufhörte, müsste sie sich diesen Fehler und die Tatsache, dass das alles den Leuten im Grunde gleichgültig ist, eingestehen. Sie sehen in ihr einfach einen Freak, eine Abnormität.«

»Sie auch?« Julia hatte ihr Kinn auf die Faust gestützt, um mich durchdringend zu betrachten.

Ich zuckte die Achseln. »Wer bin ich, um das zu beurteilen?«

Sie beschloss, es anders zu probieren. »Wie lange kennen Sie beide sich schon, Sie und Dornan?«

»Sehr lange.«

»Heißt das, Aud hat Ihnen nicht von unserem ersten Treffen erzählt?« Dornan warf mir ein rasches diebisches Lächeln zu. »Es war an einem Sommernachmittag, in über dreihundert Metern Höhe. Wissen Sie, ich hatte mit einer alten Freundin so eine Art Wette abgeschlossen …«

Er liebte es, Geschichten zu erzählen. Ich ließ mich entschuldigen und marschierte Richtung Toilette. Als ich zurückkam, erzählte er immer noch.

»… durch die Luft gewirbelt, und nichts ist passiert, nichts, und ich dachte, Heilige Muttergottes, jetzt muss ich sterben. Ich drehte mich ja immer herum, ganz schnell, wie ein Kreisel – sah in der einen Minute den Boden auf mich zurasen wie ein betrunkenes Nashorn, in der anderen den Himmel mit all diesen winzigen Tupfen, den geöffneten Fallschirmen, und zerrte an dieser verdammten Leine, ohne dass sich was tat. Da sah ich einen von diesen Tupfen … zerreißen, und so eine Gestalt kam auf mich herabgeschossen. Das war Aud. Sie hatte ihre Leine gekappt und kam auf mich zugestürzt. Dabei hat sie mich nicht mal gekannt!«

»Ich wusste, du bist ein Esel, der in Panik geraten war und seinen Ersatzfallschirm vergessen hat.«

»Ich hatte ihn nicht vergessen, wie oft soll ich dir das denn noch sagen, ich hatte ihn nicht vergessen; es hatte mir nur kein Mensch was davon gesagt! Da war ich also, und sie kam mit ausgebreiteten Armen auf mich zugeschossen, wie eine menschliche Kanonenkugel – donnerte in mich rein, dass mir die Luft wegblieb. Und ihr Gesicht hätten Sie sehen sollen! Zähne gefletscht und Augen wie die eines Dämonen. Und gelacht hat sie, ich schwöre es Ihnen. Umklammerte mich mit ihren Beinen, dass sie mir zwei Rippen brach.«

»*Eine* war gequetscht, und das nur leicht.«

»Dann hat der Arzt im Krankenhaus die Röntgenaufnahmen bloß nicht richtig angeschaut. Jedenfalls umklammerten ihre Beine meine Brust wie ein Schraubstock, aber meint vielleicht jemand, sie zieht die Reißleine? O nein. Sie brüllte mir direkt ins Ohr: ›Spürst du's? Spürst du's? Los, *spür* es!‹, hat sie mir ins Ohr gebrüllt, und ich dachte, ich müsste sterben. Aber in dem Moment zieht sie an irgendetwas und, *wupp,* schweben wir vor uns hin. Es kam mir vor wie eine Ewigkeit, dabei waren es höchstens acht Sekunden bis zum Erdboden. Sie hatte gewartet bis zum letzten Moment. Dann sind wir gelandet. Sie ließ mich daliegen wie ein Kätzchen, das sich in einem Wollknäuel verheddert hat, und ist davonmarschiert, zu unserem Ausbilder. Der war schon fuchsteufelswild; sie sei eine gefährliche Irre, und sie redete mit ihm –«

»Du hattest erst die halbe Ausbildung hinter dir. Er hätte dich nie hochlassen dürfen.«

»– aber kein einziges Mal wurde sie laut; das tut sie fast nie. Und da machte er seinen großen Fehler. Er lächelte. Sie hat ihm den Unterkiefer gebrochen.«

Julias Gesicht blieb unbewegt, aber sie versuchte, einen

Schluck aus ihrer leeren Kaffeetasse zu nehmen. »Und wie lange ist das jetzt her?«
Ich kam nie zu einer Antwort. Die Tür öffnete sich knallend, und herein stürmte eine Frau Mitte zwanzig mit schwarzem Haar, Lippen, so rot wie ihre aufgeklebten Fingernägel, und erstaunlich pneumatischer Figur. Dornan sprang auf die Beine. Jeglicher Ausdruck von Intelligenz wich aus seinem Gesicht, um einem idiotischen Grinsen Platz zu machen. Er streckte die Arme aus. »Tammy, Darling!«
Auch ich stand seufzend auf.
»Mmmn, Dornan, du hast mir ja so gefehlt. Mmmn.« Die Frau trat einen Schritt zurück, setzte ihr schwerlidriges Lächeln auf – »Aud, wie schön, dich zu sehen« – und sah mit hochgezogenen Brauen zu unserem Tisch.
»Julia, darf ich vorstellen: Tamara Foster. Tammy, das ist Julia Lyons-Bennet.«
Julia stand auf, und sie gaben sich mit schlaffen Fingern diesen brüchigen Scarlett-O'Hara-Händedruck, der besagt: *»Seit wann lassen sie denn Leute wie dich hier rein?«* Dornan bemerkte natürlich nichts von alledem. Seine Welt war jetzt nur noch Tammy, sein Darling, seine Verlobte, das Licht seines Lebens. »Setz dich doch, Liebling, setz dich. Wir schwelgten gerade in alten Erinnerungen. Aud und Julia hatten einen ganz außergewöhnlichen Abend. Jonie, Jonie!«, rief er zu der Bedienung hinter dem Tresen. »Wir bekommen noch eine Karaffe von diesem Roten, und bring vier frische Gläser!«
»Nein danke, Dornan, für mich nicht. Tammy und du, ihr wollt bestimmt ein bisschen allein sein. Da möchten Julia und ich nicht stören.«
Julia stand auf. »Hat mich sehr gefreut, Dornan. Vielen Dank. Und es war auch reizend, Sie kennen zu lernen, Tammy.«
Dornan strahlte wie ein Weihnachtsbaum.

Wieder am Steuer, fuhr Julia, als hätte sie überhaupt nichts getrunken. »Sie mögen Tammy nicht leiden.«

»Stimmt.«

»Lassen Sie mich mal raten. Sie ist eine heimliche Serienmörderin.«

»Sie ist eine hinterhältige Schlange, die sich an Dornan ranschmeißt und ihn fallen lässt, wie es ihr gerade passt. Sie flattert in der Gegend herum, angeblich als Unternehmensberaterin für eine ortsansässige Firma, kommt immer nur für vier, fünf Tage in die Stadt, manchmal sogar noch weniger, und Dornan glaubt, sie würde ihn eines Tages heiraten.«

»Sie trägt seinen Ring.«

»Hat ja auch eine Stange Geld gekostet, und das ist letztlich alles, was Miss Tammy Foster interessiert. Sie gehört zu den Frauen, die auf reiche alte Esel wie ein Magnet wirken. Sie bleiben reihenweise an ihr hängen. Ich hab sie mit den unterschiedlichsten Männern hier rumziehen sehen, während sie angeblich in Baltimore oder Chicago war. Die lässt Dornan fallen wie eine heiße Kartoffel, sobald sie was Besseres an Land gezogen hat.«

»Sie scheinen sich Ihrer Sache sehr sicher zu sein.«

»Diese Tammy ist sehr gut in ihrem Fach, aber wenn man sie lange genug beobachtet, merkt man, dass sie sich unwillkürlich für jeden Mann, der zur Tür reinspaziert, aufreizend in Pose setzt. Das ist bei ihr wie ein Instinkt. Sie wurde von ihrem reichen Daddy in Connecticut von kleinauf dazu erzogen, zu glauben, es komme weniger darauf an, wer sie ist und was sie macht, als darauf, wen sie einmal heiratet.«

»Sie scheint Ihnen ja fast Leid zu tun.«

»Deshalb kann ich sie auch nicht besser leiden. Als sie gemerkt hat, dass Dornans beste Freundin sie nicht mag, hat sie versucht, mich anders rumzukriegen.«

»Heißt das etwa …?«

»Jawohl.« Eher wäre ich mit einer Python ins Bett gegangen.
»Und Sie haben ihm nichts davon gesagt?«
»Nein.«
»Warum haben Sie sie nicht vergrault? Das dürfte Ihnen doch nicht schwer fallen.«
»Er ist glücklich mit ihr, und es hält sowieso nicht ewig.«
»Sie spielen gerne den lieben Gott.« Es hörte sich eher nachdenklich als nach einem Urteil an.
Eine halbe Meile fuhren wir schweigend dahin. »Biegen Sie auf der Leonardo links ab. Das geht ein bisschen schneller.«
Als wir vor meinem Haus hielten, beugte sie sich herüber, um meine Tür zu entriegeln. »Vielen Dank. Das war ein interessanter Abend.«
»Interessant im chinesischen Sinne?«
»Nein. Ich meine es ernst. Vielen Dank.«
Es trat eine kurze Stille ein. Wir saßen beide nur da, schauten in die samtige Schwärze draußen vor der Windschutzscheibe und atmeten dieselbe Luft. Einen Moment später war ich ausgestiegen. Ich stand neben dem Wagen und lehnte mich hinein. »Gute Nacht«, nickte ich ihr zu. »Ich melde mich in Kürze bei Ihnen, um Sie auf dem Laufenden zu halten.« Als sie fort war, blieb ich noch lange draußen stehen und lauschte dem Konzert der Laubfrösche.

fünf

Es war einer der typischen Morgen für diese Stadt: Man tritt ins Freie, und die feuchte Hitze legt sich um einen, als wäre man eine Garnele in Frischhaltefolie. Die Luft ist dick wie Kartoffelsuppe, und man muss in kleinen Zügen atmen. Auf meinem Weg nach Buckhead ließ ich die Fenster geschlossen und die Klimaanlage eingeschaltet; selbst der Mozart, der aus den Lautsprechern rieselte, klang matt und gedrückt.

Ich holte Beatriz vom Hotel Nikko ab. Sie hatte ihre Brille gegen Kontaktlinsen getauscht, ihre Haare wirkten glatt, glänzend und gepflegt und die ungesunde Aufgedunsenheit ihres Gesichts war verschwunden oder zumindest durch ein professionelles Make-up kaschiert. Sie trug ein geschäftsmäßiges Kostüm, das wunderschön geschnitten war und eine erstaunlich üppige Figur zur Geltung brachte. Statt eines Handtäschchens hatte sie einen großen ledernen Aktenkoffer dabei. Aber die Art, wie sie meinem Blick auswich, als ich Guten Morgen sagte, war immer noch die gleiche, und auch die Gesichtszuckung, die ein Lächeln darstellen sollte.

Südlich der Piedmont ging es nur im Stopp-and-go-Rhythmus vorwärts. Manche der Autofahrer um mich herum griffen bereits zum Handy, um ihre Verspätung zu erklären. Hupen ertönten. Wir bewegten uns im Schneckentempo. Nun, da wir im Leerlauf fuhren, verlor die Klimaanlage etwas von ihrem Biss. Der Wagen begann sich aufzuheizen.

Ein Stück vor uns warfen rotblaue Warnlampen flackernde Lichter quer über beide Fahrspuren und leiteten den Verkehr an einem Auto mit heruntergerissenem Verdeck vorbei. Daneben lag eine von einem weißen Leintuch verhüllte Gestalt auf dem glühenden Asphalt. Ich konnte mir vorstellen, wie einem roten Blutkörperchen zu Mute war, wenn es sich durch die verkalkenden Arterien eines fünfzigjährigen Managers quetschte, der bei vierzig Grad auf dem Tennisplatz herumrennt, um seiner Sekretärin zu imponieren, und doch ganz genau weiß, dass alles jeden Moment zum Stillstand kommen kann. Aber dann war ich an der Unfallstelle vorbei, der Stau löste sich auf, und wir alle hatten überlebt, um einen weiteren Tag unsere endlosen Bahnen entlangzurasen.

Der Schweiß unter meinem Pistolengurt konnte nicht verdunsten. Mit vollem Munitionsstreifen für sieben Schuss wog die Walther-PPK zwar nicht einmal anderthalb Pfund, aber sie kam mir viel schwerer vor, und sie störte mein inneres und äußeres Gleichgewicht – eine ungewohnte Last. Waffen können eine Ablenkung sein, ein gefährliches Machtsymbol, eine Krücke. Viele werden davon abhängig: Nimm ihnen die Kanone weg, und du nimmst ihnen ihre Identität. Ich habe einmal einen Polizisten erlebt, der im Dienst seine Waffe verloren hatte: Hilflos, benommen, völlig verstört stand er herum, anstatt Verstärkung zu rufen, den Täter zu verfolgen oder mir wenigstens zu helfen, das Blut zu stillen, das literweise aus dem Schenkel seines Kollegen schoss.

Ich trage Feuerwaffen nur, wenn die Situation es verlangt. Ich wurde gut dafür bezahlt, auf Nummer Sicher zu gehen, dass Beatriz del Gato, der seltsamen Kleinen, während der nächsten drei Tage kein Haar gekrümmt wurde. Philippe Cordova würde erwarten, dass ich einen Revolver trug. Also trug ich einen.

Als wir uns der Stadtmitte und Atlantas Einbahnstraßen-System näherten, fuhren wir eine Zeit lang auf der Tenth Richtung Westen. Die Sonne strömte durch die Heckscheibe, und in Sekundenschnelle staute sich eine dicke Hitze im Wagen. Ich sah kurz in den Rückspiegel. Beatriz schien die Wärme nichts auszumachen. Dann wieder südlich auf die Juniper und in den kühlen Schatten des Peachtree Medical Building. Die Innentemperatur fiel um fünfzehn Grad. Beatriz starrte die ganze Zeit aus dem Fenster, ohne einen Mucks zu tun.

Ich parkte in der Courtland und machte mich auf einen langen, langen Vormittag voller Termine gefasst.

In dem Moment, als Beatriz del Gato mit versteinertem Gesicht aus dem ersten Gebäude kam, wusste ich, dass sie ihre Zeit verschwendete. Niemand würde jemanden als PR-Managerin einstellen, für den »Small Talk« anscheinend ein Fremdwort und dessen Miene so undurchdringlich war wie die Glasur auf einer Töpfervase. Beatriz del Gato war ganz und gar in sich selbst versunken. Ohne meine Anwesenheit überhaupt zu registrieren, folgte sie mir mechanisch durch die Kohlenwasserstoffhitze der Innenstadt zu der sterilen Kühle eines Bürohochhauses, wo sie ihren zweiten Vorstellungstermin hatte. Ich wartete im Empfangsbereich, während sie sich in das Allerheiligste entfernte. Ich versuchte mir vorzustellen, wie sie sich mit einem potenziellen Arbeitgeber unterhielt, aber ich konnte es nicht.

Im Laufe des Vormittags veränderte sich ihr Gesicht immer mehr. Sie wurde blasser und hatte einen Schimmer um Augen und Wangen, als stünde die Töpferglasur kurz vor dem Schmelzen. Es wirkte beunruhigend.

Als wir die Niederlassung von Perrin & Norrander betraten, ihrem vierten Termin, hielt ich unwillkürlich den Atem an. Am liebsten hätte ich sie gestoppt. Es war eine Werbeagentur wie in Atlanta üblich: handgeknüpfte Seidenteppiche,

Furnier aus hellem Holz (eine gekonnte Kombination aus Esche und Ahorn), Männer in Hugo-Boss-Anzügen, Frauen mit teurem Schmuck, und alle viel zu dick angezogen für dieses Wetter; eine beinahe übermenschliche Bemühung, sich zu beweisen, dass die Werbebranche auch in der Hauptstadt der Südstaaten ein Kampf bis aufs Messer war, nicht nur in der Madison Avenue. In einem muss ich Margaret Thatcher Recht geben: Wer darauf hinweisen muss, dass er wichtig ist, der ist es nicht.

Die Sekretärin war gerade am Telefonieren. Ihre Stimme klang affektiert. »Einen Moment bitte.« Effizienter Tastendruck mit alarmierend rotem Fingernagel, gefolgt von einem professionellen Lächeln in unsere Richtung. »Kann ich Ihnen helfen?«

»Beatriz del Gato. Ich habe einen Termin bei Anthony Perrin«, antwortete sie wie eine dieser altmodischen Aufziehpuppen aus Porzellan.

Rotkralle ließ ihren Finger an einem Bildschirm hinabgleiten, um uns dann erneut ein künstliches Lächeln zu schenken. »Wenn Sie bitte Platz nehmen wollen. Mr. Perrin wird gleich bei Ihnen sein. Wie möchten Sie Ihren Kaffee?«

Ich antwortete für uns beide. Im Warteraum war es eiskalt, und die drei mehr zum Anschauen als zum Sitzen gemachten Stühle standen, schön gruppiert, unter einem grässlichen Gemälde, das aussah wie ein Fernseh-Testbild. Die Aktentasche auf ihrem Schoß, nahm Beatriz Platz, aber ich setzte mich erst gar nicht. Selbst wenn die Stühle es wert gewesen wären, hing das Gemälde doch so tief, dass ich mich nicht hätte zurücklehnen können.

Einen Augenblick später erschien die Sekretärin mit einem Tablett, auf dem zwei Tassen Kaffee standen.

Die eine nahm ich, und mit der zweiten wollte sie sich gerade zu Beatriz umdrehen, da stand diese auf, um sich selbst zu bedienen. Mit einem Klirren und einem quäkenden Aufschrei stießen beide zusammen. Die Sekretärin tat einen Satz nach hinten, um dem Schwall kochend heißen Kaffees auszuweichen, aber Beatriz stellte sich weniger geschickt an. Sie rannte in die Stühle, ließ dabei ihre Aktentasche auf den nunmehr patschnassen Boden fallen, verlor das Gleichgewicht und stieß an das Gemälde. Mit einem energischen *Kracks* landete es auf dem gebohnerten Parkettboden. Glasscherben fielen aus dem Rahmen, und die Sekretärin sagte nur: »Große Güte!«

Beatriz starrte sie an. Ihre Augen glichen schwarzen Brandlöchern in einem steifen Bogen Papier, und die Hand, die die Rücklehne eines der Stühle umschlang, war an den Fingergelenken ganz weiß. Die Maske war endgültig gefallen.

Die Sekretärin trat einen Schritt auf den Stuhl zu. »Warten Sie, ich helfe Ihnen.«

Beatriz zitterte wie Espenlaub, und ich mischte mich zwischen die beiden. »Vielleicht würden Sie uns den Weg zur Toilette zeigen, dann können wir sehen, ob sich Miss del Gatos Kleidung noch retten lässt.« Ich deutete auf den dicken dunklen Fleck, unten an Beatriz' Rock.

»O mein Gott! Ja, natürlich. Zwei Türen weiter, im Gang rechts.«

Ich nahm Beatriz behutsam am Ellbogen. »Lassen Sie den Stuhl los«, flüsterte ich ihr ins Ohr. »Es ist alles gut. Es kommt alles in Ordnung. Lassen Sie den Stuhl los.«

»Ja, schön«, lautete ihre unsinnige, fröhlich klingende Antwort. Ich führte sie in den Empfangsbereich, durch die Tür, durch den Gang, in die Toilette.

»Da wären wir.« Ich parkte sie zwischen den Waschbecken und dem Papiertuchspender. Sie zum Hinsetzen zu bewegen, wäre reine Zeitverschwendung. Ihr Körper fühlte sich an wie Holz. »Ich glaube, Sie brauchen den Rock nicht auszuziehen. Versuchen wir's erst mal mit Abtupfen, und wenn das nichts hilft, mit Seife.«

Ihr Zittern wurde zu einem Schlottern. »Ich kann schon verstehen«, sagte ich, während ich wischte und abtupfte. »Sie sind in einem fremden Land. Sie leiden unter dem Jetlag und haben in Ihrem Hotel wahrscheinlich kein Auge zugetan. Alles redet in einer fremden Sprache. Selbst die Lichtschalter scheinen auf dem Kopf zu stehen. Man erwartet von Ihnen, dass Sie immer genau wissen, was man tut und wie man es tut. Aber dafür bin ich ja da. Ich kann Ihnen zeigen, wie alles funktioniert, und Ihnen sagen, wann Sie wo hingehen sollen.« Ich redete einfach drauflos und fragte mich im Stillen, wie lange sie schon unter dieser Angst litt – einer *solchen* Angst, dass sie sich vom Rest der Welt abgekapselt hatte: Nichts kam rein, nichts kam raus, während sie innerlich im Kreis rannte wie eine verschreckte Maus, halb irrsinnig Löcher in ihrem Schutzwall zustopfte, durch die sie vielleicht hinausgreifen müsste oder die Welt hineingreifen könnte.

»So. Das dürfte fürs Erste genügen.« Aus dem Schlottern war ein Schaudern geworden, das ihren ganzen Körper durchlief, und es schien, als würde sie sich in Stücke zittern. »Lassen Sie's raus, Beatriz; hier sind Sie sicher.«

Ein langer schlotternder Atemzug.

»Keiner sieht Sie hier. Keiner wird was merken. Lassen Sie's einfach raus.«

Und sie gehorchte – in einer Explosion aus Wut, Angst und Verzweiflung. Vornübergebeugt weinte Beatriz, heulte und schluchzte, richtete sich dann auf und heulte noch lauter zur Decke empor. Sie stützte sich mit beiden Fäusten an den Spiegel und spie dicke Brocken von Kummer, Enttäuschung und zerbrochenen Träumen aus. Sie weinte immer weiter, bis ihr Gesicht ganz verschwollen war und Schleim und Tränen darauf glänzten. Dann, nach einer Weile, beruhigte sie sich bis auf ein erschöpftes Brummen. Ich reichte Beatriz noch ein Papierhandtuch, stopfte mir sechs oder sieben in die Tasche und nahm das Mädchen auf die Arme wie ein kleines Kind.

Ich drückte ihr Gesicht fest an meine Schulter, damit es die Blicke nicht sehen könnte, während ich sie zum Lift trug, vierzehn Stockwerke mit ihr hinunterfuhr, sie durch die Empfangshalle, auf die Straße und quer über den Parkplatz brachte. Dort legte ich Beatriz auf den Vordersitz meines Wagens, holte eine Decke aus dem Kofferraum, packte sie darin ein und schnallte ihr den Gurt um.

»Warm«, sagte sie.

»Ja, ich weiß, aber Sie brauchen Wärme und ich werde die Klimaanlage aufdrehen.« Sie brauchte den Trost eher als die Wärme, doch das behielt ich für mich. »Schlafen Sie, wenn Sie wollen. Ich bringe Sie zurück ins Hotel.«

»Nein.« Ein müdes Flüstern. »Ich hasse mein Hotel. Ich hasse es.«

Sie war nicht in dem Zustand, um sich der Öffentlichkeit zu zeigen, und wollte auf keinen Fall in ihr Hotel zurück. Während ich darauf wartete, mich in den Verkehr einzufädeln, rief ich bei Happy Herman's an und bestellte Essen für ein Picknick.

Die Überreste der Mahlzeit lagen auf der Decke mitten in meinem Garten, und die Frau, die mit zu weiten Shorts und Fetzen-T-Shirt dasaß wie die Kopenhagener Meerjungfrau und die Schildkröte zu erspähen versuchte, die ich am Fuße des Pekanbaums gesehen hatte, besaß keinerlei Ähnlichkeit mit der Beatriz von heute Vormittag. Ihre Augen wirkten lebendig, wenn auch schüchtern, und als sie sich zweimal bemüht hatte, mir zuzulächeln, war dies zwar flüchtig gewesen, aber gar nicht künstlich oder verzerrt. Ich hatte sie samt Decke hinters Haus getragen, sie gefüttert und mit ihr geredet; über nichts Bestimmtes, ich zeigte ihr nur die Vögel und Eichhörnchen, sagte ihr, wie die verschiedenen Bäume hießen, erklärte ihr, woraus die Beläge und Gewürze all der unterschiedlichen Sandwiches bestanden. Anfangs hatte sie rein mechanisch gegessen, dann war sie richtig aufmerksam geworden, und dann eingeschlafen, während ich ihr in meinem eingerosteten Spanisch von den blauen Glockenblumen erzählte, nach denen ich früher in Yorkshires Wäldern gesucht hatte. Sie schlief fast eine Stunde, und als sie aufwachte, zeigte ich ihr das Badezimmer, suchte ihr mein kleinstes Shirt und meine kleinsten Shorts heraus, und jetzt beobachtete sie, blitzsauber und frisch gewaschen, das Laub unter dem Pekanbaum.

»Sie werden barfuß ins Hotel zurückmüssen.«

»Ja.«

»Ich bin sicher, die haben dort schon Schlimmeres gesehen. Da, da ist die Schildkröte!« Ich deutete auf den flachen, ledrigen Kopf, der sich vorsichtig unter einem Haufen Humus herausstreckte.

»Ja, ich sehe sie.«

Ich erzählte Beatriz von den Spitzmäusen, von dem unermüdlichen Krieg zwischen den diversen Eichhörnchen, von den Erdhörnchen, die fast einen Meter hoch in die Luft springen konnten, wenn die Nachbarkatze sie in die Enge trieb. Manchmal musste ich so ein Tier mit buschigem Schwanz oder spitzen Ohren auch nachahmen, weil ich nicht wusste, wie alles, was da im Südosten kreucht und fleucht, auf Spanisch hieß. Ich bin immer noch nicht sicher, ob sie »Erdhörnchen« verstanden hat. Es ist schwer, mit einer Körpergröße von über einsachtzig einen winzigen Nager mit dicken Backentaschen zu imitieren.

»Haben Sie denn kein Haustier?«

»Nein. Ich kann mir ja die Tiere im Garten anschauen. Die brauche ich auch nicht zu füttern, brauche sie nicht zum Tierarzt zu bringen oder mich zu sorgen, wenn ich mal nicht da bin.«

»Und die Tiere hier sorgen sich nicht um Sie.«
Im Jasmin brach ein Vogel in Gezwitscher aus. Ein Flugzeug brummte in der Ferne, und nach einer Weile sagte ich: »Wollen Sie diese Stelle bei Perrin & Norrander?«
Sie blinzelte und wandte sich dann brummelnd ab.
»Wie bitte?«
»Ja.«
»Ist Ihnen das wirklich ernst?«
»Ja!«
»Dann müssen wir Ihnen einen zweiten Termin besorgen.«
»Die werden doch nicht –«
»Ich rede schon mit denen. Ich werde alles auf die Sekretärin schieben. Schließlich hat die Sie ja mit Kaffee vollgeschüttet. Man kann doch nicht erwarten, dass Sie mit verbrühtem Bein weitermachen.«
»Aber ich will nicht –«
»Doch, Sie wollen.« Ich blieb unerbittlich. »Montagnachmittag geht Ihre Maschine nach Madrid. Wenn wir Ihnen um zehn einen Termin verschaffen, habe ich Sie bis kurz nach zwölf zum Flughafen gebracht.«
»Die werden mir die Stelle nicht geben.«
»Kann schon sein. Aber wenigstens haben Sie es dann mal versucht.«
»Und was ist mit meinen Kleidern?«
»Wir werden ein bisschen shoppen gehen.«

Ich entdeckte, dass unter Beatriz' unansehnlichem Äußeren ein flammendes Herz schlug. Sie wollte Kostüme und Blusen mit Puffärmeln und hoher Taille, die eher für einen Teenager gepasst hätten. Zum Glück wollte sie sie aber in Blutrot und leuchtendem Orange statt der modischen Pastellfarben. Ich lenkte ihre Aufmerksamkeit mehr auf zweckmäßige Kleidung und machte den ein oder anderen Vorschlag. Zum Schluss kauften wir ein flachsfarbenes Lei-

nenkostüm, Shorts, T-Shirts, Sandalen und ein atemberaubendes ärmelloses Kleid in wahren Irrsinnsfarben. Hauptsache, *sie* war damit glücklich. Danach durfte sie Vorschläge machen. Unter ihrer Anleitung kauften wir dutzende von Töpfen mit frisch knospendem Springkraut, Petunien und Ringelblumen, dazu zwei lange Pflanzenkästen und Säcke voll Blumenerde. »Sie werden noch Samen und Setzlinge brauchen. Die Blumen hier halten höchstens bis Juli.« Sie betrachtete sie mit Kennerblick. »Morgen pflanzen wir sie um.«
Die Frau, die ich an diesem Abend um sieben zum Nikko zurückbrachte, war wie umgewandelt: lächelnd, energiegeladen, beinahe hübsch.

Um Mitternacht fuhr ich ziellos die Cheshire Bridge Road ab und kontrollierte die Parkplätze vor den kleinen Einkaufszentren. Ich entdeckte die auffällig lackierte 1972er Corvette vor einem Flachbau mit zugemauerten Fenstern, fuhr aber noch eine Viertelmeile weiter, zum hell beleuchteten Cheshire Strip. Dort parkte ich vor der Science-Fiction- und Krimi-Buchhandlung, wo sich seltsame, aber harmlose Leute gut gelaunt fettleibige Taschenbücher aussuchten, und ging zu Fuß zurück.
Es tat gut, die Muskeln in meinem Oberschenkel zu fühlen, wie sie sich zusammenzogen und dehnten, es tat gut, die unnachgiebige Härte des Betons unter meinen Stiefeln und meine Kraft zu spüren. Die Motorhaube der Corvette war kalt. Ich sah mich auf der Rückseite des Gebäudes um. Nur eine einzige Tür, verschlossen. Die Turbine in meiner Brust begann zu dröhnen. Die Nachtluft fühlte sich ölig auf meiner Zunge an und prickelte elektrisch. Es würde einen Wetterumschwung geben.
Die vordere Bar lag im Schatten. Ein Billardtisch war an eine Wand geschoben. Darüber ächzte eine Klimaanlage, die das

dumpfe Hämmern der Musik aus dem etwas abgeschirmten Hinterraum nicht ganz übertönte. Die ganze Atmosphäre war seltsam. Der Barkeeper war am Gläserpolieren und ignorierte geflissentlich die drei Personen in der Sitznische auf der anderen Seite. Ich lehnte mich an die Theke und schüttelte den Kopf, als der Mann mit hochgezogenen Brauen zu mir hersah.

Buddy Collins sah aus, als wäre sein Hals zu dünn für jeden Hemdkragen, obwohl dieser und auch das teure Jackett wie angegossen passten. Ein untrainiertes Auge hätte ihn wohl nicht anders als mit dem Wort »schmierig« beschreiben können, aber Buddy hatte selbst Leute, die vom Fach waren, hinters Licht geführt – und vom Fach, sprich: bei der Polizei, war er selbst einmal gewesen.

Im Moment hätte ich nicht in seiner Haut stecken wollen. Er wurde von einem Kerl, der mir den Rücken zugekehrt hatte, an die Hinterwand der Sitznische gedrängt, und die Hand dieses Mannes ruhte auf Collins' Unterarm. Eine sehr große, starke Hand. Nicht weniger starke Beine waren unter dem Tisch ausgestreckt; er würde nicht so leicht davonrennen können. Zu Collins vorgebeugt, redete der Mann auf ihn ein, während ein anderer gegenübersaß, ein Fiesling, der glatt und geschmeidig wirkte wie ein Aal. Er versuchte gerade, die Spitze einer billigen Zigarre abzuschneiden, und hörte seinem Partner nur mit halbem Ohr zu. Er hatte das alles schon tausendmal gehört.

»Ich kann nicht«, sagte Collins. »Nicht alles auf einmal. Nicht heute Nacht.« Der Große gab keine Antwort. »Lasst mir noch ein kleines bisschen –«

Der Große verpasste ihm eine schallende Ohrfeige, und ein Blutstropfen trat in Collins' Mundwinkel.

»Gentlemen«, schaltete ich mich ein. Alle drehten sich verblüfft zu mir um. »Bitte nehmen Sie Mr. Collins nicht zu hart ran. Ich brauche ein paar Informationen von ihm.«

»Wohl nicht alle Tassen im Schrank?«, fragte der Große, bevor er sich dann wieder seinem Gespräch mit Collins zuwandte.

Als der Fiesling die Zigarrenspitze zu seiner Zufriedenheit abgeschnitten hatte, zog er ein Streichholzheft hervor. »Verpiss dich, Lady.« Er steckte sich die Zigarre in den Mund und zündete ein Streichholz an, wobei er vor Konzentration schielte. Ich schlug ihm zweimal auf die linke Schläfe – rechte Hand, linke Hand –, trat dann, ohne innezuhalten, einen Schritt nach hinten und rammte dem Großen unter Einsatz meines vollen Körpergewichts den Ellbogen in die Nase. Sie zerplatzte wie eine Piñata, leuchtend rote Flüssigkeit schoss hervor, und er schrie. Ich folgte weiter meinem Trainingsablauf, den ich im Schlaf beherrsche, und landete einen dritten Hieb auf seiner Stirn. Der Mann stöhnte und sackte über den Tisch.

Dem Fiesling hing immer noch die Zigarre aus dem Mund. »Muss ich dir noch eins reinwürgen?«

Anscheinend hörte er nicht. Ich sah zu Collins und deutete auf den Großen, der bewusstlos über Bank und Tisch hing. »Können Sie sich vorbeiquetschen oder soll ich ihn rausziehn?«

»Das geht schon.« Er kletterte auf den Tisch.

Ich drehte mich zu dem Barkeeper um, der erschrocken einen Schritt zurückwich. »Viel fehlt den beiden da nicht, aber vielleicht möchten Sie doch einen Krankenwagen rufen, um sie schnell loszuwerden. Sie werden beim Aufwachen nicht gerade in strahlender Laune sein.«

»Sie –« Er räusperte sich, besann sich dann aber eines Besseren und nickte nur.

Collins sprang von dem Tisch herunter. »Höchste Zeit, von hier zu verschwinden.« Draußen auf dem Parkplatz sah er sich wachsam um. »Welches ist Ihr Wagen?«

»Wir nehmen Ihren. Ich fahre.«

»Hören Sie, Torvingen. Dieser Wagen ist mein ganzer Stolz und –«

Ich streckte die Hand aus. Er starrte mich an, riss dann wütend die Schlüssel aus seiner Hosentasche, knallte sie mir in die Hand und ging zum Beifahrersitz. Das Innere seines Wagens roch nach schmutzigem Leder und Kaffee. Während wir auf die Cheshire Bridge fuhren, beobachtete Collins mich von der Seite.

»Was ist?«

»Gar nichts. Frage mich nur, woher Sie so plötzlich aufgetaucht sind, wohin Sie mich bringen und pi-pa-po.«

»Wir werden jetzt ein paar Takte zusammen plaudern, und Sie werden mir ein, zwei Dinge verraten.«

»Mein Gott, Torvingen, Sie haben totalen Mist gebaut. Diese Typen werden nicht gerade gut auf Sie zu sprechen sein, wenn –«

Ich bog auf den Parkplatz des Cheshire Strip und stellte den Motor ab. »Sie schulden ihnen Geld. Sie sind mit den Zahlungen im Rückstand, und allem Anschein nach sind die beiden inzwischen sehr ungehalten. Ich habe den Prozess nur ein bisschen beschleunigt. Ihnen fällt schon was ein.«

Collins war bei der Sitte gewesen, bis er sich, über beide Ohren verschuldet, in einem so extremen Ausmaß schmieren ließ, dass selbst seine Dienststelle nicht mehr wegschauen konnte. Man hatte ihn gefeuert, als ich noch in der Ausbildung war. Jetzt verdiente er sich seine Brötchen, indem er innerhalb der Kriminellenszene und manchmal auch an die Behörden Informationen verkaufte.

»Sie gehören doch gar nicht mehr dazu«, sagte er.

»Nein. Deshalb kann ich es mir jetzt auch leisten, ein bisschen mehr zu zahlen.«

»Ich hab Sie nie gemocht.«

»Sie müssen mich auch nicht mögen. Erzählen Sie mir nur von dem Brand im Inman Park, vor fünf Tagen. In wessen

Auftrag geschah das? War das Opfer, ein Kunstgutachter namens Lusk, irgendwie bekannt? Und wohin fließt zur Zeit das dicke Geld?« Das dicke Geld – die Einnahmen der Großdealer, die den Stoff an Zwischenhändler weiterverkaufen. Collins griff nach oben und schaltete die Innenbeleuchtung ein. »Für die letzte Antwort haben Sie nicht genug Kohle. Und wenn, dann hätte ich nicht lange Freude daran.«
Sein Blick ging immer noch unruhig hin und her, aber er hatte aufgehört zu schlucken. Ich überlegte mir, die Antwort aus ihm herauszupressen, doch eine rasche Kosten-Nutzen-Analyse sah nicht sehr viel versprechend aus: Wahrscheinlich wusste er gar nichts. »Schön. Dann erzählen Sie mir, wessen Handschrift zu so einem Brandanschlag passen könnte. Bertolucci wusste es nicht. Wie finde ich die Täter, und für wen haben sie in der Vergangenheit gearbeitet?«
»Wie viel?«
»Wie viel ist es Ihrer Meinung nach denn wert?«
»Zweitausend.«
»Ich geb Ihnen fünfhundert.« Ich zog das Geld aus meiner Hosentasche und zählte fünfhundert Dollar ab, gab sie ihm aber noch nicht.
»Ein Typ aus Boston. Sie werden ihn nicht kennen.«
»Name.«
»Ich *weiß* seinen Namen nicht! Er ist irgendein angeheuerter Techniker, so wie *Sie* jemanden bezahlen, dass er Ihnen die Bremsflüssigkeit kontrolliert.« Er verlor allmählich die Nerven.
»Dann sagen Sie mir, für wen er gearbeitet hat.«
»Arellano.« Er spie es regelrecht aus.
Arellano. Der hatte hier vor zwei Jahren das dicke Geld gemacht – Südstaaten-Vertreter eines Rauschgiftkartells aus Tijuana. Nur hatte das damals keiner beweisen können. »Der ist schon zwei Jahre tot.«

»Dieser Techniker hat ja auch vor zwei Jahren für ihn gearbeitet.«

»Ich weiß nicht, was Sie mir da erzählen, Buddy. Arbeitete der Techniker diesmal für den Nachfolger Arellanos?«

»Kann sein.«

»›Kann sein‹ ist keine Antwort.«

»Er hat diesmal für einen Typen gearbeitet, der vielleicht für den Typen arbeitet, der Arellanos Nachfolger ist. Okay?«

»Was heißt ›der vielleicht für den Typen arbeitet‹?«

»Der Kerl ist Geldwäscher. Wäscht eine Menge Geld. Er hat diesen Techniker engagiert.«

»Sagen Sie mir seinen Namen.«

»Weiß ich nicht.«

Dafür wusste ich ihn mit ziemlicher Sicherheit. »Noch mal hundert extra, wenn Sie mir sagen, wofür er den Techniker angeheuert hat.«

Collins zögerte. Er reckte seinen Hals nach der Straße.

»Zweihundert.«

»Hundert.«

Er berührte das Blut in seinem Mundwinkel mit der Fingerspitze und seufzte. »Der Brand sollte irgendwelche Beweise vernichten.«

»Und? Wurden diese Beweise vernichtet?«

»Es kam jemand dabei ums Leben.«

»Das habe ich nicht gefragt.«

Sein Blick ging unruhig hin und her.

»Die Wahrheit, Buddy. Wenn Sie es nicht wissen, dann sagen Sie's mir einfach, und ich geb Ihnen immer noch fünfzig.«

»Ich hab gehört, ein Teil dieser Beweise sei nach wie vor in Umlauf. Aber der Techniker hat sein Geld gekriegt. Zufrieden? Keiner ist stinkig und keiner spricht davon, es noch mal zu probieren. Also ergibt das Ganze hinten und vorne keinen Sinn.«

Für mich ergab es absolut einen Sinn, wenigstens zum Teil. Julia spielte keine Rolle mehr: Die hatte keine Beweise, und nachdem sie der Versicherung eine Lüge aufgetischt hatte, würde ihr ohne Beweis niemand ein Wort glauben. Nun da das Gemälde vernichtet war, wiegte sich Honeycutt in Sicherheit. Fragte sich nur: Warum steckte ein Geldwäscher seine Finger in Kunstfälscherei? Das war ein dummes Zusatzrisiko, und es reimte sich mit dem Rest nicht zusammen. Ebenso wenig wie das am Tatort hinterlassene Rauschgift.

Buddy konnte sich nicht entscheiden, was interessanter war: die Straße oder das Geld, das ich immer noch in der Hand hielt. »Diese Haie sind jetzt bestimmt hellhörig geworden, Torvingen. Geben Sie mir einfach das Geld. Ich geb Ihnen sogar noch was gratis dazu. Passen Sie auf: Dieses verbrannte Beweismaterial – zwei alte Freunde von Ihnen wissen, wo es herkam.«

»Raus mit der Sprache.«

Er hielt die Hand auf. »Macht hundert extra.«

»Gratis.«

Er schaltete auf stur und schüttelte seinen Kopf. Die Sache war es nicht wert, dass ich ihn in die Zange nahm. Mein Auftrag lautete, herauszufinden, wer versucht hatte, Julia zu ermorden; und das wusste ich nun. Ich gab Collins das Geld. »Und jetzt raus aus meinem Wagen.« Er stieg als Erster aus. Ich warf ihm die Schlüssel zu, und noch ehe ich halbwegs bei der Buchhandlung war, fegte er mit quietschenden Reifen vom Parkplatz.

Taeko Jay arbeitet schon, so lange ich in Atlanta lebe, bei der Drogenfahndung. Sogar noch länger. Ihr störrisches schwarzes Haar ist grau meliert, und sie trägt es kompromisslos lang. Nach Amerika kam sie vor zwanzig Jahren – ein Mädchen aus Tokyo, das sich in einen Mitarbeiter des dortigen CIA verliebt hatte, ihn heiratete und zwei Tage später seine Einbürgerungsurkunde in den Händen hielt. Für manche Leute gelten eben andere Gesetze. Ihr Mann ist seit zehn Jahren tot, heute lebt sie mit einem schmächtigen Computerspiel-Designer zusammen, der halb so alt ist wie sie. Sie lächelt oft. Ihre Zähne sind spitz und weiß. Eine japanische Füchsin.

Samstag früh um sieben aßen wir zusammen Sushi. »Arellanos Nachfolger? Tja, genau das ist das Komische an der Sache: Wir wissen nicht mal, ob es einen gibt. Keine der üblichen Morde, wie man sie während eines Machtkampfs erwarten würde, und auch keinerlei Indizien für einen hiesigen Verbindungsmann der Organisation. Obwohl sie immer noch denselben Geldwäscher benutzt.«

»Honeycutt.«

Sie stockte mitten in der Bewegung, mit der sie etwas, das wie roher Tintenfisch aussah, zum Mund führte. »Woher weißt du das?«

»Wie ich höre, soll er nicht allzu clever sein.«

»So?«

»Treibt ein doppeltes Spiel. Ich glaube, ihr könnt da mit Ärger rechnen.«

Sie wirkte nachdenklich. »Vor zwei Jahren vielleicht. Aber jetzt? Wer auch immer nun das Sagen hat, ist gerissen. Sehr, sehr gerissen. Und er hält sich im Hintergrund.«

Ich aß ein Stück rohen Tunfisch, der in etwas Kaltes und Würziges eingerollt war. »Klingt ja fast anerkennend.«

»Na, der Stoff kommt ja so oder so rein, egal, was wir machen, und je weniger Leichen sich auftürmen, desto weniger beschweren sich die Leute, was wiederum heißt, dass uns die Typen in Washington nicht auf die Pelle rücken. Obwohl Koks, rein geschäftspolitisch, ja im wahrsten Sinne des Wortes Schnee von gestern ist. Jetzt ist Smack angesagt, und seine traditionellen Verbindungen zum organisierten

Verbrechen machen die Typen in Washington schon ganz schön zapplig. Smack erscheint ja gerade erst wieder auf der Bildfläche; die Verbindungskanäle sind noch neu und relativ leicht zu durchleuchten. Da wittern die Politiker ihre große Chance, den Rauschgifthandel zu zerschlagen – oder wenigstens einen *Teil* davon – und all die Drogenbosse hinter Gitter zu bringen, die auf ihrer Liste stehen, seit Gotti auf der Strecke blieb. Und der Heroinhandel läuft ja nicht über Straßenbanden.«

»Sieht auch nicht so aus, als würden Banden beim Kokshandel in Atlanta eine große Rolle spielen.«

»Das ist noch so was Merkwürdiges. – Brauchst du diese Zitrone da?«

Ich reichte sie ihr. »Noch so was Merkwürdiges?«

»Ja. Sieh dir nur mal San Diego an. Dort sind alle Zwischenhändler in Banden organisiert – kleine sechzehnjährige Burschen, denen jede Woche Koks oder Bargeld im Wert von mehreren hunderttausend Dollar durch die Finger gehen.« Sie presste den letzten Rest Zitrone über ihren Lachs. »Nein, Smack ist der Hit des Tages, und ich bin heilfroh darüber. Um smacksüchtig zu werden, muss man sich ganz schön anstrengen, und wenn bei einem Smackkonsumenten die Sicherung durchbrennt, dann dämmert er einfach weg; er wird nicht zum Psychopathen. Wusstest du schon, dass Heroin in kleinen Mengen dem Körper sogar gut tut? So wie Alkohol.«

»Stell dir mal vor, wie viel der Staat an Steuern verdienen könnte, wenn er das Zeug freigäbe.«

»So weit wird es nie kommen. Viele Wahlkampfspenden – besonders in Kalifornien – fließen heute aus den Taschen von Marihuanaschmugglern. Die wollen, dass es illegal bleibt. Sie leben ganz gut davon, herzlichen Dank. Das Ganze wird – Sandy« – zu einem vorbeikommenden Kellner – »kann ich bitte noch etwas Zitrone haben? Also, das

Ganze wird doch immer seriöser, wie der Alkoholschmuggel während der Prohibitionszeit. In Mexiko ist es doch jetzt schon geradezu salonfähig! Die dortige Polizei ist fest in der Hand des Tijuana-Kartells, und jeder weiß das, selbst die Politiker. Aber es gibt so wenig Morde, und die Opfer sind hauptsächlich Gringos, sodass sich keiner darum schert. Genau wie sich hier keiner drum kümmert, wenn amerikanische Großunternehmen tausende Tonnen Babybreipulver in die Dritte Welt schicken und die Kinder dort töten. Tödliches weißes Pulver, aber diesmal schön verpackt und mit offizieller Unterstützung der Regierung. In Mexiko also haben wir einen Polizeichef, der ganz offen als Verbindungsmann für das Tijuana-Kartell fungiert, und die Leute zucken bloß mit den Achseln. Da schwillt in Washington so manchem der Kamm!«

Wir grinsten.

Ich machte mich über mein Ahi her.

»Hey, Aud, es gab da einen interessanten Fall letzten Monat.«

»So?«

»Haben bei der Sprengung eines nigerianischen Rings von Heroinschmugglern geholfen, an dessen Spitze – stell dir das mal vor – lauter Frauen standen! Es ist dort allem Anschein nach Tradition, dass sich die Frauen um sämtlichen Geschäftskram kümmern, und irgendwie haben sie Anschluss an die internationale Opium-Pipeline gefunden, die vom Fernen Osten über Afrika bis Seattle verläuft. Ich bin mit rauf nach Seattle, mit dem Einsatzkommando. Haben sie alle auf einen Schlag geschnappt. Gott, ich liebe meinen Beruf!«

Auf der Fahrt durch den Morgenverkehr versuchte ich nachzudenken. Tijuana. Polizeilich nicht erfasster Nachfolger von Arellano. Honeycutt und der Brandstifter aus Boston. Aber wo bekam Honeycutt den Koks her, und warum wollte er ihn überhaupt hier haben?

Als ich Beatriz um halb elf wieder abholte, trug sie ihre neuen Sandalen, ihre neuen Shorts und ihr neues T-Shirt, und ihre Haare waren locker nach oben gebunden. Eine junge, frische, strahlende Erscheinung. Sie stieg auf den Beifahrersitz.

»Auf dem Rücksitz sind Sie sicherer.«

»Aber ich bin doch nie in ernsthafter Gefahr, oder?«

»Nein.«

»Und Sie haben einen Revolver?«

Ich hob meine Jacke ein Stück hoch, und zeigte ihr die Walther. Beatriz schnallte sich an, und das war's.

Auf der Veranda hielten wir einen Brunch. Beatriz machte beim Essen Bleistiftskizzen. »Auch vor das Haus gehört noch ein bisschen Farbe. Wenn Sie dort ein Beet anlegen, könnten wir etwas Springkraut hinpflanzen. Und genauso um den Baum.« Dann verspeiste sie mit schnellen, präzisen Bissen ein Croissant und griff wieder zu ihrem Bleistift. »Während Sie die neuen Beete ausheben, fang ich schon mal mit den Pflanzentrögen an.« Sie nippte an ihrem Kaffee – starrte an das Ende des Gartens. »Ich frage mich, ob das Beet dort nicht verbreitert werden müsste ...«

Da hatte ich den Auftrag, sie zu schützen, und bekam kostenlose Hilfe für meinen Garten.

Zwei Stunden später war das neue Beet ausgehoben, das alte verbreitert, und bunte Blumen sprenkelten den Fleck um die Buche sowie die beiden Kästen unter den Frontfenstern. Beatriz hatte einen Schmutzfleck auf der linken Wange. Ihre Haut wurde nach den Stunden in der Sonne allmählich dunkler, sodass das Weiße in ihren Augen leicht bläulich schimmerte.

Sie wirkte gesund und voller Energie.

»Wie finden Sie's?«

Mein Haus hatte praktisch, gepflegt und sauber ausgesehen. Jetzt war es einladend, und ich war richtiggehend stolz.
»Mittagessen«, sagte ich.
Ich schaltete die Klimaanlage ein, und wir aßen am Küchentisch. Ich war noch mitten bei Räucherlachs, Bohnensalat und Bier, da klingelte das Telefon: Charlie Sweeting. Er klang aufgeregt.
»Hoffentlich haben Sie heute Abend noch nichts vor. Honeycutt gibt eine Party. Abendgarderobe erwünscht. Ich kann Ihnen eine Einladung verschaffen.«
Ich überlegte schnell. »Charlie, haben Sie einen Moment Zeit?«
Ich drückte die »Ton aus«-Taste und wandte mich an Beatriz, die versuchte nicht zu lauschen. »Haben Sie Lust auf eine große Party heute Abend?«
Sie zupfte an ihrem T-shirt. »Dann müssten wir noch mal einkaufen gehen.«
»Charlie? Ja, das lässt sich einrichten, falls ich einen Gast mitbringen darf. Und Charlie, wenn Sie unsere Namen angeben, sagen Sie einfach nur: die Tochter eines spanischen Kabinettsmitglieds –«
»Eines spanischen Kabinettsmitglieds? Welches?«
»Luis del Gato, Arbeitsminister.«
»Schade, dass es nicht der Minister für Handel und Banken ist.«
»In der Tat. Seine Tochter heißt Beatriz del Gato. Ich werde ihre Begleitperson sein, inkognito.«
»Aber ich muss –«
»Sagen Sie einfach ›mit Bodyguard‹. Und falls Sie auch auf die Party kommen: Tun Sie, als würden Sie mich nicht kennen.« Beatriz hatte es restlos aufgegeben, so zu tun, als würde sie nicht zuhören.
»Wegen mir seien Sie ganz unbesorgt. Das Fest findet in seinem Haus in Marietta statt, acht Uhr, und es geht so lange,

bis er glaubt, alle hinlänglich beeindruckt zu haben. Sind Sie wirklich Bodyguard?«
»Mehr so eine Art Begleitschutz. Haben Sie vielen Dank, Charlie.«
Ich legte auf und wandte mich wieder Beatriz zu. »Ich möchte jemanden kennen lernen, aber ohne dass er etwas davon mitkriegt.«
»Und was genau ist das für ein Mensch?«
»Eben das möchte ich ja herausfinden. Es wird eine offizielle Party und ziemlich förmlich. Für Sie besteht dabei also keine Gefahr, zumindest nicht mehr als in jeder anderen Situation.«
Sie betrachtete mich mit festem Blick. »Sie haben mir geholfen, jetzt revanchiere ich mich.«
Ich griff wieder zum Telefonhörer. »Müssen die Blumen dort nicht gegossen werden, bevor wir sie morgen umpflanzen?«
Sie begriff den Wink mit dem Zaunpfahl und ging sofort Blumengießen. Ich rief Julia an. »Ich bin's. Sweeting hat mir zwei Einladungen für eine Galaparty heute Abend bei Honeycutt besorgt.«
»Wie viel Uhr?«
»Acht.«
»Da bleibt mir nicht viel Zeit, mich schön zu machen.«
»Es wäre nicht klug, wenn Sie auch hingingen.«
»Seien Sie nicht albern. Wir haben all unsere Geschäfte telefonisch abgewickelt. Er hat mich nie gesehen –«
»Ich habe schon jemanden eingeladen.«
»Ach so.« Ihr Ton war eisig. »Dann dürften Sie sich ja glänzend amüsieren.« Klick.
Da Sacks nichts Geschmackloses führt, brachte ich Beatriz zu dieser Adresse. Sie suchte sich ein eng anliegendes dunkelrotes Seidenkleid und an der Ferse offene Pumps in einem noch dunkleren Rot aus. Dann fuhr ich mit ihr zum

Kosmetikladen, wo eine Frau, die geschmeidig wie eine Eidechse war, ihr die Dinge auswählen half, die sie zu dem Kleid tragen wollte. Anschließend ging es zu Hairanoia. Während Beatriz sich die Haare waschen ließ, winkte ich Douglas zu mir. »Sie verlangt wahrscheinlich etwas … Exzessives. Wenn Sie's bitte bei der Kategorie ›dramatisch‹ belassen, wäre ich Ihnen sehr dankbar.« Er nickte höflich. Ich beneide ihn nicht um seinen Beruf, ich fände es grauenhaft, ständig Anweisungen von Laien zu bekommen, die glauben, einen rumkommandieren zu können, nur weil sie zahlen.

Sie zog sich im Badezimmer um und plapperte dann mit mir durch die geschlossene Schlafzimmertür, während ich mich fertig machte. Dies würde ihre erste große Party werden.

»Und was ist mit all den Partys in Madrid?«

»Ich habe mein ganzes Leben in einer Ortschaft namens Cuenco verbracht, etwa hundert Meilen von Madrid entfernt. Erst als Papa der Kabinettsposten angeboten wurde, ist unsere Familie umgezogen.«

Als ich in einem winzigen schwarzen Vera-Wang-Kostüm aus dem Schlafzimmer kam, machte Beatriz große Augen.

»Es ist unhöflich, sich so überrascht zu zeigen.«

»Wie? Oh, nein, bin ich ja gar nicht … Es ist bloß …« Ich ließ sie um Worte ringen. »Tragen Sie den Revolver in Ihrer Handtasche?«

»Ich trage nie eine Handtasche.«

»Dann …«

Ich ging ins Wohnzimmer, stellte meinen linken Fuß aufs Sofa und drehte mich zu ihr um. Mein Rock schob sich nach oben, sodass die Pistolentasche aus schwarzem Neopren zum Vorschein kam, die nach Art eines Strumpfbandes erst am Oberschenkel und dann, über ein weiteres schwarzes Elastikband, an einer Art Taillengurt befestigt war. Beatriz' Blinzelgeschwindigkeit erhöhte sich, sie wurde immer nervöser. Ich zog die kleine Sig-Sauer-P230 hervor, zeigte sie dem Mädchen und steckte sie dann wieder weg. »Zeit zum Starten.«

Als wir auf der I-75 waren, kehrte Beatriz' Aufregung zurück. »Wer wird denn alles dort sein?«

»Jeder, der hier Rang und Namen hat. Politiker, Medienzaren, Banker und so weiter.« Geldwäscher, Politganoven, Mörder.

Beatriz sagte nichts dazu. Stattdessen fing sie an, in meinen CDs herumzukramen. Dann hielt sie inne und fluchte leise auf Spanisch.

»Was ist?«

»Mein Handtäschchen. Ich hab es in Ihrem Haus liegen lassen.«

»Müssen wir zurückfahren?«

»Nein.« Sie lächelte. »Was braucht man schon auf einer Party?«

Einen Revolver. Autoschlüssel. Kreditkarte und einen Fünfdollarschein für den Einparkservice. Der Bodyguard konnte das alles ja mitschleppen. Sie stöberte weiter in der Musik herum. Den ganzen Weg nach Marietta hörten wir Skunk Anansie, in voller Lautstärke.

Honeycutt wohnte in einem Viertel voll überdimensionaler Häuser mit kiesbestreuter Auffahrt und halbhohen Hecken, wie sie vor Georgia typisch sind und die vor fünf oder sechs Jahren aus dem Erdboden schossen, als dieses Land am Rande der Welt noch billig war und man drei Meilen fahren musste, um sich eine Flasche Milch zu besorgen. Der Rasen wimmelte von Menschen: Frauen mit juwelenbesetzten seidenen Schlüpfschuhen, Männer mit dunkelblauem Smoking und prunkvollen Bauchbinden. Vier Angestellte mit weißem Hemd und schwarzer Hose parkten die Wagen ein.

Ich registrierte, wie diese Hosen an Knöcheln, Taschen und Taille geschnitten waren. Keine Waffen.

Dem Mann an der Tür mit dem höflich-sanften Blick und der Liste meldete ich: »Miss del Gato und Begleitung«, woraufhin er uns einließ. Eine Bedienung mit einem Tablett voll Martinis glitt an uns vorbei, und Beatriz schnappte sich ein Glas. Ihre Augen funkelten. Das laute Summen der Konversation und der Schimmer von Diamanten waren überwältigend.

Eine Frau, in der ich von Eddies Bildern her Cathie Tyers, Honeycutts neueste Freundin, erkannte, stand vor einem riesigen Wandaquarium und spielte die Gastgeberin. Sie begrüßte uns mit den vollmundigen Vokalen eines kanadischen Akzents, mit hiesigem Lächeln und »Schön, dass Sie kommen konnten« sowie einem unwilligen Händedruck. Dann wurde ihre Aufmerksamkeit von dem plötzlichen Aufruhr hinter uns abgelenkt. Cess Silverman war eingetroffen, und mit ihm Georgias Staatssekretär. Man begrüßte die beiden, ehe ein Lotse aus dem Personal sie diskret auf die Rückseite des Hauses winkte.

Ich sah mich rasch um, als würde ich den Wandfries bewundern. Mein Blick folgte den Kabeln, Drähten und Telefonleitungen. Keine Sensoren an den Fenstern des Eingangsbereichs; wahrscheinlich Spezialglas, von der Überwachungsgesellschaft selbst montiert. Ich lavierte Beatriz zu einem Buffet, das unter Horsd'oeuvres ächzte. »Für heute Abend bin ich nicht Aud, sondern Ihre Begleiterin, Torvingen. Behandeln Sie mich wie eine bezahlte Kraft.«

»Ich werd versuchen, es mir zu merken.«

»Geben Sie sich Mühe. *Sie* haben die offizielle Einladung, ich bin nur Ihre Begleitung. Keiner hier hat irgendwelchen Grund zu dem Verdacht, ich könnte auch ohne Sie hier sein.«

»Keiner außer Charlie.«

»Außer Charlie Sweeting. Das ist der weißhaarige Gentleman, der jetzt direkt auf uns zukommt.«
Er streckte bereits seine Hand aus, erinnerte sich aber gerade noch rechtzeitig und hielt sie Beatriz hin. »Miss del Gato. Charlie Sweeting. Ist mir ein Vergnügen.« Er warf unter buschigen Augenbrauen hervor einen Blick auf meine Beine. Er war zwar zu wohlerzogen, um sich die Lippen zu lecken, aber ich konnte sehen, dass er seine Meinung hinsichtlich meiner Intelligenz überdachte. Wieso bemessen einige Männer die Größe des weiblichen Gehirns nur nach der Rocklänge?
Ich inspizierte ihn von Kopf bis Fuß und ließ ihn merken, dass ich ihn unter der Rubrik »harmlos« einstufte. Als er voll gekränkter Eitelkeit zusammenzuckte, zwinkerte ich ihm zu. Er fasste sich, gewann seine Würde wieder und wandte sich an Beatriz: »Ach, Miss del Gato – darf ich Sie Beatriz nennen?«
»Natürlich.«
»Gestatten Sie, dass ich Sie bei diesem Büfett ein wenig berate. Eine verwöhnte Europäerin wie Sie ist mit unserer einfachen ländlichen Küche vielleicht nicht so vertraut.«
Sie warf mir einen Blick zu, und ich antwortete mit kaum merklichem Kopfnicken.
»Gerne, Mr. Sweeting. Das sieht ja köstlich aus. Was ist das dort für ein grünes Gemüse?«
»Okra, glaube ich. Also ich habe da mal eine Geschichte gehört ...«
Ich folgte ihnen im Schlepptau, während Charlie ritterlichen Charme versprühte und sie kicherte. Eine Zeit lang würde sie in guten Händen sein. Ich ließ mich entschuldigen und schlenderte müßig durch die Abendgesellschaft.
Im Empfangsraum wurde Musik gespielt; niemand tanzte, aber die Konversation war laut und schnell, mit hohem Lachfaktor. Ich winkte einer vorbeikommenden Be-

dienung, nahm ein Glas Whisky und nippte. Nicht billig. Dann durchstreifte ich die Räume mit meinem »Lieber Gott, nun sieh sich einer all die Leute an!«-Lächeln, das immer auf Resonanz stößt. Binnen einer halben Stunde unterhielt ich mich mit einem Versicherungsmakler aus Los Angeles, irgendeiner betrunkenen alten Fotografin mit einem sehr hübschen Gesicht, die mir alles über ihre Arbeit erzählen wollte und ihren Mann anknurrte, als er kam, um ihre Gesprächspartnerin näher kennen zu lernen; einem der größeren Bauunternehmer dieser Stadt; sowie der Ehefrau des Stellvertretenden Gouverneurs – die sich als Bauingenieurin entpuppte. Ich stellte ihr die üblichen Fragen bezüglich ihres Berufs, und sie war mit Freuden bereit, mir alles über den Entwurf der erhöhten Schnellbahntrasse zu erzählen und warum die Stützpfeiler Bogenform besaßen.

»Himmel!«, sagte ich mit einem Blick auf meine Uhr. »Ist es wirklich schon so spät? Mein armer Mann wird sich schon fragen, wohin ich nur verschwunden bin. War reizend, Sie kennen zu lernen!«

Ich schob mich gerade durch den hinteren Salon, da sprangen mir ein Mann und eine Frau ins Auge, die ich wieder erkannte. Sie saßen auf dem Sofa und sahen aus wie zwei erfolgreiche und ineinander verliebte Manager, Lois und Mitchum Kenworthy. Zumindest hatten sie sich bei unserer letzten Begegnung, vor drei Jahren, so genannt, als sie dick im Veruntreuungs- und Betrugsgeschäft waren. Zwei alte Bekannte. Jetzt wusste ich, wer den gefälschten Friedrich besorgt hatte. Ich lavierte mich in ein Nebenzimmer, von wo ich sie unbemerkt beobachten konnte.

Übrigens keine Spur von Cess Silverman, dem Staatssekretär oder Honeycutt. Hockten bestimmt mit dem Rest des Geheimklubs oben im Baumhaus.

Partys sind wie das Leben: Man meint immer, es gibt nicht mehr als das, was man sieht, und dann entdeckt man die nächste Schicht, eine ganz andere Kultur, die sich rings um einen abspielt, ohne dass man je etwas davon merkte. Etwa drei Monate nach ihrer Heirat mit Mick hatte Helen mich angerufen, und wir gingen zusammen ins *Vortex*. Ungefähr beim vierten Drink stockte sie unvermittelt und starrte auf ihren Ehering. »Nichts als ein Stück Metall, aber komisch: Es ist wie irgendein merkwürdiger Händedruck. Da gehöre ich urplötzlich zu diesem Klub, von dem ich nicht mal gewusst habe, dass er existiert, und bin für jedes andere Klubmitglied erkennbar, bin erst richtig *vorhanden* – nur durch diesen Ring. Sie gehen auch anders mit mir um. Selbst meine *Mutter* geht anders mit mir um. Sie ruft an und beginnt, mir all dieses *Zeugs* zu erzählen, von ihr und von Pop und von ihrer Ehe. Als könnte ich erst jetzt plötzlich verstehen. Neulich hab ich mir so gedacht: Lieber Gott, wenn ich nicht geheiratet hätte, dann hätte ich das alles über meine eigenen Eltern nie erfahren! Dabei will ich dieses Zeug manchmal gar nicht wissen. Und dann wieder fühle ich mich richtig wohl dabei: dazuzugehören; eine von *ihnen* zu sein. Ich meine, ich bin jetzt achtunddreißig und werde zum ersten Mal in meinem Leben von anderen Erwachsenen als ebenbürtig behandelt. Selbst meine Zahnärztin behandelt mich jetzt wie einen richtigen Menschen. Es ist direkt Furcht einflößend. Ich meine, wie viele Klubs gibt es denn da draußen, von denen ich gar nichts weiß?« Sie erwartete keine Antwort. »Mein Gott, als ich das letzte Mal auf dem Flughafen war, hat mir irgend so ein Jungchen seinen *Platz* angeboten!«

»Und? Hat dir das gefallen?«

»Na ja ...«

»Letztendlich?«

»Ja, ich glaube schon.«

»Und deswegen hast du jetzt Schuldgefühle, Mitleid mit all den Leuten wie mir, die nie zu eurem wunderbaren Klub ge-

hören werden.« Sie starrte mich an. »Mach dir darum nur keine Sorgen. Ich gehöre zum Klub der Großen Bösen Weiber, in dem nur Lesben willkommen sind, die schon mal jemandem die Nase eingeschlagen haben. Außerdem gibt's da den Klub der zähen Bullen. Und den Klub der Ex-Iren. Von dem der nicht erwerbstätigen, stinkreichen Schweine ganz zu schweigen. Eigentlich solltest du vor Neid platzen, nicht vor Schuldgefühlen.«
Sie brach in Gelächter aus. »Du spinnst! Los, besaufen wir uns!«
Was ich ihr nicht gesagt hatte, war, dass man fast überall als Klubmitglied anerkannt wird, wenn man sich nur als eines ausgibt. Die Schwierigkeit besteht lediglich darin, die Existenz eines bestimmten Klubs zu erkennen.
Aber über Cess Silvermans Geheimklub wusste ich Bescheid: wie die alten Kumpels jetzt beisammensaßen, Whisky schluckten und darüber redeten, wen sie in der Staatspolitik hochbringen oder vernichten wollten. Ich war in die norwegische Version hineingeboren worden, hatte als Erwachsene die Mitgliedschaft jedoch abgelehnt. Vor zehn Jahren wäre noch Denneny auf dieser Party gewesen und hätte mit allen Mitteln versucht, Zugang zum Klub zu erlangen. Selbst mich hatte er dafür einspannen wollen. »Insider-Informationen wären sehr nützlich. Mit Ihrem Hintergrund und Ihrem Köpfchen wären Sie wie dafür geboren.« Das hieß im Klartext: *Sie hätten Erfolg und würden als mein Protegé betrachtet, und dann hätte auch ich Erfolg.* Und: *Ich wäre voll informiert.* Denneny war von jeher ehrgeizig gewesen. Als man ihm diese Beförderung zum Commander vorenthielt, war er eine Zeit lang sehr verbittert gewesen, was aber zum Teil auch daher kommen mochte, dass seine Frau sich zu Tode trank. Heute empfand er anscheinend überhaupt nichts mehr.
Ich wartete, bis es hinten im Flur so leer war, dass ich unbe-

merkt die Treppe hinaufsteigen konnte. Ich streifte ziellos durch das Obergeschoss. Sensoren an den Wänden, keine Bewegungsmelder in den Ecken. Diesmal verliefen die Leitungen an der Scheuerleiste entlang. Honeycutt brauchte einen neuen Putzdienst.

Ich entdeckte den Schaltkasten im Wandschrank eines Raumes, der wie ein Gästezimmer aussah, und stellte einen Stuhl vor die Tür, sodass jeder Hereinkommende ihn umstoßen und mich alarmieren würde. Dann öffnete ich den Deckel des Kastens.

Honeycutt machte es einem gar zu leicht: Alles war säuberlich beschriftet. Ich zog den Schraubenzieher aus dem Lederband, mit dem er gut an meinem Oberschenkel befestigt war, und summte bei der Arbeit. Der Mann bildete sich wohl etwas ein auf seine Alarmanlage: Sensoren an allen Fenstern und Türen, Notbatterie, falls irgendjemand den Hauptstrom unterbrechen sollte. Aber ich trennte einfach die Batterie vom Netz, sodass sie sich nicht mehr aufladen konnte, und schaltete den Alarmauslöser an den Stromkreis mit der Aufschrift: FLUR. Ein paar Lebensstunden zusätzlich für den Fisch in diesem tollen Aquarium, falls es einen Kurzschluss geben würde. Keine Fangschaltung am Telefon. Gut. Ich machte den Kasten wieder zu, steckte den Schraubenzieher weg und begab mich erneut auf Streifzug. Der Teppichboden auf dem Gang hatte dieses gewisse Dunkelrot, das Männer bevorzugen, wenn keine Frau es ihnen ausredet. Er war wunderbar flauschig. Wahrscheinlich hätte ein Elefant vor dem Schlafzimmer auf und ab hüpfen können, ohne dass Honeycutt etwas hörte. Wie gemacht für einen Einbruch. Es gab zwar allerhand Kunstgegenstände, aber lange nicht in der Vielzahl, die Eddie mir gezeigt hatte. In einem der Badezimmer erkannte ich eine besonders hässliche Skulptur wieder, und auch das mächtige Sprühfarbengemälde an der Wand. Keine Ikonen, keine wertvollen Kleinplastiken, keine Vitrinen. Wenn man an die schäbige Alarmanlage dachte, dann bezweifelte ich, dass Honeycutt überhaupt etwas so Kleines und Kostbares im Haus hatte. Es ließ sich zu leicht in eine Jackentasche stecken oder ... hinausschmuggeln. Natürlich. Auf *die* Art wurde ein Teil des Geldes gewaschen: Man nehme schmutziges Geld, um in aller Stille schöne Kunstobjekte dafür zu kaufen; schicke diese Kunstobjekte ins Ausland, wo sie gegen sauberes Geld weiterverkauft werden; und dieses saubere Geld konnte auf ganzem legalem Wege zurückfließen.

Ich öffnete die Tür zu etwas, das wie ein privates Wohn- und Arbeitszimmer aussah, aber die Luft war völlig steril. Kein Geruch von Papier, von heißem Kunststoff von Faxgeräten und Computern, von Rauch oder Alkohol, von Nachtschweiß. Auf dem Schreibtisch lag ein Stoß Blätter, aber sie waren ordentlich gestapelt und bogen sich an den Ecken nach oben. Das hier war bloß Fassade.

Am Ende des Ganges führte eine zweite, schmälere Treppe in den dritten Stock. Ich stieg zwei Stufen hinauf, neigte den Kopf nach hinten und lauschte. Direkt über mir ertönten ein Knarren und ein Seufzen – die Geräusche eines Mannes, der gelangweilt auf einem Stuhl saß. Er bewachte ein Zimmer. Dann also ein andermal.

Die Musik von unten wurde lauter, viel lauter und hatte nun einen starken, prägnanten Rhythmus. Es wurde getanzt. Ich trat den Rückzug an.

In der Eingangshalle begrüßte mich Charlie Sweeting. »Da sind Sie ja! Ich glaube, Ihr Schützling hat ein Gläschen zu viel getrunken.«

»Wo ist sie?«

Er wich ein Stück weit zurück. »Es war nicht meine –«

»*Wo?*«

»Sie tanzt gerade.«

Er musste fast rennen, um mit mir Schritt zu halten. Ich

pflügte mich durch die Menge. Einer dieser Partysongs von Anfang der Achtziger dröhnte aus den Lautsprechern, und die Tanzfläche war halb voll. Beatriz wurde von irgendeinem jungen Mann herumgewirbelt. Ihr Haar war offen, ihre Wangen gerötet, ihre Augen leuchteten, und sie lachte. Die Leute beobachteten sie. Aber sie war sicher auf den Beinen und sprühte vor Energie.

»Sie ist nicht betrunken. Sie amüsiert sich nur wie noch nie.« Ich lächelte Charlie an, ebenso sehr um ihn wie auch die Allgemeinheit zu beruhigen. Er brummelte irgendwas, das ich durch die Musik nicht verstehen konnte, und trat dann den Rückzug in den hinteren Salon an, wo es ruhiger war. Ich schaute ihm nach. Er ging an den Kenworthys vorbei, die sich gerade mit jemandem unterhielten; ihr Gesprächspartner stand mit dem Rücken zu mir. Dann sah Charlie noch einmal auf die Tanzfläche. Ich beobachtete das Geschehen lange Zeit, ohne dass es jemand merkte.

Egal, wer Dancing Boy war: Er hatte Drive. Er wirbelte Beatriz immer noch umher und sie lachte immer noch, als Charlie mit Michael Honeycutt wieder hereinkam. Sie steuerten direkt auf mich zu.

Ich nahm diese geringfügige Änderung meiner Haltung vor, die die Leute aufmerksam macht, und Beatriz entdeckte mich. Sie winkte und schleppte Dancing Boy zu mir her.

»Miss del Gato«, sagte ich respektvoll, »ich glaube, Mr. Sweeting möchte Sie mit unserem Gastgeber bekannt machen.« Und schon war Charlie zur Stelle. Er dröhnte leutselig über die Musik hinweg, während Beatriz einem etwa vierzigjährigen, gut gewachsenen Mann die Hand schüttelte, dessen Smoking wunderschön fiel und dessen graue Augen so unschuldig wie die eines Kindes wirkten. Er hatte irgendeinen Duft aufgelegt, den ich nicht identifizieren konnte – einen angenehmen, nicht allzu starken Duft, wie viele Männer ihn auflegen – und gehörte anscheinend zu der Sorte, die sich gut als Streitschlichter eignen würde: kaum eine Spur von dieser überdeutlichen männlichen Körpersprache, in der sich die Hierarchie widerspiegelt. Offenbar kannten er und Dancing Boy, der sich als ein gewisser Peter Herrera vorstellte, einander bereits, und die beklommen angewinkelten Arme sowie der leicht gesenkte Blick des Letzteren zeigten klar, wer hier das Alphamännchen war. Honeycutts Lächeln wirkte freundlich; er machte alle gebührenden Bemerkungen, aber sein automatischer Pilot war eingeschaltet, seine Gedanken anderswo, und nach ein, zwei Minuten ließ er sich entschuldigen. Er bewegte sich sicher durch die Menge – offenbar ganz in seinem Element. Würde man so jemanden mit seinen Verbrechen konfrontieren, dann würde er wahrscheinlich eine Büßermiene aufsetzen und sagen, es tue ihm Leid, würde mit allen Kräften Unannehmlichkeiten oder eine direkte Auseinandersetzung vermeiden, sich unterschwellig aber nur fragen, was das ganze Aufhebens überhaupt sollte. Ein Mensch wie Honeycutt handelte oft, um anderen Leuten zu gefallen; das Kunststück bestand darin, sein Handeln vorherzusehen. Von hinten identifizierte ich ihn als den Mann, der mit den Kenworthys gesprochen hatte.

Beatriz führte Dancing Boy wieder auf die Tanzfläche. Es war schon fast elf, und ich hatte alles erledigt, weshalb ich gekommen war, aber Beatriz freute sich wie ein Kind bei seinem ersten Geburtstagsfest; darum ließ ich die beiden tanzen.

Während wir auf der I-75 Richtung Süden fuhren, plapperte sie die ganze Zeit über Dancing Boy. Er sei ein Meter neunzig groß, sehr nett und könne Spanisch – »Er spricht mit *so* einem niedlichen Akzent«. Ich ließ sie reden, bis wir auf der Ponce waren, drei Meilen von meinem Haus.

»Was macht er beruflich?«

»Er ist Praktikant« – sie gebrauchte das Wort ein bisschen unsicher – »in einer Rechtsanwaltskanzlei. Lawson und Walton.«

»Und was treibt er da so?«

»Er ist irgendeine Art Ansprechpartner«, antwortete sie vage. »Für eine Bank, glaube ich.«

»Massut Vere?«

»Ja. Also ist sie in dieser Stadt sehr bedeutend, diese Bank?«

»Ziemlich, ja. Wie lange macht er das schon?«

»Nicht sehr lang. Es gefällt ihm nicht besonders.« Ein Punkt für Mr. Herrera. »Er sagt, wenn er sein Anwaltsdiplom hat, möchte er für die Armen arbeiten.«

Wie edel!

Ich bog rechts ab auf die Clifton. Beatriz gähnte.

»In zwei Minuten sind wir da. Sie können im Wagen bleiben; ich hole bloß Ihre Handtasche. In nicht mal einer halben Stunde haben wir's bis ins Hotel geschafft.«

»Sind *Sie* denn gar nicht müde?«

»Ich hab ja nicht die halbe Nacht getanzt.«

Sie lächelte erneut.

»Da wären wir.« Ich bog in meine Straße. Ein Auto stand in der Einfahrt. Das von Julia. Sie selbst saß hinterm Lenker. Als ich an den Bordstein fuhr, stieg sie aus. »Bleiben Sie im Wagen«, sagte ich zu Beatriz.

»Da sind Sie ja!« Julia marschierte bereits auf das Fliegengitter vor meiner Haustür zu. »Ich habe angerufen, aber niemand meldete sich. Da fiel mir wieder ein, was letztes Mal mit Ihrem Anrufbeantworter passiert ist. Ich war ... ach, schon gut. Ich habe Ihnen einiges zu erzählen. Heute Nachmittag –«

Was immer sie auch hatte sagen wollen, wurde von einem dumpfen Knall abgeschnitten. Sie war in einen der Blumentröge gerannt, die Beatriz heute Morgen bepflanzt hatte. Julia versuchte sich an mir festzuhalten, genau als ich sie in meinen Armen auffing, und einen Moment erstarrten wir beide zu einem linkischen Tableau, irgendwo zwischen *Vom Winde verweht* und »Drehwurm«.

Ich hievte sie auf die Beine, und sie hangelte sich an meinem Körper hoch. Als ihre eine Hand die Beule an meinem Oberschenkel und die andere den Gurt um meine Taille berührte, erstarrte sie abermals.

Ausgerechnet in diesem Moment stieg Beatriz aus dem Wagen. »Aud? Alles okay?«

Zerzaust, mit gerötetem Gesicht und ihren Schuhen in der Hand wirkte sie wie eine Sechzehnjährige, die schon einiges hinter sich hat. Julia hob meine Hand von ihrer Schulter wie ein totes Insekt. »Zeigen Sie Ihrem süßen jungen Ding die große weite Welt?«

Ein Uhr nachts. Zwei merkwürdige Frauen mit noch merkwürdigeren Vorstellungen in meiner Einfahrt. Ich musste lachen; ich konnte nicht anders. Julia machte kehrt und schritt sehr würdevoll zu ihrem Fahrzeug.

»Julia. Warten Sie. Was wollten Sie mir denn er–«

Aber schon ließ sie den Wagen an, warf mir einen Blick eisiger Verachtung zu und fuhr mit aufbrüllendem Motor davon.

sechs

Um sieben Uhr wachte ich auf, versank aber, ehe ich mir einen Ruck geben konnte, noch einmal in die warmen Tiefen des Schlafs und trieb dort durch eine langsam anschwellende Woge von Traumbildern: Kugeln, die sich durch Menschenfleisch bohrten, Haut, die sich öffnete wie schwere Seide unter einer kalten Klinge, ein Kind, das mich um Hilfe anflehte, während seine Schwester in Flammen aufging. Schließlich riss ich mich aus diesen Träumen hoch und erblickte ein Schlafzimmer, in dem leicht und köstlich wie ein Baiser der Morgen schimmerte. Die Sonne verwandelte den roten Bettvorleger in ein Himbeerbeet und die alte Eichenkommode in Wikingergold.

Ich stand auf und begann automatisch, das Bett zu machen. Ich strich die elfenbeinfarbene Decke glatt, zog dann die Steppdecke darüber, schlug beides nach hinten, steckte es an den Seiten fest. Die Steppdecke war in echter Handarbeit vor sechzig Jahren in den Niederlanden entstanden, aber ihre Farben leuchteten immer noch so satt und geheimnisvoll wie ein Ölgemälde des neunzehnten Jahrhunderts. Während ich sie glatt strich, dachte ich daran zurück, wie ich sie gefunden, wie ich sie zum ersten Mal auf das Bett gelegt hatte. Noch niemand außer mir hatte sie gesehen. Kein Liebespartner, keine Freundinnen und Freunde, keine Verwandten.

Ich frühstückte auf der Gartenveranda. Es war ein klarer

Tag. Der Sonnenschein ließ das Geländer wie eine lange, durchgängige Butterstange glänzen. Kardinalvögel ließen sich leuchtend in der Eiche nieder. Mein Grapefruitsaft schmeckte nach einem anderen Land. Meine Gedanken schweiften in die Ferne.

Mit dem Frühstück vor mir und der Sonne auf meiner Haut verblassten die Träume und die Missstimmung. Wie immer.

Ich warf ein Stückchen Brot unten ins Gras. Zwei Spitzmäuse stießen gleichzeitig darauf, und kämpften quiekend, piepsend und selbstsüchtig miteinander wie zwei durchgeknallte Fixer um ein bisschen Stoff. Ich warf noch ein Stück hinunter. Der Lärm verstummte.

Ich fragte mich, was Honeycutt heute Morgen wohl machte, was für Pläne er in Bezug auf seine finanziellen Probleme schmiedete. Er war ein absoluter Dummkopf. Wenn man für das Tijuana-Drogenkartell Geld wusch und einer der Kanäle im An- und Verkauf von Kunst bestand, dann zog man nicht die allgemeine Aufmerksamkeit auf sich, indem man diese Kunst fälschte. Er riskierte alles, wenn er diesen Kanal zweiteilte: Schmuggel von echter Kunst – sauberer Gelderlös an das Kartell; Schmuggel von gefälschter Kunst – Erlös auf sein Privatkonto. Aber soweit ich wusste, lebte er mehr oder weniger im Rahmen seiner Verhältnisse, nahm keine Drogen, trieb kein Glücksspiel – wohin also ging das ganze Geld? Manches wanderte sicher auf ein Unterkonto auf den Seychellen, aber niemand riskierte ein solches Doppelspiel, wenn er nicht in einer verzweifelten Notlage war. Was also konnte einen Mann wie Honeycutt in eine solche Lage gebracht haben?

Aber das brauchte ich gar nicht zu wissen. Ich kannte jetzt den Auftraggeber für Lusks Ermordung und wusste, dass das Friedrich-Gemälde nach seinem Verkauf an Honeycutt tatsächlich gefälscht worden war. Ich wusste sogar, wer die Fäl-

schung besorgt hatte. Und mehr wollte Julia ja nicht erfahren.
Es gab zwar keine Beweise, aber Julia hatte auch keinen gerichtstauglichen Beweis verlangt. Ich würde das, was ich wusste, Denneny anvertrauen und alles Weitere ihm überlassen. Sollte er doch entscheiden, ob er nach stichhaltigen Beweisen fahnden oder Lusks Tod einfach als einen Mord innerhalb der Drogenszene ad acta legen wollte. Aber da war immer noch die Frage nach all diesem Kokain.
Es war kurz vor zehn. Ich stand auf, rekelte mich und versuchte mir Julias Gesicht vorzustellen, wenn ich ihr sagen würde, dass ihr Urteil bezüglich des Friedrich sie nicht getäuscht hatte. Stattdessen sah ich lediglich ihre Verachtung von heute Nacht.
Das Telefon klingelte. Ich nahm ab. »Julia?«
»Nein. Ich bin's, Beatriz.«
Peter habe sie zum Mittagessen eingeladen und sie wolle mit ihm allein sein; das mache mir doch nichts aus? Ich hörte ihrem Geplapper zu und beobachtete eine Biene, die summend um den Forsythienbusch direkt unter mir kreiste. Viel interessanter als jedes Telefongespräch. »Beatriz, rufen Sie einfach Philippe an. Mir soll's recht sein, wenn es ihm recht ist.«
»Ganz bestimmt?«
»Ja.« Die Biene war verschwunden.
»Ich … Habe ich Sie geweckt?«
»Nein.«
»Und Sie fahren morgen mit mir zu diesem Vorstellungsgespräch?«
»Ja.« Ich gab mir einen Ruck. »Morgen um Viertel nach acht hole ich Sie ab. Viel Spaß beim Mittagessen.«
»Und es macht Ihnen nichts aus, dass ich nicht da bin, um Ihnen mit den Blumen zu helfen?«
Nein, antwortete ich, es mache mir nichts aus. Dann legte

sie endlich auf. Als ich Julias Nummer wählte, ertönte ewig das Freizeichen. Sie hatte sogar den Anrufbeantworter ausgeschaltet.

Für viele Amerikaner ist die Natur nur dazu da, um sie mit einem Vierradantrieb oder Mountainbike zu durchpflügen. Als wäre sie mit ihrem zerbrechlichen Ökosystem bloß als Tummelplatz für Dummköpfe erschaffen worden, die rücksichtslos in den Schoß der Wildnis eindringen, Grizzlies begaffen, indigniert sind, wenn ein Tier zu nahe an sie rankommt, und beim Wegfahren nicht nur ihren Müll hinterlassen, sondern auch eine Fahne von Auspuffgasen und Rush Limbaugh: reaktionäres Radiogetöse auf neunzig Dezibel.

Wenn sie bloß hinsehen würden, dann würden sie in ihrem eigenen Garten einen ganzen Kosmos entdecken.

Gärtnerei, das englische Laster. Auf dem Rasen kniend, konnte ich in einem Quadratmeter Erde ein mikroskopisches Universum erkennen. Ameisen – von einzelgängerischen schwarzen Soldatenameisen mit Zangen in der Größe meines kleinen Fingernagels bis hin zu den blassen Strömen von Feuerameisen, die aussahen wie winzige Bernsteinketten. Das Rollen und Sichwinden eines rosa glänzenden Regenwurms; Käfer, die Apfelkernen glichen. Junikäfer – auch Marienkäfer genannt – wie frische Emaillespritzer, die auf der Unterseite von Blättern saßen. Schwarzwespen mit ihren bedrohlich baumelnden Beinen. Ein Weberknecht, der an irgendein merkwürdiges Marsfahrzeug erinnerte, wie er sich da über körnigen, mit Glimmer gesprenkelten Boden vorwärtsschob und dann mit seinen langen Vorderbeinen eine Nussschale betastete, die weich wie Pappdeckel war.

Manchmal grub ich auch mit bloßen Fingern in dem fetten Boden – spürte, wie er mir tief unter die Nägel drang. Später würde ich das bereuen, aber es war schön, so viel Leben unter den Händen zu fühlen. Ich grub, klopfte behutsam ein

Fleißiges Lieschen oder eine Ringelblume aus seinem engen PVC-Topf, setzte sie in das Loch, fegte wieder Erde um den blassgrünen Stängel zusammen und drückte sie fest, bis die junge Pflanze von allein stehen blieb. Ich fragte mich, ob es irgendwo in diesem Staat eine Gruppe gab, die Kahlschlaggebiete wieder aufforstete. Ich könnte dort als Freiwillige arbeiten, sobald Beatriz in ihrem Flugzeug saß und ich für Julia ein Abschlussprotokoll geschrieben hatte.

Ich richtete mich auf, sah mich um. Leuchtende, freundliche Farben füllten rund die Hälfte aller Beete. Der Garten hinterm Haus schien jetzt ebenso ein Lebensraum für Menschen wie für die natürliche Tier- und Pflanzenwelt. Ich fragte mich, ob Julia Blumen mochte.

Es dauerte ein Weilchen, bis ich so weit sauber gemacht und aufgeräumt hatte, dass ich zu Mittag essen konnte. Ich versuchte es noch einmal bei Julia. Tüt, tüt, tüt. Ich ging wieder in den Garten.

Abends. Ich wählte Julias Nummer. Tüt, tüt, tüt. Was hatte sie herausgefunden, das sie mir Samstagabend erzählen wollte?

Ich versuchte, mich in das Buch irgendeines Philosophen namens Roszak zu vertiefen, der behauptete, Ökologie und Psychologie seien ein und dasselbe. Laut seiner Biografie schrieb er Belletristik; weiß der Himmel, wie die war!

Es ließ sich unmöglich sagen, ob das Ausschalten des Anrufbeantworters zu Julias normalen Gewohnheiten gehörte. Vielleicht hatte sie etwas herausgefunden und eine Dummheit begangen.

Ihr Haus lag in Virginia Highlands, ein backsteinernes Tudorgebäude, an dem sich Rosen am Spalier hochrankten. Manche Blumen mochte sie also. Ich parkte ein Stück die Straße abwärts. Es brannte Licht, eins oben im Haus, eins

unten. Julias Wagen stand in der Einfahrt, und ich hörte Musik. Leichten Jazz. Eine Zeit lang blieb ich auf Beobachtung. Schließlich ging das obere Licht aus und ein anderes an, vielleicht im Esszimmer. Ich sah den Schatten geschwungener Haare auf der Jalousie.
Ich fuhr davon.

Ich lief um die Ecke im Inman Park, nur dass sie die Ecke diesmal nicht weit genug nahm und wir nicht zusammenstießen. Sie ging weiter auf das Haus zu, und das Fleisch wurde ihr von den Knochen gerissen, als das Gebäude in die Luft flog. Es blieb nichts übrig außer einem aufrecht stehenden Skelett, umgeben von Brocken, die wie rohes Schweinefleisch aussahen.

Eine Meile vor dem Nikko blieb ich im Vormittagsverkehr stecken. Ich probierte Julias Privatanschluss. Tüt, tüt, tüt. Ich rief die Auskunft an und erhielt ihre Büronummer. Julias Stimme forderte mich auf, eine Nachricht für Lyon Art zu hinterlassen.
»Julia? Hier Aud. Ich bin heute Vormittag bei meiner Klientin, die Sie Samstagnacht ja kennen gelernt haben. Um die Mittagszeit setze ich sie am Flughafen ab und bin danach frei. Ich habe die gewünschten Informationen. Rufen Sie mich zu Hause oder auf meinem Handy an.« Ich gab ihr die Telefonnummer.
Beatriz war bei meiner Ankunft quietschvergnügt. Während der ganzen Fahrt zurück in die Innenstadt plapperte sie und marschierte voll Selbstvertrauen in die Niederlassung von Perrin & Norrander. Auf der Fahrt zum Flughafen lächelte sie ununterbrochen.
Ich parkte in einem Halteverbot und half Beatriz, ihre Reisetaschen zum Eincheckschalter für die erste Klasse zu tragen.
»Ich glaube, sie geben mir die Stelle«, sagte sie, als die Frau

am Schalter diverse Dinge abgestempelt und das Gepäck mit Aufklebern versehen hatte.

»Gratuliere.«

Urplötzlich sah Beatriz schüchtern auf ihre Schuhe. »Das heißt, ich werde in einem Monat oder so wiederkommen. Würden Sie ... Ich meine, wahrscheinlich haben Sie viel zu tun ... aber ...«

»Ich werde ein paar Tipps brauchen, was für Blumen ich anpflanzen sollte.« Sie schenkte mir ein zaghaftes Lächeln, und ich merkte, dass ich zurücklächelte. »Rufen Sie mich an, wenn Sie den Flug gebucht haben.«

»Danke«, sagte sie. »Ich finde, Sie sind ein sehr netter Mensch.«

Ich preschte über die I-20 Richtung Osten. Honeycutt mochte zwar der Auftraggeber sein, aber er hatte das Streichholz nicht selbst angezündet, um Julia Lyons-Bennet in einen verkohlten Kadaver zu verwandeln. Auf einmal wollte ich diesen Namen wissen; als Sahnehäubchen für Denneny. Vielleicht wurde es Zeit für eine kleine Unterhaltung mit Michael Honeycutt.

Als ich seinen Sekretär erreichte, folgte ich bereits der Haarnadelkurve in der Autobahnausfahrt Moreland. »Mein Name ist Katy Willis, Charles Sweetings Privatassistentin«, sagte ich mit rascher, unpersönlicher Stimme. »Mr. Sweeting hätte gern einen Termin bei Mr. Honeycutt, so bald wie möglich.«

»Mr. Honeycutt ist heute Morgen schon sehr früh auf die Seychellen geflogen; er wird erst in sechs Tagen wieder zurück sein. Wenn es dringend ist, könnte vielleicht ich Ihnen helfen?«

»Nein, ich glaube, es geht um etwas Persönliches. Könnten Sie nicht jetzt schon eine Stunde für, sagen wir, nächsten Dienstag freihalten?«

»Vierzig Minuten, nächsten Mittwoch um zehn, ließen sich noch einschieben.«
»Vielen Dank.« Nächsten Mittwoch um fünf nach zehn würde Michael Honeycutt unter der Bräune, die er sich im Indischen Ozean zugelegt hatte, aschfahl werden und die restlichen Termine für diese Woche absagen wollen, wenn ich erst mit ihm fertig war. Aber dann hätte ich den gesuchten Namen.
Wieder daheim, verbrachte ich genussvoll eine halbe Stunde mit Blumengießen. Die fröhlichen Rosa-, Gelb- und Violett-Töne in den beiden großen Pflanzentrögen vorm Haus erinnerten mich an die Blumenkästen, die die Fenster der schicken Hütten in Mayfair säumten – seit zwei Jahren das neue Zuhause meiner Mutter. Mein eigenes hatte sie leider nie gesehen.

Beim Zimmern eines Schaukelstuhls ist es enorm wichtig, dass die Kufen genau symmetrisch geformt sind. Ich summte, während ich die eine mit der anderen verglich; sie abhobelte; sie glattschmirgelte. Wenn der Stuhl fertig war, könnte ich ihn ja meiner Mutter schicken. Vielleicht würde ich sie im Sommer eine Woche besuchen.
Vögel zwitscherten ihr Abendkonzert. Eine Weile übertönte sie das schrille Krächzen eines Eichelhähers, aber dann hörte ich erneut den Kardinalsvogel trillern – ein Klang, so flüssig wie das Abendrot, das jetzt nach und nach die lange Wolkenbank zwischen den Bäumen übergoss. Es erinnerte mich an Preiselbeersaft.
Als ich die Kufen in die gewünschte Form gebracht hatte, machte ich mich an die Armlehnen. Breit und bequem sollten sie sein, aber nicht so breit, dass sie die Ausgewogenheit des Stuhles insgesamt störten. Ich ging auf die andere Seite des Raumes und ließ meine Finger über ein paar Stücke Fichtenholz gleiten, die dort an der Wand lagerten. Nach ei-

nigem Überlegen suchte ich eines aus und nahm es mit zum Schraubstock.

Da ging die Türglocke. Ich lehnte das Holz an den Tisch, klopfte mir die Stiefel am Tischbein ab, um das Sägemehl nicht durchs ganze Haus zu tragen, und öffnete. Es war Julia. Ihre Lippen waren rot wie der Sonnenuntergang, ihr Haar dunkel wie die Dämmerung.

»Darf ich reinkommen?«

Ich trat zur Seite und bedeutete ihr einzutreten.

»Wie ruhig es hier ist.« Sie sah sich um, schaute auf den seidenen persischen Läufer und dann wieder nach oben. »Mein Gott. Das ist ja wunderschön!«

Ich hatte letztes Jahr die Decke herausgenommen, um die unpassenden Zwei-mal-vier-Balken durch vier mal sechs große aus antiker Eiche zu ersetzen, die ich aus einer alten Villa in der Ponce de Leon gerettet und selbst zurechtgesägt hatte. Darunter kreiste träge ein Ventilator. »Vielen Dank. Kann ich Ihnen etwas anbieten? Einen Eistee? Bier?«

Ich holte uns zwei Bier. Bei meiner Rückkehr stand Julia immer noch im Esszimmer, den Kopf in den Nacken gelegt.

Ich reichte ihr das Bier. »Die Höhe ist sehr zweckmäßig, wenn es richtig heiß ist.«

Sie nickte geistesabwesend; dann erinnerte sie sich an ihre guten Manieren. »Entschuldigung. Es ist bloß ...« Sie nahm einen Schluck Bier und sah die Flasche an. »Was ist denn das?«

»Lindeboom. Ein dänisches Lager. Möchten Sie sich nicht setzen?«

Zu meiner Verblüffung ignorierte sie die Polstersofas und legte sich so auf den Teppich, wie ich es immer tat, wenn ich allein war: mit angezogenen Beinen. »War das wirklich Ihre Klientin?«

»Sie heißt Beatriz. Das spanische Konsulat hat mich engagiert, um sie während ihres viertägigen Atlanta-Aufenthalts

zu beschützen. Dabei brauchte sie eher ein Kindermädchen als einen Bodyguard. Aber sie war ganz nützlich zur Tarnung. Ich bin als ihre Begleiterin inkognito mit zu Honeycutts Party.«
»Sie sind über einsachtzig groß und hatten ein Kleid von der Größe einer Serviette an. Wie wollten Sie denn da anonym bleiben?«
»Indem ich mich genau so verhielt, wie jeder es von mir erwartete, und durch Lügen.«
Sie betrachtete mich neugierig: die Stiefel – die abgerissenen, mit Leim- und Lackflecken bedeckten Shorts. »Wenn Sie in so viele Rollen schlüpfen ... kommen Sie da nicht durcheinander?«
Ich zuckte die Achseln. »Das ist genau wie bei einem Schauspieler.«
»Nein. Nein, eben nicht. Ein Schauspieler folgt dem Skript. Sie folgen nur ihrem eigenen Drehbuch.«
Verbales Chi-sao. »Dann nennen Sie's halt Improvisation.«
Ein Takt Pause. »Kennen Sie viele Schauspieler?«
»Nein. Nur ein paar Leute, die Performances machen.«
»Solche wie Cutter?«
»Niemand ist wie Cutter.«
Julia grinste. »Das haben Sie schon mal gesagt.« Sie streckte sich und schien entspannter zu werden. »Und Ihre ... Beatriz ist wieder hin, wo sie hergekommen ist?«
»Für einen Monat oder so. Sie hat auf dieser Party einen harmlosen Kanzleiassistenten kennen gelernt und träumt in diesem Augenblick wahrscheinlich irgendwo über dem Atlantik davon, die Mutter seiner Kinder zu werden. Also, was hatten Sie mir am Samstag so Dringendes zu berichten, dass Sie mitten in der Nacht hier rausgefahren sind?«
»Die Provenienz des Friedrich ist einwandfrei. Kurz nach seinem Entstehungsdatum gibt es zwar eine Lücke von fünfzehn Jahren, aber ich unterhielt mich mit einem Mann, ei-

nem Wissenschaftler, der als *der* führende Friedrichspezialist gilt – Sie glauben gar nicht, was für Telefonrechnungen ich habe! –, und der hat das Bild vor dreißig Jahren untersucht. Er würde seinen guten Ruf darauf wetten, dass es echt war. Auch die Herkunft sei damals tadellos gewesen. Aber damit nicht genug: Von einem Kunsthändler habe ich erfahren, letztes Jahr seien Gerüchte kursiert, Honeycutt mache Geschäfte mit Kopien. Ging dabei irgendwie um einen angelsächsischen Armreifen. Und nach einer Menge diskreter Telefonate habe ich herausgefunden, dass es derzeit zwei absolut identische Stücke davon in Privatsammlungen gibt – das eine in Argentinien, das andere in Italien. Am späten Samstagabend konnte ich die Eigentümer dazu bewegen, mir Abbildungen zu faxen. Also war es Honeycutt, dieser Bastard.«

Sie nahm einen langen, erbitterten Schluck von ihrem Bier. Ihr Kehlkopf bewegte sich einmal, zweimal, dreimal.

»Beim Gedanken an die Telefonate, die ich geführt hatte, um ihm zu versichern, es sei alles in Ordnung, kein Grund zur Besorgnis, wir hätten da nur ein klitzekleines Problem, nichts Schwerwiegendes – ich hätte aus der Haut fahren können! Er wusste die ganze Zeit Bescheid, die ganze Zeit! Dieses Arschloch! Nur frage ich mich, wie er damit durchzukommen gedenkt. Hält er uns etwa alle für Idioten, die stillhalten und den Schwanz einziehn?«

Ihr Bier war leer. Ich streckte die Hand aus, um die Flasche in Empfang zu nehmen, und Julia folgte mir in die Küche. Sie sah sich zwischen den Kirschholzschränken, den weißen Arbeitsflächen und dem Fichtenholzboden um.

»Hier ist es auch hübsch.«

Ich öffnete eine zweite Flasche Lindeboom und reichte sie ihr. Dann holte ich mir selbst noch eine aus dem Kühlschrank.

»Also jedenfalls habe ich ihn angerufen und gesagt –«

Ich hielt inne, die Hand immer noch im Kühlschrank. »*Wann* haben Sie ihn angerufen?«
»Heute früh. Ich habe ihm auf den Anrufbeantworter gesprochen, dass –«
»Wie viel Uhr heute früh?«
»Was spielt das für eine Rolle? Ich sagte ihm – Warum schauen Sie so komisch?«
Meine Hand wurde im Kühlschrank allmählich kalt. Ich zog sie heraus und machte die Tür zu. »Wann haben Sie ihn angerufen? Sagen Sie mir den genauen Zeitpunkt.«
»Vor dem Frühstück. So gegen acht.«
... ist heute Morgen sehr früh auf die Seychellen geflogen; wird erst in sechs Tagen wieder zurück sein ... Was bedeutete »sehr früh«? Um fünf? »Und was ganz genau haben Sie gesagt?«
»Oh, ich war schon auf der Hut. Ich hab ihm gesagt, dass ich keine geschäftlichen Beziehungen mehr mit ihm wünsche, dass ich nichts mehr von ihm wissen wolle, dass er sich schon denken könne, warum, und dass ich hoffe, er würde in seinem eigenen Interesse nie wieder versuchen, mit mir in Kontakt zu treten oder in geschäftlichem Zusammenhang meinen Namen nennen. Ich bin sicher, er hat kapiert.«
»Sonst nichts?«
»Ich habe Ihnen ja gesagt, ich war vorsichtig. Kein Wort, aus dem er mir einen Strick drehen könnte.«
Ich überging diesen Punkt. »Und Sie haben unter seiner Privatnummer angerufen?«
»Ja.«
»Klang die Stimme verzerrt oder verschwommen wie ein Tonband oder klar, wie eine digitale Mailbox?«
»Wie ein Band, glaube ich. Wieso? Stimmt irgendetwas nicht?«
»Honeycutt war der Auftraggeber für Lusks Ermordung.« Sie blinzelte und hielt ihr Bier mit beiden Händen fest. »Und

Sie wollte er auch umbringen lassen. Nach seinem Plan sollten Sie samt dem Gemälde in die Luft gehen.« Sie begann, die Flasche zwischen ihren Händen zu drehen. »Heute früh ist Honeycutt auf die Seychellen geflogen. Mit ein klein bisschen Glück war das noch vor Ihrem Anruf. Dann hat er Ihre Nachricht nicht gehört.«

»Honeycutt war ... Honeycutt hat versucht, mich umzubringen?«

»Ja. Und ich möchte, dass Sie beim Flughafen anrufen und herausfinden, welche Maschine er genommen hat.«

»Was haben Sie vor?«

»Ich werde mich umziehen.«

Während ich meine Kleidung wechselte, hörte ich Julias Stimme anschwellen, absinken und schließlich hart werden. Sie schlug sich mit der Fluggesellschaft herum. Als ich wieder in die Küche kam, war ihre Farbe zurückgekehrt.

»Er ist höchstwahrscheinlich über Lissabon geflogen. Die Maschine startete um zehn vor elf. Zwei Stunden vor Abflug hätte er einchecken müssen.« Sie betrachtete mein dunkelgraues Seidenkleid und meine schwarzen Kenneth-Cole-Schuhe. »Ich verstehe nicht.«

»Wenn ich in Honeycutts Haus einbreche, habe ich nicht die Absicht, gesehen zu werden. Zumindest soll sich im Zweifelsfalle niemand an mich erinnern. Und das erreicht man am besten durch Anpassung des Outfits.«

»Genügt mein Outfit Ihren Ansprüchen?«

»Sie bleiben hier.«

»Nein. Er hat versucht, mich umzubringen. Da kann ich doch nicht tatenlos zusehen. Wenn er das Band abhört, ist er doch hinter *mir* her.« Sie errötete und wirkte plötzlich befangen. »Ich weiß, es wird gefährlich, aber schließlich bin ich erwachsen. Ich weiß, auf was ich mich einlasse. Ich kann schon auf mich aufpassen.«

Da stand sie: mit dicken Haarflechten auf beiden Seiten, das

Make-up so perfekt, dass man kaum eins erkennen konnte, und leicht nach europäischem Bier riechend. Was wusste jemand wie Julia Lyons-Bennet schon von Gefahr? Sie kannte Kampfkunst als Kunst und die Selbstverteidigung als Theorie. Ihr Kosmos waren Vorstandszimmer und Galerien, Auktionshäuser und Banken. Sie hatte ihr ganzes Leben in zivilisierten Enklaven zugebracht – glaubte, die Welt sei ein vorwiegend zivilisierter Ort. Auch die Gefahr war für sie nur ein Spiel, das sie mit Verstand, Geschick, ihrem gutem Aussehen und ihrer privilegierten Stellung unbeschadet überstehen würde. Aber die Gefahr ist kein Spiel. Mitunter wütet sie wie ein Berserker.

Das Motiv oder gute Absichten spielen für sie keine Rolle. Wenn sie gegenüber Platz nimmt und einen zu einer Würfelpartie einlädt, heißt es: entweder aufstehen oder spielen auf Teufel komm raus. Die Gefahr mit ihren Riesenpranken und ihrer oft benutzten Axt lauert darauf, dir das letzte Hemd auszuziehen. Das Glück mag zu dir halten oder nicht, aber die Gefahr füllt den Würfelbecher, sie betrügt, und wenn sie das tut, dann keine Sekunde gezögert: Nagel ihre Hand mit einem Messer auf der Tischplatte fest! Julia war nicht kaltblütig, nicht abgebrüht genug; sie verstand zu wenig davon.

»Er hat versucht, mich umzubringen«, wiederholte sie.

Sie war erwachsen. Sie wollte es so. »Also los. Aber pfuschen Sie mir nicht ins Handwerk. Und inzwischen: Dort in meinem Büro, durch die Türe, ist ein Schränkchen aus Kiefernholz. Schlüssel hängt in der Küche, unter der Uhr. In dem Schrank liegt eine Tasche. Bringen Sie sie mir.«

Wie groß war diese Batterie? Klein genug, um in nur vierundzwanzig Stunden leer zu sein? Honeycutts Haus hatte einen ziemlich klaren Grundriss. Ich wusste, wo sich sein privates Wohn- und Arbeitszimmer, wusste, wo sich der Schaltkasten befand. Die meisten Menschen montieren ihre

Alarmanlage an einer leicht zugänglichen Stelle: in der Küche wahrscheinlich oder im Flur. Eigentlich musste die Zeit reichen.

Ich ging ins Büro. Julia hielt den Revolvergürtel in der Hand. Bei meinem Anblick wurde sie knallrot. Ich legte ein Band in den Anrufbeantworter, schaltete das Faxgerät ein und wählte.

»Das ist ja Ihre eigene Nummer.«

»Ja. Haben Sie die Tasche gefunden?«

Sie hob das Ding hoch. Ich nickte. Das Telefon klingelte, der Anrufbeantworter schaltete sich ein, das Fax quietschte, schrillte und piepte. Ich wählte noch einmal – immer wieder, bis nur noch etwa fünf Minuten elektronischer Non-Kommunikation auf dem Band waren. Dann steckte ich es zusammen mit einem Sony-Walkman in die Tragetasche.

»Wir sollten los. Acht Uhr abends ist die beste Zeit für einen Einbruch.« Unsere Aktion durfte keine Spuren hinterlassen, sonst würde Honeycutt Verdacht schöpfen.

Ich brachte die Tasche zum Saab. Wir nahmen den Highway 280 statt der Interstate.

»Legen Sie Ihren Schmuck ab und tun Sie ihn ins Handschuhfach. Sie wollen doch bei Honeycutt keinen Ohrring verlieren, den sie nachher wieder holen müssen.« Sie gehorchte wortlos.

Die Straßenoberfläche war frisch asphaltiert, und wir hatten die letzten Straßenlaternen schon ein, zwei Meilen hinter uns. Es war ein reibungsloses Fahrgefühl; die Nacht rauschte vorbei wie Wasser, und alles war in Schwarzweiß. So, als würden wir den Meeresgrund erkunden. Julia wirkte verschlossen, in sich selbst versunken.

»Warum tun Sie das?«, fragte ich nach einer Weile.

»Jim war ein Freund von mir.«

»Das ist nicht der einzige Grund. Es steckt noch mehr dahinter. Mehr als Ihre Schuldgefühle wegen seinem Tod. Die meisten Menschen würden trauern und es damit gut sein lassen. Sehen Sie sich doch Ihr Leben an. Sie haben Geld – vielleicht nicht ganz so viel, wie Sie es von Haus aus gewohnt sind, aber Sie können nicht klagen. Sie sind Kunsthändlerin, haben sogar Ihre eigene Firma. Sie geben sich nicht einmal mit den Künstlern selbst ab, sondern nur mit Galerien, Auktionshäusern und Agenten. Aber Sie haben mindestens *eine* Kampfsportart erlernt; irgendwann haben Sie einen Selbstverteidigungskurs absolviert, dem Sie zutrauten, Ihr Lebensgefühl zu verändern; offenbar haben Sie defensives Fahren gelernt. Warum?«

»Um gewappnet zu sein. Gegen Gewalt.«

Weit entfernt von der vollen Wahrheit. »Und? Sind Sie das?«

Sie sah mich an. Endlich. Ihre Augen schimmerten im Rückstrahl der Scheinwerfer wie die einer Perserkatze. »Ich weiß es nicht.«

Das weiß man nie. Es geht so schnell. Ein Fingerschnippen, und die ganze Welt sieht anders aus. Die meisten tätlichen Auseinandersetzungen entscheiden sich binnen fünf oder sechs Sekunden, und vor Schreck zu erstarren kann tödlich sein. Ich wusste nicht genau, ob sich das erklären ließ.

»Waren Sie denn je in einer Gefahrensituation?«

»Nein.«

»Haben Sie je einen Schock erlitten? Ich meine, durch eine schreckliche Nachricht oder etwas Furchtbares, das direkt vor Ihren Augen passiert ist?«

»Ja.« Es lag Schmerz in ihrer Antwort.

»Genau so fühlt man sich, wenn alle Stricke reißen. Als würde jemand versuchen, einem mit einem Messer den Geist aus dem Körper herauszuschälen – als würden sämtliche Türen plötzlich von selbst zuschlagen. Überraschung,

Schock – nennen Sie's, wie Sie wollen. Der Trick zu überleben besteht darin, dass man *sofort* glaubt, was der Körper einem sagt, und danach handelt. Nicht zögern, nicht überlegen. Dazu ist einfach keine Zeit. Im ersten Sekundenbruchteil losschlagen, reagieren, darauf kommt es an.« Sie nickte, und ich wusste, sie wollte verstehen, aber ich glaube, sie tat es nicht. »Legen Sie Ihre Hand auf meinen Schenkel.«
Ich rechnete es ihr hoch an, dass sie nach einem kaum merklichen Zögern meine Anweisung befolgte. Und ohne hinzusehen, ohne ihr meine Absicht auch nur andeutungsweise zu verraten, schlug ich ihr auf die Hand.
Julia zuckte erschrocken zurück. Ihr Gesicht wirkte fassungslos.
»Ihre erste Reaktion besteht darin, zurückzuzucken und mit den Augen zu funkeln; aber stellen Sie sich vor, ich hätte es ernst gemeint. Dann könnten Sie es sich nicht leisten, dazustehen und zu fragen: ›Warum?‹ Sie müssten die Sache hinnehmen und Gegenmaßnahmen ergreifen, damit ich sie nicht wiederhole.« Julia lutschte an ihrem Handrücken. Ihre Brust ging auf und ab, immer schneller. Jetzt war sie in Wut. Adrenalin. »Dieser Schlag hat wehgetan, aber er wird keinen blauen Fleck hinterlassen. Hätte ich Ihnen ein blaues Auge geschlagen, dann hätte das erst recht wehgetan, aber auch keinen bleibenden Schaden verursacht. Ein Schlag mit einem Holzknüppel auf die Rippen würde Ihnen vielleicht ein paar Knochen brechen, doch Sie könnten immer noch weglaufen oder zurückschlagen. Verstehen Sie, was ich damit sagen will? Schmerz ist Schmerz, basta. Er ist eine Botschaft. Sie müssen sie nicht beachten, wenn Sie nicht wollen. Und manchmal können Sie sich das auch gar nicht leisten.«
»Die Nike-Kampfsportschule: ›Denk nicht – schlag zu!‹« Ihr Gesicht war jetzt vollkommen glatt und undurchschaubar, doch dann stieß sie ein halb belustigtes, halb zynisches

Schnauben aus. »Nike war die geflügelte Göttin des Sieges. Passt wie die Faust aufs Auge.«
»Hoffen wir's.«
»Rechnen Sie mit Schwierigkeiten?«
»Nicht unbedingt.«
Wir fuhren jetzt durch Smyrna. Ich bog auf den Parkplatz eines Einkaufszentrums. »Zeit für ein bisschen Tarnung.«
Wir gingen in ein Partygeschäft, wo ich zwei Bündel aufgeblasene Luftballons kaufte, dann in eine Weinhandlung. »Welchen Sekt mögen Sie am liebsten?«
»Warum?«
»Weil ich einen billigen kaufen und ihn nachher wegschütten oder einen guten kaufen und Ihnen nachher zusehen kann, wie Sie ihn trinken. Das läuft unter Spesen, folglich werden am Ende ja doch Sie dafür aufkommen.«
Sie wählte einen Mumm brut. Ich bezahlte, und mit hüpfenden Ballons und Sektflasche gingen wir weiter zur Apotheke. Ich verlangte Latexhandschuhe. Der Apotheker bedachte mich, Julia und die Flasche mit einem wissenden Blick. Julia errötete ganz, ganz leicht, reckte dann aber ihr Kinn. Beim Hinausgehen bewegte sie sich wie eine Panterkatze.
Wir verstauten die Ballons auf dem Rücksitz und legten meine Jacke darüber, damit sie nicht herumflogen.
»In einer perfekten Welt, welchen Schlag würden Sie diesem Apotheker verpassen?«
»Jern«, antwortete sie wie aus der Pistole geschossen. Stoß mit der flachen Hand. »Voll auf die Nase.«
Ich mag Frauen, die sich selbst kennen.
Während die Lichter von Smyrna hinter uns zurückblieben, rasten wir erneut durch die Dunkelheit, und der Saab folgte dem weißen Mittelstrich wie ein Spürhund. Zahllose Gerüche belebten die Nachtluft: Flugzeugtreibstoff von der Dobbins Air Force Base gleich hinter dem Hügel; die schwinden-

de Hitze des Asphalts; der Moschusduft von Julias Haar, deren Geruch jetzt einen beißenden, rauchigen Unterton hatte: Adrenalin schoss ihr in die Adern, und sie fing an, sich anzuspannen. Meine eigenen Muskeln waren geschmeidig und warm, mein Herzschlag ruhig und stark.

»Gleich sind wir da. Ziehen Sie sich ein Paar Handschuhe an.«

Sie holte die Handschuhe heraus, und ihr Atem beschleunigte sich, als das schwache Aroma von Talkum und Latex den Wagen durchdrang. Der Geruchssinn ist der urtümlichste von allen – direkt mit unserem Krokodilshirn verbunden, das nur den Geschlechts- und den Überlebenstrieb kennt. Er ist leicht zu konditionieren.

Ich lenkte mit einer Hand, während ich mit der anderen Honeycutts Privatnummer in mein Handy tippte. Nach einer Weile meldete sich der Anrufbeantworter. Ich legte auf. Niemand da; jedenfalls niemand, der ans Telefon ging.

Dann waren wir am Ziel. Wir bogen in die Einfahrt, und der Kies knirschte unter den Rädern. Heute wirkte der Rasen kleiner als damals mit all den herumwimmelnden Menschen darauf, und nur aus der Küche sowie einem Raum im Obergeschoss drang ein matter Lichtschimmer. Ich stellte den Motor ab, öffnete das Handschuhfach und wandte mich an Julia.

»Tun Sie, als wären Sie in Hochstimmung – für den Fall, dass uns jemand beobachtet.«

Sie nahm ein Bündel Ballons und die Sektflasche. Das andere Bündel sowie die Tragetasche nahm ich selbst. Ich sah mich um – an der Tür, zu den Fenstern hinauf –, als versuchte ich herauszufinden, ob dies die richtige Adresse für die Party sei. In den Nachbarhäusern ging kein Licht an.

Der von einer matten gelben Lampe erleuchtete Eingang hatte zwei Stufen und zwei Schlösser, beide in Hüfthöhe. Honeycutt machte es einem wirklich leicht.

»Bleiben Sie dicht hinter mir.« Der mit Gummi überzogene Griff des Elektropick war unter den Handschuhen etwas rutschig. Ich musste meine Rippen dagegenstemmen, um das Werkzeug in Position zu halten. Durch Julias Körper abgeschirmt, stieß ich das Druckluftgerät in das erste Schloss. »Tun Sie, als ob Sie läuten würden.« Das Schloss machte einen Knacks, und ich nahm mir das zweite vor. »Noch mal.« Julia gehorchte. Auch das zweite Schloss sprang mit einem leisen Klacken zurück. »Wenn ich die Tür aufmache, folgen Sie mir nach drinnen und lächeln, nur für den Fall. Ich schalte den Alarm aus. Danach schließen Sie die Türe und bleiben einfach dort stehen. Seien Sie mucksmäuschenstill.«

Ich sah auf meine Uhr. Dann drückte ich lautlos die Tür auf und trat ein. Die Luft im Innern des Hauses war kühl; Honeycutt hatte nicht mal die Klimaanlage abgestellt. Ich spitzte die Ohren und lauschte fünf Sekunden. Außer dem piepsenden Vorwarnsignal der Alarmanlage waren nur das ferne Summen der Air-condition und das leise Blubbern des Aquariums zu hören. Geisterhaft und golden glitt der Fisch durch das Licht des Hauseingangs. Ich legte mir einen Finger auf die Lippen und deutete Richtung Tür. Julia nickte. Dann pirschte ich mich leise zu der Wand neben der Küche vor, wo auf Kinnhöhe die Alarmanlage angebracht war. Zehn Sekunden abgelaufen; blieben noch zwanzig. Ich zog die zwei schwarzen Kabelstücke heraus, das eine mit Krokodilklemmen, das andere mit Stecker. Dann nahm ich den Deckel des Schaltkastens ab, warf einen einzigen Blick hinein und schloss ein Kabel an, kappte dafür ein anderes. Das Piepsen verstummte. Ich sah wieder auf die Uhr. Siebzehn Sekunden. Ich huschte über den wunderschönen Treppenläufer nach oben ins Gästezimmer, öffnete den Wandschrank und machte zwei Schaltkästen auf. Auch die Klimaanlage verstummte. Wenn ich mir einen Fehler geleistet

hatte, dann blieben mir nur noch acht Sekunden zum Durchtrennen der Telefonleitungen.
Vom Treppenkopf aus sah ich ganz, ganz schwach den Schimmer des Aquariums. Kein Blubbern zu hören. Ich atmete auf. Die Batterie war fast leer, was bedeutete, dass die Alarmanlage keine Stromzufuhr mehr hatte. Tja, so war das mit den Sicherheitssystemen.
Auf leisen Sohlen schlich ich zurück ins Erdgeschoss, verstaute Schraubenzieher, Anschluss- und Ersatzkabel in der Tasche, setzte den Schaltkastendeckel – nur locker – wieder auf und winkte Julia.
Die Küche war leer und sauber. Sie wurde von einem einzigen schummrigen Licht erhellt; der Bereich dahinter lag im Schatten. Auf einer Arbeitsplatte blinkte das grüne Lämpchen eines Sony-Anrufbeantworters. Ich klappte den Deckel auf, ließ das Band herausspringen und gab es Julia. Sie wollte den Mund aufmachen, aber ich legte mir erneut einen Finger auf die Lippen. Ich zog den Walkman hervor und bedeutete ihr, das Tonband damit abzuhören. Sie nickte. Dann zeigte ich auf mich und die Tür, auf sie und den Fußboden. Sie nickte abermals.
Eine rascher Blick hinter die Wandbehänge und in die Schreibtischschubladen des Erdgeschosses offenbarte keinen Safe, kein Geheimfach für interessante Dokumente. Das hatte ich auch nicht erwartet; es war aber immer besser, man vergewisserte sich.
In der Küche nahm Julia bei meinem Eintreten den Kopfhörer herunter, gab mir mit ihrem Daumen ein »Okay«-Zeichen, und ich steckte mir selbst einen der Minilautsprecher ins Ohr. Ich spulte zurück. Irgendein Mann sagte etwas wegen des Rasens; ein gewisser Harry bat um Rückruf; danach Julia; dann Honeycutts Schwester. Ich spulte zu Harrys allerletztem Satz zurück, ehe ich das Band nochmals laufen ließ und die Zeit bis zu Julias Nachricht stoppte – spulte

dann wieder zurück und schaltete aus. Ich zog mein eigenes Band, ein Verbindungskabel sowie einen Zettel aus der Tasche und kritzelte auf letzteren: *Mein Band genau zwei Minuten und zwanzig Sekunden auf das andere überspielen. Dann abhören. Dann Band bis Ende der vorherigen Nachrichten zurückspulen und einlegen.* Sie musste den Zettel gegen das Licht halten, das durch die Fenster fiel, um ihn richtig lesen zu können. Sie nickte. Ich deutete erst auf mich, dann auf die Treppe, und noch bevor ich zu Ende war, verdrehte Julia die Augen – deutete erst auf sich selbst, dann auf den Boden. Ein Nicken meinerseits.

Ich huschte wieder die Treppe hinauf und spitzte am Fuß der zweiten kurz die Ohren. Nichts. Was ich suchte, war das Allerheiligste, der Raum, wo Honeycutt und Konsorten Samstagabend zusammengesessen hatten. Dort oben musste er sein.

Die zweite Etage war stockdunkel. Ein kurzer Gang mit vier Türen. Ich öffnete die erste. Kalter, harter Fußboden, Gerüche von Seife und Toilettenreiniger: Bad. Die zweite Tür führte in einen dunklen Raum mit der fühlbaren Leere und der abgestandenen Luft eines Gästezimmers. Der nächste war eine Abstellkammer. Im vierten dann der Geruch von Leder, ganz schwach der Duft eines teuren Parfums; dicker Teppichboden; vollkommene Finsternis. Ich trat ein, zog die Tür hinter mir zu, und mein Krokodilinstinkt schrillte Alarm, als meine Haut auch schon die Wärme eines Körpers registrierte, der auf der einen Seite stand – den leichten Luftwirbel, mit dem ein anderer auf mich zutrat.

Es entfaltete sich wie eine Rose in einem Zeitrafferfilm: strahlend schön und so schnell, dass einem vor den Augen flimmert. Am liebsten hätte ich gelacht, als ich mich duckte und nach vorne hechtete; hätte am liebsten gesungen, als meine Faust bis zum Handgelenk in einem Bauch versank, als ich blitzschnell einen Ellbogen hochriss, hoch durch einen zerbrechlichen Unterkiefer, als ich geschickt einem zuschlagenden Arm auswich und ihn mir schnappte, ihn verdrehte, ihn als Hebel ansetzte, um den fremden Körper in einem uneleganten Bogen durch die Luft zu schleudern. Mein Herz glich einer unermüdlichen Pumpe, Blutgefäße und Luftwege waren weit geöffnet. Nichts konnte mich mehr bremsen – ich verlor mich in der Freude an Muskeln, Knochen und Atem. Axtkick in die Mittellinie des zusammengekauerten Häufchens Elend auf dem Boden; Enttäuschung über das traurige Splittern von Rippen statt des harten Krachens einer Wirbelsäule. Wimmern und Sichhochhieven eines Körpers, der versuchte, in sitzende Haltung zu kommen; Schritt und hammerharter Faustschlag, der mit einem schmierigen Gefühl über den Wangenknochen fetzte. Die feuchte Schlüpfrigkeit von Latex auf Schweiß. Das Gefühl, wie der Körper unter meinen Händen zusammensackte, reglos liegen blieb. Alles reglos außer mir, die sich strahlend und kraftstrotzend fühlte, unermesslich und unsterblich.

Ein Brüllen aus dem Erdgeschoss, und die Welt zerplatzte. Sie nahm eine neue Gestalt an, und ich rannte, rannte die Stufen hinunter, drei auf einmal, vier, dorthin, wo eine Frau im Hausflur stand, vom gelben Schein des Eingangslichts übergossen, weil die Tür selbst sperrangelweit offen war. Die Frau hatte ihr Gesicht nach oben gewandt, und ihre Augen wirkten riesengroß. Julia.

»Ich habe jemanden in die Flucht geschlagen.«

»Ja.« Ich blieb anderthalb Meter von ihr stehen.

Sie schüttelte ihre Hand aus, hob sie hoch und betrachtete sie. »Ich habe ihn in die Flucht geschlagen. Er ist die Treppe runtergekommen, und ich habe ihn in die Flucht geschlagen. Seit fünf Jahren frage ich mich, ob ich dazu im Stande wäre – was ich tun würde, wenn es *mir* jemals zustieße, wenn *ich* es damals vor diesem Theater gewesen wäre ...« Sie

sah erneut auf ihre Hände, offenkundig fasziniert. »Ich habe ihn geschlagen, und er ist geflüchtet.«
Das Bewusstsein dessen, was sie getan hatte, die Begeisterung über ihre eigene Kraft durchfluteten sie wie Champagner. Sie *strahlte* vor Begeisterung, sprühte davon. Am liebsten hätte ich sie in beide Hände genommen und diesen Champagner ausgetrunken, den Schaum in meinem Innern gefühlt, die kleinen Bläschen, die sich um Herz, Lungen und Magen sammelten.
Ich trat näher. Sie reckte ihr Kinn hoch. Noch näher.
»Wolfsaugen«, flüsterte sie, und ich spürte ihren Atem an meiner Kehle, »so hell und so hungrig.«
Hinter dem Haus erwachte ein Motor zum Leben. Ein Scheinwerferstrahl durchschnitt Fenster und Flur und verschwand dann Richtung Straße. Julia drehte sich langsam danach um. Ihre Augen blinzelten in dem grellen Licht, dem unleugbar realen Licht, und ihre Begeisterung verblasste. Mein linkes Handgelenk schmerzte leicht, mein Atem fühlte sich rau an, und links, genau unterhalb meiner Rippen, war meine Bluse zerrissen und nass.
»Das Band?«
Sie schüttelte den Kopf.
»Bringen Sie's zu Ende.«
Ich lief wieder nach oben. Die Tür zu dem kleinen Zimmer stand offen. Ich zog die Vorhänge zu und fand den Lichtschalter: dicker grüner Teppichboden; zwei Männer, alle beide in dunkler Kleidung, der eine noch mit seinem blutbefleckten Messer in der Hand; ein Schreibtisch, unter dem das andere Messer lag, und auf ihm ein Computer mit totem Bildschirm. In der Mitte des Tisches hing leer und zerbrochen eine Schublade heraus. Ich kniete mich hin, fühlte bei dem ersten Körper nach einem Puls, spürte, dass einer vorhanden war. Der zweite Mann atmete so laut, dass ich gar nicht erst nachprüfte. Ich durchsuchte die beiden.

Handschuhe, Herstelleretiketten aus den Kleidern herausgeschnitten. In der einen Jackentasche ein schmales, mit merkwürdigen Schriftzeichen übersätes Bündel Papiere. Ich steckte es mir in die Jackentasche, zur späteren Untersuchung. Keine Narben oder andere unverwechselbare Merkmale. Beide Messer mit breiter, am oberen Rand gezahnter Klinge, beide mit aufmontiertem schwarzem Griff: Standardfabrikat, zu beziehen durch jeden Versandhauskatalog. Ich wischte die dünne Blutspur von dem einen, das der Mann noch in Händen hielt.

Etwas piepte – piepte erneut. Der Computer. An dem Minitower flimmerte ein rotes Lämpchen. Ich tastete auf der Rückseite des Monitors nach einem Schalter und drückte ihn. Der Cursor blinkte beim Zeichen für Laufwerk C nebst der freudigen Botschaft: *Komplette Neuformatierung.* In der Hoffnung, dass es nicht das bedeutete, was ich glaubte, tippte ich *dir/p* ein. Nichts. Alles weg – gelöscht durch die Festplattenformatierung. Keine Spur von irgendwelchen Disketten.

Schnell, aber methodisch durchsuchte ich den Rest des Zimmers. Kein Safe. Aktenschränke voll persönlicher Unterlagen, jede der darin eingehängten Akten säuberlich mit blauer Tinte beschriftet, vermutlich von Honeycutt selbst. Zwei der Deckel, mit der Aufschrift BANK bzw. INVESTITIONEN, waren leer. Honeycutts Werk oder das des Mannes, der vorhin geflüchtet war? Ich zog einem der Bewusstlosen die Handschuhe aus, drückte seine Finger auf die Armlehne des Ledersessels und streifte ihm den Handschuh wieder über; dann zog ich dem zweiten Mann die Handschuhe aus und presste seine Finger – einmal die der Rechten, einmal die der Linken – an die zerbrochene Schublade.

Die Tür quietschte. Ich wirbelte herum. Julia. Sie schwankte. »Sind die beiden …?«

»Nein.«

Wortlos verfolgte sie, wie ich dem Mann die Handschuhe wieder anzog. »Das Tonband ist jetzt sauber.«

»Wieder im Apparat?«

»Ja.«

Ich beendete meine Arbeit und stand auf. »Holen Sie den Walkman, die Ballons und die Sektflasche und warten Sie an der Tür.« Sie straffte sich, um dann hölzern, aber nicht wacklig, durch den Gang davonzumarschieren. Sie würde es schon schaffen.

Ich schaltete das Licht aus und verharrte am Kopf der Treppe. Als Julia mit den hüpfenden Luftballons an der Tür war, ging ich zurück ins Gästezimmer, um den Alarm wieder an die Batterie anzuschließen. Ich überprüfte die Uhrzeit, schloss den Schaltkasten und stürmte die Treppe hinunter. Sechs Sekunden. Ich löste die festgeklemmten Kabel von der Alarmanlage, setzte den Deckel wieder auf, ließ mir von Julia den Walkman geben und verstaute alles in der Tasche. Neunzehn Sekunden. »Raus!« Sie wartete mit ihren Ballons, während ich die Tür hinter uns zuzog und wieder abschloss. Siebenundzwanzig Sekunden. Siebenundzwanzig Sekunden. Frei und unversehrt, und nichts verriet unser Eindringen außer den beiden Bewusstlosen im zweiten Stock.

Als wir am Wagen waren, zitterte Julia. Ich öffnete ihr die Tür und gab ihr die Ballons. »Halten Sie mal.« Ich zog meine Jacke vom Rücksitz, um sie ihr über die Schultern zu hängen.

Wir fuhren zirka fünfundzwanzig Meilen. Julia zitterte immer noch, obwohl nicht mehr so schlimm. Ich reichte ihr die Tasche, ohne die Straße aus den Augen zu lassen. »Nehmen Sie irgendwas von da drin, um die Ballons kaputtzumachen.« Sie sah mich an, als wäre ich übergeschnappt. »Dann werden wir sie leichter los.« Und sie hatte eine Beschäftigung. »Da drin ist auch eine braune Lebensmitteltüte. Wenn Sie mit den Ballons fertig sind, stecken Sie sie dort rein.«

Sie brauchte eine Weile.

»Jetzt Ihre Handschuhe. Vorsichtig.«

Sie gehorchte. Zuerst zog sie den linken bis zu den Fingerspitzen, benutzte ihn dann zum Herunterschälen des rechten, warf beide in die Tüte und machte ein bisschen Fingergymnastik, wobei sie ihre nackten Hände studierte. Anmutige, saubere Hände. Zum Halten gemacht, nicht zum Schlagen. Nach einer Weile fragte sie mich: »Und Sie?«

»Hab erst noch was zu erledigen.«

Ich hielt an einer Telefonzelle. Wählte die 911. Auf die Frage, ob ich die Feuerwehr, die Polizei oder den Notarzt haben wolle, sagte ich einfach nur: »4731 Fallgood Road, Marietta«, und hängte ein.

Wieder im Wagen, zog ich mir die Handschuhe aus und warf sie in die Papiertüte. Eine Zeit lang fuhren wir schweigend dahin. Der nasse Fleck auf meiner Bluse wurde größer, und mit ihm ein kalter Schmerz.

»Wer waren diese Leute?«

»Weiß ich nicht.«

»Es könnte doch wichtig sein.«

»Für die bestimmt. Aber nicht für Sie. Sie haben die gewünschten Informationen. Sie wissen, wer Lusks Mörder ist. Sie wissen, dass Sie mit dem Weiterverkauf des Gemäldes keinen Fehler gemacht haben. Und jetzt, wo wir das Band im Anrufbeantworter gesäubert haben, deutet nichts mehr auf Sie hin.«

Ihr Gesicht war bleich und gefasst. »Können Sie herausfinden, wer diese Männer gewesen sind?«

»Es ist vorbei, Julia. Die Sache ist erledigt.«

»Können Sie's?«

Sie kam mir so klein, so zerbrechlich und allein vor. Am liebsten hätte ich ihre Hand genommen, ihr gut zugeredet, ihr gesagt, dass niemand ihr mehr etwas zu Leide tun werde, denn ich würde sie alle aufspüren, würde die losen Fäden verknüpfen und die Welt sicherer machen. Aber es gab keine hundertprozentige Sicherheit. »Jim Lusk ist tot, und was Sie auch tun, es wird ihn nicht wieder lebendig machen. Sie haben keine Schuld. Von jetzt an wird sich die Polizei darum kümmern. Lassen Sie's gut sein.«

Julia betrachtete mich wie aus weiter Ferne. Dann wandte sie sich ab.

Die ganze Rückfahrt hindurch starrte sie aus dem Fenster. Als ich vor ihrem Haus anhielt, bedankte sie sich artig, lächelte mir freundlich, aber ohne Wärme zu und sagte, sie werde vormittags vorbeikommen, um ihren Wagen abzuholen. Als hätte ich sie von einem Elternabend mitgenommen. Teils Schock, teils das Bedürfnis, Abstand von Blut, Einbruch und den Attacken fremder, schwarz gekleideter Männer zu gewinnen. Ich wäre ja mit ihr ins Haus gegangen, hätte ihr etwas Warmes und Süßes zu trinken gemacht, aber auch ich gehörte zu der Welt, über die sie im Moment nicht nachdenken wollte, nicht in ihrem hübschen kleinen Haus in Virginia Highlands, wo sich Rosen am Spalier hochrankten.

Ich fuhr mit der Flasche Mumm zurück nach Lake Claire. Stellte sie nicht in den Kühlschrank, sondern in die Vorratskammer. Ich hatte das Gefühl, als würde sie lange dort stehen bleiben.

Meine Verletzung war nicht allzu schwer: eine leichte, zehn Zentimeter lange Schnittwunde, quer über eine der unteren Rippen. Ich reinigte sie, zog die Ränder mit einem Heftpflaster zusammen, bedeckte das Ganze mit Mull und fing dann an, mir eine Bandage um den Körper zu wickeln. Wenn sich bis morgen kein Schorf gebildet hätte, würde ich einmal nachschauen lassen. Das Notaufnahmepersonal würde mir glauben: sowohl den falschen Namen als auch die Geschichte von dem wahnsinnig eifersüchtigen Ehemann mit einem Steakmesser und von seiner verängstigten Frau, die nicht die Polizei holen wollte. Gab es doch ständig. Natürlich war die Bandage genau in meinem Kreuz zu Ende, wo ich mit meiner Sicherheitsnadel nicht hinkam. Ich musste sie noch einmal zurückschlagen und unter meinem rechten Arm feststecken.

Nachdem ich Ibuprofen sowie ein paar Breitspektrum-Antibiotika geschluckt hatte, nahm ich die Papiere aus Honeycutts Haus mit in mein Büro. Sie waren blutbefleckt, aber im hellen Halogenlicht war unverkennbar, worum es sich handelte: Erpresserbotschaften, genauer gesagt, um Fotokopien von Erpresserbotschaften, deren Wörter und Sätze man aus Zeitschriften ausgeschnitten hatte. In der rechten oberen Ecke standen säuberliche Vermerke – in derselben blauen Tinte, die mir an Honeycutts Akten aufgefallen war: Datum, Uhrzeit und Art der Zustellung. Bis auf eine waren alle diese Botschaften mit der Post gekommen.

Die erste stammte vom März letzten Jahres. Sie war kurz und eindeutig:

> *Ich weiß, für wen Sie arbeiten. Ich weiß, wie viel Sie waschen: Ich will was davon abhaben. Ich werde mich melden.*

Interessant. Kein Problem, »ich« zu sagen. Kein Problem mit der Grammatik: Der Doppelpunkt war sogar mit schwarzem Markierstift hinzugefügt. Offenbar nicht auf den Kopf gefallen; eine Fotokopie bedeutete: keine Speichelspuren, keine Zeitschriftentitel, deren Abonnenten man zurückverfolgen konnte.

Ich nahm an, der Betreffende hatte sich auch gemeldet. Wohl telefonisch. Die nächste Mitteilung stammte vom Mai letzten Jahres:

Gleicher Ort, auf gleichem Weg, gleicher Betrag.

Die dritte datierte nur eine Woche später:

Versuchen Sie das nie wieder. Der Satz hat sich verdoppelt. Jedes Mal, wenn Sie so was probieren, wird er sich wieder verdoppeln. Ich weiß, wie viel Sie sich leisten können.

Was hatte Honeycutt wohl probiert? Jedenfalls nichts, was dem Erpresser viel anhaben konnte. Offenkundig betrachtete er sich als rationalen, vernünftigen Menschen und verfolgte zugleich das Ziel, Honeycutt unter Kontrolle zu behalten, indem er ihn beruhigte und einfache Regeln aufstellte. Die nächste Botschaft bestand nur aus zwei Worten:

Vielen Dank.

Vor meinem geistigen Auge sah ich blitzartig einen Zyniker, der beim TV arbeitete. Grinsen und zugreifen. Nett sein. Immer der richtige Ton …

Danach waren die Botschaften regelmäßig gekommen, jeden Monat; identische Kopien des »Gleicher Ort, gleicher Weg, gleicher Betrag«-Briefs, eine Woche später gefolgt von »Vielen Dank«. Bis Januar.

Ein neues Jahr, ein neuer Monatssatz. Fünfzehn Prozent mehr, plus Säumniszuschlag.

Januar. Genau da hatte Honeycutt Interesse an dem Friedrich bekundet. Sagen wir, zwei Wochen, um jemanden aufzutreiben, der die Fälschung in Auftrag nahm, noch mal ein paar, um sie zu malen … Aber allem Anschein nach keine Beschwerde von Seiten Honeycutts; pünktlich zum Termin erfolgte das »Vielen Dank«. Danach weitere »Gleicher Ort«- und »Vielen Dank«-Botschaften. Bis zu einem Datum im April, zwei Tage nach Lusks Tod.

Sie sind ein Dummkopf. Was hätten Sie getan, wenn ich nicht für Sie aufgeräumt hätte? Künftig keine Extratouren mehr. Ich werde mich melden.

Bei diesem Gespräch hätte ich liebend gern Mäuschen gespielt. Dem Erpresser schien Honeycutts kreative Lösung für den erhöhten Monatssatz wenig zu gefallen. Er begriff wohl, dass es mit seiner Melkkuh bald vorbei wäre, wenn das Drogenkartell erst dahinter kam, dass Honeycutt ein doppeltes Spiel trieb. Eine Leiche kann man nicht erpressen.

Das war die letzte Botschaft. Ich ordnete sie alle und las sie noch einmal durch. Ein gewiefter, zynischer Erpresser, der es offenbar auf einen langfristigen Coup angelegt hatte und bereit war, sich an eindeutige Regeln zu halten. Jemand, der gern Ordnung und Klarheit hatte, gerne vorausplante, aber trotzdem zu raschem Handeln im Stande war. *Was hätten Sie getan, wenn ich nicht für Sie aufgeräumt hätte?* Aber die Brandstiftung geschah doch im Auftrag Honeycutts. Um was also hatte der Erpresser sich gekümmert?

Das Ibuprofen wirkte nicht. Bei jeder Bewegung ging ein flackernder Schmerz durch meine Rippen. Ich steckte die Papiere in den Ordner mit der Aufschrift LYONS-BENNET, suchte mir im Bad etwas Kodein und schleppte mich in mein Schlafzimmer, das in Himbeere und Wikingergold schimmerte.

sieben

Am nächsten Morgen war ich früh aus den Federn und wartete auf die Zeitung. Ich durchsuchte den Hauptteil. Kein Wort über die Entdeckung schwarz gekleideter, verletzter Einbrecher im Haus des Bankiers. Honeycutt war ein prominenter Bürger. Hätte man die beiden gefunden, dann hätte es in der Zeitung gestanden. Sie mussten sich weggeschleppt haben, bevor die Polizei kam. In Anbetracht ihres Zustandes aber durfte man eher vermuten, dass der Unverletzte mit Verstärkung zurückgekehrt war und die beiden anderen fortgebracht hatte. Der Bezirkspolizei musste das Durcheinander im Obergeschoss aufgefallen sein, aber das reichte nicht für eine Schlagzeile, und mein Lokalteil befasste sich nur mit Dekalb, nicht mit Cobb County. Ich zuckte die Achseln, und es tat weh. Wenn man sozusagen von null auf hundert gehen musste, dann hatte man am nächsten Tag einen Muskelkater, egal für wie fit oder kampftüchtig man sich hielt. Ich sehnte mich nach einem langen, warmen Wannenbad, aber die Stich- bzw. Schnittverletzung an meinen Rippen bildete einen schönen Schorf, und der durfte nicht nass werden. Also legte ich mich flach auf den Wohnzimmerboden und machte Atemübungen, bis ich bloß noch den Wollteppich roch, von Schweiß überströmt war und meine Verspannung nachließ. Dann rief ich im sechsten Polizeirevier an.

Genau wie er selbst ist auch Dennenys Stimme auf seiner

Mailbox angenehm und entspannt, gibt aber keinerlei Aufschlüsse. »Hier spricht Brian Denneny, Captain des sechsten Reviers. Bitte sagen Sie mir, wie ich Ihnen helfen kann. Ich oder ein Mitarbeiter werden uns dann umgehend bei Ihnen melden.« Ein Meisterstück der Irreführung. »Umgehend« konnte viel heißen, und sein persönlicher Assistent durfte unter Androhung der Exkommunizierung die Mailbox nie abhören. Denneny ließ es so klingen, als stünde er allen und jedem für Anfragen zur Verfügung, in Wirklichkeit aber hatte seine Sekretärin den Auftrag, niemandem, nicht einmal seinen Kindern, die Durchwahlnummer zu geben. Die hatten nur seine Lieutenants, der Polizeichef und der Bürgermeister. Alle anderen mussten sich durch die Hierarchie telefonieren oder eine Nachricht beim Dienst tuenden Schalterbeamten hinterlassen – aber es durfte nicht passieren, dass die Mailbox-Ansage für die breite Wählerschaft ungehalten oder abweisend klang, wenn jemand wie der Bürgermeister anrief.

»Brian, hier ist Aud. Während Sie die Landesspezialitäten von Napa Valley durchprobieren und sich von der sanften Brise streicheln lassen, habe ich Ihnen die Arbeit abgenommen. Erinnern Sie sich noch an diesen Mord- und Brandstiftungsfall im Inman Park, bei dem ein gewisser Lusk ums Leben kam – der Fall, den Sie in die Kategorie ›Rauschgiftkriminalität‹ gesteckt haben? Irrtum! Na, jedenfalls teilweise. Es hat sich nämlich herausgestellt, dass der Brandstifter von außerhalb kam, im Auftrag eines gewissen Michael Honeycutt, Bankier bei Massut Vere, der anscheinend als Geldwäscher für Arellanos Nachfolger arbeitet.

Folgendes habe ich herausgefunden: Honeycutt ist seit über einem Jahr im Geldwäschergeschäft. Ich weiß mit hundertprozentiger Sicherheit, dass er innerhalb der letzten Monate Geld im Wert von über zwölf Millionen Dollar gewaschen hat, vermutlich liegt der tatsächliche Betrag aber um ein

Vielfaches höher. Ein Teil des schmutzigen Geldes wurde in Kunstgegenständen angelegt: klein, wertvoll und leicht zu schmuggeln. Die bezieht er zum größten Teil von öffentlichen Händlern, kürzlich hat er sich jedoch an eine private Quelle gewandt, und von da an ging's bergab. Meinen Ermittlungen zufolge hat sich unser Banker während der letzten Monate einen kleinen Nebenverdienst zugelegt, indem er einige dieser Kunstwerke fälschen ließ und anschließend sowohl das Original als auch die Fälschung verkaufte. Die Erlöse aus dem Original-Objekt gehen zurück an Honeycutts Chef, wer immer das auch sein mag; die aus der Fälschung gehen postwendend an den, der Honeycutt seit ungefähr einem Jahr erpresst. Wie es aussieht, hat der Erpesser seine Zahlungsforderungen Anfang des Jahres erhöht. Unserem Banker dürfte das Geld ausgehen, um sein geheimes Privatkonto auf den Seychellen aufzustocken.
Von unseren alten Freunden Lois und Mitchum Kenworthy erwarb er eine Gemäldefälschung. Meine Klientin witterte den Betrug und schickte das Bild einem Gutachter – Lusk. Honeycutt erteilte den Auftrag, Lusks Haus, Lusk und das Gemälde durch einen Brand aus der Welt zu schaffen. Sie können der Liste also die Anklagepunkte Mord, verschwörerische Machenschaften und Brandstiftung hinzufügen. Auch meine Klientin sollte bei diesem Feuer sterben. Beim derzeitigen Stand der Dinge dürfte sie jedoch in keiner größeren Gefahr schweben. Die Beweise sind verschwunden, Honeycutt weiß nicht, dass sie sich für ihn interessiert – und wer auch immer Honeycutt erpresst, scheint mehr Köpfchen zu besitzen als sein Opfer: Ich denke, er wird ihn unter Kontrolle halten. Vorerst zumindest. Was allerdings überhaupt nicht hineinpasst, ist der Koks, der in Lusks Garage gefunden wurde« – auch wie die drei Männer von gestern Abend da hineinpassten, war mir nicht ganz klar – »aber zum Glück betrachte ich mich für diese Frage

nicht zuständig. Und genauso wenig für irgendwelche Beweise von alledem. Sagen wir einfach, ich habe meine Informationen aus zuverlässiger Quelle.« Das konnte er sich wahrscheinlich schon denken. »Und Sie haben immer noch die Möglichkeit, sich die Kenworthys vorzuknöpfen. Egal, für welchen Weg Sie sich entscheiden – ich selbst betrachte die Sache als erledigt. Sobald ich den Bericht für meine Klientin habe, verschwinde ich für ein, zwei Wochen zum Bäumepflanzen nach Nord-Georgia.« Oder in die Carolinas – irgendwohin, wo Menschen der Natur übel mitgespielt hatten und wo ich alles würde vergessen können, während ich mich bückte, um Pflanzen zu setzen, Wurzeln wieder mit fruchtbarer Erde zu bedecken –, etwas schuf, statt etwas zu zerstören. »Schicken Sie mir was Gutes aus diesen Weinkellern.«

Das tat er immer. Ich schrieb ihm immer einen Scheck.

Ich stand auf, ging in mein Büro, schaltete den Computer ein und rief die Vorlage für meine Rechnungen auf. Eine warme Brise stahl sich durch die Jalousie herein und raschelte in meinen Unterlagen. Ich tippte die Adresse von Lyon Art ein, *Julia Lyons-Bennet*. Meine Nachricht würde Denneny nicht gefallen, aber er war ein guter Polizist, und außerdem sah er vielleicht die Möglichkeit, aus den Verbindungen eines prominenten Bankiers zum Drogenhandel politisches Kapital zu schlagen. Wenn Denneny erst anfangen würde, dann wäre er gründlich. Sollte er doch herausfinden, wer den Koks in Lusks Garage zurückgelassen hatte, und warum; sollte er doch herausfinden, wer Honeycutt erpresste. Vielleicht würde er dem Erpresser sogar eine Medaille anheften. Julia besaß die gewünschten Informationen. Für mich war der Fall erledigt.

Ich zählte die Ausgaben zur jeweiligen Zeit, am jeweiligen Tag zusammen und begann, die Summen in das Formular zu übertragen.

Eine Quittung flatterte außer Reichweite. Als ich danach griff, dehnte sich der Schorf auf meinen Rippen und platzte. Ich drückte mit meiner Rechten auf den Mullverband, bis das warme Rieseln nachließ. Wer lief denn heutzutage noch mit einem Messer herum? Jemand, der Grund hatte, möglichst still zu sein. Jemand der von einem Mann oder einer Frau, für die viel auf dem Spiel stand, den Auftrag bekommen hatte, jedes Aufsehen zu vermeiden. Der Erpresser. Wenn man den Mann mit dem Messer fand, dann würde er einen zu jemand anderem führen. Jemand Interessantem. Aber Denneny wusste nichts von den Männern in Schwarz, die versucht hatten, mir eine Klinge zwischen die Rippen zu stoßen, und ich durfte ihm nichts erzählen. Diese Aussage wäre nicht nur als Beweismittel unzulässig – ich hatte mit meinem Vorgehen auch die Grenzen der Legalität überschritten, und was dies betraf, hatte ich von Denneny schon einiges zu hören bekommen.

Wo immer diese Männer sich jetzt aufhielten, würden sie einen Arzt brauchen. Ich sah schon vor mir, wie Denneny die Notaufnahmestationen von fünf Bezirken abklapperte, um zwei Unfallopfer zu finden, die man am selben Abend eingeliefert hatte: das eine mit gebrochenen Rippen, gesplittertem Jochbein und – je nachdem, wie stark meine Faust auf dem Schweiß ausgeglitten war – mit verstauchtem Rückgrat; das andere mit gebrochenem Unterkiefer, ausgerenkter Schulter und wahrscheinlich einer Gehirnerschütterung. Aber das bedeutete viel Arbeit, Denneny würde erst in ein paar Tagen damit beginnen, und in der Zwischenzeit hätte der Auftraggeber der Männer eine gute Beschreibung von Julia.

Was wußte der dritte Mann – derjenige, der entkommen war? Weiß, an die einssiebzig groß, etwa 60 Kilo, blaue Augen, langes schwarzes Haar – eine blasse Imitation der wirklichen Julia, die mit hocherhobenem Haupt dagestanden hatte, triumphierend in ihrer Kraft; nur eine ganz allgemeine Beschreibung, aber wenn Honeycutt der Auftraggeber war, dann würde sie reichen. Doch warum hätte Honeycutt Leute engagieren sollen, damit sie in seinem eigenen Haus herumschlichen? Nein, dahinter musste der Erpresser stecken. Und einer seiner Männer hatte mit Sicherheit – mit hundertprozentiger Sicherheit – Julias Gesicht gesehen.

Ich speicherte die Datei ab und ging ins Wohnzimmer, um zu telefonieren.

»Eddie? Hat einer von euren Reportern was über einen Einbruch gestern in Cobb County gehört? Bei Michael Honeycutt, Fallgood Road. Gut. Erzähl mir Näheres.«

Es gab nicht viel: Auf einen anonymen Anruf hin war die Polizei zum Wohnsitz des Bankiers Michael Honeycutt in Marietta gefahren, nur um festzustellen, dass sich die Einbrecher bereits aus dem Staub gemacht hatten. Es hieß, ein paar Blutspuren in einem der oberen Zimmer gäben den Beamten Rätsel auf. Honeycutt sei nicht erreichbar, um sich dazu zu äußern; man glaube, er befinde sich derzeit im Ausland. Das würde die Sache erleichtern, aber ich durfte mich nicht darauf verlassen.

Ich versprach Eddie, wir würden in nächster Zeit mal zusammen essen gehen. Dann legte ich auf und wählte erneut.

»Benny? Ich brauche den Bericht über einen Vorfall, gestern Abend in Marietta, Fallgood Road, bei einem Banker namens Michael Honeycutt. Ja, ja. ich weiß, das liegt in Cobb County, aber haben Sie nicht mal gesagt, Computer seien dazu da, um miteinander zu kommunizieren?« Seine Antwort war eindeutig und beflügelnd. »Nun, Sie mit dem National Crime Information Center hinter sich werden sie schon rumkriegen. Und achten Sie bitte besonders auf Erwähnungen von Fingerabdrücken und Blutgruppen ... Ja,

ja, ich weiß, Sie kommen erst an die Informationen ran, wenn Cobb County sie eingibt. Ich warte so lange ... Wie wär's denn mit einer Dauerkarte für das Atlanta Film Festival, nächsten Monat?«
Schließlich ließ er sich breitschlagen. Wie immer.

Als ich im vierzehnten Stock ankam, lagen auf der Büroetage von Lyon Art wieder ein starker Kaffeeduft und ein reges Stimmengewirr in der Luft so wie neulich, aber diesmal wusste Annie Miclasz meinen Namen.
»Aud!« Ihr erstaunter Blick wurde schnell wieder sachlich, und sie deutete mit einem Kopfnicken nach hinten, zu Julias Büro. »Sie hat mir gar nicht gesagt, dass Sie kommen.«
»Nein«, bestätigte ich.
Annie schaute mich prüfend an und schien dann einen Entschluss zu fassen. »Sie möchten ihn bestimmt wieder mit Milch.« Sie winkte mich näher, während sie einschenkte, Milch hinzugoss und umrührte.
»Wie sieht ihr Terminkalender aus?«
Wieder dieser nachdenkliche Blick. Sie nahm meinen Kaffee mit zu ihrem Computer. Ich folgte ihr. Sie rief mehrere Zeitplanformulare auf, die den ganzen Bildschirm einnahmen, löschte alles außer *Annie* und *Julia* und nahm das entstandene Mosaik in Augenschein. Dann schob sie mit ein paar Tastaturschlägen größere Teile dieses Mosaiks hin und her, die einen von *Julia* nach *Annie*, die anderen auf das morgige Datum. »Für die nächste Stunde sieht's ziemlich gut aus.«
Ich lächelte sie an. »Na, so ein Zufall!«
In Annies Stimme lag vollste Zufriedenheit. »Sie wissen ja wohl, wo's langgeht. Wahrscheinlich möchte sie auch einen Kaffee.«
In einer Hand die beiden Henkeltassen, ging ich zu Julias Tür, klopfte und trat ein.
Julia saß hinter ihrem Schreibtisch, durch das große Panora-

mafenster fiel Sonne auf ihr Haar und ließ es glänzen. Sie starrte auf die Skyline von Atlanta. Von ihrem abgewandten Profil erkannte ich gerade noch das rechte Ohrläppchen, in dem etwas golden glitzerte, und ein lavendelfarbener Hemdkragen milderte die Strenge des grauen Seidenkostüms. Ihr Kopf war fast regungslos.

»Ich bringe Kaffee.«

Sie schwang abrupt zu mir herum. »Oh, ich dachte, Sie wären Mrs. Miclasz.«

Da mir eine Antwort darauf sinnlos schien, stellte ich ihr einfach die Tasse hin. »Ohne Milch, ohne Zucker. Annie findet das gar nicht gut.«

»Nein.« Sie ignorierte die Tasse.

»Ich bringe Ihnen die Rechnung.«

»Die hätten Sie gleich bei Annie abgeben können.«

»Ich glaube nur, wir sind noch nicht ganz fertig. Es sind da noch ein paar Dinge offen. Ein paar Fragen.«

»Ich habe heute Vormittag sehr viel zu tun.«

»Ich war so frei, das mit Annie abzuklären. Ich glaube, ein, zwei Minuten können wir uns schon unterhalten.«

Sie griff zum Telefonhörer. »Mrs. Miclasz? Was steht heute Nachmittag in meinem Terminkalender? Ach so. Danke.«

Ich setzte mich auf das Sofa am Fenster und nahm eine unbedrohliche Haltung ein: Beine übereinander geschlagen und Hände im Schoß verschränkt. Julia beobachtete mich wie ein Vogel mit gebrochenem Flügel, den man in eine Ecke getrieben hat.

»Ich möchte gerne mit Ihnen reden.«

»Dann reden Sie.«

»Es wäre mir lieber, Sie würden auch zuhören. Vielleicht möchten Sie mir ja sagen, was Sie beunruhigt.«

»Das hier ist mein Büro.« Sie merkte anscheinend, dass das nicht gerade logisch war. »Sie kommen ganz cool hier reinspaziert und basteln mit meinen Angestellten an meinem Terminkalender herum ... Das hier ist *mein* Büro!«

»Wann ist das gewesen, Julia? Wer war das vor diesem Theater?«

Sie sah mich an, als würde sie mich hassen.

»Sie haben die letzten paar Jahre damit verbracht, sich auf so einen Moment vorzubereiten. Er ist eingetreten. Sie haben reagiert. Sie haben richtig gehandelt, nur sind Sie sich jetzt nicht mehr sicher.« Julia gab keine Antwort. »Hätte er Sie etwa zusammenschlagen sollen, damit er dann wieder die Treppe raufläuft und seinen Freunden hilft, mich fertig zu machen?«

»Er war auf der Flucht. Er versuchte an mir vorbeizukommen. Ich hätte ihn laufen lassen sollen.«

»Vielleicht hätte er Sie umgebracht –«

»Das *wissen* Sie nicht!«

» – mich wollte man jedenfalls umbringen. Einer von diesen Männern hatte ein Messer. Sehr scharf, sehr professionell.«

Sie schüttelte unnachgiebig ihren Kopf. Mit einem Seufzer stellte ich meine Kaffeetasse hin und öffnete die unteren Blusenknöpfe. Julia starrte auf meinen Verband.

»Das ist eine Stichverletzung.« Ich löste die Sicherheitsnadel.

»Nicht.« Julias Gesicht war aschfahl. »Ich ... ich will nicht, dass ...«

»Nein. Sie sollen es sich ansehen. Ich möchte Ihnen zeigen, was hätte passieren können, hätten Sie diesen Mann nicht attackiert.«

Sie beobachtete wortlos, wie ich den Verband aufwickelte. Als ich die Mullbinde herunterzog, stand Julia auf, trat einen halben Schritt näher und sackte dann zusammen wie schmelzendes Eis. Sie fiel auf die Knie. Ihre Augen waren schwarz, doch was immer sie vor sich sah: Ich war es nicht.

»Die Wunde ist zirka zehn Zentimeter lang. Wäre ich nicht

ausgewichen, so hätte mich das Messer direkt in den Bauch getroffen. Und einen Notarzt hätten die nicht geholt, da können Sie Gift drauf nehmen. Ich wäre gestorben, Julia. Ohne Sie, ohne Ihren Willen und Ihre Bereitschaft, diesen Mann zu attackieren, wäre er vielleicht wieder raufgekommen, noch ehe ich die beiden anderen außer Gefecht gesetzt hatte.«

»Mein Bruder«, sagte sie. »Mein Bruder, Guy. Ich war damals neunzehn. Er wurde erstochen, vor einem Theater in Cambridge. Am helllichten Tag.« Sie streckte die Hand aus.

»Nein. Nicht anfassen.« Ich begann die Wunde wieder abzudecken.

»Bitte. Ich muss es sehen.« Wie ein kleines Kind kroch sie auf Knien näher heran; so nah, dass ich die Wärme ihres Atems spüren konnte. »Dieser Schnitt, er ist so dünn.«

»Es war ein sehr scharfes Messer.«

»Der Mörder von Guy hat elfmal zugestochen. Meine Mutter ließ mich die Leiche nicht sehen. Guys Gesicht war ganz zerschnitten, aber seine Arme und Hände, die waren völlig unverletzt. Erst später wurde mir klar, was das bedeutete: Dass er nicht einmal versucht hatte, sich zu wehren. Und da schwor ich mir: Ich würde nie, nie im Leben zulassen, dass jemand mir so etwas antat. Ich würde nie einfach bloß dastehn, während mich jemand angriff. Aber ich selbst war ja nie in so einer Situation, hatte es nie am eigenen Leib erlebt ...« Sie wich zurück, sodass ihr Gewicht auf den Waden ruhte, und betrachtete ihre Hand, die offen auf dem Oberschenkel lag. »Ich spüre immer noch seine Gesichtsform in meiner Handfläche. Vielleicht habe ich ihm die Nase gebrochen. Und es hat mir gefallen; ich genoss es, ihn zu schlagen, denn ich wusste: Wäre ich vor diesem Theater gewesen, dann wäre ich nicht kampflos gestorben, sondern ich hätte mich gewehrt. Ich *wusste* es. Und die ganze Nacht hindurch habe ich mich gefragt – warum es Menschen gibt, die sich so etwas gefallen lassen, warum Guy sich nicht zur Wehr setzte, warum ich zu Gewalt fähig bin, aber er nicht. Irgendetwas in mir sagt mir, ich soll mich schlecht, böse fühlen.«

»War Ihr Bruder denn ein Heiliger?«

Sie blinzelte. »Guy? Nicht im Entferntesten! Was hat das damit zu tun?«

Ich bedeckte die Wunde mit Mull und begann, mir die Bandage wieder anzulegen.

»Sagen Sie mir, was ich – Bitte, lassen Sie mich das machen.« Behutsam wickelte Julia mir den Verband um und wollte die Sicherheitsnadel am Rücken feststecken.

»Nein, da komm ich nicht hin.«

Sie befestigte die Nadel weiter vorne. »Sie sollten es nähen lassen.«

»Es ist ja schon am Verheilen.«

Julia nickte. Es sah aus, als wollte sie nie damit aufhören. Schließlich sagte sie: »Ich glaube, ich verstehe.«

Und diesen Eindruck hatte ich auch. Wer im Stande war, Gewalt zur Selbstverteidigung einzusetzen, wurde dadurch kein schlechterer Mensch. Und wer starb, weil er nicht dazu im Stande war, der wurde dadurch nicht nachträglich zu einem besseren. Ich knöpfte mir die Bluse wieder zu, und Julia wartete, bis ich mich bequem zurückgelehnt hatte. Dann rollte sie ihren Schreibtischsessel herüber neben das Sofa. »Sie sagten, die Sache sei noch nicht ganz ausgestanden.«

»Ich glaube, Ihnen könnte immer noch Gefahr drohen.«

»Gestern Abend haben Sie aber etwas anderes gesagt.«

»Ja. Denken Sie nach. Hatten Sie Gelegenheit, das Gesicht des Geflüchteten zu erkennen?«

»Ja. Aber wahrscheinlich hat er mich auch ganz gut erkannt! Wenn die herausfinden, dass ich ihnen auf der Spur bin ...«

»Dann werden sie wissen wollen, wie weit Ihre Nachforschungen gediehen sind. Sie könnten es mit der Angst kriegen. Und als Honeycutt das letzte Mal Angst hatte, hat er etwas sehr Dummes getan. Wer weiß, was er diesmal probiert!«

»Wir sollten zur Polizei gehn.«

»Ist schon geschehen, aber wenn die glaubt, die Ursache für Lusks Tod bereits zu kennen –«

»Jims Tod. Wir waren Freunde. Nennen Sie ihn Jim.«

»Jim«, bestätigte ich. »Wenn die Polizei glaubt, es handele sich um einen Mord, der mit Drogen zu tun hat, wird sie sich nicht grade ein Bein ausreißen. Und der Einzige, dem ich zutraue, da etwas zu bewegen, ist derzeit außerhalb. Sobald er zurückkommt, können Sie aufatmen. Aber bis dahin sollten Sie vielleicht irgendwohin fahren. Je weiter weg, desto besser. Wartet nicht irgendein Auslandsjob auf Sie?«

»Ja.« Ihre Pupillen erweiterten sich kurz; eine starke Reaktion auf einen »Job«. »Ein ausländischer Glashersteller will, dass ich ihm einen Skulpturengarten einrichte. Ich könnte ihn anrufen. Bestimmt wären die Leute entzückt, wenn ich morgen schon käme. Ich wäre dann ein, zwei Wochen von der Bildfläche verschwunden. Könnten Sie es schaffen, das Ganze bis dahin zu klären?«

Zu klären, abzuschließen, ad acta zu legen.

Auf der Straße, dreißig Meter weiter unten, heulte eine Sirene. Menschen strömten in ihren Wühlmausgängen endlos hin und her. Leere Stadt.

»Aud?«

»Ja, ich könnte das Ganze klären.«

Indem sie den Kaffee auf ihren Knien balancierte, beugte sich Julia nach vorn und begutachtete mich wie einen Hieroglyphen. »Warum tun Sie das?«

»Es ist mein Job.«

»Sie haben das Geld doch gar nicht nötig.«

»Nein.«
»Warum also?«
»Ich bin Norwegerin.« Es war mir gleich, ob sie verstand oder nicht.
»So. Sind Sie das?«, sagte sie in Gedanken. Ich hatte keine Ahnung, was sie damit meinte. Wenn sie meine Akte gelesen hatte, dann wusste sie auch über meine Mutter Bescheid. Sie nahm nachdenklich einen Schluck Kaffee. »Fehlt es Ihnen, das Leben bei der Polizei?«
Ich begriff nicht, worauf sie hinaus wollte. »Nein.«
»Alles so dezidiert. Aber wenn es Ihnen nicht fehlt, warum sind Sie dann zur Polizei von Dahlonega gegangen? Und nach achtunddreißig Tagen wieder ausgeschieden?« Ihre Stimme klang neutral. »Das muss ein ziemlicher Unterschied zur Großstadt gewesen sein.«
»Im Grunde, nein. Die gleiche Art Menschen, alle mit dem gleichen Glauben: dass die Spielregeln für andere, aber nicht für sie gelten.« Anscheinend wollte Julia, dass ich erzählte. Ich hatte sie verwundbar erlebt, nun wollte sie mich verwundbar erleben. »Meine letzte Festnahme war ein Tierquäler. Der Mann hatte ein Lamm geschlagen. Es gab da so eine Ausstellung, und ein strammer Körper ist eins der Kriterien, nach denen Vieh beurteilt wird. Dieser Mann also hatte ein Lamm mit dem Stock geprügelt, damit der Körper des Tieres anschwellen und sich fester anfühlen sollte. Ich verhaftete den Kerl, aber der Bezirksanwalt wollte den Fall unterbinden. ›Officer Torvingen, Bubba hier ist ein guter, aufrechter Bürger‹, wurde mir vorgehalten. ›Möchten Sie wegen eines Lamms seinen Ruf ruinieren?‹«
»Ich kann Ihnen die Kündigung nicht verdenken, wenn Ihre Vorgesetzten nicht hinter Ihnen standen.«
»Das war nicht der Grund. Ich musste diesen Kerl wieder heimfahren, und die ganze Zeit dachte ich, ich hätte ihn einfach hinter einen Holzstoß ziehen und *ihn* prügeln sol-

len, bis er schön dick und fest war; vielleicht würde ihm *das* eine Lehre sein.«

»Und dass Sie ihn prügeln wollten, das ließ Ihnen keine Ruhe mehr?«

»O doch. Das hat mich nicht gejuckt. Nur wurde mir plötzlich klar: Ich wollte nicht mehr für Menschen arbeiten, die den Sinn dieser Arbeit durch ihre Regeln zunichte machten. Im Geiste hatte ich den Dienst bereits quittiert – noch im selben Moment. Es war nicht mehr meine Sache, mich mit diesem Kerl rumzuplagen. Ich war nicht mehr für ihn zuständig. Also habe ich angehalten und ihn mitten auf der Straße rausgeschmissen. Seitdem arbeite ich nicht mehr für andere; nur noch selbstständig.«

»Aber wenn Sie nicht mehr für Leute arbeiten wollen, deren Regeln Sie einschränken, werden Sie dann … Ich meine, für den Fall … Werden Sie dann noch einmal für *mich* arbeiten?«

»Die Sache ist noch nicht abgeschlossen.«

»Wenn ich außer Landes bin, brennt doch auch nichts an, oder? Wären Sie also bereit?«

»Kommt drauf an, was ich tun soll.«

»Dieser Glasfabrikant, der den Skulpturengarten möchte, sitzt in Norwegen. In Oslo. Ich bräuchte dort einen Dolmetscher. Und wenn Sie ein paar Tage erübrigen könnten, dann …« Die Worte sprudelten immer schneller aus ihr heraus. »Ich meine: Ich habe dieses Land noch nie gesehen. Vielleicht könnten Sie mir ein bisschen davon zeigen. Mich mit ein paar Leuten bekannt machen. Und Ihre Mutter besuchen.«

»Die lebt in London.«

»Dann könnten wir ja auf dem Hinflug eine Zwischenlandung einlegen, oder auch auf dem Rückflug. Na? Kommen Sie mit?«

Norwegen. Das war jetzt elf Jahre her. Norwegen: eine so-

lide, bodenständige Welt, in der ich einen Abdruck von mir nehmen konnte, der sich untersuchen, sich hochhalten und mit dem vergleichen ließ, was ich früher gewesen bin. Norwegen. Und meine Mutter. Vielleicht wurde es Zeit.
»Ja«, sagte ich.

Es war ein ziemlich kühler Tag für Ende April, keine dreißig Grad, aber wegen des 90er Margaux, der Ententerrine, der in Kartons verpackten Sandwiches und der diversen Leckerbissen auf dem Rücksitz fuhr ich mit geschlossenen Fenstern und eingeschalteter Klimaanlage, die I-85 geradewegs durch. Ich legte eine CD von Ella Fitzgerald ein, die sang, es sei viel zu heiß.

Bei meiner ersten Fahrt auf dieser Strecke, zu meiner neuen Wohnung in Northwoods Lake Court, Duluth, war es wärmer gewesen. Und weit weniger Verkehr auf den Straßen. Ich hatte damals noch nie gesehen, wie ein Mensch fällt, zuckt, sich verkrampft und dabei sein Schließmuskel nachgibt.

Ich nahm die Ausfahrt Pleasant Hill Road, Richtung Duluth. Am Ende der Rampe stand ein Mann mit einem Schild: ARBEITE GEGEN ESSEN. Vor dreizehn Jahren hätte ich noch angehalten. Ich fuhr an ihm vorbei. Ella sang über *Austern in Oyster Bay*.

Seufzend drehte ich um, machte eine Kehrtwende und stellte den Wagen ab, um zu dem Mann hinüberzugehen. Er trug eine schwarze Hose, ein weißes Hemd und eine Jacke, die ihm viel zu groß war. Vielleicht hatte sie früher einmal gepasst. Er selbst rührte sich zwar nicht von der Stelle, konnte aber seinen Körper anscheinend nicht stillhalten.

»Hallo«, sagte ich. Er wackelte mit dem Kopf, als er sich umdrehte. »Ich fahr gerade zum Lebensmittelladen. Was essen Sie denn gern?«

Er brauchte eine Weile, bis er begriff, was ich gesagt hatte.

Dann lächelte er. Die meisten Zähne fehlten. Ich schätzte ihn noch nicht einmal so alt wie mich. »Ja, Ma'am. Vielen Dank, Ma'am.«
»Bis zu zwanzig Dollar würde ich anlegen. Was darf's denn sein?«
»Geben Sie mir einfach die zwanzig Dollar.« Er kapierte allmählich, dass die Sache nicht so lief wie gewohnt, und fing an, sich hin und her zu drehen.
»Nein. Sagen Sie mir, was Sie zu essen wollen.«
»Kann nicht«, erwiderte er mürrisch. Trotz seiner Jacke schien er in der Sonne gar nicht zu schwitzen. Ich fragte mich, ob er sich noch an seinen letzten Schluck Wasser erinnern konnte. »Kann nicht auf was zeigen, was nicht da ist.«
»Dann nehm ich Sie mit.«
»Da gibt's doch nur Sachen für Weiße. Kann ich nicht essen. Geben Sie mir das Geld.«
»Innerhalb von zehn Meilen Umkreis bringe ich Sie zu jedem Laden, den Sie wollen. Ich kauf Ihnen was zu essen. Aber Geld gebe ich Ihnen nicht.«
»Ich brauche aber Geld!« Drei Schritte in die eine Richtung, drei Schritte in die andere.
»Also wollen Sie gar nichts zu essen?«
»Ich will Geld!« Mit dem wackligen, gummiweichen Gang eines Crack-Süchtigen schlurfte er jetzt auf der Bordsteinkante entlang, einmal vor, einmal zurück.
»Wenn Sie was zu essen haben wollen, dann kann ich Ihnen das besorgen. Wenn Sie ein Dach über dem Kopf wollen, kann ich Sie wohin fahren. Aber Geld gebe ich Ihnen nicht.«
Er brüllte los und fuchtelte mit den Armen. Ich ging zurück zum Wagen und holte eine Flasche Mineralwasser aus der Kühlbox. Drei Meter vor dem Mann stellte ich sie ins Gras. »Hier, das sollten Sie trinken.« Ich wartete, bis ich sicher

war, dass er das Wasser gesehen hatte. Dann ging ich. Eine Meile weiter verstopften LKWs die gesamte Breite der Allee, und der Asphalt unter den dicken Reifen war vom Regen der letzten Nacht noch mit roten Streifen verschmiert. Möglich, dass die Landschaftsbauer Bäume ausrissen und die Erde platt walzten, aber sie weigerte sich, auf einen Schlag zu sterben; sie verblutete einfach, mit jedem Regen, der fiel. Ella sang etwas von *»saying goodbye«,* und schon war ich aus dem Nadelöhr heraus und schaltete die Gänge durch.

Der Park erschien wie aus dem Nichts, wie immer. In der einen Minute fuhr ich noch mit sechzig Meilen dahin, in der nächsten war ich auf einem kleinen Parkplatz aus knirschendem Sandstein, der von einer Gruppe mächtiger Douglas-Fichten überragt wurde. Der Motor tickte, Vogelgesang durchwebte den Wald. In dreizehn Jahren hatte sich nichts verändert.

Ich nahm meinen Picknickkorb mit zum See, wo ich die Weißgänse und Stockenten beobachten wollte. Sie paddelten auf dem Wasser herum, und manche hatten winzige Küken im Schlepptau, die ein leichtes keilförmiges Kielwasser verursachten. Während die Sonne mein Gesicht, meinen Wein und das Gras durchwärmte, meine ganze Welt duften ließ wie eine französische Landschaft, entkorkte ich den Margaux, nahm mir ein gewaltiges Putensandwich und verspachtelte meinen Proviant. Neben einem umgestürzten Baum auf der anderen Seite des Sees begannen zwei Gänse um die Wette zu quaken. Ich schenkte mir Wein nach. Das Wettquaken endete mit flatternden Schwingen und einer Wasserfontäne von einem Kontrahenten zum anderen, die in der Sonne glitzerte wie ein Juwelenhalsband.

Warum tun Sie das?, hatte Julia gefragt, und ich wusste keine Antwort. Ich könnte jetzt irgendwo als eine Art Flurwächter arbeiten oder Bäume pflanzen, aber stattdessen erklärte ich mich einverstanden, Julia nach Oslo zu begleiten. Ich würde am Ball bleiben und noch mehr herausfinden – die Identität dieser Männer, ihren Auftraggeber, warum sie Messer dabei hatten –, doch in Wirklichkeit konnte mir nichts gleichgültiger sein. Was spielte das schon für eine Rolle? Diese Männer hatten keine Ahnung, wer ich war, und Julia brauchte ihnen lediglich ein paar Wochen aus dem Weg zu gehen, während Denneny, vielleicht mit Unterstützung der Drogenfahndung, den ganzen Mist aufklärte. Aber *Ich bin Norwegerin* hatte ich zu Julia gesagt, und Norweger galten ohnehin als Menschen, die aufräumten, die zu Ende brachten, was sie einmal angefangen hatten.

Und so? Sind Sie das?, hatte sie erwidert. In Oslo ließe sich das vielleicht herausfinden.

Ich verstaute die Überreste des Picknicks im Kofferraum und suchte ein, zwei Minuten, ehe ich den Anfang des Trampelpfades fand. Er war mit abgestorbener Baumrinde übersät, die Sonne und Regen zu einer morschen Masse hatten verrotten lassen, weich genug, um barfuß darauf zu laufen.

Der Pfad unter den Bäumen glich einer anderen Welt, mit Gerüchen und Geräuschen aus einer anderen Zeit. Die Luft war ruhig, frisch und gesund, und wenn man ganz still stehen blieb, konnte man sich einbilden, die Bäume atmen zu hören: das leise Seufzen eines uralten Waldes. Aber es war gar kein alter Wald. Durch das dichte Blattwerk ausgewachsener Birken und gelber Pappeln schien die Sonne auf das leuchtende Grün erst kürzlich gepflanzter Sykomoren und junger Birken. Blitzschnell vorbeischießende Drosseln scannten mit ihren Flügeln schwarze und bronzefarbene Fäden zwischen die Baumstämme. Ein Grüppchen Finken drehte zwitschernd die grün gefleckten Köpfe hin und her, während irgendwo über mir ein Kardinalsvogel flötete.

So kleine Vögel, aber so laut. Vor meinem geistigen Auge erschien plötzlich ein gelber Schnabel, der sich öffnete, um sein rotes und rosafarbenes Inneres, seine Kehle und seine Zunge zu zeigen, und das Gefieder plusterte sich auf, während die winzige Kreatur aus Leibeskräften versuchte, die Welt mit ihrem Gesang zu erfüllen, so angestrengt, dass die zerbrechlichen hohlen Knochen davon zitterten. Und dabei sang sie doch nichts anderes als: *Das ist mein Baum, mein Baum, mein Baum. Bleib weg, oder ich brech dir die Flügel.*

Etwas huschte die Borke einer Mastbaumkiefer hinauf: eine Eidechse mit blauem Bauch und winzigen funkelnden Augen, die als Diamantnadel am Abendkleid einer Frau nicht deplatziert gewirkt hätten. Sie glitt auf die andere Seite des Stammes.

Der Pfad führte abwärts in eine Senke. Rechts von mir lag Morast. Sumpfeichen ragten düster über Schilf und ein Fleckchen voll gelber Iris. Schlankjungter-Libellen summten in den Schatten ein und aus wie winzige Helikopter aus Titan. Irgendein Vogel schoss hindurch und schnappte sich ein Pärchen mitten aus der Luft. Unschuld und Schönheit bewahrten einen vor nichts.

Genau hinter den Hundsveilchen, rechts auf einem morschen dicken Stück Holz, saß ein Salamander: gut zwölf Zentimeter lang und rot wie ein Feuerwehrauto, mit schwarzen Tupfen. Ich beobachtete ihn fünf Minuten beim Sonnenbaden, ehe ihn etwas aufschreckte, das ich nicht hören oder sehen konnte. Er bewegte sich so schnell, dass er fast unsichtbar wurde. Vor dreizehn Jahren hatte es vielleicht auch in den Wäldern nordöstlich meines Apartmentkomplexes in Northwoods Lake Court Salamander gegeben. Ich war dort nicht lange genug gewesen, um es herauszufinden.

Nach knapp über einer Meile kam der Pfad oberhalb des Sees heraus, keine hundert Meter von der Stelle, wo ich mein Picknick gehalten hatte. Ein voller Kreis.

Bis nach Northwoods Lake, meiner ersten Adresse in diesem

Land, war es nicht einmal eine Meile, nur zwei Minuten Fahrt, aber keine Freunde, Bekannten oder Verwandten hatten dieses Zuhause je gesehen. Vielleicht war nun die Zeit, dorthin zurückzugehen – herauszufinden, was ich versäumt hatte. Aber vielleicht hatte man die Bäume inzwischen auch alle gefällt, den beschaulichen See trockengelegt und die gestrüppbewachsenen Hänge planiert, um noch ein paar Wohneinheiten dort hinzuzwängen. Vielleicht würde ich feststellen, dass meine Erinnerung mich getäuscht, dass ich kein Märchenland verloren hatte, dass ich nicht weil ich jemanden getötet hatte, so war, wie ich war, sondern weil ich einfach schon so geboren wurde. Ich hatte noch nie mit jemandem über die Ereignisse dort gesprochen. Nicht einmal mit meiner Mutter. Bestimmt war sie durch das Konsulat informiert worden, aber darüber gesprochen hatten wir nie.

Ich blieb noch lange an diesem See stehen – in der vollen Hitze des Nachmittags und später während eines Regenschauers, dessen dicke Tropfen sich unwirklich anfühlten, so leicht, als wären sie hohl. Blieb dort stehen, während auf der Allee der Feierabendverkehr einsetzte und die Sonne den Horizont blutrot färbte. In diesem Moment glitt ein Blaureiher über den See herab. Den Kopf auf seinem Hals tief eingezogen und mit langen, baumelnden Beinen wirkte er wie ein Geschöpf, das es gar nicht geben konnte, ein gefiederter Pterodaktylus aus grauer Vorzeit. Er ließ sich auf dem toten Ast einer Weißeiche nieder, die über das Wasser hing und ging sofort in eine Pose wie aus einer japanischen Malerei: ein einziger kraftvoller Pinselstrich, in lebhaftem Kontrast zum Gold und Orange des Himmels. Behutsam trat er ein Stückchen vorwärts, drehte seinen Kopf einmal hin, einmal her und beobachtete aufmerksam den See. Aufgerichtet war der Reiher knapp anderthalb Meter groß; sein Schnabel – ein Ding wie aus leblosem gelbem Elfenbein –

musste zwanzig Zentimeter lang sein. Sein schieferblaues Gefieder schien wie mit rosa Puderzucker bestäubt, und der aus vier oder fünf Federn bestehende Schopf, der mich an ein Narrenkäppchen erinnerte, war fast weiß. Nach einer Weile machte der Vogel erst einen kleinen Hopser, dann einen Sprung, dann stieß er sich wieder vom Boden ab und erhob sich mit durcheinander baumelnden Beinen in die Luft. Lautlos und sicher glitt er mit ein, zwei kräftigen Schwingenschlägen über das dunkler werdende, gekräuselte Wasser, auf dem sein Schatten ihm folgte. Er flog stadtwärts, gen Südwesten, die Northwoods Lake Court genau entgegengesetzte Richtung.

Ich sah ihm noch eine Zeit lang hinterher. Dann fuhr ich wieder los, auf die Autobahn. Die Wasserflasche lag mitten auf der Straße. Zerbrochen. Von dem Mann und seinem Schild fehlte jede Spur.

Daheim erwartete mich ein Fax von Benny: Nichts in den hiesigen Akten, was mit den Blutproben oder Fingerabdrücken aus Honeycutts Haus übereinstimmte. Es würde mehrere Tage dauern, die Daten mit der gewaltigen Sammlung des FBI zu vergleichen, aber auch die vorläufigen Ergebnisse waren ganz interessant: Es handelte sich bei den Tätern um der hiesigen Polizei bislang unbekannte Profis. Allerdings brachte mich das keinen Schritt weiter.

Ich sprach noch einmal auf Dennenys Mailbox. »Brian, meine Klientin und ich fahren für ein, zwei Wochen ins Ausland. Übermorgen fliegen wir und sind pünktlich zum ersten Mai in Oslo. Mitte bis Ende des Monats bin ich wieder da, kommt drauf an.« Kam auf vieles an. »Vielleicht interessiert Sie der Bericht über den Einbruch in Honeycutts Haus, gestern Nacht.«

Bis zu unserer Rückkehr musste er eigentlich alles abgecheckt haben.

Ich rief bei meiner Mutter an, die rund um die Uhr in Bereitschaft war. Ich sprach mit ihrer Sekretärin. Es war eine neue. »Meine Name ist Aud Torvingen, Mrs. Torvingens Tochter. Können Sie mir sagen, wie es Ende der Woche mit den Terminen meiner Mutter aussieht? Nein, nein, ich bin in Amerika. Ich bin … Nein, nein, ich bin die Tochter Ihrer Exzellenz. Ja. Aud. Ich fliege übermorgen nach London, von Amerika. Ich möchte nur wissen, wann Ihre Exzellenz frei ist, damit ich eine Übernachtung einplanen kann, vor meinem Weiterflug nach Oslo. Nein, nein, ich bin jetzt nicht in London.« Ich schaltete auf Norwegisch um. Nach zwei Sätzen teilte mir die Sekretärin mit, Ihre Exzellenz sei für die nächsten zehn Tage leider voll ausgebucht. »Würden Sie ihr dann bitte sagen, sie soll mich anrufen?« Ich gab ihr meine Nummer und wiederholte sicherheitshalber. »Sagen Sie ihr … sagen Sie ihr, ich hoffe, sie kann ihre Termine umarrangieren. Und wenn nicht, ich komme in ein, zwei Wochen noch mal vorbei; es würde mich sehr freuen, wenn sie dann einen Termin für mich frei hätte. Ich möchte sie wirklich sehen. Bitte stellen Sie das klar. Sagen Sie, ich hätte ausdrücklich um ein ausführliches Gespräch gebeten. Jawohl. Ausführlich.«

Ausführlich. Wir hatten seit meinem neunten Lebensjahr nicht mehr richtig miteinander geredet. Meine Mutter war immer zu beschäftigt gewesen und ich über sie verärgert. Ich wuchs zu einem sehr selbstständigen Teenager heran, und da hatte sie nicht mehr gewusst, wie sie mir wieder näher kommen könnte. Ich fragte mich, ob sie das überhaupt wollte, und wen sie dann finden würde.

Die Nächte wurden allmählich wärmer. Die Hartriegelblüten waren verschwunden; dafür blühten nun überall die Azaleen, und die Luft umspielte meine Wangen so sanft wie eine Frauenhand. Ich schlenderte durch Little Five Points, achtete aber darauf, meinen linken Arm nicht zu stark zu schwingen, um die verheilende Wunde auf meinen Rippen nicht zu überdehnen. Die Tische vor den Bars und Cafés waren voll besetzt. Vier verschiedene Straßenmusikergruppen spielten gegen den Verkehr und das ekstatische Konzert von Grillen und Laubfröschen an. Eine Frau auf zwei Meter langen Stelzen versuchte Mundharmonika zu spielen. Als ich die Fahrbahn überquerte, fuchtelte irgendein Mann mit Koteletten und Schürze ihr wild zu. Bestimmt wollte er sie auf die Stromleitungen hinweisen, die bei seiner Bar ziemlich niedrig verliefen. Ich trat in den orangefarbenen Schimmer des »Borealis«.

Dornan strahlte. »Ach, Aud, liebst du nicht auch den Sommeranfang? Und wie er dem Geschäft bekommt – einfach wunderbar! Bitte zwei Latté, Jonie.«

»Was hast du denn da für ein Ding an?«

»Das hier?« Er legte einen Finger unter sein grelllila Halstuch und wedelte damit. »Das hat Tammy mir geschenkt. Sie sagt, es gibt mir so was Verruchtes.«

»Etwas Farbenblindes« hätte die Sache eher getroffen, wenn man das rote Hemd dazu sah. »Ist sie wieder mal weg?«

»In irgendein gottverlassenes Kaff im Mittleren Westen. Aber zur großen Eröffnung des Café Smyrna ist sie pünktlich zurück.«

»Schon wieder ein neuer Laden, Dornan?«

Sein Lächeln wurde noch breiter. »Jawohl, das Geschäft blüht. Kommst du auch?«

»Wann?«

»Wann wohl? Eine Neueröffnung ist natürlich immer am Samstag! Da können wir all die jungen Mütter auf ihrem Weg zum Fitness-Studio abfangen; all die Teenager auf dem Heimweg von der Mall; all die zornigen jungen Dinger, die für die Bars noch zu jung sind.«

»Da bin ich in Norwegen.«

»Norwegen? Was gibt's denn in Norwegen außer öder Schneewüste?«
»Blühende Fjorde, Frühlingssonne im Vigeland-Park, ein Land, das aus einem harten Winter erwacht. Ich werde ein oder zwei Wochen dort bleiben, kommt drauf an.«
»Auf was?«
»Wie lange Julia braucht, um ihre Geschäfte zu erledigen, und ob ich auf der Hin- oder Rückreise über London fliege, um meine Mutter zu besuchen.«
»Tatsächlich, mit Julia? Und für zwei Wochen? Der Besuch bei deiner Mutter war bestimmt ihre Idee.« Er nickte weise. »So fängt's immer an. Tammy wollte meine Mutter auch kennen lernen.«
»Dornan, es ist eine Geschäftsreise.«
»Zwei Wochen sind keine Geschäftsreise, sondern Urlaub.«
»Ich werde für sie als Dolmetscherin arbeiten.«
»Aber natürlich wirst du das«, antwortete er.

Bei meiner Rückkehr erwartete mich eine Nachricht von meiner Mutter.
»Aud. Wie schön, von dir zu hören. Ich fürchte, diese Woche bin ich voll ausgebucht. Die Botschaft ist offizieller Gastgeber für die Verhandlungen über den sauren Regen.« Die norwegische Regierung protestierte gegen die Waldschäden, die der durch britische Kraftwerke verursachte »saure Regen« anrichtete. »Und außerdem wünscht meine Regierung, dass ich den Dialog in einer heiklen Frage zum Thema Nordseeöl eröffne. Aber wenn es sehr wichtig ist, kann ich natürlich ein, zwei Termine absagen. Es würde mich allerdings sehr, sehr freuen, dich auf deinem Rückweg zu sehen. Und wenn du da drüben Urlaub machst, denk bitte an unser Sommerhaus. Bestell Tante Hjørdis schöne Grüße von mir, wenn du sie siehst.« Eine kleine Pause. »Aud, es ist schön, von dir zu hören. Bitte gib mir

nach Möglichkeit Bescheid, wann du über London zurückfliegst.«
Sie redete auf Englisch.
Ich zog mich um und ging in meine Werkstatt. Der Stuhl war fertig, aber es fehlte noch der letzte Schliff. Ich betrachtete ihn: schlicht, elegant und kraftvoll. Kein Lack. Lack konnte später hart und brüchig werden. Und auch keine Farbe. Die würde im Winter nur kalt wirken. Öl, und danach Bienenwachs! Ich summte, während ich die Leinöldose aufzwängte und den Lappen darin tränkte. Ich rieb die Armlehnen mit glänzender Flüssigkeit ein und stellte mir dabei die Hände vor, die dieses Holz berühren, die vielleicht darauf ruhen würden, während sie in einem Buch blätterten, die diese Glätte, anfangs nur geistesabwesend, vielleicht streicheln würden, aber dann ein bisschen abglitten, während ihr Besitzer einschlief.

acht

Manche Menschen benutzen Geld als Keule, um sich damit zu dem durchzuschlagen, was sie wollen. Andere halten es hoch wie eine Fahne: *Schaut her, was für ein wichtiger Kerl ich bin!* Ich selbst nehme es am liebsten als Schmiermittel, um mir den täglichen Existenzkampf zu erleichtern. Bei meinem ersten Transatlantikflug im Erwachsenenalter hatte ich neun Stunden zusammengefaltet in der Touristenklasse gesessen, während um mich her kleine Kinder ihre Kinderkrankheiten in die nur vier-, fünfmal pro Stunde erneuerte Luft husteten. Als diesmal nach etwa einer Stunde Flug das Abendessen serviert wurde, saßen wir deshalb in der Business-Class, in Ledersesseln mit Fußstützen und mit Platzfernseher. Das Begleitpersonal war etwas älter als ich und trug das fachmännische Make-up sowie die zusätzlichen Pfunde, die Selbstvertrauen und Professionalität verleihen. Unsere Stewardess hatte sogar so viel Bewegungsfreiheit, dass sie mir das Tablett direkt an meinem Fensterplatz servieren konnte, statt sich mit der Weiterreich-Methode zu behelfen, die man hinten im Zwischendeck praktizierte. Mein Steak und Julias Lachs wurden uns auf richtigen Tellern serviert, und wir konnten zwischen verschiedenen Weinen wählen. Danach tranken wir einen Kaffee, Julia einen koffeinfreien. Sie rutschte unruhig in ihrem Sessel hin und her.

»Vielleicht sollten Sie versuchen zu schlafen.«

»Ja.« Sie klang nicht sehr überzeugt.
Die Stewardess schnappte sich meine leere Tasse, und ich machte es mir so bequem wie möglich – zog das Fensterrouleau herunter, kramte Kopfkissen und Decke hervor –, auch wenn das mit der heilenden Wunde auf meinen Rippen nicht ganz so einfach war.
»Wird Ihnen nicht zu heiß?«
»Meine Körpertemperatur sinkt ja, während ich schlafe.«
»Und was ist mit Ihrer Schlafmaske?«
»Die drehen das Licht schon früh genug runter.« Von Menschen umgeben eine Augenbinde zu tragen würde mich nur nervös machen. Ich stellte meine Sitzlehne zurück, zog die Wolldecke hoch und lauschte auf das gedämpfte Brummen des Flugzeugs, das durch die draußen herrschende Nacht donnerte.
Als ich fünf Stunden später erwachte, schaute Julia mich an. Sie hatte dunkle Ringe unter den Augen. »Ich verstehe einfach nicht, wie Sie das schaffen. Ich *kann* mich nicht entspannen, unter so vielen Leuten.«
»Ihr Körper würde von selbst wach werden, wenn nötig.«
»Wenigstens behaupten Sie nicht, es wäre typisch norwegisch.« Sie sah besser aus als die anderen Passagiere, von denen die meisten rote Augen und ein verschwollenes Gesicht hatten.
Ich räkelte mich – ganz vorsichtig –, faltete die Decke zusammen, verstaute sie und ließ das Rouleau hoch.
Man stelle sich eine aufgerissene Blutorange und einen hochglanzpolierten Mahagonischreibtisch vor. Sodann verschmiere man die Erstere auf dem Letzteren und übergieße das Ganze mit einem Schuss Hellblau: Morgengrauen in Irland; satte, unwirkliche Farben, die durch meine Augen direkt in meine Seele drangen. Ich spürte die summende Energie von vierhundert Menschen, die träumten, sich Sorgen machten oder in ihrem Kopf Reden einstudierten, während

diese Stahl- und Aluminiumhülle dreiunddreißigtausend Fuß über dem Meer mit ihnen durch die Luft raste – nichts als dünne Luft – und wusste, wir waren weit weg vom Rest der Welt, erhaben, lediglich getragen von Geschwindigkeit und von physikalischen Gesetzen, die ich zwar aufsagen, an die ich aber nie wirklich glauben konnte.

Ein paar Minuten später ging das Licht an, wieder drang Kaffeegeruch aus der Bordküche, die Leute erwachten und murmelten mit ihren Platznachbarn. Ein englisches Frühstück mit allem, was dazugehört, holte mich in die Realität zurück, bevor wir zur Landung ansetzten und es uns die Ohren verstopfte.

Ich stellte mich mit Julia bei der Passkontrolle an. Sie sagte nichts, als ich meinen amerikanischen Reisepass hervorzog, obwohl sie erstaunt sein musste. Ich wurde durchgewinkt, während man ihr selbst ein Dutzend Fragen stellte, aber sie war clever genug, nicht die Geduld zu verlieren. Als man sie jedoch gehen ließ, sprühten ihre Augen vor Wut.

»Haben die vielleicht den Röntgenblick, dass sie durch Ihr Handgepäck den britischen Reisepass sehen?«

»Das Lächeln macht's: mitfühlend, aber mechanisch, so als wollte man sagen: Mein Gott, Sie finden Ihren Job bestimmt genauso nervig wie ich. Bringen wir's nett und zügig hinter uns.«

Julias Erzürntheit milderte sich zur Erheiterung. »Mit dem Lächeln hat das gar nichts zu tun. Es sind Ihre Augen. Die sagen: Nichts für ungut, aber wenn du mich aufhältst, dann mach dein Testament, altes Haus.«

»Altes Haus? Das sagt man doch schon seit zehn Jahren vor Kriegsende nicht mehr.«

»Welchem Krieg?«

»Hierzulande bedeutet ›Krieg‹ nur einen einzigen: der Zweite Weltkrieg.«

»Sie sind ein Chamäleon, wissen Sie das? Zehn Minuten auf

britischem Boden, und schon denken Sie auch wie die Briten.« Den ganzen Weg zum SAS-Gate beäugte sie mich kritisch. Da wir drei Stunden Aufenthalt hatten, gingen wir in den Warteraum für die Business-Class. Ich holte einen Iain-Banks-Roman hervor, aber sooft ich aufblickte, sah ich Julias Augen auf mich gerichtet.

Zu guter Letzt steckte ich das Buch weg. »Geben Sie mir Ihr Ticket.«

»Wieso?«

»Ich möchte da etwas regeln.«

Zu meinem Erstaunen diskutierte sie nicht, sondern reichte es mir. Ich schlenderte zu der Frau draußen am Empfang, die sehr hilfsbereit war und meinetwegen eine Menge Telefonate führte.

Julia riss sich zusammen, bis wir an Bord waren und unsere Gurte anlegten, wobei ich diesmal darauf achtete, dass sie den Fensterplatz hatte. Dann sagte sie: »Na gut. Ich gebe mich geschlagen. Was wollten Sie regeln?«

»Den Flug. Dass wir links in der Maschine sitzen und dass man uns das Gepäck ins Hotel schickt, damit wir nicht warten müssen.«

»Ich wusste gar nicht, dass das möglich ist.«

»Sie bieten es nicht an, aber wenn man darum bittet und dafür zahlt, lassen sie dann doch mit sich reden.« Wieder so ein Klub, von dessen Existenz man erst einmal wissen musste.

Das Flugzeug rollte auf die Startbahn. Der Puls an Julias Hals pochte schneller. »Und wo sind die Anweisungen für Notfälle?« Die Maschine ruckte ein wenig, als der Pilot bremste. Die mächtigen Rolls-Royce-Triebwerke gingen nun auf volle Geschwindigkeit, und eines der Gepäckfächer über uns begann zu klappern. Es war eine alte Maschine. Das Klappern wurde lauter und schneller. Julias Nasenflügel waren zusammengekniffen und weiß.

»Gleich nach dem Start zeige ich Ihnen etwas, das Sie vielleicht interessiert.«
Die Triebwerke brüllten plötzlich erleichtert auf, und wir holperten über die Rollbahn. Ein kleiner Sprung, und schon hatten wir abgehoben, wobei der Pilot den Knüppel so heftig nach hinten zog, dass ich glaubte, er wolle einen Looping probieren. Julias Finger gruben sich in die Armlehne.
»Da! Schauen Sie mal. Das dort unten ist Windsor Castle.«
Wir flogen bloß ein paar hundert Meter über dem, was heutzutage als Prunkstück galt, früher aber räuberischen, zu Monarchen gewordenen Baronen gehört hatte: eine Kapelle von den Ausmaßen einer Kathedrale; die gewaltige Halle, die Edward III. gebaut hatte, um seinem neuen Orden den Rücken zu stärken, den Rittern vom Hosenband.
Die Maschine ächzte, und Julia atmete sehr schnell. »Ab zirka 1350 ließ Edward alles in Stein wieder erbauen«, sagte ich. »Das Dumme war nur, dass erst unlängst die Pest geherrscht hatte. Es gab nicht genug Steinmetze, Tischler und andere Handwerker vor Ort; also ließ Edward sie im ganzen Land zusammensuchen und nach Windsor verfrachten. Sie forderten höhere Löhne, weil jetzt die Nachfrage das Angebot überstieg. Nach außen hin wetterte Edward über sie, aber insgeheim zahlte er ihnen, was sie verlangten. Inflation im Mittelalter.«
Wir ließen das Schloss hinter uns. Julias Atmung war jetzt etwas gleichmäßiger. »Ich habe noch nie ein Schloss gesehen.«
»Auf dem Rückflug bleiben wir ja ein paar Tage in London. Während ich meine Mutter besuche, können Sie Windsor besichtigen, und es gibt noch zahlreiche andere Kathedralen, Klosterruinen, Herrenhäuser ...« Wir waren jetzt in den Wolken. Julia hatte die Armlehne immer noch nicht losgelassen, und ich seufzte. Das konnte ja ein langer Flug werden.

»Als ich noch nicht lange in den USA war, bin ich immer die Autobahnen und Landstraßen, Schnellstraßen und die Chausseen entlanggefahren, um mir die Gegend anzuschaun, und jedes Mal wenn ein Höhenzug, ein Hügel oder eine Klippe kam, sah ich unwillkürlich nach oben, weil ich dort etwas erwartete. Ich wusste nicht, was. Das wurde mir erst Jahre später klar: Ich suchte nach irgendwelchen Spuren, die der Mensch hinterlassen hatte. In England ist jeder Hügel von den verwitterten Überresten irgendeiner Ritterfestung gekrönt, von der Ruine eines Herrensitzes oder einer Abtei, die nackt und ohne Dach unter freiem Himmel liegt. Manchmal sind es auch bloß die Umrisse eines uralten Erdwalls, aber fast immer gibt es irgendwas, irgendein Indiz, dass hier einmal Menschen gelebt haben. Man schaut aus einem Flugzeugfenster und sieht Felder und Hecken, die im neunzehnten Jahrhundert angelegt wurden. Seit tausenden von Jahren werden diese Hügel geebnet, die Flüsse eingedämmt, die Wälder gerodet. Und da ziehe ich nach Georgia. Nach Marietta, wo riesige Reklametafeln dem armen Autofahrer zuposaunen, er solle eine ›Historische Eisenbahn‹ besichtigen, die kaum hundert Jahre alt ist. Nach Duluth, wo ich in einem Apartmentkomplex namens Northwoods Lake Court gewohnt habe, der von alten Tannenwäldern umgeben war, aber wo heute eine Elfjährige sich umschauen und ihre Mutter fragen könnte: ›Warum heißt das hier denn Northwoods? Hier gibt's doch gar keine Bäume.‹ Nach Atlanta – Atlanta, das angeblich von Sherman niedergebrannt wurde, das jedoch in Wirklichkeit alle zehn Jahre von gierigen Bauunternehmern zerstört wird, die wunderschöne, seit Dekaden bestehende Gebäude abreißen und sie durch Eigentumswohnungen ersetzen, enge Kästen mit hauchdünnen Wänden, die noch nicht mal den Vorschriften entsprechen. Man kann in Georgia zehn Meilen vor die Stadt fahren, ohne dass man etwas anderes sieht als nackten roten

Lehm und riesige Tafeln, die verkünden: ›Land zu verkaufen‹, und zwar an den Meistbietenden. Es wirkt manchmal so kalt – kalt, abweisend und leer.«
»Warum bleiben Sie dann dort?«
»Weil es allen Bemühungen der Bauunternehmer zum Trotz noch viele Naturschönheiten gibt. Zum Beispiel einen Park in der Nähe von Duluth, dort gibt es einen See mit Gänsen, Enten und Fischen und um ihn herum einen Saum von Wasserlinsen und Schilfrohr. In den Wäldern wimmelt es von Vögeln. Kardinalsvögeln, drei verschiedene Spechtarten, Kleiber, Sänger, amerikanische Blaudrosseln ... Haben Sie je so eine Blaudrossel gesehen? Diese Vögel sind extrem empfindlich gegen Umweltverschmutzung. Sie verschwinden immer als Erste. Aber in diesem Park gibt es noch welche. In der Sonne sieht ihr Gefieder aus wie blaues Farbpulver. Es gibt Salamander, Eidechsen und Mäuse in den Wäldern. Es gibt gelbe Iris und Tigerlilien, Virginisches Geißblatt, Sumpfeiche und Mastbaumkiefer. Und nie ist jemand dort. Es ist immer leer.«
»Sie hören sich wütend an.«
»Ich habe den Großteil meines Lebens in London und Leeds, Bergen und Oslo verbracht, und die einzigen Vögel in diesen Städten sind zumeist Spatzen, die sich morgens auf den Telefonleitungen wach husten. Wenn man dort mal ein Eichhörnchen sieht, grenzt das schon an ein Wunder. Die Amerikaner wissen ihr Glück gar nicht zu schätzen.«
Julia schwieg eine Zeit lang. »Ich bin in Massachusetts großgeworden«, sagte sie, »zwischen gewundenen Landsträßchen, Brombeeren, die sich seit dreihundert Jahren an bemoosten Mauern emporranken, und gelegentlich waren wir am Cape Cod, das schon einhundertfünfzig Jahre den Atlantikstürmen trotzt. Ich merke erst jetzt, wie mir das alles fehlt.«

Und so erzählte ich ihr die nächsten zwei Stunden über von Yorkshire – den Städtchen dort mit ihren römischen Mauern; den Dorftwirtschaften in den Dales, die im vierzehnten Jahrhundert als Bauernhöfe gegründet wurden –, während sie ihrerseits von ihrer Zeit auf einer Privatschule in Boston sprach.

Als wir uns der Westküste Norwegens näherten, warf ich alle paar Minuten einen Blick aufs Meer. Der Kapitän verkündete, dass wir jetzt auf Anflughöhe gingen. Und da sah ich es.

»Schauen Sie mal«, sagte ich. »Dort unten.«

Wir befanden uns zirka zwei Meilen vor der Küste, aber die Nordsee, die normalerweise stahlgrau war, erschien wie ein Mündungsbecken: mächtige Ströme und Schlieren von etwas, das wie Schlamm aussah.

»O diese Arschlöcher! Wo kommt denn *das* her?«

»Das ist keine Umweltverschmutzung.«

»Was denn sonst?« Sie war regelrecht in Harnisch.

»Die Heringe legen auf ihrem Weg Richtung Norden so viele Eier und geben so viel Fischmilch ab, dass das Ganze im Wasser verklumpt.« Ich stellte mir vor, wie ihre kalten, kraftvollen Leiber silberig in den eisigen Wogen glitzerten: ein ekstatisches Getümmel, das im Trieb, sich fortzupflanzen, seine ungeheure lebendige Milchflut verströmte. »Es werden so viele Eier an die Felsküsten im Norden geschwemmt, dass es aussieht wie Schneewehen. Dann tauchen mächtige Vogelschwärme in den Wellen nach Futter. Früher erschienen mächtige Menschenschwärme, um die Vögel abzuschießen. Papageitaucher sind sehr schmackhaft. Aber das kommt heute kaum noch vor.«

»Kaum?«

Ich lächelte bloß.

Die Maschine schwenkte nach Südosten, der Flugkapitän kämpfte wacker mit der Sprechanlage, blieb aber unverständlich, und wir setzten zur endgültigen Landung an. Unter uns lag ein schwanenhalsförmiger Meeresarm: Oslofjorden; und an seiner Spitze glitzerte wie ein aufgebrochener Brocken Mineralgestein die Stadt Oslo in der Frühlingssonne.

Internationale Flughäfen riechen gewöhnlich nach Treibstoff und muffiger Kleidung, aber auf Fornebu, der Halbinsel, die genau sechs Meilen westlich von Oslo in Lysakerfjorden hineinragt, wurden diese Gerüche von einer scharfen Meeresbrise und Tannenduft weggefegt. Den Gerüchen der Heimat.

Die Passbeamten waren höflich, tüchtig und sprachen Englisch. Die Leute, die in der Flughafenhalle an uns vorbeimarschierten, trugen allesamt bunte Pullover und schwangen beim Gehen ihre Arme.

»Warum laufen die denn alle so schnell?«

»Weil sie gesund sind. Weil sie nicht zehn Stunden am Tag arbeiten. Weil es keine fünfunddreißg Grad draußen hat.«

Es war merkwürdig, nach so vielen Jahren in der Trägheit der Südstaaten jetzt inmitten so vieler Gesichter zu sein, die hell, aber ganz ungezwungen lächelten, Menschen, die sich mit Tempo vorwärtsbewegten, nicht weil sie verspätet oder nervös waren, sondern weil es ihnen Spaß machte. Wir kamen an einem Avis-Schalter vorbei.

»Wollen wir uns nicht einen Wagen mieten?«

»Nicht solange wir in der Stadt sind. Wir können mit dem Taxi zum Hotel fahren, und von dort ist alles, was Sie interessiert, in Gehweite.«

Sie beobachtete die Einheimischen, die mit ausholenden Schritten vorbeigingen. »Norwegische Gehweite oder amerikanische?«

Dann standen wir draußen in der Taxischlange. Wie alles in diesem Land, ging es auch damit zügig voran. Die Meeresbrise prickelte wie Sorbet auf meiner Zunge.

»Es ist kälter, als es von drinnen aussieht.«
»Fünfzehn Grad«, antwortete ich erstaunt. »Das ist warm für diese Jahreszeit.« Es war ein langer Winter gewesen, und anscheinend bemühte sich die Natur, ihre Verspätung aufzuholen, indem sie das Thermostat hochdrehte. Aber Julia kam aus Atlanta; dort bedeutete ein sonniger erster Mai fünfunddreißg Grad Celsius.
Der Taxichauffeur, der neben uns heranfuhr, hatte die glatten Wangen und schrägen Augen eines Menschen mit Samiblut. »Wohin?«, fragte er auf Englisch.
»Hotel Bristol«, antwortete Julia. Ihm die Adresse zu nennen, wäre dasselbe gewesen, als würde man einem gebürtigen New Yorker den Weg zum Empire State Building beschreiben.
Wir fuhren auf dem Drammensveien ostwärts. Julia war still. An der Kreuzung Drammensveien und Bugdoy Alle deutete ich nach Norden. »Von hier aus sind's noch drei Blocks zum Vigeland's Skulpturenpark. Welche Art von Objekten will denn diese Glasfabrik?«
»Ich weiß nur eins: Es wird den Elementen trotzen müssen. Wie weit noch bis zum Hotel?«
»Eine Meile.«
Aber es dauerte lange, bis wir dort ankamen. Auf sämtlichen Straßen waren Aufmärsche: Menschen, die Fahnen und Transparente hochhielten, Männer und Frauen, die hinter Musikkapellen herzogen.
»Heute ist erster Mai. Tag der Arbeit.« Das hatte ich ganz vergessen. »Ein staatlicher Feiertag, an dem Gewerkschaften und Parteien Kundgebungen veranstalten. Alles sehr würdevoll im Vergleich zum siebzehnten Mai, dem Nationalfeiertag, wo jeder die Flagge hisst und feuchtfröhlich den Jahrestag der norwegischen Verfassung begeht.« Am siebzehnten wären wir an den grünen Fluten des Lustrafjord, zweihundert Meilen weit weg von den Massen schreiender Kinder,

die Fähnchen schwenkten, sich ihre besten Sachen mit dem Senf der *pølse* beschmierten und arglose Passanten mit zischender *brus* anspritzten.
Der Chauffeur, der sich mit seinem Taxi geduldig durch die Menge laviert hatte, zog seufzend die Handbremse und sagte, weiter könne er uns nicht fahren. »Das macht hundertdreißig Kronen bitte.« Wir stiegen aus und Julia kramte in ihrem Portemonnaie, um die unbekannten Geldscheine zu entziffern. Sie fand Hunderter- und Fünfzigerscheine, aber ich neigte mich zu ihr und sagte leise: »Geben Sie ihm ein Trinkgeld. Zwanzig Kronen.«
Sie folgte meiner Anweisung, und er lächelte. *»Takk skal du har.«*
»Ingen arsak«, erwiderte ich.
Er fuhr langsam durch das Gedränge davon. »Ich dachte, Norweger halten nichts von großen Trinkgeldern.«
»Dieser war ein Sami. Die Amerikaner würden ›Lappe‹ sagen. Eigentlich hätte die Fahrt vom Flughafen gut hundertfünfzig Kronen kosten müssen. Vielleicht hat er weniger verlangt, weil er uns nicht genau zum Ziel bringen konnte, aber vielleicht hat er auch Ärger mit uns befürchtet.«
»Dann ist Norwegen also doch nicht perfekt.«
»Nur sauberer. Zum Hotel geht's da lang.« In der frühen Nachmittagssonne hier draußen konnte ich sehen, dass Julias Haut straff gespannt war und ihre Augenringe sich von Tabak- auf ein noch dunkleres Holzkohlebraun verfärbt hatten.
Hinter der Schwelle des Bristol hielt sie inne und starrte. Übermüdung, ein fremdes Land, und jetzt die goldenen und zimtfarbenen Bögen eines Hotelfoyers in maurischem Stil.
»Ich werde uns anmelden.« Ich ließ sie auf einer Ottomane sitzen, wo sie versuchte, wieder ein bisschen zu sich zu kommen.

Das Bristol gehört zu den wenigen guten Hotels, die heute noch existieren. Man erhält dort zwei Zimmer mit Verbindungstür, ohne dafür eine Bank ausrauben zu müssen. Ich bat um zwei Schlüssel pro Zimmer und zwei für die Verbindungstür. Der Portier hielt mich offenbar für eine Exzentrikerin, schien jedoch in Anbetracht der Summe, die wir bezahlten, keine Lust auf Diskussionen zu haben. Ich gab ihm Anweisung, unser Gepäck gleich hochzuschicken, wenn es ankam.

Julia lächelte mir entgegen. Sie wirkte zwar immer noch müde, aber gleichzeitig so entspannt und unbeschwert, als hätte sie ihr Lebtag in norwegischen Städten auf türkischen Sofas in maurischen Lobbys zugebracht. Was für eine Erleichterung, nachdem ich für Beatriz Babysitter spielen musste. Ich setzte mich zu Julia auf die Couch. »Das hier ist der Schlüssel für Ihr Zimmer, das hier der für meins, und das hier ist der für die Verbindungstür, obwohl ich glaube, wir sollten sie nicht zusperren.« Ich gab ihr die Schlüssel. »Ich habe auch jeweils einen davon.«

»Nur für den Fall?« Sie lächelte, klang aber eher erschöpft als erheitert. »Gott, ich brauche Schlaf!«

Die Fahrstühle waren klein, aber fein: elegantes Messing und Mahagoni. Julia beäugte die Tasten – anscheinend aus Elfenbein. »Ich hoffe bloß, mein Zimmer sieht nicht wie ein Harem aus oder so.«

Ihre Befürchtungen erwiesen sich als umsonst. Das Zimmer hatte einen schieferblauen Teppich. Kleiderschrank und Schreibpult waren aus Rosenholz, schätzungsweise um 1880 entstanden, und das Kopfbrett des Bettes besaß ein wunderschönes Furnier. Schlicht, elegant, warm. Julia öffnete die mit moosgrünem Filz bezogene Verbindungstür: Das dahinter liegende Zimmer war in Walnuss möbliert. »Wie schön.«

Ich überprüfte die Fenster und ging ins Bad. Riesige Wanne, Duschkabine mit Metallapplikationen im Stil des neunzehnten Jahrhunderts. Berge von weißen Handtüchern. Ein zweites Telefon. Ich nahm den Bademantel mit nach draußen.

Julia saß auf dem Bett und hüpfte leicht, um es auszuprobieren. »Die Matratze ist wenigstens neu. Wozu denn der?«

»Unser Gepäck kommt frühestens in ein, zwei Stunden hier an. Falls Sie schlafen wollen, hätten Sie vielleicht gern einen Bademantel zur Hand.«

Sie nahm ihn mir ab. »Wenn ich mich bis um fünf nicht rühre, machen Sie mich dann wach?«

»Fünf«, bestätigte ich und ließ sie dort sitzen.

Von meinem eigenen Zimmer aus rief ich die Rezeption an, um sicherzugehen, dass alles Gepäck auf mein Zimmer geschickt würde. Und nur für den Fall, dass man meinem Wunsch nicht mit der gewohnten norwegischen Effizienz nachkam, nahm ich mein »Bitte nicht stören«-Schild, ging auf den Korridor und hängte es an Julias Tür. Mein Bad war in Blau und Gold gehalten. Ich entfernte meine Bandage, warf sie in den Abfalleimer und betrachtete meine Rippen im Spiegel. Die Haut war nicht gerötet, und als ich den harten Schorf berührte, schmerzte es nur minimal. Die Wunde brauchte keinen Verband mehr. Ich zog mich an und kehrte ins Zimmer zurück, einem Raum ganz in geschmackvollem Moosgrün und glänzendem Walnussholz.

Von der Chaiselongue am Fenster aus konnte ich die Wolken sehen, die über den Hafen jagten. Das Meer würde jetzt unruhig werden; die Temperatur fiel mit jeder Minute. Die Menschen auf den Straßen würden bald ans Heimgehen denken, um *middag* zu essen. Bis um fünf hätte ich die Gehsteige für mich allein. Ich könnte die Luft schmecken, den Möwen zuhören und mich wieder mit allem vertraut machen.

Überall in der Stadt standen Bäume; vereinzelte am Straßenrand, eine ganze Allee an der Hafenpromenade, dichte Gruppen in den öffentlichen Anlagen. Von hier aus glich der Slottsparken, der das königliche Schloss umgab, einem grünen Filz, leuchtend von frischen Blättern. Es war wie Verkehrte Welt. Eigentlich hätte es doch Herbst sein müssen, wo eine peitschende Bö das Laub von den Bäumen riss, es einem um die Füße wirbelte, dass unter jedem Schritt Gold, Rostrot und Braun knirschten, wo der stechende Geruch von Verlust und Bedauern in der Luft lag. Aber es war Frühling, später Frühling, der nun ein richtiger Sommer zu werden versuchte, und mein einsamer Spaziergang würde noch ein Weilchen warten müssen, denn Julia schlief und ich hatte ihr versprochen, sie um fünf Uhr zu wecken. Und ich war unruhig.

Ich führte ein Telefongespräch. Ich las Iain Banks.

Um fünf klopfte ich an die Verbindungstür. Ein Brummeln. Ich klopfte noch einmal. Nichts. Ich trat ein.

Julia hatte die Vorhänge zugezogen, aber nur die dünnen. Ein leichter Schatten erfüllte den Raum, gerade so viel, um die Schönheit des Holzes zur Geltung zu bringen und den blauen Teppich tief und geheimnisvoll aussehen zu lassen. Julia schlief auf dem Rücken, die Arme über dem Kopf, mit nackten, freien Schultern und offenem Mund. Ihr Atem ging kurz, schnell und unruhig. Wie einfach es doch wäre, heranzutreten, ihr eine Hand auf den Mund zu legen und die Nase zuzudrücken. Natürlich würde sie zappeln und sich wehren, aber unter den Daunen, dem straff gezogenen Betttuch darüber und der glatten seidenen Tagesdecke hätte sie keine Chance. Ihr Herz würde wild wie ein Vogel unter den Rippen schlagen, und ihre Muskeln würden sich zusammenkrampfen, so fest wie kleine Äpfel.

Das Einzige, was sie vom Tod durch die Hand eines Fremden trennte, war eine Tür, aber man brauchte nur den Portier zu bestechen, ein Zimmermädchen zu überlisten oder

ein Schloss zu knacken, dann wären Julias Selbstverteidigungskurse alle umsonst.
Aber hier war Oslo, nicht Atlanta. Honeycutt hatte keine Ahnung, dass sie sich hier befand. Und genauso wenig sein Erpresser.
»Julia.«
Sie wandte sich ab. Schläfriger warmer Frauenduft driftete vom Bett her.
»Julia.«
»Mmmn.« Sie drehte sich zu mir um. Ihr Gesicht war weich, ihr Blick verschwommen. Sie schlief immer noch.
»Julia. Es ist fünf.«
Die Persönlichkeit »Julia« kehrte wieder in den Körper auf dem Bett zurück, erweckte das Fleisch zum Leben, konturierte das Gesicht, schärfte den Blick, und ich verstand, warum manche Leute an Besessenheit glauben.
»Es ist fünf«, wiederholte ich. »Unser Gepäck ist eingetroffen. Ich werde es Ihnen holen.« Ich ging auf den Flur, auch um das »Bitte nicht stören«-Schild herunterzunehmen. Dann wartete ich noch ein, zwei Minuten.
Julia stand in ihrem Bademantel am Fenster. Die Vorhänge waren zurückgezogen. Ihre Haut wirkte gegen den weißen Frottee sanft, weich, warm und lebendig. »Es sieht alles so frisch und sauber aus, als würden die Leute hier nicht mal schwitzen.« Ihre Haare hingen ihr nach vorn über die Augen. Sie steckte sie wieder hinter den Ohren fest. »Um wie viel Uhr isst man in Oslo?«
»Früh, obwohl nicht mehr ganz so früh wie in der Vergangenheit. Aber es gibt jemanden, den sollte ich noch vor dem Abendessen besuchen. Sie können gern mitkommen, es sei denn, Sie bleiben lieber im Hotel und ruhen sich noch ein bisschen aus.«
»Jemand, der Vorrang vor dem Essen hat?« Sie betrachtete mich prüfend. »Ein Verwandter?«

»Meine Großtante Hjørdis.«
»Eine Verwandte ... Ja, die würde ich wirklich gern kennen lernen. Aber ich muss erst noch duschen und dann etwas gegen meinen Muskelkater tun, vom Sitzen im Flugzeug. Wie wär's mit einem Spaziergang?«
»Auf Norwegisch oder auf Amerikanisch?«
»Auf Norwegisch. Ich zieh mich entsprechend an.«
»Gut. Ich bin in meinem Zimmer.«
Als ich vierzig Minuten später aufblickte, stand sie ausgehfertig unter der Tür. Sie trug eine Art Skihose, leichte Stiefel und einen dicken Pullover in den Farben eines Sonnenuntergangs über dem Meer, die wild ineinander verschwammen. »Hübsches Zimmer«, sagte sie. Und dann: »Ich bin kein Vampir. Sie können mich ruhig reinbitten; Sie werden mich immer wieder los.«
Ich stand auf. »Entschuldigung. Bitte treten Sie ein.« Das klang hölzern und überförmlich. Ihre Stiefel hinterließen tiefe Abdrücke auf dem Teppich. Walnuss und Moos, nicht Himbeere und Wikingergold. Ich fragte mich, wie lange diese Spuren noch zu sehen wären.
Ulleval Hageby, wo meine Tante Hjørdis wohnt, liegt fast drei Meilen vom Stadtzentrum entfernt. Ich ging zwischen Julia und der Straße. Es war ein wunderschöner Abend. Der jetzt wolkenlose Himmel wölbte sich über uns wie eine zerbrechliche Eierschale in ausgeblichenem Blau; die schrägen Strahlen der Sonne zerschnitten die Bürgersteige wie ein gläsernes Schwert; Bäume absorbierten die Autoabgase, und die ganze Welt roch köstlich nach saftigem Grün und fernem Ozon. Ich ging in zügigem Tempo, sodass sämtliche Adern von Blut durchströmt, die schädlichen Einwirkungen der Reise weggeschwemmt und meine Kopfhaut, meine Netzhaut und meine Fingerspitzen von Sauerstoff durchflutet wurden. Aber ich ließ keine Sekunde die Bäume aus den Augen, lauschte ständig auf Schritte, die uns folgten.

Nichts. Das hier war Oslo. Julia bewegte sich mühelos und munter neben mir her. Offensichtlich machte es ihr Spaß. Es schien, als hätte sie ihre Stadthaut abgestreift, oder vielleicht auch nur eine Schutzschicht. Rote Eichhörnchen hüpften vor uns von Baum zu Baum. »Es ist wie ein Gartenspaziergang.«

»*Hage* heißt ›Garten‹, und *by* heißt ›Stadt‹. Hjørdis wohnt hier, solange ich zurückdenken kann.«

»Mögen Sie sie?«

Diese Frage überraschte mich. »Sie ist doch meine Tante.«

»Ja. Aber wie ist sie so?«

Ich dachte ein Weilchen nach. »Älter, als sie aussieht.«

Julia lachte und nahm ihr Tempo wieder auf. Eine Zeit lang marschierten wir mit ausladenden Schritten Hüfte an Hüfte dahin, ihr rechtes Bein immer zusammen mit meinem linken, sodass ich ihren Stiefel am Boden auftreffen fühlte, durch meine Fußsohlen, die Waden hinauf, bis ins Becken. Es ging aber nicht lange so. Ich habe längere Beine.

Tante Hjørdis' Haus steht in einer ganzen Reihe von bunten Holzhäusern. Ihres ist rot. Wir stiegen ein Holztreppchen hinauf, und ich ergriff den Türklopfer aus Messing. Als Kind hatte ich dieses muntere, saubere »Rat-tat-tat« immer geliebt.

Die Tür wurde so schnell geöffnet, dass Julia einen Schritt zurückwich, und da stand sie: Tante Hjørdis, immer noch groß, immer noch schlank, immer noch mit dieser grauen Topffrisur. Ihr Pullover war bunter als sonst. Es gab kein »Hallo«, kein »Aud, wie schön, dich zu sehen!«, aber ihre Augen strahlten. »Du bist der einzige Mensch heutzutage, der nicht versucht, mit diesem Ding das Holz durchzuhämmern«, sagte sie und wandte sich dann auf Englisch an Julia: »Alle anderen halten mich anscheinend für taub.«

Sie breitete ihre Arme aus, und wir fielen uns um den Hals. Ich erinnerte mich, wie ihr Körper mich früher völlig eingehüllt hatte. Jetzt war ich vier, fünf Zentimeter größer, aber ihre Knochen und Muskeln fühlten sich immer noch hart wie Granit an.

Ich löste mich aus ihrer Umarmung, trat einen Schritt zurück und erklärte auf Englisch: »Tante, das hier ist Julia Lyons-Bennet. Julia, das ist meine Großtante, Hjørdis Holmsen.«

Die beiden schüttelten sich herzlich die Hände. Meine Tante nickte zufrieden. »Kommt rein. Ich bin in der Küche.«

Das *vindskap* war trocken, sauber und aufgeräumt – ganz anders als der schlammige, nasse, kalte Raum meiner Kindheit, wo Mutter und ich uns im Winter immer die Stiefel, Daunenjacken und Robbenfellmützen auszogen und unsere Skier an die Wand lehnten. Obwohl es draußen trocken war, trat ich meine Stiefel sorgfältig an der Matte ab, und Julia tat es mir nach. An der gegenüberliegenden Wand hing ein großer Spiegel. Ich fuhr mir mit den Fingern durchs Haar, einfach weil es »dazugehörte«. Julia schüttelte sich die Haare aus, strich sie dann mit ihren Fingern glatt und band sie am Hinterkopf zusammen. Wie Tante Hjørdis wirkte sie unglaublich jung.

Das *vindskap* führte auf einen kurzen Gang, dessen Wände von Familienfotos bedeckt waren. Am Ende lag eine Holztreppe, in der Mitte eine einzige Tür.

Obwohl es noch ein, zwei Stunden hell sein würde, erfüllte strahlender Kerzenschein das Wohnzimmer. Ich lächelte, als ich den vertrauten Duft von warmem Bienenwachs roch.

»Das muss in der Familie liegen«, sagte Julia und deutete auf den Esszimmerbereich mit seinem polierten Holzboden und seinem großen Balkonfenster, das nach hinten in den Garten führte. Die große Tafel war mit einem Leinentuch bedeckt, auf dem Kristall und Tafelsilber blitzten. Ich seufzte.

In der Küchentür wären wir fast mit Tante Hjørdis zusammengestoßen. Sie trug ein gewaltiges Tablett. »Nehmen Sie mir das mal bitte ab«, sagte sie zu Julia – auf Norwegisch, aber ihr Wunsch war eindeutig. »Und du, Aud, komm bitte rein und hilf mir mit dem Rest.«

Ich hatte ihr zwar gesagt, wir seien zum Abendessen unterwegs, aber das hinderte sie nicht, Teller voll *geitost* und Kräckern, selbst geräuchertem Schinken, *rømme, lompe,* Lachs und Gurkensalat aufzutafeln ... Ich folgte Julia zum Esstisch. Hjørdis brachte selbst gemachten Wein und frischen, sehr starken Kaffee.

»Wann sind Sie denn angekommen?« Auf Englisch diesmal, zu Julia.

»Vor vier Stunden etwa.«

Sie reichte mir eine dampfende Tasse Kaffee. »Sie wirken überhaupt nicht müde.«

»Aud hat mich überredet, ein Schläfchen zu machen.«

»Das kann sie gut.« Die beiden sahen mich an, und ich fragte mich, wie man so schnell zum Außenseiter werden konnte. »Du möchtest also den Schlüssel zum Sommerhaus.« Immer noch auf Englisch, aber diesmal an mich gerichtet.

»Ja.«

»Wann fahrt ihr hin?«

»Julia hat morgen und vielleicht auch noch übermorgen geschäftlich in der Stadt zu tun. Anschließend fahren wir nach Lustrafjorden, und wenn es Julia dort gefällt, bleiben wir ein, zwei Wochen.«

»Oder länger.«

Julia lächelte. »Nein, ich kann mein Geschäft nicht so lange im Stich lassen«, sagte sie.

»Ach, das habe ich schon so oft gehört, aber wenn die Leute dann zum ersten Mal das Fjord sehen, die bemoosten Hänge riechen und das Wasser schmecken, verblasst dieses, ach, so wichtige Geschäft plötzlich zur Bedeutungslosigkeit und man muss fast ein Räumungskommando holen, damit sie gehen. Sagen wir also vier Wochen, nur für den Fall. Dann brauche ich auch nicht böse sein, wenn ihr länger bleibt als beabsichtigt. Also, Aud, warum erklärst du deiner höflichen Freundin nicht, was hier alles auf dem Tisch steht. Ich hole solange den Schlüssel.«

Wir sahen ihr hinterher, wie sie mit zielstrebigen Schritten aus dem Zimmer marschierte. Julia lächelte. »Tun Sie lieber, was sie gesagt hat, sonst reißt sie Ihnen den Kopf ab.«

»Vor ein paar Jahren noch hätte ich mir das durchaus vorstellen können. Also. Reichen Sie mir bitte mal diesen Teller mit Käse. Das ist *geitost*, Ziegenkäse. Den können Sie auf die Cracker dort schmieren. Er hat ein geröstetes, karamellähnliches Aroma. Ich glaube, er wird Ihnen schmecken. Den Lachs essen Sie mit Gurkensalat. Kann sein, der Salat ist Ihnen ein bisschen süß. Diesen Schinken da können Sie in *lompe* einwickeln – das ist das weiche Fladenbrot da.«

»Und das hier?«

»Das ist *Gravadlax*, Lachs, der im Erdboden vergraben war. Eine ganz besondere Delikatesse.« Niemand außer Hjørdis würde ihn mit *geitost* servieren. »Probieren Sie, wenn Sie sich trauen.«

»Und das?« Sie hob eine Schüssel voll kleiner blasser Dinger.

»Eingerollte Kabeljauzungen.«

Die Schüssel landete knallend wieder auf dem Tisch; dann nahm Julia sie aber doch noch einmal. »Wie isst man die denn?«

»Mit einer von denen hier.« Ich zeigte eine Silbergabel mit langem Griff und drei Zinken. »Reichen Sie mir mal das Essiggemüse – in diesem Kristall- und Silberdings auf Rädern.«

Julia rollte es mir herüber. Ich verfrachtete mit der winzigen Silberzange ein paar der silbernen Zwiebelchen auf meinen Teller, spießte erst eines davon und dann eine Dorschzunge auf meine Gabel, um sie mir in den Mund zu stecken. Ich

genoss die Beschaffenheit und den Biss. »Sie werden in *rømme* eingetunkt, die saure Sahne da drüben.«
Julia löffelte sich etwas davon auf den Teller und probierte gerade vorsichtig, da kehrte Hjørdis zurück. Mit undurchdringlichem Gesicht steckte sich Julia das Ganze in den Mund, kaute und schien nach ein, zwei Minuten aufzuatmen. Meine Tante lachte. »So eine Überraschung, dass sich eine Amerikanerin mal was Gutes, Gesundes schmecken lässt! Also, Aud.« Julia hörte, dass Hjørdis' Ton auf einmal förmlich wurde und richtete sich auf. »Hier ist der Schlüssel. Du hast Glück. Gestern rief mich deine Mutter an und sagte, ihr würdet ihn vielleicht wollen. Daraufhin habe ich mit Gudrun auf dem Bauernhof telefoniert; sie wird alles für euch lüften, damit ihr's schön gemütlich habt, aber das nächste Mal versucht bitte, mir etwas früher Bescheid zu geben.« Sie reichte mir den Schlüssel. Er war groß, schwarz, aus Eisen und sehr kalt. Wahrscheinlich hob sie ihn im Keller auf. Die Zeremonie um den Schlüssel zum Sommerhaus der Familie war reine Formsache – Hintertür und Fenster des Hauses hatten nicht mal ein Schloss –, aber Hjørdis nahm ihre Pflichten als Familienälteste äußerst ernst. »So, und jetzt iss, Aud. Danach kannst du mir ja erzählen, warum deine Mutter schon so lange nicht mehr hergekommen ist, und Sie, Julia, erzählen Sie mir doch von Ihrem Geschäft.«
Wir saßen eine Ewigkeit beim Essen. Ich hörte Julia stundenlang zu, wie sie über Kunst sprach; über Atlanta und unter welchen Umständen sie aus Boston, wo ihre Mutter jetzt lebte, nach Atlanta zurückgekommen war. Ich beobachtete, wie Hjørdis sie mit diesen leuchtenden Augen geradezu verschlang; wie sie mit kurzem, scharfem Kopfnicken und einem gelegentlichen »Ha!« ihre Zustimmung bekräftigte, als Julia über die Diskriminierung geschäftstätiger Frauen in den Südstaaten sprach. Wir tranken zum Essen hausgemachten *Tyttebaer*-Wein, der Hjørdis' Gesicht rötete und Ju-

lia zu entspannen schien. Sie redete schon mit den Händen. Und als die Sonne unterging und Kerzenschein über Stirn, Hals, Handgelenke und Mund flackerte, da schien es einen Moment, als könnten die beiden gleich alt sein: zwei Frauen in einem schönen tiefen Gespräch.

Wir gingen zu Fuß ins Hotel zurück, aber diesmal langsam. Es war kaum Verkehr, und vom Fjord her wehte eine scharfe Brise. Keine besonderen Geräusche, keine außergewöhnlichen Gerüche. »Sie waren still heute Abend«, meinte Julia.

»Ja.«

Geräusch von Atem und von Stiefeln. »Ich mag Hjørdis. Und sie scheint Ihnen viel zu bedeuten.«

»Sie ist meine Tante.« Hjørdis gehörte von jeher zu meinem Leben. Sie war in ihrem Holzhaus immer für mich da gewesen, wenn Mutter zu tun hatte und Vater sich im Ausland aufhielt. In England früher hatte ich ihr jede Woche geschrieben, und sie schrieb jede Woche zurück. »Mein Vater erzählte mir mal, während des Zweiten Weltkriegs sei sie im Widerstand gewesen.«

»Haben Sie sie nie selbst danach gefragt?«

»Wenn sie wollte, dass ich es weiß, dann hätte sie's mir erzählt.«

»Bleibt denn in Norwegen alles so … unausgesprochen? Nur gut, dass Sie mich morgen zu Olsen-Glas begleiten. Dann können Sie mir nachher sagen, was das Schweigen im Einzelnen zu bedeuten hatte.«

»Geschäftlich bleibt nichts unausgesprochen. Da geht es direkt und unverblümt zur Sache. Die Wahrheit und nichts als die Wahrheit – so lautet die Kardinalregel.«

»Und was ist mit der ›ganzen Wahrheit‹?«

»Die auch.«

Eine Sekunde Schweigen. Dann: »Und gilt diese Regel denn auch für Sie, Aud Torvingen?«

»Kommt drauf an, wer mein Gesprächspartner ist.«

»Da, schon wieder! Ich glaube nicht, dass Sie mich direkt belügen, aber Sie halten Informationen zurück.«
»Was wüssten Sie denn gern?«
»Sie waren die ganze Reise über sehr angespannt. Das habe ich erst gemerkt, als ich Sie heute Abend in Hjørdis' Haus lockerer werden sah. Glauben Sie denn, ich sei selbst hier in Oslo in Gefahr?«
»Weiß nicht.« Und genau das beunruhigte mich zutiefst. »Mein Verstand sagt mir, Sie sind in Sicherheit.«
»Aber Sie glauben ihm nicht, oder?«
Ich wusste beim besten Willen nicht, warum ich hinter jedem Baum, jedem Gebäude den unheimlichen Schatten von Honeycutts Drahtzieher, dem Erpresser vermutete.
Wir marschierten jetzt etwas schneller, und Julia ging mit eingezogenem Kopf. »Sie sind seit damals in Honeycutts Haus völlig verändert. Ich habe gesehen, wie Sie die Türen inspizieren, sie auf ihre Widerstandsfähigkeit abschätzen, wie Sie sich beim Vorüberkommen an Schaufensterscheiben vergewissern, dass niemand uns verfolgt. Mir ist aufgefallen, dass Sie immer am Bordsteinrand gehen, zur Straße hin, und dass Sie die Autos immer erst ganz anhalten lassen, bevor Sie die Fahrbahn überqueren. Hier sogar besonders, obwohl Sie behaupten, in Norwegen sei ich außer Gefahr.«
Ich wollte sagen: »Das sind Sie auch«; aber stattdessen antwortete ich: »Ich werde Sie beschützen«, was mich verwirrte und mir zu denken gab, denn es war keineswegs dasselbe.

neun

Es war nur eine Meile vom Bristol zum Vigeland-Park, doch heute Morgen schien die Sonne, und unser Weg entlang des Bogstadsveien mit seinen Galerien und Kunstgeschäften bot rege Abwechslung. Julia schien sich über diese Geschäfte zu amüsieren, aber trotzdem mussten wir alle paar Meter Trambahngleise und dicht belebte Straßen überqueren, um uns *noch* ein Schaufenster anzusehen. »Wenn ich für ein norwegisches Unternehmen einen Skulpturenpark entwerfen soll, dann muss ich mich doch ein bisschen in den hiesigen Geschmack einfühlen.«

Sie sah sich die Auslagen an, und ich behielt die Menschen im Auge.

»Viel Neo-Romantik«, sagte Julia.

»Sie sollten sich die Museen ansehen, nicht diese Touristenfallen.«

»Genau das ist ja der Fehler. Man muss sich beide Seiten ansehen. Den Kunstgeschmack der Amerikaner und die Geschichte dieser Kunst könnte man nicht auf einer Museumstour kennen lernen. Um zum Beispiel die Popkultur der Sechziger zu begreifen, müsste man einerseits die Werke kennen, die als ›große Kunst‹ an den Wänden von Museen hängen, aber auch Disney World, Coney Island und das amerikanische Fernsehprogramm. Das hilft einem abzuschätzen, was in ein paar Jahren wertvoll, also eine gute Investition sein wird.« In diesem Moment wurde ihre Aufmerksamkeit von einer Puppenkollektion in *bunad*-Kostümen angezogen, der leuchtend roten Landestracht, mit winzigen Silberspangen und Ohrringen. »Die sehen ja alle unterschiedlich aus.«

»Jede Gegend hat ihre eigene Tracht.«

»Und werden die heute wirklich noch getragen?«

»Ja, gelegentlich. An nationalen Festtagen.« Es gefiel mir nicht, hier zwischen so vielen Leuten zu stehen, die an einem vorbeistreiften.

»Haben Sie auch eine?«

»Ja.«

»Und haben Sie sie je schon mal getragen?«

»Zur Konfirmation.« Sie wollte einfach nicht weitergehen, bevor sie alles wusste, was sie wissen wollte. »Mit dreizehn. Dieses eine Mal hab ich sie getragen. Lutherische Kirche allerdings, nein, ich bin nicht sonderlich religiös. Es war und ist eher ein kulturelles Ereignis. Ich habe keine Ahnung, wo mein *bunad* jetzt rumliegt.«

»Hatten Sie damals langes Haar?« Sie befingerte die geflochtene Frisur der Puppe.

»Ja.«

»Und hatten Sie damals auch Zöpfe, mit Schleifen drin?« Sie grinste.

Wir brauchten fast anderthalb Stunden bis zu dem mächtigen schmiedeeisernen Portal des Vigeland-Parks. Julia blieb stehen und schaute eine Zeit lang nur. »Ich glaube, das hier würde ich mir gerne eine Weile allein ansehen.«

Sie trug eine pfirsichgelbe Bluse; kaum aus den Augen zu verlieren, bei all dem Grün. »Also gut, eine Stunde. Wir treffen uns hier.«

Den Mittelpunkt des Parks bildet der Monolith. Als ich davorstand, wusste ich, warum halb Oslo Vigeland gehasst hatte, als er an diesen Monumenten zu arbeiten begann. Der Monolith ist ein gewaltiger, an die zwanzig Meter hoher weißer Granitblock, der über hundert Einzelfiguren zeigt, alle ineinander verdreht und verschlungen; manche stehen auf den anderen, manche klettern gerade über die Figur neben ihnen hinweg, um zur Spitze zu gelangen. Nicht gerade norwegische Mentalität. Am Fuße des Monolithen, auf Plinthen rings um die hinaufführenden Stufen ist Vigelands Vision dargestellt: eine lehrende, spielende, kämpfende, liebende, essende und schlafende Menschheit. Eine Frau kämmt einer anderen das Haar; ein Mann mit Kindern; ein quengeliges Kind. Mächtige Figuren, alle nackt, alle den Blick auf die Norweger hinabgerichtet, in den Augen die Wahrheit.

Ich stand immer noch da, als Julia die Stufen heraufkam. »Ich habe gerade im Museum gelesen, der Monolith wiegt zweihundertsechzig Tonnen und man brauchte drei Monate, um ihn im Jahre 1926 vom Hafen durch die Stadt zu befördern.«

»Für sie ein Grund mehr, ihn zu hassen.«

Sie beschirmte ihre Augen gegen die Sonne und sah an den Figuren hinauf. »Ihn zu hassen?«

»Die Grunddoktrin der norwegischen Gesellschaft ist das so genannte Jante'sche Gesetz: ›Halt dich ja nicht für etwas Besseres. Wir sind alle gleich.‹«

»Ich verstehe nicht, was am Gleichheitsprinzip so schlimm sein soll.«

»Sie sind ja auch nicht Anfang der Siebziger hier zur Schule gegangen. Da gab es kein Pardon: Sei ja nicht besser als die anderen! Hierher zu ziehen war für mich als Elfjährige ja so eine Erleichterung. Vigeland mag ein Monster gewesen sein, aber wenigstens hat er hier und da die Wahrheit gezeigt.«

Wir studierten die Skulptur noch eine Weile. »Sein Frühwerk dort im Museum sieht ganz anders aus«, sagte Julia dann. »Es gibt da so ein Wandrelief mit lauter ausgemergelten Gestalten. Es ist beunruhigend, sehr eindrucksvoll.«

»Das hier gefällt mir besser. Ausgemergelte, gequälte Menschen sieht man immer und überall, besonders in den so genannten zivilisierten Städten.«
»Warum haben seine Werke wohl so ein Riesenformat?«, sagte Julia zu sich selbst, während wir langsam die Treppe hinunterstiegen. Vor der Frauenfigur, die einer anderen die Haare wäscht, blieb sie stehen. »Das hier hat etwas Intimes, beinahe Sexuelles, obwohl es eine ganz normale Sache ist. Ich nehme an, genau das wollte er damit sagen: Alles ist normal.«
»Alles im Leben ist etwas Besonderes, wollte er sagen. Jeder Augenblick ist ein Geschenk.«
Julia betrachtete mich sehr, sehr lange. Die Sonne schien ihr in die Augen – sie hatten die Farbe blauer Glockenblumen, zeigten aber doch Schatten der Übermüdung. Dann wandte sie sich ab. »Wir sollten uns ein bisschen beeilen.«
Wir fuhren mit der Trambahnlinie 2 zurück zum Bogstadsveien.

Das Treffen mit Edvard Borlaug fand im neunten Stock des neuen Firmengebäudes von Olsen-Glas, mitten in Oslos wieder belebtem Osten, statt. Auf dem Weg nach oben gab ich Julia ein paar kurze Anweisungen.
»Stellen Sie keine Fragen nach seiner Familie. Das gilt als neugierig und aufdringlich. Wahrscheinlich wird er auch nicht lange drumrum reden, sondern gleich zur Sache kommen. Er wird Englisch sprechen, versteht aber vielleicht nicht immer, was Sie sagen. Wenn ich den Eindruck habe, er ist zu stolz, um das zugegeben, werde ich nach Kräften einschreiten.«
Das Büro wirkte streng. Es war teuer, aber schlicht möbliert, und Borlaug selbst hätte ich mir älter vorgestellt. Trotz meiner Vorwarnung schien sein brüskes Verhalten Julia zu überrumpeln. Er kam mit festen Schritten hinter dem

Schreibtisch hervor, schüttelte ihr kraftvoll die Hand und verkündete in seinem Schulenglisch, er sei stellvertretender Unternehmensdirektor, habe jedoch volle Entscheidungsfreiheit, und seine Firma hoffe, den Park nächsten Frühling eröffnen zu können. Ich hatte den Verdacht, er war erst letzte Woche auf diesen Posten gekommen.

Julia stellte mich als ihre »Geschäftspartnerin« vor. Er trat wieder hinter seinen Schreibtisch, bot uns die beiden Sessel davor an, und ich nahm zwischen Julia und dem Fenster Platz, wobei ich den Sessel mit Blick Richtung Tür drehte.

Jetzt war Julia an der Reihe. Sie wurde sehr ernst und sachlich. »Ich weiß nicht, ob es möglich sein wird, den Park schon nächsten Frühling zu eröffnen. Ein geringfügigeres Projekt vielleicht, aber wenn Sie, wie Sie in unseren Vorgesprächen bereits andeuteten, Leistung und Rang Ihres Unternehmens ein bleibendes Denkmal setzen wollen, dann könnte es länger dauern.«

Er schien aufzuatmen: Sie war nicht irgendeine verrückte Amerikanerin, die einem das Blaue vom Himmel versprach. »*Wie viel* länger?«

»Ich glaube, die zeitlichen und finanziellen Rahmenbedingungen sollten wir auf eine spätere Diskussion verschieben. Zunächst müsste ich mir ein Bild davon machen, welche Vorstellungen Sie von dem gewünschten Objekt haben.«

Er zog einen Ordner hervor. Klappte ihn auf, klappte ihn wieder zu. Nervöses Agieren für einen Norweger.

Julia wurde nur noch sachlicher und bestimmter. »Besprechen wir doch ein paar der in Frage kommenden Möglichkeiten und schauen, ob eine davon Ihren Vorstellungen entspricht.« Er setzte das schiefe Lächeln auf, wenn sich Leute nicht anmerken lassen wollen, dass sie etwas versäumt haben, besonders wenn sie denken, dass andere sie zu jung für ihre Position finden könnten.

Ich räusperte mich. »Vielleicht«, sagte ich auf Norwegisch,

»erlauben Sie mir, Ihnen die abstruseren Konzepte zu übersetzen.« Er registrierte das Wort »abstrus« mit Erleichterung. Niemand, der ihn für dumm hielt, würde so mit ihm sprechen. Ich wiederholte meinen Satz auf Englisch. Sie nickten alle beide, und ich übersetzte.

Das Treffen dauerte zweieinhalb Stunden. Julia war sehr geduldig. Sie erläuterte Edvard Borlaug die verschiedenen Optionen: monumentale Außenparks wie Vigeland; Installationen im geschlossenen Raum; traditionell oder interaktiv; repräsentativ oder abstrakt.

Ein Großteil, sagte sie, hänge vom Kundenstamm ab. »Wer ist die gewünschte Zielgruppe?«

»Alle. Ganz Oslo.«

»Schön, sehr empfehlenswert. Aber beginnen wir doch ganz am Anfang. Zuallererst brauchen wir Informationen, wer Ihr Gebäude besucht – Unternehmenskunden, die allgemeine Öffentlichkeit, oder gibt es da sonst noch jemand? – und wie diese Besuche verlaufen: welche Türen, welche Zimmer und so weiter. Wo würde sich das Objekt am natürlichsten einfügen? Wie können wir die Leute dorthin führen? Wie lange sollen sie sich dort aufhalten? Wir müssen wissen, ob der Park nur zum Vergnügen bestimmt ist oder eher zu Informations- bzw. Bildungszwecken; würden Sie zum Beispiel Wert darauf legen, dass ganze Busse voll Schulkinder durch die Installation trampeln« – ihre Vorurteile kamen zum Vorschein; ich ersetzte »trampeln« durch »streifen« – »oder möchten Sie sie Ihren Unternehmenskunden vorbehalten?«

Ich war nur halb bei meiner Übersetzung; die restliche Aufmerksamkeit verwandte ich auf eine Inspektion der räumlichen Gegebenheiten. Die Stühle waren aus solider norwegischer Kiefer; unpraktisch als Waffe und nicht stark genug als Abwehrschild. Der Schreibtisch allerdings bestand vermutlich aus Kiefernkern, gut zweieinhalb Zentimeter di-

cken Holzteilen, die vor einer Kleinkaliberpistole einen gewissen Schutz bieten würden.
Borlaug zog ein paar Unterlagen aus der Schublade: Pläne und Zahlenkolonnen. Julia las sie anerkennend durch, daraufhin geriet er langsam in Fahrt. Nach vierzig Minuten war er regelrecht Feuer und Flamme, und die beiden begannen sich über Glas zu unterhalten – ob eine gläserne Skulptur den extremen Witterungsbedingungen Oslos standhalten würde. Dann kamen sie auf Fragen der Wartung zu sprechen: langfristige Wartung, was die einzelnen Objekte betraf; kurzfristige in solchen Dingen wie Rasenmähen – falls überhaupt ein Rasen gewünscht sei, denn selbstverständlich passe auch Kies. Zusammen mit Glas- und Granitskulpturen würde ein solcher Kiesbelag starke Erinnerungen an die Rauheit der nordischen Landschaft heraufbeschwören; und falls man eine Repräsentation norwegischer Bildhauerkunst beabsichtige, dann solle es natürlich ein Werk von einem der Pioniere der abstrakten Bildhauerei, Haukeland, sein. Was ihm übrigens für die Kleinen vorschwebe?
Borlaug schien regelrecht inspiriert. Figuren von Gestalten aus Märchen und Sagen vielleicht – eine Brücke samt Troll und Ziegenbock Gruff; Sampo Lappelil, der kleine Lappenjunge, der zusammen mit seinem Rentier den Trollkönig besiegt hatte; die »Frau gegen den Strom«. Höflichkeitshalber erzählte ich Julia jede dieser Geschichten, in geraffter Version, und Edvard zeichnete Skizzen, die erstaunlich kraftvoll und klar waren.
»Edvard«, sagte Julia plötzlich mit einem Blick auf mich, »woher stammt eigentlich die Idee zu diesem Skulpturenpark?«
Er errötete und sprach auf Englisch. »Das Unternehmen hat letztes Jahr viel Profit gemacht ... einen großen Gewinn. Das ist natürlich gut. Aber er war *so* groß, dass wir meinten ... nun, wir sollten einen Teil davon weiterleiten. Im

Gespräch war eine gemeinnützige Institution, aber von denen gibt es ja so viele. Und außerdem dachten wir, wir könnten ...« Er sammelte seine Konzentration. »Dieses Stadtgebiet hier wird im Augenblick saniert. Vorher war es lange Zeit ...«

»Verödet«, half ich ihm auf die Sprünge.

»Ja. Verödet und trist. Wir könnten zu seiner Sanierung beitragen, etwas für die Allgemeinheit tun. Und es wird uns auch Gewinn einbringen.«

Borlaug warf einen Blick auf seine Uhr. Er zog ein langes Gesicht. »Schon fünf nach vier.« Er stand unvermittelt auf. »Danke. Vielen Dank. Vielleicht könnten wir uns ja morgen noch einmal treffen?«

Julia schien von seiner Hast überrascht, erhob sich jedoch ebenfalls. »Sicher. Zur selben Zeit?«

»Früher«, schlug ich vor. »Vielleicht vormittags.«

»Ja«, pflichtete Edvard bei. »Wir wär's um elf?«

Auf dem Gang herrschte Hochbetrieb, und vor dem Aufzug standen die Menschen Schlange. Wir nahmen die Treppe. Im Gegensatz zu amerikanischen Treppenhäusern roch dieses hier frisch und belüftet; viel benutzt.

»Also, was ist passiert?«, fragte Julia auf dem Weg nach unten. »Erst läuft alles so gut, und dann, *pffft,* will er uns loswerden.«

»In Norwegen macht man Punkt vier Uhr Feierabend. Wahrscheinlich fand er es sehr unhöflich, Sie so lange im Büro festzuhalten.«

»Aha. Haben Sie gemerkt, dass er rot geworden ist, als ich fragte, wessen Idee dieser Park war? Er scheint mir ein bisschen jung für seinen Chefsessel.«

»Er steht und fällt mit diesem Projekt. Wenn er fällt, dann ist auch seine Karriere beendet.«

»Also sollten wir uns Mühe geben, dass das nicht geschieht.«

Wir. Seltsam.
Draußen auf den Straßen herrschte lebhafter Feierabendverkehr. »Haben Sie Lust, sich vor dem Essen noch ein bisschen die Beine zu vertreten?«
»Nur wenn es ein zielloser amerikanischer Bummel ist. Und nur, wenn wir vorher noch mal ins Hotel fahren. Ich möchte mir nämlich diese Geschäftskluft ausziehn.«
Wieder im Hotel, schlug Julia vor, dass ich im Foyer auf sie warten solle; es würde keine Minute dauern. Ich las das *Dagbladet.* Als Julia wieder herunterkam, trug sie Jeans und den Pullover in den Farben des Sonnenuntergangs.
Wir bummelten über die nun fast menschenleere Karl Johansgate zum Slottsparken.
Wir gingen unter den Bäumen. »Im Winter ist hier alles weiß und kreuz und quer mit Skispuren bedeckt.« Fremde sind leicht zu erkennen. »Dort drüben, nicht weit von diesem Denkmal, stieß Tante Hjørdis einmal auf König Haakon, im wahrsten Sinne des Wortes.«
»Keine Sicherheitsleute?«
»Die königliche Familie ist sehr informell.«
»Wie alt ist denn Ihre Tante?«
»Über siebzig, glaub ich. Läuft aber im Winter noch jeden Tag Ski.«
»Dann sind Sie ein sehr gesunder Schlag. Wie steht es mit Ihrer Mutter – ist die auch so wie Sie und Hjørdis?«
»Und das wäre wie?«
Sie betrachtete mich von Kopf bis Fuß. »Groß. Schlank. Stark. Undurchschaubar. Aber Hjørdis hat blauere Augen. Und sie scheint mir weniger kompliziert. Trotzdem, sehr nordisch. Was Sie, glaube ich, nicht sind.«
In dem Schatten der Bäume konnte ich nicht in ihrem Gesicht lesen. »Meine Mutter hat auch blauere Augen als ich. Aber sie ist kleiner als Hjørdis. Etwa Ihre Größe, nur breiter. Sie ist sehr … subtil.«

»Das müssen Sie von ihr haben.« Wir gelangten zu der Statue. Ihr Eisengitter erinnerte an kahles Wintergeäst, und Julia kletterte darüber, noch ehe ich sie aufhalten konnte. Sie lief vor das Bronzestandbild. »Camille Collett«, las sie von dem daran befestigten Täfelchen. Eine frühe norwegische Schriftstellerin. Julia winkte mich zu sich. Es gab keine englische Übersetzung, doch statt mich um eine nähere Auskunft zu bitten, berührte sie meinen Arm und sagte: »Aud, ich möchte, dass Sie nicht so subtil wie Ihre Mutter, aber dafür norwegischer sind. Ich möchte, dass Sie mir die Wahrheit sagen, die ganze Wahrheit und nichts als die Wahrheit – alles, was Sie über Michael Honeycutt wissen. Sagen Sie mir, was er im Schilde führt – wer diese Männer in seinem Haus gewesen sein könnten. Ich *muss* wissen, weshalb Jimmy wirklich ums Leben kam, und ob ich ... ob sie vielleicht hinter mir her sind, wenn wir nach Atlanta zurückkehren. Ich muss es wissen.« Sie stand sehr aufrecht da, sehr anmutig und tiefernst.
»Suchen wir uns irgendein Plätzchen zum Hinsetzen.«

Die Bar war nur einen halben Block weit vom Bristol entfernt und hatte eine Jukebox, eine vernünftig wirkende Speisekarte sowie Tischservice. Die Musik war laut, und die Bedienung trug ein höhnisches Grinsen, das aber mehr von einer gepiercten Oberlippe als von persönlicher Wesensart herrührte.
»Ol«, sagte ich, »und *akevit.*« Bier und ein Schnaps. Beides kam schnell. »Bringen Sie uns einfach Nachschub, wenn Sie sehen, wir haben ausgetrunken«, sagte ich und hob meinen *akevit. »Skal«*. Wir tranken ihn auf einen Zug.
Julia schnaufte, und das Wasser schoss ihr in die Augen. »Erinnert an Grappa.« Sie faltete ihre Hände vor sich auf dem Tisch. Der förmliche Effekt wurde durch die Musik verdorben, die sie zwang zu schreien. »Ich weiß, Sie haben mir

gesagt, welchen Preis mich die Wahrheit kosten würde, aber ich wüsste auch gern den Rest, ohne Ausreden und unverblümt.«

»Ich habe noch nicht alle Mosaiksteinchen beisammen.«

»Dann zeigen Sie mir eben die, die Sie haben. Machen wir keine große Sache draus.«

Ich nahm einen Schluck Bier und überlegte. »Damals, als Sie mich um Hilfe baten, waren Sie fest davon überzeugt, die Brandstiftung und Jims Tod stünden nicht mit Drogen in Zusammenhang. Damit hatten Sie insofern Recht, als Jim nur ein harmloser Außenstehender war, aber Unrecht insofern, dass Drogen eben doch eine Rolle spielten. Und zwar eine große Rolle. Jetzt hören Sie einfach zu. Honeycutt hat für das Kokainkartell von Tijuana als Geldwäscher fungiert. Dabei sind die mexikanischen Kartelle nicht mit den kolumbianischen zu verwechseln. Die Mexikaner stellen keine Drogen her oder verarbeiten sie, sondern schicken sie einfach weiter, beziehungsweise: gestatten deren Weiterleitung.«

Ich nahm das Salzfässchen, um die Umrisse von Mittel- und Nordamerika auf das Resopal zu streuen. Dann legte ich meinen Daumen auf Mexiko. »Die Mexikaner hier sind nur Mittelsmänner: Die Kolumbianer können ihren Stoff nicht in den Westen der USA schaffen, wenn die Mexikaner es nicht erlauben.« Ich nahm den Daumen weg. »Das Tijuana-Kartell setzt Bundespolizei, US-Grenzkontrolleure, Ortspolizei auf beiden Seiten der Grenze sowie Bandenmitglieder aus San Diego und Los Angeles ein. Die Drogenbekämpfung der USA betrachtete das früher bloß als Problem der westlichen und der Grenzstaaten, aber laut Drogenfahnung und Ermittlungsbehörde von Georgia ist der Einfluss beider Kartelle, sowohl von Tijuana als auch von Sinaloa, auf stetigem Vormarsch Richtung Osten.« Ich zog mit dem Salz einen Pfeil. »Atlanta ging vor drei Jahren und mucksmäuschenstill

an die Bosse von Tijuana über. Und wenn ich ›mucksmäuschenstill‹ sage, dann meine ich das wörtlich.«
Die Bedienung brachte uns noch einen *akevit*. Ich wischte die Landkarte weg und nahm einen Schluck von dem eisgekühlten Schnaps.
»Diese Kartelle besitzen eine Menge Macht und Einfluss. Sie sind für die Gesetzesbehörden fast unangreifbar. Sie haben die mexikanische Polizei und die mexikanischen Politiker gekauft, aber die Wähler dort stört das nicht, weil es keinem wehtut außer den Amerikanern – und den paar Einheimischen, die nicht mitspielen. Dieses Volk ist cleverer, mehr an die übrige Welt angepasst und in seinen wirtschaftlichen Beziehungen weiter fortgeschritten als die Kolumbianer.«
»Was?«
Die Musik wurde noch lauter. »Ich sagte, sie sind schlanker organisiert. Es gibt in Los Angeles oder San Diego keinen direkten Verbindungsmann, nur Berater – Bandenmitglieder, die als Befehlsvollstrecker fungieren, aber ohne die üblichen Gegenleistungen, zum Beispiel persönlichen Schutz. Das Erfolgsgeheimnis dieser Kartelle besteht darin, dass sie relativ unauffällig arbeiten: Etwaiges Blutvergießen lässt sich unter ›Bandenkrieg‹ abbuchen; was bedeutet, dass die Vertreter von Behörde und Regierung ihre Schmiergelder leichter in die Tasche stecken können. Ganz lautlos fließen da Gelder hin und her. Nur dass es um einen Riesenbetrag geht, und sollten die Banken des Kartells dieses Geld nicht hinlänglich sauber kriegen, dann ist es praktisch unbrauchbar.«
»Geldwäscherei.«
»Genau.« Jemand hinter Julia rauchte Hasch. Ich fragte mich, ob es Marokkaner-Kartelle gab. »Honeycutt wäscht jährlich mehrere Zehnmillionen Dollar. Ein Teil davon muss über seine Bank laufen, wahrscheinlich auf Schein-

konten, aber ein anderer Teil wird gewaschen, indem man Kunstwerke erwirbt, diese nach Übersee verkauft und den Erlös ganz legal auf die Bank bringt.«

»Zum Beispiel diesen Friedrich. Aber der war gefälscht.«

»Und genau da wird es interessant. Honeycutt verwendet schmutziges Geld zum Kauf eines Gemäldes oder einer Skulptur –«

»Oder eines angelsächsischen Armreifs.«

»– und verkauft diese Objekte gegen sauberes Geld, das er ganz öffentlich auf die Bank bringt. Aber manchmal beschafft er sich eine Kopie, eine Fälschung, und verkauft auch die. Dieses Geld wandert auf sein Privatkonto. Meiner Vermutung nach bezahlt er damit einen Erpresser. Als Sie dem Betrug auf die Schliche kommen, dreht er durch; er gerät in Panik, versucht Sie, Ihren Kollegen und das Beweisstück in Flammen aufgehen zu lassen. Oder in Rauch. Aber die gute Nachricht, die sehr gute Nachricht, ist die, dass das Kartell nichts davon weiß.« Bloß der Erpresser.

In dem matten Licht und umgeben von wirbelndem, süßem Haschischrauch erschien sie klar wie eine aus Glas geschnittene Figur. »Erklären Sie.«

»Honeycutt hat einen Mitarbeiter desjenigen engagiert, der *früher* den Drogenhandel im Südosten dirigierte – jemanden, den das Tijuana-Kartell nicht einsetzen würde. Und außerdem zahlen die Kartelle sehr gut für diskrete, zuverlässige Dienste. Sie wollen nicht, dass ihre Helfershelfer oder Berater durch halsbrecherische Extratouren auffallen, die ihrer persönlichen Bereicherung dienen.«

»Honeycutt hat also Angst, dass das Kartell ihm auf die Schliche kommt …«

»Und wir dürfen zumindest vorläufig davon ausgehen, dass es von Ihnen oder von mir nichts weiß.« Und ich betete, dass das so blieb.

»Wenn also das Kartell noch keine Ahnung hat …« Sie tipp-

te nachdenklich mit ihrem Fingernagel auf den Tisch. »Von wem stammt dann der Koks in Jims Garage?«
»Ich weiß es nicht.«
»Könnte es Honeycutt gewesen sein?«
»Das möchte ich bezweifeln. Er befasst sich strikt mit Geld. Vermutlich kommt er an große Mengen Rauschgift nicht ran. Und dieser Koks war ein Vermögen wert. Eher hätte Honeycutt ihn verkauft und den Erlös einkassiert.«
»Wer also?«
»Der Erpresser. Diese drei Männer in Honeycutts Haus waren dort, um jeden Beweis für eine Verbindung zwischen ihm und dem Erpresser zu beseitigen. Es hat nicht geklappt. Vielleicht wären wir sonst besser dran. Ich habe keine Ahnung, wer dieser Erpresser ist, wie viel er bereits über Sie weiß oder welche Maßnahmen von ihm zu erwarten sind. Das ganze Unternehmen riecht nach strikter Durchorganisiertheit und Geld.« Was natürlich hinten und vorne keinen Sinn ergab: Wie wollte jemand, der einen anderen um Geld erpresste, mehrere Kilo Kokain bezahlen? Angenommen, es war tatsächlich der Erpresser, der dieses Rauschgift deponiert hatte.
»Sie sind hinter mir her, nicht wahr?« Julia klang sehr ruhig.
»Ich weiß nicht.«
»Wie würden diese Leute denn vorgehn?«
In meinem dritten Dienstmonat bei der Polizei von Atlanta hatten mein Partner und ich einen Wagen aus dem Verkehr gewinkt. Eine routinemäßige Kontrolle. Officer King war zu dem Fahrzeug getreten, in dem zwei Männer saßen, und bat gerade um Führerschein oder Personalausweis, als sie plötzlich zurückstießen und meinen Kollegen überfuhren. Ich erinnere mich bis heute an das Knirschen seines Arms unter den Autorädern. Ich zerschoss einen Hinterreifen, ließ das Autokennzeichen überprüfen und brachte King in die

Notaufnahme des Piedmont Road Hospital. Vollkommen ruhig und gefasst hatte er dagesessen, während der Arzt und das Schwesternpersonal ihm mit der Schere die Uniform wegschnitten, zerfetztes Fleisch reinigten und über den Röntgenbildern murmelten. Als man ihm sagte, es werde eine Operation nötig sein, um die zersplitterten Knochen mit einer Stahlplatte zu verschrauben, hatte King die Lippen nach vorn geschoben, genickt und neugierig gefragt: »Welche Schraubengröße nehmen Sie denn?« Teils Schock, teils wirkliche Neugier, teils das Bedürfnis, die Realität mit einer Flut von unwesentlichen Details zu verdrängen.

»Es gibt genauso viele Methoden, wie es Killer gibt.«

»Ich dachte, wir hätten uns geeinigt: Unverblümt und ohne Ausrede.« Julia faltete ihre Hände erneut – ein sauberes, ordentliches Päckchen zwischen leeren Gläsern, Bierkringeln und Salz.

»Da müsste ich raten.«

»Dann raten Sie.« Sie fixierte mich, ohne mit der Wimper zu zucken.

»Um den Tod veranstalte ich ungern Ratespielchen.«

»Ich betrachte den Erhalt von Informationen, die mein Leben retten könnten, nicht als Spielchen.« Sie klang plötzlich außer sich vor Wut. »Ich komme mir vor wie in einem Schleuderkarussell, wo es keinen Haltegriff gibt!« Sie packte ihr randvolles Glas *akevit,* kippte es sich auf einen Schluck in die Kehle und knallte es dann auf den Tisch. »Also helfen Sie mir da raus.«

»Wäre ich der mysteriöse Jemand, der diese beiden Männer in Honeycutts Haus geschickt hat, dann würde ich Sie hier in Norwegen töten. Weniger Risiko, dass man den Mord mit Atlanta in Zusammenhang bringt. Aber dort weiß ja niemand, dass Sie sich hier aufhalten, also ist dies unwahrscheinlich.«

»Ich habe Mrs. Miclasz den Namen des Hotels gegeben. Aber sie würde ihn niemals weitersagen; das hat sie mir versprochen.«
Versprechen waren nutzlos im Angesicht von Folterungen.
»Vielleicht sollten Sie sie anrufen, einfach um sich zu vergewissern.«
Julias Hand umklammerte das Glas, bis die Haut zwischen Daumen und Zeigefinger schneeweiß wurde. »Das würden sie nicht tun!«
»Nein, wahrscheinlich nicht. Aber rein vorsichtshalber.«
Ich war beunruhigt. Weshalb? Was hatte ich übersehen?
»Fahren Sie fort.«
»Angenommen, er weiß, dass Sie hier sind; dann wäre es ein Kinderspiel, Sie per Zielfernrohr abzuknallen, mit irgendeiner Art Jagdgewehr, und so etwas lässt sich in Norwegen leicht auftreiben. Im Park wären Sie die perfekte Zielscheibe.« Ich stellte mir vor, wie sie zusammenbrach: überrascht, mit weit aufgerissenen Augen, während heißes Blut auf die Bronze spritzte. »Aber da zur Zeit keine Jagdsaison ist, ließe sich der Schuss unmöglich als Unfall tarnen, und nach dem soll es ja aussehen. Erschießen würde er sie möglicherweise, aber wenn, dann mit einem Relikt aus dem Zweiten Weltkrieg, einer alten Lahti-Pistole zum Beispiel, und so, als handelte es sich um einen Schuss, der sich beim Reinigen der Waffe gelöst hat.« Aber ein Tourist würde hier keine Waffe reinigen. »Kaum anzunehmen.« Ich nahm einen Schluck Bier. Es hing so viel davon ab, wie viel Zeit der Täter hatte, was für ein Mensch er war. Und plötzlich erschien ein Eisberg vor meinem geistigen Auge: kalt, mächtig, unnahbar – neun Zehntel davon verborgen. »Wenn er die Zeit investierte, einen echten Fachmann hinzuzuziehen, dann würde es ein eleganter Unfall: Ertrinken im Hafenbecken zum Beispiel« – *Julia, mit tropfenden Stahlwinden, blau und aufgedunsen, vor den Augen der Gaffer aus dem kalten Fjord gefischt* –

»ein tödlicher Stromschlag in Ihrer Hotelbadewanne« – *wild spritzendes Wasser, ein Summen und Zischen, Gestank, weil der Schließmuskel nachgab.* »Wenn er es aber eilig hat, dann wäre der Handlanger ein weniger raffiniertes, einheimisches Talent. Ein verpatzter Raubüberfall auf der Straße, das wäre zum Beispiel eine Möglichkeit. Haben Sie jemals einen Menschen gesehen, der zu Tode geprügelt wurde?« Julias Gesicht war bleich, ihre Züge starr und regungslos, aber ich konnte mich nicht bremsen, es sprudelte aus mir heraus: »Der menschliche Körper ist bemerkenswert elastisch und dadurch sehr widerstandsfähig. Nehmen Sie beispielsweise die Haut. Erst ein Schlag auf einen Knochen wird sie zum Platzen bringen.« *Diese wunderhübschen Wangenknochen – nackt in einer klaffenden Wunde.* »Und selbst mit einem Dutzend Knochenbrüchen, selbst wenn eine Niere oder Lunge von einer zersplitterten Rippe durchbohrt wurde, kann man überleben.« Ein Zischen wie aus einem angestochenen Reifen. »Die sicherste Methode wäre ein Schlag auf den Kehlkopf; dann tritt in zwei oder drei Minuten eine Luftröhrenschwellung und damit der Erstickungstod ein. Höchstwahrscheinlich würde man aber eine Zeit lang auf den Kopf einprügeln, und der Schädel ist von Natur aus hart im Nehmen. Trifft man nicht die richtigen Stellen, dann würden Sie zwar eine ganze Weile bewusstlos …«
Sie beobachtete mich mit Augen, die sanft waren wie die eines Rehs, und ich stellte mir eine Hand vor, eine von der Arbeit auf einem Fischkutter gerötete Faust, die nach vorn sauste, Julias Wange zerfetzte, eines dieser Augen aus seiner Höhle riss, und meine Kehle schnürte sich um die hässlichen Worte zusammen.
»… aber da gibt's ja immer noch die Möglichkeit eines Feuers. Wie bei Jim. Sollte jedoch ein Dummkopf den Brand legen, dann wird nicht der Rauch Sie töten, sondern das Feuer selbst …«

Meine Stimme redete immer weiter, schroff und brutal, und in meinem Kopf flimmerten die Bilder wie eine Serie von Technicolor-Dias: Julias verkohlte Leiche, die einem verbrutzelten Grillsteak ähnelte; Kleiderfetzen, die auf nackten Muskeln klebten; dann Julias Überreste nach einer primitiven Abschlachtung; Julias zerschmetterter Leichnam auf den Küstenfelsen, wie eine Puppe ... Die Worte sprudelten aus mir heraus, und die Bilder ebenfalls. Diese wunderschönen, hübsch und ordentlich auf dem Tisch vor mir gefalteten Hände würden um sich schlagen, aber der Mörder nähme Julia von hinten in die Zange, mit einem Würgegriff, und wenn sie zu Boden fiel, dann hätte sie vielleicht noch fünf Sekunden Kraft, aber auch die würde verpuffen, während sie selbst sich in einer letzten verzweifelten Anstrengung auf dem Asphalt die Fingernägel ausriss.

»... oder man könnte Sie mit Ihrem Kopfkissen ersticken. Das scheint Ihnen doch realistisch? Nicht wahr? Denn Norwegen mag zwar ein fremdes Land für Sie sein, aber auch hier sterben die Menschen. Auch hier vergießen sie ihr Blut.«

Auch hier erlöschen Augen. Julias Nasenlöcher waren geweitet, ihre Finger immer noch verschränkt, aber weiß an Knöcheln und Gelenken.

»Es *ist* realistisch«, sagte ich, »denn es ist Realität.« Ich presste die Worte aus mir heraus, wie man vor dem Verschließen die Luft aus einem Gefrierbeutel presst. Ich fragte mich, ob Julia ohnmächtig wurde.

»Julia ...«

Sie keuchte einen Moment. »Wenn Sie mir Angst einjagen wollen, dann ist Ihnen das geglückt.«

»Aber ich wollte Ihnen doch gar nicht –«

»Doch, Sie wollten.« Sie stand auf. »Ich werde mit Annie telefonieren. Ich finde allein ins Hotel zurück. Es ist ja nur einen halben Block von hier. Gute Nacht.« Ihr Rücken war

durchgedrückt, ihre Haltung gerade; sie bewegte sich mit enormer, zerbrechlicher Würde.
Hatte ich versucht, ihr Angst einzujagen? Ja. Ja, denn sie musste *es kapieren*, durfte sich nicht in Gefahr begeben, weil drüben in Amerika jemand – ein Mensch, den ich nicht kannte und den ich nicht sehen, hören oder riechen konnte – auf sie wartete. Möglich, dass sein Arm nicht über den Atlantik reichte, möglich, dass die Nordsee und Norwegen zu weit weg waren, aber genauso möglich auch das Gegenteil. Ich beobachtete Julia durch das Fenster, wie sie das Bristol betrat. »He, noch einen *akevit*!«

Es war still auf dem Gang. Ein gedämpftes Licht brannte, und ein lebloses, nächtliches Summen erfüllte das Hotel. Vor Julias Zimmer stand ein Servierwagen. Ich ging in die Hocke: die Überreste von Hamburgern und Fritten lagen darauf. Julia war so verstört, dass sie zu vertrautem Essen zurückkehrte, aber nicht verstört genug, um den Appetit zu verlieren. Ich berührte den Hamburger. Kalt wie Stein. Kein Wunder. War ja auch zwei Uhr nachts.
Meine Zimmertür erschien mir schmäler als vorhin. Ich stieß mit meiner linken Schulter am Türrahmen an. Da genug Helligkeit durch den dünnen Vorhang fiel, um das unpersönliche Bett mit seinen säuberlich straff gezogenen Decken, die Chaiselongue und die Verbindungstür zu erkennen, ließ ich das Licht aus und blieb eine Zeit lang stehen. Ich horchte, hörte meinen keuchenden Atem. Ich atmete durch den Mund. Ich machte ihn zu. Stille.
Ich zog meine Jacke aus und warf sie aufs Bett. Setzte mich. Stand wieder auf. Immer noch kein Laut aus Julias Zimmer. Alles still.
Vorsichtig öffnete ich die Verbindungstür. Es war warm in dem anderen Zimmer. Viel dunkler als in meinem. Ich zog die Tür hinter mir zu und lauschte erneut. Nichts. Ich

schlich ans Bett. Immer noch nichts. Mein Herz begann zu pochen wie eine Turbine. Eine Gestalt lag auf dem Bett. Sie rührte sich nicht.
Meine Augen gewöhnten sich an die Lichtverhältnisse. Ich erkannte Julias Kopf – das Kopfkissen, übergossen von ihren Haaren. Ich streckte meine Hand aus und senkte sie bis unmittelbar über das Gesicht. Warmer Atem, gleichmäßig und stark. Ich blinzelte, um mich zur Besinnung zu bringen. Sie schlief weiter.

Kurz vor acht klopfte sie an die Verbindungstür. »Aud, sind Sie wach?«
»Kommen Sie rein.«
Sie trug noch ihren Bademantel und hatte die Haare nach hinten gesteckt. Anscheinend überraschte es sie, auch mich noch im Bademantel anzutreffen. Ich saß auf dem Bett und trank Kaffee. Sie lächelte zaghaft. »Riecht gut.«
Ich griff zum Telefon und sprach mit dem Zimmerservice.
»Was wollten Sie denn von denen?«
»Sie sollen noch mal Kaffee, eine zweite Tasse und Frühstück bringen, und zwar schnell bitte.« Julia hing anscheinend in der Luft. »Setzen Sie sich doch. Oder setzen wir uns drüben ans Fenster, falls Sie's da bequemer finden.« Ich kam mir lächerlich förmlich vor. »Julia, ich möchte mich entschuldigen. Gestern Abend –«
»Nein. Ich bin gekommen, um mich bei Ihnen zu entschuldigen. Ich hatte es so gewollt.«
»Aber *so* ins Detail hätte ich nicht gehen müssen.«
»Nein, ich war es, die Sie – ach, geben Sie mir doch einen Schluck Kaffee, ja?« Ich reichte ihr meine Tasse. Sie nahm erst einen kleinen Schluck, dann einen großen und machte Anstalten, mir die Tasse zurückzugeben. Ich bedeutete ihr, sie zu behalten, und sie trank aus, trotz der Milch im Kaffee. »Ah, das tut gut. Wissen Sie, was mir noch mehr Angst ge-

macht hat als diese Details? Die Art, wie Sie sie erzählten. Ihr Gesicht war ... Ich habe so etwas noch nie gesehen, außer vielleicht bei ein paar Skulpturen aus Afrika. Lauter blanke, harte Flächen. Beinahe unmenschlich. Und Ihre Stimme, so schroff wie ein kaputter Motor. Ich sah Sie an und dachte bei mir: Ah, so wird er aussehen, wenn er mich holen kommt. Ich bin nur noch ein Objekt, ein Problem, das es zu lösen gilt, und es spielt dann keine Rolle, ob ich Kabeljauzungen gegessen habe, ob ich mir aus *akevit* eigentlich nichts mache, ob ich morgens warmen Kaffee brauche oder ob ich Rosen mag, auch wenn sie zu viele Dornen haben. Ich fühlte mich einfach bedeutungslos.«

Der Zimmerservice klopfte, und ehe ich Julia antworten konnte, musste ich mich um die übliche Zeremonie kümmern: auf einen Tisch deuten – den am Fenster –, den Empfang bestätigen, der Bedienung einen schönen Tag wünschen.

»Los, essen Sie etwas.« In dem Licht, das durch das Fenster fiel, wirkten Julias Haare nicht wirklich schwarz, sondern eine Spur heller. Sie erinnerten mich an das Winterfell eines Bären. Ich fragte mich, wie es aussehen würde, wenn sie sie lachend nach hinten warf. Wir setzten uns einander gegenüber an den kleinen Tisch, und obwohl wir uns nicht berührten, fühlte ich doch die Wärme ihres nackten Beines an meinem. Wir öffneten Deckelfolien.

»Schinken!«

Plus Eier, Saft und Toast. »Ich dachte mir, Sie möchten vielleicht etwas Vertrautes, Anheimelndes. Das hier ist dänischer Schinken – ähnelt eher dem aus Kanada als dem amerikanischen. Weniger Fett.« Ich merkte, dass ich Gefahr lief, zu viel zu reden, und schenkte uns beiden Kaffee ein. Wir aßen schweigend.

»Ich habe mit Annie telefoniert. Es geht ihr gut.«

»Haben Sie ihr gesagt, sie soll vorsichtig sein?«

»Das war gar nicht nötig. Sobald sie merkte, dass ich Angst hatte, ihr könne etwas passiert sein, fragte sie mir Löcher in den Bauch. Ich sagte, wenn ich zurück sei, würde ich ihr alles erklären, und sie hat *mich* zur Vorsicht ermahnt.«

»Gut.«

Wir aßen wieder ein Weilchen. »Ich habe mir die Touristen- und Freizeitführer durchgelesen. Die Nationalgalerie klingt ganz interessant. Wir könnten doch heute Vormittag mal hingehn. Das heißt, *ich* würde gerne dorthin, und ich hoffe, Sie kommen mit. Später können wir ja vielleicht das Abendessen nachholen, das wir gestern verpasst haben. Oh, *falls* Borlaug uns nicht ausführen will, um unseren Vertragsabschluss zu feiern.«

»Nein, das wird er nicht. In Norwegen vermischt man nie das Geschäftliche mit dem Vergnügen.« In meinem Hinterkopf hob Dornan die Augenbrauen und lächelte mir zu.

Vor den Straßencafés der Kristian-VII.-Gate saßen frühe Einkaufsbummler und nippten an ihren Tassen. Bunt gekleidete Studenten unterhielten sich in Zweier- und Dreiergrüppchen auf dem Grünstreifen der Universitetsgata. Alle strahlten nur so von Frische. Wahrscheinlich hatten sie mehr als drei Stunden geschlafen.

Wir mussten warten, bis die Galerie aufmachte. Julia wirkte rastlos und nervös. Sie trug wieder eine Seidenbluse, eine tiefblaue diesmal, die ihr an Brust und Schultern hin und her rutschte, sooft sie auf den Zehen wippte und ihre Aktentasche von einer Hand in die andere nahm. Ihre Haare waren zu einem dicken Zopf geflochten, der ihr über die rechte Schulter hing. Sie sah auf die Uhr. »Wie weit ist es von hier bis zu Olsen-Glas?«

»Eine Viertelstunde, wenn wir die Trambahn nehmen, aber rechnen Sie mal lieber eine halbe.«

Das Portal öffnete sich, und wir traten ein. Julia überprüfte ihre Aktentasche und sah auf die Wegweiser. »Die Frage ist: Machen wir eine Blitztour durch das ganze Museum oder konzentrieren wir uns auf *einen* bestimmten Bereich?« Sie nickte entschlossen. »Wir schauen uns nur die Abteilung für norwegische Malerei an. Hier entlang.«

Wir waren als Einzige in der norwegischen Galerie. Julia bemerkte auf Anhieb eins von J. C. Dahls Kolossalgemälden, die Fjordlicht und -wasser zeigen. Sie stellte sich davor, und sämtliche Unruhe fiel von ihr ab. Ihre Brust hob und senkte sich sachte mit dem Atem, ihr Blick wirkte leer, und sie wurde genauso still wie die tiefen, dunklen Fluten des Fjords. Ich wusste: Wenn ich ihr jetzt meine Hände auf die Schultern legen würde, dann wären diese Schultern sanft und entspannt. So hatte ich Julia noch gar nicht kennen gelernt: entrückt, analytisch, professionell. Die Minuten vergingen. Dann plötzlich räusperte sie sich und setzte sich in Bewegung. Mit einem flüchtigen Blick und einem Kopfnicken marschierte sie an den Werken Tidemands und Gudes vorbei, wie um eine Vermutung zu bestätigen. Etwas länger verweilte sie bei einer Reihe von Radierungen, die Scheunentänze und sommerliche Dorfszenen zeigten. »Hier sind wenigstens mal ein paar Menschen drauf!« Sie beugte sich etwas vor, trat dann zurück und sah von einem Bild zum anderen. »Ich kann ja verstehen, dass Dahl keine Personen in seine Bilder einfügen wollte – die Landschaft hätte sie regelrecht erschlagen –, aber diese Künstler hier scheinen zu glauben, das Leben bestünde nur aus Herumtanzen und Sich-Blumen-ins-Haar-stecken.«

Sie redete gar nicht wirklich mit mir.

»Jetzt sehen Sie sich das an!« Ein großes abstraktes Gemälde in Violett- und Grüntönen, auf dem ein Namensschild verkündete: WEIDEMANN. »Sogar da geht es um Natur.« Ich fragte mich, woher sie das wissen wollte, behielt aber meine Zweifel für mich.

Noch mehr Gemälde.
»So, da wären wir wieder am Anfang«, stellte sie fest. »Neoromantik. Dieser Maler hätte auch ein Romantiker sein können, der Fernsehen schaute.« Wir kehrten zu dem Dahl zurück, der sie so fasziniert hatte. »Das hier erinnert mich an Hjørdis.«
Steiler Gebirgshang mit dichtem Tannenwald, und zu seinen Füßen ein glasklarer Wasserspiegel. Man sah sofort, dass dieser See abgrundtief war. Üppige Frühlingsflora, lachender Himmel. Aber unbeständig, unberechenbar, und überall hartes Felsgerippe. Schönes Land im Sommer, jedoch gefährlich, wenn man sich ihm unbedacht näherte, und im Winter völlig abgeschnitten vom nächsten Tal – die Gipfel in Dunst und Eis gehüllt. Troll-Land.
»Allmählich verstehe ich.« Sie streckte eine Hand nach dem Bild, als wollte sie es berühren, zog sie dann aber zurück. »So ... ungezähmt. So kompromisslos. So seht ihr euch wohl gern, was? Der Konsens der Nationalseele: klar, unkompliziert, unerschütterlich wie Granit.« Sie betrachtete mich mit der gleichen Konzentration, die sie auf das Bild verwandt hatte. Ich spürte ihren Blick auf meinem Knochenbau, auf der Schräge meiner Augenbrauen, auf Kinnlinie und Hals, wie er deren Länge abschätzte, Farben und Schatten zur Kenntnis nahm. »Aber diese Gemälde erzählen nicht *Ihre* Geschichte, Aud, nicht wahr? Diese Bilder haben keine Alpträume.«
Wir standen eine Ewigkeit Auge in Auge. Ein Lämpchen über einem der Kunstwerke begann zu summen.
»Diese Bilder zeigen Sonnenschein«, antwortete ich. »Frühling und Sommer. Und wenn sie Schnee zeigen, dann glitzert er weiß und hell.« Ich streckte meine linke Hand aus, und Julia gab mir ihre rechte. Sie war kühl; ich hielt sie behutsam fest. Keine von uns sagte ein Wort, als ich Julia fort, durch einen Gang, durch eine Tür führte.

»Das hier ist die Munch-Sammlung.«
Selbstporträts, die Munch mit blutigen Schussverletzungen zeigten. Gemälde der Kranken und der Sterbenden. Und *Skrik,* mit seinem immer tiefer herabwirbelnden Himmel, einer langen Brücke, deren Planken genauso unscharf zu erkennen sind wie alles andere, weil es nicht genug Licht gibt, aber das spielt keine Rolle, denn die ganze Welt ist grau; wogende alptraumhafte Linien; das Gesicht eines Menschen, der so hoffnungslos allein ist, dass er schreit, um die Welt aufzurütteln.
»Genauso ist es während der *mørketiden,* der düsteren Zeit, den länger werdenden Winternächten. Der Himmel hängt so tief, dass man glaubt, ihn anfassen zu können, doch selbst wenn, wäre es unmöglich, denn alles ist so grau, dass Himmel und Erde unkenntlich ineinander verschwimmen. Es bläst zwar ein Wind, aber auch er kann die Unwirklichkeit nicht durchdringen, das Wissen um die ständige, mit jedem Tag wachsende Finsternis. Man legt sich abends ins Bett und betet, die Wolkendecke möge aufreißen, nur ein ganz klein bisschen Sonne durchlassen, aber beim Aufwachen ist es immer noch dunkel und es regnet; dabei hat man gerade erst Anfang Dezember.«
Ihre Hand regte sich in der meinen. Dann nahm Julia meine eigene Hand in ihre beiden, hielt sie sich einen Moment an die Wange und ließ sie wieder los. Keine von uns sagte etwas.
Da drängte sich lärmendes Kindergegacker unter der Tür zusammen. Eine Lehrerin trieb ihre Schützlinge zu Zweierpärchen. Sie hielten Händchen, deuteten auf die Gemälde, und die Munch-Galerie war wieder ein ganz normaler Museumsraum.
»Fragen Sie sie, was sie vorziehen würden: eher einen abstrakten oder einen figurativen Skulpturenpark«, sagte ich mit einem Unterton zu Julia. Sie prustete vor unterdrück-

tem Gelächter. Als wir gingen, warf uns die Lehrerin einen entschuldigenden Blick zu. Wir lächelten als Zeichen unseres Mitgefühls.
Wieder im Freien, erschienen mir die Studenten gar nicht mehr so grell, und ich stellte fest, dass meine Müdigkeit verschwunden war.

Das Treffen mit Borlaug lief gut, aber um eins steckten die beiden noch bis zum Hals in den Details. Sie vereinbarten schließlich eine Dreiviertelstunde Mittagspause, und ich bummelte mit Julia über die Dronningensgate. Vor dem Café Tenerife blieb sie stehen. »Meinen Sie, ich wäre der Inbegriff des hässlichen Amerikaners, wenn ich in einer norwegischen Stadt spanisch essen ginge?«
»Waren Sie schon mal in Spanien?«
»Nein.«
»Dann betrachten Sie's als doppeltes Erlebnis.«
Wir bestellten uns einen ganzen Berg köstlicher spanischer Gerichte zu essen.
»Es sind noch so viele Punkte offen«, sagte Julia, während sie die Tapas säuberlich wie eine Katze auf zwei Teller verteilte. Wir machten uns gierig über das Essen her. Ich passte auf, dass mein Bein unter dem Tisch nicht das ihre berührte.
»Brauchen Sie mich heute Nachmittag?«
Sie hielt den Kopf schräg und überlegte. »Nein. Ich glaube, die schüchterne Phase hat er hinter sich. Er dürfte jetzt fragen, wenn er etwas nicht versteht.«
Ich brachte sie zurück, und sie schwenkte ihre Aktentasche wie eine Halbwüchsige, die kein Mädchen mehr ist, aber auch noch nicht ganz Frau. Dann blieb ich vor der Panzerglastür des Gebäudes stehen.
»Um vier bin ich wieder da. Bitte warten Sie im Foyer, falls Sie früher fertig sind. Und falls Sie *ganz* früh fertig sind, ru-

fen Sie im Hotel an. Ich werde schauen, ob es Nachrichten für mich gibt.«

Der Portier des Bristol hatte hervortretende Augen und ein enzyklopädisches Wissen über die ortsansässigen Branchen. Ich nannte ihm meine Wünsche, und binnen zehn Minuten war ich im Besitz einer Kundennummer: morgen um elf Uhr dreißig würde man mir einen Audi mit Vierradantrieb und Telefon liefern. Ich gab dem Mann ein Trinkgeld und bat ihn, an der Rezeption Bescheid zu sagen, dass ich eine Nachricht erwartete, mich aber telefonisch von außerhalb danach erkundigen würde.

Der Hafen roch nach Sonne auf kaltem Wasser, dem feuchten Holz und den Dieselabgasen der Kutter sowie nach den Krabben, die die Besatzung gleich an Bord kochte und in kleinen weißen Papiertüten verkaufte, wobei Köpfe und Schalen der Tiere stets intakt blieben.

Als der Wind drehte, brachte er die Gerüche vom warmen Gestein der Großstadt, von Blüten, die in den Hügeln hervorbrachen, und der Wildheit des Frühlings mit. Ich sog die Schwindel erregende Mischung tief in mich ein, während ich einen Schritt schneller marschierte.

Zwei Straßenmusiker mit Gitarre und elektrischer Violine spielten ungeachtet der Tatsache, dass niemand zuzuhören schien, irgendeine Volksweise, aus der scharfe, verstörende Untertöne hervorklangen. Ich blieb ein Weilchen stehen, um die widerborstige Melodie in mich eindringen zu lassen. Die Musiker nickten, als ich ihnen ein paar Münzen in den Hut warf; dann gingen sie nahtlos zu einer eigenwilligen Grieg-Bearbeitung über.

Das Bild der Straßen, die vom Hafen wegführten, war geprägt von neoklassischen Gebäuden des neunzehnten Jahrhunderts und stählernen Hochhäusern der letzten beiden Jahrzehnte. Oslo hatte im Laufe der Jahre durch Feuer ebenso großen Schaden genommen wie das alte Atlanta durch Sherman. Ich ging, ohne etwas sonderlich zu beachten, und nahm durch meine Schuhsohlen und den Geschmack auf meiner Zunge die Stadt in mich auf.

Ich bin es gewöhnt, allein, autonom und ungebunden zu sein – so zu sein, wie es mir passt; Halt zu machen, wann und wo es mir passt. Ich konnte in einen Laden gehen, so wie diesen hier – konnte mich mit dem Mädchen hinter der Theke ernsthaft über den Geburtstag einer Freundin unterhalten, fragen, welches die *aller*beste Schokolade sei, die sie dahätte, und was denn diese Halskette dort koste; ich konnte bezahlen; konnte sie bitten, die Kette als Geschenk einzupacken – und alles, ohne dass mich ein anderer Kunde sonderlich zur Notiz nahm; genauso wenig wie ich ihn. Hier kannte mich keiner; keiner, der mein Verhalten in diesem Laden mit meinem Verhalten an anderen Orten, zu anderen Zeiten vergleichen konnte. Ich war flexibel, war mein eigener Herr.

In meinem Geist hörte ich Julia schnauben: *Sehr norwegisch!*

Ich lächelte bei dieser Vorstellung, während ich mich Richtung Norden und Osten durchlavierte. Ungefähr eine halbe Meile vorm Olsen-Glas-Gebäude war der Asphalt aufgerissen und eine Grube abgesperrt, wo sich eine Hand voll junger Leute mit Spitzhacken und Schaufeln abschwitzten. Sie trugen abgerissene Kleidung und Arbeitsstiefel und waren alle aus demselben Holz geschnitzt: dicke, braun gebrannte Muskeln, helles Haar, zarte Wangen. Archäologiestudenten, das sah man auf den ersten Blick. Etwas, das wie morsche Grundmauern aussah, war zum Teil freigelegt, und einer der jungen Männer schabte mit einer Maurerkelle Schicht für Schicht eine Lehmkruste weg. Anscheinend von einem Pfosten. Der Bursche streckte sich, sah, dass ich hinschaute, und nickte mir zu.

»Was ist das?«, rief ich nach unten.

»Überreste der Altstadt. Fünfzehntes Jahrhundert, nehmen wir an.«

An einem Frühlingstag wie heute hätte es gut getan, in diese Grube zu springen, die Ärmel hochzukrempeln und eine Hacke zu schwingen.

»Das war mal ein großes Gebäude – schaun Sie nur, wie dick dieser Pfosten ist – vielleicht zu irgendeinem rituellen oder öffentlichen Zweck bestimmt.«

Der junge Mann wirkte eher hoffnungsvoll als sicher. *Ritueller oder öffentlicher Zweck*. Bei ihm hörte sich das so fremdartig an, aber die Menschen, die damals die Bäume gefällt, die Löcher für die Pfosten ausgehoben und die Wandbekleidung gewoben hatten, wurden von denselben Dingen umgetrieben wie wir: Hunger, Liebe, Wut. Wahrscheinlich war dieser Bau irgendetwas ganz Prosaisches: das altertümliche Gegenstück zu unseren öffentlichen Toiletten, eine Schänke oder – nachdem die menschliche Natur ja immer dieselbe bleibt – eine Kombination aus beidem. Ich konnte so einen Osloer Bürgersmann fast vor mir sehen, der die Heimkehr eines Handelsschiffes nebst einem stattlichen Profit gefeiert hatte, nun betrunken ins Freie torkelte und seine samtenen Rockschöße wegschob, um an diesen Eckpfosten zu pissen.

Der Archäologiestudent ging wieder an seine Arbeit, wobei er mit seiner Nase den Holzpfeiler fast berührte.

Die Westseite des Gebäudes von Olsen-Glas erschien in den schräg einfallenden Strahlen der Sonne wie eine Platte aus Gold. Haupteingang und Foyer lagen auf der Südseite. Da ich fünf Minuten zu früh war, blieb ich auf dem Bürgersteig.

Die Fahrstuhltür ging auf, und Julia trat heraus. Ich beobachtete sie durch das Panzerglas. In Borlaugs Büro musste es warm gewesen sein, denn Julia hatte die obersten Knöpfe ihrer Bluse geöffnet, die Ärmel aufgerollt bis zum Ellbogen und die Haare zu einem Knoten hochgesteckt. Sie wirkte munter und unbeschwert – eine Tänzerin mit Aktenmappe und in der falschen Umgebung. Als sie den Kopf hierhin und dahin drehte, sah ich, wie sich unter ihrer Haut weiche Muskeln bewegten. Ihr Gesicht leuchtete sanft wie eine Kerze.

»Alles klar?«

Sie klopfte auf ihre Aktentasche. »Alles unter Dach und Fach, samt Unterschrift. Die Vorvereinbarungen jedenfalls. Ah!« Sie seufzte, während wir auf dem Gehsteig losmarschierten. »Was für ein herrlicher Nachmittag! Nun möchte ich ein Bad, was zu trinken, dann Abendessen und danach noch einen Drink. Das muss gefeiert werden! Jetzt fängt mein richtiger Urlaub an.«

Wir saßen über einem Likör und tranken dazu Kaffee. Wohlbehagliche, gepflegte Konversation summte um uns herum. Julia seufzte und lehnte sich zurück. Das Licht fiel auf ihr Gesicht. Es teilte sich an ihrer Nase und übergoss ihre nackten Schultern und Arme. Ihr Kleid, aus schwerer grauer Seide, schimmerte wie ein geöltes Kettenhemd, und die winzigen Härchen auf ihrem Unterarm hätten aus Platin sein können.

»In solchen Momenten würde ich für eine Panatella über Leichen gehen.« Ihr Lachen klang tief, voll und erwachsen; sein Aroma stieg mir in die Nase wie feiner Armagnac. »Sie brauchen gar nicht so die Brauen hochzuziehn. Ich rauche schon seit sechs Jahren nicht mehr, aber in solchen Augenblicken fehlt es mir am meisten. Und Zigarrenduft ist einfach köstlich.«

»Aber genau wie Kaffee riechen Zigarren immer besser, als sie schmecken.«

»Stimmt.«

Ich nahm meine Jacke von der Lehne des Nachbarstuhls und zog eine flache Schachtel aus der Innentasche. »Ihr einheimischer Führer hat beschlossen, dass Sie ein kleines An-

denken an Oslo bekommen sollten.« Ich legte die Schachtel vor sie auf das schwere Leinentischtuch.
Julia berührte den Samt zaghaft. Ich stellte mir vor, wie er sich unter ihren Fingerspitzen anfühlte. Es verging ein langer Augenblick. Dann öffnete sie die Schachtel. Sagte nichts. Ich konnte ihre Augen nicht sehen. Sie drehte die Verpackung so, dass das Licht über das polierte Zinn fiel.
»Aud, das ist ja wunderschön!«
»Dann müsste es Ihnen stehen.«
Sie nahm die Kette heraus und schob sich die geschmeidigen Glieder auf den Unterarm. Es sah aus, als hätte jemand Holzrauch in Metall verwandelt und ihr auf die Haut gelegt – eine Haut, die mit einem Mal dunkler, geheimnisvoller und von unendlichem Leben erfüllt schien. »Die ist schwer.« Sie schob sich die Kette am Arm auf und ab, spielte damit, genoss dieses Gefühl.
»Die Frau, die es gemacht hat, versicherte mir, das Stück sei sowohl auf Tragekomfort wie auch auf Schönheit designt worden. Und der Schwanenhals symbolisiere Oslo.« Die Konturen waren schlicht und energisch, der Schwan eher angedeutet als konkret.
»Ich muss es sofort anprobieren.« Sie stand auf.
»Zum Waschraum geht's da lang.« Ich zeigte hinter mich.
Während ich wartete, kam die Bedienung und fragte, ob wir noch einen Wunsch hätten. Ich verlangte einen Brandy, noch einen Kaffee für Julia und die Rechnung. Keiner der Gäste hatte seinen Platz verlassen. Julia bewunderte sich wohl noch im Spiegel.
Der Brandy und die Rechnung kamen. Ich bezahlte und nippte an meinem Glas, behielt den Brandy einen Moment ganz hinten auf der Zunge, bis es schien, ich schluckte mehr Verdunstungsaroma als Flüssigkeit. Dann kehrte Julia zurück. Sie rutschte auf ihren Platz, die Kette um ihren Schwanenhals. Sie hatte Recht: Es war ein prachtvolles Stück.

Sie beugte sich so weit nach vorn, dass ich sie fast hätte küssen können, und ihre Augen funkelten wie Diamanten. »Sagen Sie mir offen und ehrlich. Warum? Ausflüchte sind zwecklos. Warum schenken Sie mir das hier?«
»Ich weiß nicht.« Seit ich diese Frau kannte, hatte ich öfter »Ich weiß nicht« gesagt als im ganzen Rest meines Lebens. »Ich hab's im Geschäft gesehen. Die Sonne fiel darauf und es glitzerte. Da musste ich an Sie denken.« An dich wie du in Borlaugs Büro sitzt; wie deine Lippe manchmal fast am unteren Schneidezahn hängen bleibt, wenn du lächelst; wie gern ich dein Lächeln *sehen* wollte. »Ich musste daran denken, wie gut es Ihnen stehen würde. Da hab ich es gekauft.«
Sie hörte zu und zeigte ein eigentümliches, geduldiges Gesicht, das ich mir nicht erklären konnte. Ich hatte ihr nicht die gewünschte Antwort gegeben. Ich wusste nicht, *was* für eine Antwort sie sich wünschte.
Sie stand unvermittelt auf. »Trinken Sie aus. Ich hab Lust zu tanzen.«

Wir nahmen einen Umweg: in einem weiten Bogen südwärts, auf der Akershusstranda, während das letzte Licht des Abends auf unseren Gesichtern schimmerte. Der Himmel war indigo- und tintenblau, und die Menschen auf den Gehsteigen lachten vor bebender innerer Erregung: Es war Freitagabend, im Frühling, in einer großen Stadt. Julias Kostüm glitt auf den Hüften hin und her, und ihre Halskette glänzte. Julia wirkte ruhelos, unausgeglichen – so als würde sie gleich irgendetwas tun. Als wir dem Club näher kamen, schlugen die dröhnenden Bässe mir in den Bauch, dass mein Inneres zitterte und mein Herz schneller klopfte.
Wir mussten Schlange stehen. Das Leuchtzeichen über dem Eingang blitzte auf Piercings, Leder und glatten Gesichtern. Der Schall der Musik glich einer Wand. Julia reckte ihm ihr

Gesicht entgegen, als wäre es die Sonne. Erst ein Lächeln; dann lachte sie laut.

Die Warteschlange schob sich langsam vorwärts. Julia summte vor sich hin und bewegte sich mit der Musik. Etwas Wildes lag in der Luft.

Als wir an der Spitze der Schlange waren, hielt uns der Türsteher seine Hand hin.

»Wie viel?«, fragte ich.

»Sechzig Kronen. Und Personalausweis.«

Ich griff nach meiner Brieftasche.

»Was hat er gesagt?«

»Er verlangt den Personalausweis.« Ich fand meinen Führerschein.

»Was soll das heißen: Er verlangt den Personalausweis?« Sie drehte sich zu dem Mann um, und plötzlich bündelte sich all ihre Ruhelosigkeit auf diesen Punkt. »Ach, kommen Sie! Für wie alt schätzen Sie mich denn?«

Er hielt die Hand nur eine Spur nachdrücklicher hin. Ich gab ihm meinen Führerschein. Er nahm ihn unter die Lupe.

»Also so was! Wie alt schätzen Sie denn *sie*? Auf sechzehn? Wahrscheinlich glauben Sie dann auch, wir wären den ganzen Weg hierher geflogen und hätten unsere Papiere gefälscht, nur um in diesen Club zu kommen?« Sie klang fuchsteufelswild.

»Julia, er macht nur seinen Job. Dieser Klub ist erst ab sechsundzwanzig.«

»Er ist was?!« Nun war ich Zielscheibe dieses unnachgiebigen Blicks. Ich hielt ihm stand.

»Man muss über sechsundzwanzig sein. Woher soll *er* denn wissen, dass Sie neunundzwanzig sind.«

»Sehr richtig«, sagte der Mann mit einer leichten förmlichen Verbeugung. »Sie sehen viel, viel jünger aus.«

Einen Moment glaubte ich, sie würde ihm an die Gurgel springen. Sie musste sich sichtlich zusammenreißen. »Das soll vermutlich ein Kompliment sein. Aber ich fasse es nicht so auf. Da ist mein Führerschein! Wenn Sie uns nicht reinlassen wollen, dann sagen Sie's einfach. Und jetzt her mit dem Ding. Lassen Sie uns entweder rein oder nicht.«

Er gab ihr den Führerschein zurück, und sie rauschte an ihm vorbei. Ich kam hinterher, nachdem ich bezahlt hatte. Die Musik war wie ein lebender Strom. Sie pulsierte zwischen den Körpern, sammelte sich in dunklen Ecken, ließ Knochen so hart vibrieren, als wäre es Knorpel.

Julia stand schon an der Bar. »Ich hab Ihnen ein Bier bestellt.« Sie kippte den Schnaps neben den beiden Biergläsern ab und gab mit ihrem Finger der Barkeeperin ein Zeichen – einer großen Frau, ganz aus Fett und Muskeln, und mit abgesplittertem Vorderzahn –, die ihr daraufhin einen zweiten brachte. »Scheiß-Wichtigtuer.« Sie trank den zweiten *akevit* halb leer. »Gott, wie ich dieses Zeug hasse!« Trotzdem trank sie ihn ganz. »Warum macht man das überhaupt, solche Ausweiskontrollen? Ich komme mir dabei vor wie ... Es ist die Art, wie sie einen ansehen. Als würde man jemanden *betrügen* wollen. Hier, schaun Sie sich mein Gesicht an! Sieht so vielleicht eine Vierundzwanzigjährige aus? Nein. Natürlich nicht. Das ist alles eine Scheiß-Show mit diesen Ausweisen. Seh ich aus wie jemand, der anderen etwas vormachen würde, nur damit er in diesen lausigen Club kommt? Ich *hasse* es, wenn man mich als Lügnerin hinstellt – dass ich mir etwas unter den Nagel reißen will, das mir nicht zusteht. Und was diese Kacke betrifft von wegen ›Oh, Sie sehn so jung aus, Ma'am ...‹ Pah! Scheiß auf diese Art von Komplimenten! Warum sollte es irgendjemand als *Kompliment* empfinden, wenn er gesagt kriegt, er sähe jung und naiv aus, noch nicht von Erfahrung gezeichnet, und so, dass man ihn leicht reinlegen kann? Na, ich jedenfalls fühle mich nicht geschmeichelt. Ich habe mir dieses Gesicht redlich verdient!«

Die Halskette ging auf und ab, während Julia vor sich hin schnaubte, und als sie nach ihrem Bier griff, glitten die langen Muskeln an ihren nackten Schultern übereinander.
»Gott, und das hier hasse ich auch! Bedienung, ein Glas Chardonnay bitte.«
Sie war wütend und wild wie ein Falke. Ich konnte mir vorstellen, wie sie zwischen Felsklippen kreiste, wie die Sonne auf ihren Krallen blinkte und ihr schriller Schrei durch die Schlucht gellte.
»So. Sie sind ja so still.«
Sie würde diese Flügel ausbreiten, sich von der Felskante stürzen, um mit ihren Schwingenschlägen durch warme Aufwinde höher, immer höher zu steigen, und wenn ihre Augen in der Farbe von Ringelblumen eine winzige Bewegung am Boden erspähten, würde sie herabstoßen: Knattern von Wind unter den Fittichen, winziges Quieken eines erschreckten Nagetiers, Knacken eines Rückgrats, dann das Aufwärtsklatschen der Schwingen, zwischen den Krallen ein warmer, schlaff herabbaumelnder Hase. Und plötzlich verstand ich mein dauerndes »Ich weiß nicht«. Verstand, warum ich sie nach Norwegen begleitet und sie mit zu Tante Hjørdis genommen, warum ich in diesem Laden gestanden und ihr die Halskette gekauft, warum ich ihr die Munch-Sammlung gezeigt hatte. Ich verstand, was der Partner dieses Falken empfand, wenn er mit dem Hasen zurückkehrte, wenn sie ihm gemeinsam das Fell von den Knochen rissen, das rohe Muskelfleisch und die Hautfetzen schluckten und sich dabei gegenseitig in die Augen starrten. Ich wusste, warum ich auf ihre Frage »Bin ich außer Gefahr?« geantwortet hatte: »Ich werde Sie beschützen«: Weil ich sie beschützen wollte, vor allem und jedem. Diese Erkenntnis war schockierend, wie der Geschmack eines Kupferpfennigs in meinem Mund, wie der Geschmack von Blut.
Julia lachte. »Sie machen vielleicht ein Gesicht! Vergessen

Sie mein Gestänker und Gejammer, hören Sie gar nicht darauf. Jetzt sind wir ja drin. Da steht Ihr Bier. Trinken Sie einen Schluck!«

Die Musik war energisch, beharrlich. Julia bewegte sich nun wieder mit ihr – schwang silbrig hin und her wie ein schlafender Fisch in der Strömung.

»Los, tanzen wir!« Ich streckte meine Hand aus, und als sie sie ergriff, war es nicht wie vorher in der Munch-Sammlung, sondern wie ein Stromkreis, der sich schloss, eine Energie, die mir geradewegs durch die Knochen lief und begann, meinen Bauch zu erwärmen.

»Ah!« Eine blühende Röte trat auf Julias Wangenknochen.

Die Tanzfläche war klein und voller Leute, von denen jeder ein eigenes privates Reich darstellte. Sie stießen ihren Bauch vor und zurück oder bewegten sich wild wie Derwische. Julia tanzte mehr mit dem Körper als mit den Armen, mehr mit den Hüften als mit der Brust, und fast konnte ich sehen, wie sich die Hitze unter ihrem Nabel anstaute – eine Hitze, die meiner kaum nachstand, wie der geschmolzene Kern eines Planeten. Diesmal bewegten wir uns um ein gemeinsames, zwischen uns schwebendes Schwerkraftzentrum. Es zog uns immer näher heran, bis Julias silberfarbenes Kleid dicht vor mir wogte: zwanzig Zentimeter, achtzehn, fünfzehn.

»Aud«, flüsterte sie, »Aud ...«

Ich legte ihr meinen Arm um die Taille und fegte mit ihr durch die Menge. Sie stolperte kurz, weil ihre Beine unkoordiniert und achtlos waren, ihre Aufmerksamkeit ganz auf die Hitze konzentriert, die sich zwischen meinem Arm und ihrem Rücken sammelte, zwischen der Breitseite meiner Finger, da wo sie sich um Julias Hüftknochen schlossen und Julias Bauch streiften. Ich warf dem Türsteher zweihundert Kronen zu. »Taxi.«

Der Wagen erschien vom einen Moment auf den anderen,

und obwohl er schnell durch die leeren Straßen fuhr, war in seinem Innern doch alles still. Wir atmeten kaum. Mein Arm lag immer noch um Julias Taille, aber wir blieben beide regungslos, während die Hitze höher stieg.
Ich muss bezahlt haben, muss mit dem Lift nach oben gefahren sein, denn plötzlich standen wir auf dem vertrauten Gang und Julia streckte schon die Hand nach ihrem Türknauf, da sagte ich: »Nein, in meinem Zimmer, es muss in meinem Zimmer sein.« Dann waren wir drinnen, und ich verschloss die Tür.
Julia stand in der Mitte des Zimmers. Sie wartete. Ich blieb fünf Zentimeter vor ihr stehen und streckte meine Fingerspitzen aus, ließ sie flatternd über die Lippen gleiten, den Hals, wo ein starker Puls pochte, über die nackte Haut oberhalb des Kleides, und Julia fing an zu stöhnen – ein tiefes rhythmisches schweratmiges Stöhnen –, bis ich näher trat und sich mein Oberschenkel an ihren Bauch drückte. Da stellte sie ihre Beine ein Stückchen weiter auseinander und keuchte mir in den Mund. Während ich mit der einen Hand ihren Hinterkopf festhielt, zog ich ihr mit der anderen behutsam den Reißverschluss herunter. Dann trat ich zwei, drei Zentimeter zurück. Das Kleid rutschte, und sie begann, sich herauszuwinden. Mit derselben Hand knöpfte ich mir die Bluse auf, öffnete den Reißverschluss meiner Hose, und nun war es, als versuchte man einen Hurrikan zu bändigen. Julia drückte mich nach hinten, und wir landeten auf dem Bett.
Sie war stark, beweglich, fit und wild über die Grenzen der Zivilisiertheit hinaus. Ich zog sie ganz aus, sie riss mir buchstäblich das Shirt vom Leibe, und als ich sie nach unten stieß, um mich auf sie zu legen, hatte sie mir mit einem Ruck schon die Hose bis auf den Oberschenkel hinuntergezogen, mir ihre Arme um den Hals geschlungen, und wir lagen Brust an Brust. Ich spürte, wie ihre Bauchmuskeln sich

unter den meinen anspannten. Die Augen, in die ich schaute, waren schwarz wie Basalt. Ich ließ meine Hände an Julias Flanken hinabgleiten, über harte Rippenbögen, über die Beckenkurve, da stieß sie sich plötzlich zu mir hoch, und die Stränge in ihren Armen und Schultern traten hervor, als sie mich fest zu sich herabzog, Haut an Haut, so glitten wir aufeinander hin, spannen einen Kokon von feuchten Spuren, atmeten eine den Atem der anderen, Auge in Auge, während die Hitze zwischen uns sich steigerte und Julia murmelte: »In mir. In mir.« Wir bewegten uns immer stärker, immer schneller, immer höher staute sich die Hitze, und jetzt schrie Julia, die Arme krampfhaft auf meinem Rücken verschlungen, und die Hitze war sengend, brennend, lodernd wie die Glut eines Hochofens, bis sie endlich über uns hinwegdonnerte, die ganze Welt mit heißer Luft und heißem Metall erfüllte und sich Fleisch und Knochen in ihrem Gefolge zu nichts auflösten.

Julia lag lächelnd auf dem Rücken. Ich streichelte ihren Kopf und stand immer noch unter dem Eindruck meiner schlagartigen Erkenntnis: Es war genau wie in meinem neunten Lebensjahr, als ich in den wilden Herbstgärten von Horley House gespielt hatte, erfüllt von purer Lebenslust umhersprang und -hüpfte und meine Mutter sich zu einem der großen Schiebefenster hinauslehnte, um mich zu rufen. Wie ich da voll Freude, Kraft und Energie gelaufen und gelaufen war, über Stock und Stein, über niedriges Ginstergestrüpp, über den Reisig- und Dornenhaufen, den die Gärtner zusammengelesen hatten, um ein Feuer zu machen. Ich erinnere mich an die rauchige Yorkshire-Luft, an die Hitze auf meinen Wangen in der rauschenden kühlen Abenddämmerung, an das Brennen des Holzes, als ich, schlitternd und mit leuchtenden Augen, endlich zum Stillstand kam, und daran, wie meine Mutter bleich werdend zu mir sagte: »Was hast du denn mit deinem Bein gemacht?«

Ich schaute hinunter und dachte: *Oh.* Mein linkes Bein war rot, als steckte es vom Knie abwärts in einem knallroten Strumpf. Und plötzlich konnte ich es auch riechen: stechend, wie Kupfer. Blut. Ich verdrehte den Körper, um die Rückseite meines Beins zu inspizieren. Zwei bis drei Zentimeter unterhalb der Kniekehle war eine längliche klaffende Wunde.

»Zum Glück hast du dir keine Sehnen gerissen«, sagte der junge aknegeplagte Arzt im Krankenhaus, als er die letzten Stiche vornahm.

Ich habe bis heute eine zehn Zentimeter lange Narbe und frage mich immer noch, wie und wo ich mich derart verletzen konnte – an den Brombeerdornen oder an dem Nagel in irgendeinem alten Zaun –, ohne etwas zu *merken,* ohne zu spüren, wie die Haut, das darunter liegende Fettgewebe und schließlich der dicke, rosafarbene Muskel riss.

Julia seufzte und lächelte dann wieder. Wie hatte sie es bloß geschafft, in mich zu kommen, zwischen meinen Rippen hindurchzuschlüpfen und an meinem Herzen zu ruhen, ohne dass ich etwas merkte?

Ich streichelte ihren Körper auf und ab; so lang und schlank und schön. Mein Stilett. Genau daher rührte meine Furcht – von der unbewussten Erkenntnis, dass ich verwundbar war.

»Ich liebe dich«, sagte ich. Julias Lächeln wurde breiter: Sie hatte es die ganze Zeit gewusst. Ich lachte, und es war mein eigenes Lachen, kein künstliches, um irgendetwas zu kaschieren. Als ich es hörte, musste ich erneut lachen. Und Julia lachte über meine Vergnügtheit. Die Welt ist ein fremder, merkwürdiger, wunderbarer Ort.

zehn

Wir hatten gepackt und saßen bei unserem zweiten Frühstück, diesmal im Hotelspeisesaal, als die Verleihfirma das Auto samt Mobilfunktelefon lieferte. Das Handy und die Papiere ließ ich mir vom Fahrer an den Tisch bringen. Dann aß ich meinen Räucherlachs zu Ende, während Julia Edvard Borlaug anrief, um ihm die Nummer zu geben – »nur für den Fall«. Als sie fertig war, telefonierte ich mit Tante Hjørdis, die sagte, sie würde uns zu gerne noch einmal sehen, bevor wir die Stadt verließen.
Ich schob den Teller beiseite. »Wir sollten noch Platz übrig lassen. Sie meinte, wir sollten etwas Zeit mitbringen – sie macht uns *koldt bord.*«
»Bedeutet das, wonach es sich anhört?«
Ich nickte. »Sie macht immer dieselben Sachen, und immer die gleiche Menge – als würde sie eine Invasion erwarten.«
Während Julia den Transport unserer Gepäckstücke zum Wagen überwachte, kümmerte ich mich um die Abreiseformalitäten. Ich hatte den aberwitzigen Drang, mich vertraulich zu dem Mann an der Rezeption hinüberzulehnen, ihm zu sagen, was für ein wundervoller Tag es sei, ihm ein geradezu unanständiges Trinkgeld zu geben und zu singen. Ich beherrschte mich.
Obwohl sich die Sonne hinter tiefem, grauem Gewölk versteckte, erschien mir die Welt strahlend und aufregend. Der Audi war etwa zwei Jahre alt, aber sein Vierradantrieb mach-

te keinen stark benutzten Eindruck; allerdings war die gemächliche Fahrt nach Ulleval Hageby mit den vorgeschriebenen fünfzig Stundenkilometern auch nicht gerade der Härtetest. Julias Hand ruhte auf meinem Schenkel, während ich Richtung Vorstadt steuerte.

Wir parkten gleich unten an der Straße. Julia stieg aus und sah an den Bäumen hinauf. »Ist das Einbildung, oder sind die Blätter in den letzten drei Tagen größer geworden?«

Sie waren wirklich gewachsen. Julia wirkte darunter wunderschön.

Ich klopfte. Tante Hjørdis öffnete die Tür und drückte mich an ihre Brust. Sie wollte gerade einen Schritt zurücktreten, da hielt sie inne, schob mich auf Armeslänge von sich und nahm mich ein Weilchen in Augenschein. Dann schüttelte sie Julia stürmisch die Hand. Auch sie wurde erst einmal kritisch begutachtet. Zuletzt riss Tante Hjørdis die Tür weit auf, rauschte Richtung Küche und sagte über ihre Schulter: »Ich muss mich um die Soße kümmern.« Der Esstisch im Zimmer ächzte unter seiner Last, und die Düfte von Fisch und Soße wehten aus der Küche. Als wir ihnen folgten, entdeckten wir Tante Hjørdis, die gerade mit einem Holzlöffel in einem winzigen Kochtopf rührte. Der Löffel war schon alt gewesen, bevor ich auf die Welt kam. Sie fügte der Soße Mehl und Sahne hinzu, während in einem anderen, mit heißem Wasser gefüllten Topf runde weiße Klöße hüpften.

»Fiskeboller«, erklärte meine Tante. »Julia, würden Sie mir bitte die Sahne reichen.« Und dann auf Norwegisch: »Aud, du kannst das Tablett im Esszimmer abräumen und mir bringen.« Ich gehorchte. *»Coffee«,* sagte sie, was im Norwegischen und Englischen das Gleiche bedeutet. Ich füllte den Kessel mit Wasser, um ihn auf den modernen Halogenherd zu stellen.

Julia rührte die Soße, während Hjørdis mit einem geschlitzten Löffel die Fischklößchen aus dem Topf angelte. »Norweger sind gute Eheleute«, sagte sie. »Ordentlich, vernünftig, tüchtig. Wer plant, wer sich das Geld einteilt und hart arbeitet – aber bitte schön nicht so hart wie ihr Amerikaner –, der hat ein ruhiges, angenehmes Leben. So, fertig! Wir können essen.«

Wir begannen mit *spekesild*. Julia schmeckte es ganz offensichtlich. Sie beschrieb Tante Hjørdis ihre Vorstellungen über eine Kinderzone im Skulpturengarten von Olsen-Glas. Hjørdis legte ihre Gabel hin.

»Also, wenn der und seine Familie richtige Norweger wären, dann würden sie nicht so viel Profit machen, dass sie ihn für Gärten ausgeben müssen. Geld, alles ist Geld heutzutage. Haferflocken sind inzwischen doppelt so teuer wie vor zwei Jahren. Doppelt so teuer. Und wisst ihr, was diese Grönlandkrabben kosten?« Geste in Richtung der Garnele, die bäuchlings in der Mayonnaise lag. »Und immer Arbeit! Arbeit, Arbeit, Arbeit. Da telefoniere ich mit deiner Mutter, Aud, und frage: ›Wann kommst du denn mal wieder zu Besuch?‹ Und sie sagt: ›Ach, Hjørdis, es fehlt mir einfach die *Zeit*.‹ Als wäre *ich* die Dumme. Keine Zeit für die Familie. Das muss man sich mal vorstellen! Aber wenigstens du bist gekommen. Und hast Julia mitgebracht.«

Wir aßen Salat und dünn geschnittenes Rentierfleisch. Julia fragte Hjørdis, was sie mit ihrem Tag anfinge, wenn sie nicht gerade ein köstliches Mittagessen für Gäste zubereitete. Hjørdis schnaubte. »Da arbeite ich mit jungen – und weniger jungen – Leuten zusammen, die ein bisschen gescheiter sein sollten. Diesen …« Sie kam nicht auf das englische Wort und sah mich Hilfe suchend an.

»Drogenabhängigen.«

Julia wirkte nur leicht überrascht, aber ihr rechtes Bein, das unter dem Tisch dicht an meinem lag, zuckte.

»Ich helfe beim …« Wiederum ein Blick.

»Fixerstuben-Projekt«, half ich ihr.
»Ja, und in der Aids-Aufklärung. Obwohl die bestimmt besser Bescheid wissen als ich. Aus eigener Erfahrung.« Einen Moment erstarrte ihr rotbackiges Gesicht, dann schüttelte sie ihr Mitgefühl mit angeborenem Pragmatismus ab. »Und ich vertrete sie, nein« – das zu mir, weil ich bereits den Mund aufmachte – »ich bin ihre *Anwältin* gegenüber dem Sozialamt und so weiter. Ein Haufen Arbeit, obwohl im Sommer weniger. Natürlich alles erst, seit ich in Rente bin. Vorher habe ich in einer Droge... in einer Apotheke gearbeitet.«
»Ja, in der Jernbanetorgets Apotek.«
»Genau. Die hatte die ganze Nacht durch geöffnet. Natürlich hätte ich nicht nachts arbeiten müssen. Ich hätte das auch einem von den Jüngeren überlassen können, aber es ist nur gerecht, wenn jeder mal drankommt. Und da habe ich all diese jungen Leute kennen gelernt. So dünn, so blass. So traurig ...« Wieder dieses Kopfschütteln. »Los, esst. Damit die *fiskeboller* nicht kalt werden.«
Wir aßen die Fischklößchen. Weich und milchig, mit nichts anderem zu vergleichen.
»Diesen Gesichtsausdruck hast du schon immer gekriegt, als du noch so hoch wie dieser Tisch warst«, lächelte Hjørdis und wandte sich an Julia: »Sie und ihre Mutter sind jeden Sonn- und Feiertag hierher gekommen, um mein *koldt bord* zu essen.« Manchmal war auch mein Vater dabei, aber selten. »Und Aud, die nicht immer ein artiges Kind gewesen ist, hat ständig versucht, noch vor dem Salat ein paar *fiskeboller* zu stibitzen. Esst, esst. Ich habe genug für eine zweite Portion gemacht. Aber lasst noch ein bisschen Platz für Käse und Nachtisch.«
Wir machten uns über den Käse her. Julia und ich saßen so dicht, dass unsere Arme aneinander rieben, wenn wir nach Kräckern oder Nüssen langten. Ihr Bein lag immer noch an

meinem. Ich erzählte die Geschichte von dem nigerianischen Heroinring, die ich von Taeko hatte.

»So. Wir brauchen noch Beeren zum Dessert. Aud« – ich stand auf; das war immer meine Aufgabe gewesen, seit ich ungefähr sieben Jahre alt und stark genug war, die großen Einmachtöpfe allein aus dem Keller zu holen – »bitte ein Glas ...« Sie sah von mir zu Julia und wieder zurück. »... *molte,* würde ich sagen. Ja, die Spezial-*molte.*« Sie wiederholte das Wort mit großer Genugtuung.

Ich war seit Jahren nicht mehr in Tante Hjørdis' Keller gewesen. Als Kind war er mir wie ein Wunderland erschienen. Ich ging vorbei an der Waschküche mit ihren Steintrögen, die in meiner Fantasie dazu gedient hatten, vielleicht während des Kriegs gefangene Nazis zu zerstückeln; vorbei an den lakenverhangenen Gebilden in der Rumpelkammer; und zu der Schatzhöhle, einem langen, schmalen, trockenen Raum, gesäumt mit langen Regalreihen, von denen sich jedes unter Gewürzgurken und eingelegten Tomaten bog, Soßen und Eingemachtem, Beeren, die in gedämpften Farben schimmerten – Rot, Gold und Smaragdgrün – wie kostbares Geschmeide unter dem Staub der Jahrhunderte. In Erinnerung an die Zeit, als ich acht, vierzehn, neunzehn gewesen war, fuhr ich mit meiner Hand an den Regalen entlang ... Es war anders. Ich brauchte einen Moment, um mir klar zu werden, dass der Unterschied in der Beleuchtung bestand: Die baumelnde Glühbirne meiner Kindheit war durch zwei Halogenlampen im Boden ersetzt worden. Die Farben leuchteten dadurch noch intensiver.

Die letzten vier Gläser Spezial-*molte* standen auf dem obersten Regal. Ich kannte ihre Geschichte: Während des Krieges, als es keinen Zucker gab, hatte Tante Hjørdis die Beeren unzerkleinert in 2-Liter-Gläser mit einfachem frischem Wasser getan, sie luftdicht verschlossen und zum Abkühlen in einen kalten Bach gestellt. Ich hatte erwartet, mich auf die Zehenspitzen stellen zu müssen, um an die Gefäße heranzukommen, aber das war mein Kindergedächtnis; das Regal reichte mir kaum bis zum Kinn. Ich nahm ein Glas herunter und hielt es ans Licht. Fünfzig Jahre. Es sah aus wie goldene Himbeeren. Vielleicht hatte Hjørdis übertrieben, und sie waren doch in Zucker oder irgendwelchem Sirup eingemacht; vielleicht war der Keller meiner Tante auch irgendwie verhext, sodass Zeit und Träume darin stillstanden. Es hätte mich nicht erstaunt, wenn ich plötzlich einen Meter kleiner gewesen wäre, mit zwei fehlenden Vorderzähnen.

Als ich wieder nach oben kam, waren Julia und Hjørdis in der Küche; Julia schenkte gerade Kaffee ein, Hjørdis schlug die Sahne.

»Du hast dich immer lange im Keller aufgehalten, schon als du ein Kind warst«, sagte meine Tante, als sie mich mit dem Glas dastehen sah. »Bring das rüber ins Esszimmer.«

Ich stellte das Gefäß auf ein Platzdeckchen, und Hjørdis legte eine Hand auf den Deckel, die andere um den hölzernen Griff an der Drahthalterung. Dann zog sie – zog ein zweites Mal, stärker. »Man muss sie fest verschließen«, sagte sie. »Luftdicht.« Als ich noch klein war, hatte sie mir erzählt, manchmal ginge der Gummi zwischen Glas und Deckel eine chemische Reaktion mit den Früchten ein; dann verschmölze er mit dem Glas, aber das komme bei ihr nicht in Frage. Sie brachte ihren starken Rücken zum Einsatz, und mit einem hörbaren *Plopp* gab der Deckel nach. Ich schloss die Augen und atmete tief ein. Gemächliche spätsommerliche Trägheit, warmes Gras, der kalte, herbe Geruch des Gletschers, eine halbe Meile entfernt. Hjørdis schöpfte eine ordentliche Ladung in eine Metallschüssel und brachte den Rest in die Küche. Über das Geräusch des Mixers hinweg sagte ich zu Julia: »Das sind Moltebeeren, auch Moor- oder Torfbrombeeren genannt. Die Stelle, wo eine Familie sie am liebsten sucht, wird wie ein Staatsgeheimnis gehütet.« Ich fischte mir eine mit dem Löffel heraus. Still, golden und formvollendet lag sie in ihrer Flüssigkeit. Ich hielt sie Julia unter die Nase. »Sie riechen wie dein Haar.«

»Ah-ah«, sagte Tante Hjørdis von der Tür her, »nicht essen! Wenn man Moltebeeren zum ersten Mal isst, dann unbedingt mit süßer Sahne.« Sie stellte die Schüssel voll Schlagrahmkompott auf den Tisch und schnappte mir den Löffel aus der Hand. »Aud, teil du das bitte aus, während ich den Kaffee hole. Anscheinend hat Julia vergessen, ihn mitzubringen.«

Wir nahmen Platz, und ich schöpfte die köstliche Mischung in drei kleine Schälchen. »Das letzte Mal hat Tante Hjørdis ihre Spezial-*molte* serviert, als meine Cousine Uta ihren Bräutigam der Familie vorstellte und dann verkündete, sei seien schon seit heute Morgen verheiratet. Und auch bei der Hochzeit zwischen meinem Vater und meiner Mutter hat Tante Hjørdis so ein Glas hervorgeholt; allerdings gestand sie mir später, sie hätte wissen müssen, dass er sie sitzen lässt, und bedaure, dass er je davon kosten durfte.«

Julias Hand fühlte sich kühl und sanft auf der meinen an. »Diesmal wird sie es nie bereuen müssen.« Die simple Feststellung einer Tatsache. *Diesmal wird sie es nie bereuen müssen. Im Osten geht die Sonne auf, im Westen geht sie unter. Zwei und zwei macht vier.*

Wir nahmen die E16 Richtung Norden. Julia saß am Steuer. »Zumindest fährt man hier auf derselben Seite wie bei uns, auch wenn wir uns an dieses Schneckentempo halten müssen.«

»Ein Stückchen weiter kannst du bis achtzig hochgehn und danach bis neunzig.«

»Was heißt das im Klartext?«

»Fünfzig und fünfundsechzig Meilen pro Stunde.«

Nachdenkliches Schweigen. »Wie weit ist es denn?«
»Zirka zweihundertfünfzig Kilometer. Aber die letzten fünfzig auf sehr kleinen Landstraßen.«
»Was denn? *Noch* kleiner?«
Je mehr sie sich an den Wagen gewöhnte und je spärlicher der Verkehr wurde, desto mehr entspannte sie sich. »So, dann habe ich also Tante Hjørdis' Moltebeeren gegessen.«
»Ja.«
»Sie ist ganz schön clever.«
»Als ich klein war, habe ich immer geglaubt, sie könnte meine Gedanken lesen.«
»Das macht bloß das schlechte Gewissen. Ich habe das früher auch immer von meiner Mutter geglaubt, wenn ich etwas angestellt hatte.« Die Stadt lag jetzt hinter uns, und das Gelände stieg allmählich höher. Die Tachonadel rückte Stück für Stück vorwärts. Julia sah mich von der Seite her an. »Wenn wir wieder in Atlanta sind, werde ich dich meiner Mutter mal offiziell vorstellen müssen.«
»Was heißt ›mal offiziell‹?«
»Du kennst sie doch schon. Ihr seid euch zweimal begegnet.«
Ich sah mich in Julias Büro sitzen, wie ein Kind daheim bei einer Freundin, während es darauf wartet, dass sie endlich raus dürfen und spielen …
»Annie«, sagte ich. »Annie Miclasz …« Sie nickte. »Ich habe mich schon gefragt, warum du sie nie Annie nennst. Immer nur ›Mrs. Miclasz‹. Weißt du, dass sie sich gleich erkundigt hat, ob ich in festen Händen sei?«
»Nein! Im Ernst?«
»Ja, so durch die Blume. Beschrieb mir haargenau, wie du deinen Kaffee magst. Nur für den Fall, nehme ich an. Bitte gib auf die Straße Acht. Wie ist es denn so, wenn man mit seiner Mutter zusammenarbeitet?«
»Ganz gut. Sie arbeitet seit etwa vier Jahren für mich. Früher

war sie Bürovorsteherin bei General Electrics, doch als sie vor sechs – nein, Gott, inzwischen schon fast zehn Jahren – wieder heiratete, braucht sie nicht mehr arbeiten zu gehen. Aber ihr wurde langweilig. Als ich von Boston zurück nach Atlanta zog, um meine Firma zu gründen, habe ich ihr deshalb eine Stelle angeboten. Das war eigentlich mehr zur Motivation gedacht, als Schubs, damit sie überhaupt wieder am Leben teilnimmt. Ich hätte mir nie träumen lassen, dass sie wirklich Ja sagt.«
»Und sie macht ihre Sache sehr gut.«
»Höre ich da bereits das Wort ›umwerfend‹ heraus?«
»Kann sein.«
»Na, sie ist aber auch von dir ganz hin und weg.«
»Das war gar nicht meine Absicht.« Ich legte Julia eine Hand auf den Schenkel. Muskeln zogen sich zusammen und entspannten sich wieder, während Julia Gas gab, um einen liegen gebliebenen Volvo zu überholen. Danach verlangsamte sie auf achtzig km/h. Wir passierten ein Straßenschild, das Hønefoss auswies. »Noch zirka ein Kilometer, dann kommt eine Gabelung. Links Fernstraße 7, rechts Fernstraße 16. Du biegst rechts ab.«
Ich probierte die Radiosender durch. Es gab natürlich viel Jazz, zwei Klassikkanäle und einen mit nordischem Pop, der lasches, stampfendes Metallic-Zeug brachte, wie Atlantas ureigenste Coca-Cola, aber ohne Kohlensäure. Dann fand ich Radio Norwegen. Sie spielten eine Volksweise, an die ich mich noch aus meiner frühen Kindheit erinnerte, mit einfachem Text und kleinen Schlaginstrumenten im Handformat. Ich hörte dieses Lied zum ersten Mal von Erwachsenenstimmen gesungen. Ich sang mit.
»Wovon handelt es?«
»Von einem Troll, der unter einer Brücke haust.« Ich übersetzte, während ich sang. Julia lachte über die Dummheit des Trolls.

Nun da sich die Straße geteilt hatte und wir Richtung Sperillen-See fuhren, nahm es Julia mit den Tempolimits nicht gerade genau. Auf den zwanzig Meilen entlang des mächtigen weiten Gewässers schaltete ich das Radio aus. Im Gegensatz zu einem Fjord war der Sperillen-See nicht durch Felswände abgeschirmt und schlug raue graugrüne Wellen. Ganz anders als die künstlich überfluteten Täler, die den Lake Lanier, gleich im Norden Atlantas, bildeten. Dort rissen Baumstümpfe und versunkene Häuser in trockenen Sommern mitunter Freizeitbooten den Rumpf auf, wenn ihre zu jungen, zu dummen Besitzer zu schnell damit fuhren und den See als eine Wasserstraße ansahen, ohne dessen Tiefen, Strömungen und verborgenes Leben zu kennen. Nördlich des Sperillen ging es allmählich bergauf. Der Fluss zu unserer Rechten, der Begna, wurde reißender und bekam hier und da Schaumkronen.

Julia warf einen Seitenblick danach. »Lebt dort drin was?«

»Trolle. Die leben in diesem Land überall. Es gibt Häuser hier, da werden selbst deine Freunde und Bekannten nie mehr eingeladen, wenn du *›Faen tar deg‹* – ›Hol dich der Teufel‹ – sagst oder *›Fy faen‹* – ›Pfui Teufel‹. Redewendungen, die mit dem Teufel zu tun haben, sind *trollskap,* also gewissermaßen Hexerei. Sie öffnen die Grenzen zwischen unserer Welt und der der Magie, und von dort wird nichts Gutes kommen. Stadtmenschen lachen heutzutage, wenn man von Trollzauberei spricht – aber nur tagsüber, und auch dann nur im Sommer. Außerhalb der Stadt vergeht ihnen das Lachen. Wenn du die Fjells und Fjorde siehst, wirst du das verstehen. Fels ist das Mark und Bein dieses Landes, und sein Blut ist das eisige Schmelzwasser der Gletscher. Es ist eine Welt der Dunkelheit, und drei Viertel des Jahres über herrscht Winter: Herbstwinter, Hochwinter und Frühlingswinter. Der Sommer mit seinen grünen Bäumen, seinem üppigen Gras, seinen Blumen und Beeren ist nur eine sehr dünne Haut über der rauen Wirklichkeit. Während der *mørketiden,* wenn Kerzenschein an den Wänden flackert und das halbe Land schon einen Monat keine Sonne mehr gesehen hat, gehen Trolle durch die Straßen und grinsen Schläfer in ihren Träumen an.«

»Erzähl mir eine Trollgeschichte.«

»Die vom Ziegenbock Gruff ist doch eine Trollgeschichte.«

»Dann erzähl mir eine andere.«

Ich dachte nach. »Mit acht Jahren hatte ich eine Mandelentzündung. Das Fieber kam und ging, und ich konnte nicht gut schlafen. Die Trennlinie zwischen Traum und Wirklichkeit war ganz dünn und verschwommen. Eines Nachts – mir schien, ich lag schon eine Ewigkeit wach, und mein Hals tat so weh, dass ich nicht schlucken konnte – kam im Dunkeln meine Mutter herein und setzte sich zu mir aufs Bett. Sie streichelte mir den Kopf und sagte: ›Vor tausend Jahren gab es in Oppland einmal eine Familie: einen wackeren, tüchtigen Mann namens Tors und Astrid, seine resolute Frau. Sie waren einfache Leute und hatten zwei Töchter, Kari und Lisbet, beide mit sandfarbenem Haar. Die waren besser als viele andere …‹«

Ich wunderte mich, wie leicht der Erzählduktus dieser längst vergangenen Nacht mir wieder zuflog, wie durchtränkt er war mit allem, was norwegisch ist, in sich vollkommen und keiner Überarbeitung bedürftig. Julia war eine gute Zuhörerin. Es fing an zu regnen. Sie fand den Scheibenwischerhebel und den Knopf für die Scheinwerfer. Ich machte es mir bequem und erzählte ihr in den Worten meiner Mutter, wie Tors für den Winter einen Schafhirten verdingte, einen Mann namens Glam.

Glam war ein Meisterhirt: Die Schafe schienen ihn zu fürchten, und er brauchte nur mit seiner rauen, schrecklichen Stimme zu rufen, da kamen sie mit eingezogenen Köpfen. Eines Nachts, als Glam mit seiner Herde draußen war, wur-

de der Schnee zu einem richtigen wilden Sturm. Keiner konnte da im Freien überleben. In dieser Nacht hatte Lisbet sonderbare Träume von dunklen Gestalten, die sich auf dem Fjell im Schnee abquälten.
Als man am nächsten Morgen erwachte, stellten die Hausinsassen fest, dass Glam nicht zurückgekehrt war. Sie machten sich auf die Suche und entdeckten ihn oben am Berg an einer flachen, blutbesudelten Stelle. Seine Haut war scheckig und aufgedunsen, als wäre er schon lange, lange tot. Riesige Spuren, so groß wie Fassreifen und mit gefrorenem Blut gefüllt, führten fort zu einer engen, tiefen Schlucht. »Trollspuren«, sagte Astrid, während sie erst in die Schlucht und dann wieder auf das Blut spähte. »Nichts, nicht einmal ein Troll, hätte so etwas überleben können.«
Man versuchte, Glams Körper von der Stelle zu bewegen, aber seine Knochen schienen wie in Stein verwandelt, und er wollte sich nicht rühren. Zuletzt ließ man ihn liegen und bedeckte seine Leiche mit Steinen.
Drei Tage später erwachte Lisbet mitten in der Nacht und kam zu ihrer Mutter gerannt. »Glam geht in meinen Träumen um!« Und am nächsten Morgen fanden sie einen toten Hund – oder das, was von dem Hund noch übrig war – auf der Türschwelle.
Da ging Astrid zu ihrem Mann. »Glam findet keine Ruhe in seinem Grab. Du musst ihn verbrennen.«
Als sie sich aber mit Reisigbündeln und Talg den Berg hinaufgekämpft und die Steine beiseite gerollt hatten, fanden sie nichts. Da sagte Astrid: »Der Troll haust in Glams Knochen und geht am helllichten Tag in dessen Haut herum.«
Dann wurden die Nächte länger, und Glam verbreitete Angst und Schrecken: Er lief auf den Dachfirsten entlang, bis der Balken einstürzte, er wälzte mächtige Felsbrocken den Hang hinunter, er trieb die Menschen in Elend und Verzagtheit und das Vieh zum Wahnsinn.

Nun begab es sich, dass zu dieser Zeit ein Schiff in den Fjord kam. Das gehörte Grettir dem Starken, welcher der Abenteuer in fremden Ländern müde geworden war. Der vernahm die Geschichte von Tors auf Torsgaard und Glam, dessen totem Schäfer, und ging nach Torsgaard, wo er Kari die Kühe melken sah, und ihr sandfarbenes Haar wurde von einem spärlichen Strahl der Wintersonne zu Gold verwandelt. Da erklärte sich Grettir bereit, auf dem Hof zu bleiben und Glams Treiben ein Ende zu setzen. Er verspürte nämlich einen seltsamen Unwillen, Kari Torsdottir dem Zorn des Trolls zu überlassen.
Vor der ersten Nacht, die Grettir unter ihrem Dach zubrachte, verriet Astrid ihm einen Plan.
Und als die Sonne unterging, stellte Tors fest, dass er merkwürdig müde war. So schlummerte er bald ein. Da befahl Astrid, Grettir solle ihren Mann nehmen, ihn zu dem Bett am anderen Ende des Ganges tragen und dort hineinlegen, weitab von der Haustür. Danach steckte sie Lisbet in deren wärmste Sachen, und die beiden schlichen zur Scheune hinaus, um sich dort zu verbergen. Kari und Grettir blieben allein im Haus. Sie standen sich am Feuer gegenüber, und Grettir, der sich in seiner Furcht um Kari vergaß, fasste das Mädchen an der Hand. »Es ist noch nicht zu spät. Wir können uns mit deiner Mutter und deiner Schwester draußen verstecken.«
»Aber du wirst mich brauchen«, antwortete Kari, die ganz kleine Augen vor lauter Müdigkeit bekommen hatte. »Wir müssen Glam ins Haus schaffen.«
Und als das Feuer verglomm, legte sie sich auf das Bett in der Ecke. Grettir wickelte sich in einen alten schweren Pelzmantel und richtete sich an der Wand gegenüber von Karis Bett ein. Dort stand eine Bank, vor der war ein Sitzbalken in den Boden eingelassen, ein mächtiges altes Ding, noch aus der Zeit, als man den Hof gebaut hatte. Darauf setzte Grettir

seine Füße und stemmte sich fest zwischen die Mauer und diesen Balken. Und dann wartete er.

Plötzlich, wie eine Lawine, krachte etwas aufs Dach und polterte dort herum – donnerte und stampfte mit den Füßen, dass der neue Balken zersplitterte, und fast wäre er eingestürzt. Die Wände zitterten, und Glam sprang draußen zu Boden und schritt auf die Tür zu, dass die Erde unter ihm bebte. Ein schrilles Knarren, als er seine mächtige, schwielige Hand auf die Tür legte, dann wurde sie jählings herausgerissen, samt Türsturz und allem, und der Mond schien kurz in die Kaminstube, bevor Glam sein riesiges Haupt hereinstreckte, sodass sämtliches Licht ausgesperrt wurde. Das Weiße in seinen seltsamen Augen schimmerte wie verdorbene Austern, und Grettir stockte das Herz.

»Glam«, sagte Kari. »Wenn du mich willst, dann komme ich mit dir, aber ich brauche ein Bärenfell, damit ich mich darauf legen kann. Bring mir den alten Mantel dort, auf der Kaminbank. Ich warte draußen.«

Glam ging mit langen Schritten zu dem Pelzbündel, das so zusammengerollt war wie eine Wurst, und versuchte es mit einer Hand zu nehmen. Aber Grettir stemmte sich dagegen, und das Bündel rührte sich nicht. Da zog Glam fester, doch Grettir stemmte seine Füße nur umso fester dagegen. Glam grunzte. Er ergriff den Pelz mit beiden Händen, und jetzt begann ein gewaltiger Kampf. Grettir wurde zur Tür und ins Freie geschleift. Zu guter Letzt und mit einer wilden Kraftanstrengung wand er sich in Glams Griff wie ein Aal, sodass er dem schrecklichen Gesicht und dem mächtigen Brustkorb, breit wie der eines Ochsen, den Rücken zudrehte. Grettir hakte seine Absätze hinter die steinerne Türschwelle, und mit einer Kraft, die gleichermaßen Angst, Entschlossenheit und Verzweiflung entsprang, streckte er sich dem letzten Hauch Wärme aus dem Hausinneren entgegen. Als Glam sein Bündel mit aller Macht wegzureißen versuchte, tat Grettir das Gleiche: Er schleuderte sich *nach hinten,* und durch sein letztes bisschen Kraft sowie die unmenschliche Gewalt, mit der Glam zog, wurden sie beide vors Haus geworfen. Während Grettir sich an Glams Brust klammerte, landete der genau auf einem Stein, sodass seine Wirbelsäule brach. Grettir würde dieses Geräusch, das laute Knacken, sein Lebtag nicht vergessen. Und dann flüsterte ihm Glam mit rauer, grauenvoller Stimme etwas ins Ohr.

»Du wirst leben, Grettir der Starke, aber du wirst nie wieder derselbe sein. Immer, wenn du ins Dunkel schaust, wirst du mein Gesicht sehen und meine Stimme hören, und du wirst wissen, dass ich dich eines Tages holen komme. Du magst mich zwar töten, aber in deinem Geist werde ich weiterleben.« Und der Troll lachte, finster und voller Bosheit. Da sprang Grettir auf die Beine, zog sein Schwert, schlug zu, und Glams Kopf rollte weg wie ein scheußlicher Stein. Aber Grettir lachte nicht, sondern weinte.

Glam wurde an Ort und Stelle verbrannt, vor der Haustür, und danach verbrannten sie noch seine Asche. Und als die Asche kalt war, sammelten sie sie in dem zerrissenen Mantel, wickelten sie ein, und Astrid sorgte dafür, dass der Mantel in einen Abgrund geworfen wurde und man große, schwere Felsbrocken darauf warf.

Torsgaard feierte den ganzen Tag, bis in den Abend, aber zuletzt verglomm das Feuer doch, und die Fackeln wurden gelöscht. Alle gingen schlafen. Mitten in der Nacht jedoch erwachte Kari von einem sonderbaren Geräusch, das sich anhörte wie ein weinendes Kind. Sie schaute nach, und es war Grettir, der gerade versuchte, eine Fackel anzuzünden. Dabei wiegte er sich vor und zurück. »Er wird mich holen. Er wird mich holen«, murmelte er unentwegt.

»Er ist tot, Liebster«, antwortete Kari.

»Ich bin ganz allein, und er wird mich holen, er wird mich holen!«

»Von nun an bist du nie wieder allein.« Aber er wollte nicht hören, er wiegte sich einfach nur vor und zurück.
Und es heißt, seine Furcht wurde immer schlimmer, obwohl Kari ihn wenig später heiratete und jede Minute an seiner Seite blieb, und dass er anfing, sich sogar am helllichten Tage vor und zurück zu wiegen und Fackeln anzuzünden. Am Ende sei er auf und davon, wie ein tollwütiger Hund. Kari hatte keinen Mann mehr, und mit Torsgaard ging es nach und nach bergab, bis es zu Grunde gerichtet war. In der Schlucht aber, in die man Glams Asche hineingeworfen hatte, wuchsen nie wieder Blumen.

»Die Kinder hier müssen seltsame Träume haben«, meinte Julia am Ende der Geschichte. »Also lautet die Moral, dass dich zum Schluss doch der Troll immer kriegt.«
»Selbst wenn man sich schon für den Sieger hält. Genau wie das Land.« Ich versuchte mit meinem Blick den Regen zu durchdringen, der jetzt anscheinend nachließ. »Wir sind im Oppland.«
»Ja, das sieht wirklich aus, als würden hier Trolle hausen.«
Wie um ihre Worte zu widerlegen, hörte der Regen plötzlich auf, und der Wind trieb die Wolken auseinander, dass ihre Fetzen über die endlose Gras- und Blumenlandschaft jagten. »Hier wird die Straße schmäler.«
»Jetzt bist du dran mit Fahren.«
Wir hielten und stiegen aus. Die Luft war kühl und frisch wie das taunasse Gras. Julia trat an den linken Fahrbahnrand, räkelte sich, und ich nahm sie von hinten in die Arme, um sie auf den Hals zu küssen. Aneinandergelehnt blickten wir in die Ferne. Ein perfekter Regenbogen wölbte sich über dem hügeligen Hochland.
»Man kann von einem Ende zum andern sehen«, stellte Julia fest.
»Es gibt auch Feen in dieser Gegend, nicht nur Trolle.«

Wir stiegen wieder ein, und ich kurbelte mein Fenster herunter. »Das erinnert mich an das Moorland in Yorkshire«, sagte ich beim Fahren. »Es zieht sich über Meilen hin. Und ungefähr jede Meile gibt es, zumindest in den wilderen Gebieten, solche hüfthohen ringförmigen Steinwälle mit einer Öffnung drin. Als Achtjährige dachte ich immer, das sei für die Schafe – damit die armen Tiere sich vor dem Wind schützen könnten. Vor meinem geistigen Auge sah ich, wie sich die gutmütigen Wollknäuel in dicht gedrängten Grüppchen hinter der Mauer verkrochen, während die Welt ringsum weiß vor Schnee wurde und freundliche Bauern mit ihren Fuhrwerken dahinrumpelten, um ihnen Heu, Rüben und andere Leckerbissen zu streuen. Als Halbwüchsige fand ich dann heraus, dass es sich bei diesen Mauern um Verstecke für Fasanenjäger handelte, wo Seine Lordschaft zusammen mit Freunden, die übers Wochenende zu Besuch waren, auf der Lauer lag, alle mit den gleichen Luxus-Flinten und silbernen Flachmännern, während die Treiber in einer Reihe übers Moor marschierten und mit Stöcken auf Brombeersträucher und Heidekraut klopften, bis die Vögel mit ängstlich flatterndem braunem und cremefarbenem Gefieder hervorbrachen. Im Frühling und im Sommer ist das Moor grün und mit winzigen Blümchen gesprenkelt. Der Herbst kleidet die Landschaft in ein hauchzartes Lila. Das ist die Erika. Danach brennen die Bauern alles ab, und das Moor wird zu einer verkohlten, trostlosen Wüste. So bleibt es bis zum ersten Winterfrost. Dann legt sich eine wunderschön weiße Schneedecke, die alles abmildert, darüber, und mit dem Frühling beginnt das Ganze wieder von vorn. Man möchte kaum glauben, dass an einem so schönen Fleckchen Erde irgendein Unheil geschieht, aber jedes Jahr gibt es dort Todesfälle – Wanderer, die vergessen, dass die Natur ihnen nicht nur wohlgesonnen ist; sie tragen alberne kleine T-Shirts und Straßenschuhe und meinen, mehr als einen Schokoriegel bräuchten sie nicht für den Notfall. Norweger kommen hier draußen nicht ums Leben. Die wissen Bescheid. Sie kennen die Macht des Trolls.«

»Glaubst du, Hobbits sind die zahme englische Version davon?«

Es herrschte jetzt heller Sonnenschein, und die Luft kam mir dünner vor. Unser Wagen war der Einzige auf der Straße. Ich beobachtete Julia, während sie redete. Ich konnte mir nicht vorstellen, ohne sie auf dieser Landstraße zu fahren. Ich konnte mir keinen Rückflug nach Atlanta vorstellen, ohne dass sie unruhig auf dem Nachbarsitz herumrutschte. Ich konnte mir nicht vorstellen, wie alles gewesen wäre, wäre ich nicht um diese Ecke im Inman Park gebogen.

Bei Tyinkrysset fuhr ich ab, und es folgten noch fünf Kilometer unbefestigter Straße. Dann hielt ich an.

»Wo sind wir hier?«

»Der See da unten ist der Tyin.«

»Mein Gott, ist der grün!«

»Gletscherwasser.« Aber nicht deshalb hatte ich angehalten. »Schau mal nach Norden.« Wir waren oberhalb der Baumgrenze, und vor uns lag eine gewaltige, weite Bergkette, durchsetzt mit grünen Seen und moränenübersäten Flächen. Jotunheimen, »Heimat der Riesen«. »Das hier ist mein Land. Bevor wir es betreten, möchte ich dir sagen, dass ich mich getäuscht habe. Wären wir noch drüben in Atlanta, dann hätten wir vielleicht Grund zur Besorgnis, aber hier – nein, hier nicht. Ich glaube, ich war so nervös, weil ich nicht wusste, was in mir vorging.« Ich nahm ihre Hand. »Mir war einfach nicht klar, wie sehr ich die Gewissheit brauche, dass du außer Gefahr bist. Ich wusste nur, ich kam mir verwundbar vor. Tja, nun verstehe ich also. Und wir müssen uns keine Gedanken über Atlanta, über Honeycutt oder seinen Erpresser mehr machen. Die wissen nicht, wo wir sind, und inzwischen hat die Polizei die Lage wahrscheinlich im Griff. Nun, es wird Zeit, alles hinter uns zu lassen.«

Julias Augen waren blau und geheimnisvoll wie der Meeresgrund, ihr Lächeln hell wie die Sonne. »Ich habe es schon in Oslo hinter mir gelassen, als ich es abstreifte und als zerknittertes Häufchen in deinem Schlafzimmer liegen ließ.«

elf

Das Boot war alt – Hjørdis hatte gesagt, sie erinnere sich noch aus ihrer Mädchenzeit an denselben geschnitzten Bug –, und es lag mit eingeholten Rudern auf den glasklaren Fluten des Lustrafjord. Im Bug schlummerte Julia, während ich selbst angelte – vollkommen entspannt, innerlich genauso ruhig wie das Wasser.

Es gab keinen Verkehr, keine Maschinen, nur das gelegentliche Trillern der kleinen Dompfaffen, die am gegenüberliegenden Ufer nisteten, und das Knarren sonnendurchwärmter Eichen. Ich hätte in einem anderen Jahrtausend sein können.

Das Sommerhaus unserer Familie war zwar nicht gar so alt, aber Hjørdis meinte, es gehe auf ein Gehöft aus dem vierzehnten Jahrhundert zurück, das planlos vergrößert worden, von dem heute aber nur noch dies eine Gebäude und der Speicher übrig waren. Früher habe unserer Familie das gesamte Land gehört, das ich nun am Ostufer des Fjords sah, und uns gehörte zwar immer noch ein Großteil, doch das Gehöft lag nun nordwärts, etwas tiefer, und statt Schafen gab es dort heute Kühe, Schweine und, im Sommer, Beeren. Die alte Reidun, ihre Tochter Gudrun und Gudruns Ehemann führten den Betrieb. Ihnen gehörte auch die Hälfte der hiesigen Liegenschaften. Ein-, zweimal im Jahr sorgten sie auf Hjørdis' Anruf dafür, dass es im alten Bauernhaus frische Bettwäsche, Feuerholz und Strom gab und dass die

Schränke zum Bersten voll waren. Als wir unser Gepäck ausgeladen hatten, fanden wir eine Notiz, wir sollten doch bei Gudrun zu *middag* kommen. Wahrscheinlich war eher die alte Reidun neugierig auf Julia, aber wir gingen trotzdem hin.

Bei unserer Ankunft wurden wir von Gudrun und ihrem Ehemann Per begrüßt – beide um die vierzig. »*Velkommen til Norge*«, sagten sie zu Julia und gängelten uns in die riesige Bauernküche, wo Reidun regierte. Nach allgemeinem Händeschütteln schickte uns die Alte in den *stabbur,* um einen hausgemachten Schinken zu holen. »Das ist ihre Art zu sagen, wir sind alle eine Familie, nicht Gutsherr und Pächter«, erklärte ich Julia auf dem Weg zu dem Räucherschuppen.

»Aber euch gehört doch nur der halbe Hof und ihr macht keinen Finger dafür krumm.«

»Wir bereichern uns aber auch nicht daran, und die Erträge innerhalb von ein paar Jahren sind kein Pappenstiel. Dieser Hof ist eine der ersten Adressen für *molte*-Anbau und -Verarbeitung. Ursprünglich hat er unserer Familie gehört, doch die zog vor mehr als hundert Jahren in die Stadt, und als Gegenleistung für die Hälfte des Besitzes samt aller Erträge hat Reiduns Vater sich einverstanden erklärt, den Betrieb weiterzuführen und das alte Bauernhaus für unsere Zwecke in Schuss zu halten.«

Selbst nach so langer Zeit funktionierte diese Abmachung noch. Die beiden durch ihr Ehrenwort verbündeten Seiten betrachteten einander mit herzlicher Sympathie, aber auch mit einem Kopfschütteln, das besagte: »Sie sind anders als wir.«

Dieser *middag* vor acht Tagen verlief angenehm bei feurigem selbst gemachtem Wein aus Saffran-Kreuzbeeren, Forelle, *rømme*-Schinken, neuen Kartoffeln und Salat, und bei unserem Abschied waren wir mit frischer Milch, Sahne,

Butter, Eiern, Speck und Brot beladen, wovon Gudrun versprach, uns alle drei, vier Tage Nachschub zu liefern.
Seit unserer Ankunft hatte Julia einen erstaunlichen Appetit entwickelt. »Es schmeckt einfach so gut«, sagte sie immer, wenn sie sich eine zweite Portion nahm. Wir gingen spazieren, machten ein Nickerchen, aßen, plauderten, gingen dann noch mal spazieren, und jetzt hüpften wir mit unserem Boot auf dem Fjord herum, weil wir hofften, ein paar Barsche zu fangen.
Julia schlummerte weiter. Ich warf die Angel erneut aus und beobachtete die trägen Wellenringe. Wenn ich die Augen zusammenkniff, konnte ich gerade noch die Blumen auf dem mit Erde gedeckten Dach des alten Speichers erkennen, der etwa einen halben Kilometer entfernt am Ostufer lag. Das Sommerhaus selbst war durch eine Ausbuchtung des Fjells verborgen, die steil in den Fjord abfiel und dessen Ostufer bildete. Dahinter lag Jostedalsbreen, der größte Gletscher Europas. Wenn der Wind richtig stand, konnte man den fast chemischen, stechenden Geruch des Eises wahrnehmen, aber heute war die Luft nur von Julias Duft erfüllt – einem Duft nach staubigen, sonnendurchwärmten Veilchen – und dem heidnischen Geruch der Erde: Millionen Hektar Birkenland, wo jetzt das Grün hervorschoss. Es war einzigartig, und es weckte Seiten in mir, die gewöhnlich schliefen.
»Du siehst aus, als wärst du zufrieden.« Julia war aufgewacht und beobachtete mich. Der blaue Schimmer ihrer Augen stach von dem grünen See ab.
»Ich atme Luft, die wie Wein ist, ich habe Geld, bin gesund, und ich sitze hier mit einer wunderschönen Frau in einem Boot auf grünen Fluten. Was kann man sich mehr wünschen?«
Sie warf mir einen schrägen, aber liebevollen Blick zu. »Einen Fisch zu fangen.«

Ich ruckte an meiner Leine. Nichts.
»Lass mich mal.«
Wir wechselten vorsichtig die Plätze, und sie warf mit fachmännischem Geschick die Schnur aus.
»Wo hast du denn das gelernt?«
»In Massachusetts. Guy hat's mir beigebracht.« Ihr Mund verzog sich vor altem Kummer, und in ihren Augen glitzerte es. Weit weg am Westufer sang ein Vogel im Wald. Sein Ton war herzzerreißend rein.
Ich breitete die Arme weit aus, und ganz vorsichtig, um das Boot nicht ins Schwanken oder gar zum Kentern zu bringen, kam sie zu mir.
Es erstaunte mich immer wieder, dass sie sich in der einen Minute wild wie ein Orkan anfühlen konnte und in der nächsten zierlich, feingliedrig, fast so zerbrechlich wie ein Vogel. Ich zog sie in meine Arme, wiegte sie darin und spürte den Schlag ihres Herzens unter den Rippen. So verletzbar. Ich streichelte ihr übers Haar, immer wieder; ich summte ein Schlummerlied. Zu guter Letzt setzte sie sich auf und rieb sich die Augen.
»Neun Jahre ist das jetzt her. Früher habe ich jeden Tag um ihn geweint, heute weniger oft. Und manchmal gibt es Tage, sogar Wochen, da denke ich gar nicht an ihn. Dann fallen mir mein anderer Bruder, Drew, oder meine Schwester Carmel wieder ein. Ich bin jetzt die Älteste von uns, und ich fühle mich ... Sie wohnen so weit weg, aber ich fühle mich für sie verantwortlich. Und in solchen Momenten fehlen sie mir. Er hat ein gähnendes Loch in mir hinterlassen, eine klaffende Wunde, größer als die Hand jedes Menschen, der sie stillen möchte. Ein Loch, das die ganze Welt verschlingen könnte.«
»Ich habe große Hände.«
»Ich weiß.« Sie versuchte zu lächeln, was ihr auch ganz gut gelang. Dann holte sie tief Luft und schien ihren Kummer

hinter sich zu lassen. »Auf diesem Teil des Sees beißt anscheinend überhaupt keiner an.«
»Dann sollte ich dich besser zu einem andern Teil rudern.«
Es tat gut, sich zu den Rudern hinabzubeugen, den Rücken im Takt mit ihnen zu bewegen, das Boot über den Fjord gleiten und Julia freudig lachen zu sehen, weil ich es schaffte, eine Miniatur-Bugwelle zu produzieren.
An irgendeiner willkürlichen Stelle, die nicht anders als die vorherige aussah, befahl sie mir: »Stopp!« Ich legte die Ruder ein und beobachtete, wie sie die Leine warf: einmal, dann noch einmal. Ich lehnte mich auf den Ruderbänken nach hinten, um dem Sirren und leisen Klatschen der Angel zuzuhören.
Der Himmel wimmelte wie die Serengeti: Herden von Wolkenantilopen, Wolkenspringböcken, ja selbst Rhinozerosse mit Wolkenhörnern rasten in dieselbe Richtung; mit ein klein bisschen Fantasie erkannte man ein Warzenschwein und eine Reihe von Ameisenbären, die im Gänsemarsch vorwärts tappsten. Weiter unten konnte sich eine vorsichtige Schildkröte nicht entscheiden, ob sie nord- oder südwärts kriechen sollte, und am Horizont schienen drei perlgraue Tümmler aus dem Wasser zu springen.
»Ich kann auf den Himmel von Atlanta verzichten«, sagte ich.
»So?«
»Ja. Wenn man morgens aufsteht, ist er blau. Wenn man tagsüber hochschaut, ist er blau. Und wenn man beim Abendessen aus dem Fenster sieht, ist er … auch blau. Hier und da gibt es mal Tage, da ist er beim Aufstehen blau, beim Mittagessen blau, aber beim Abendessen gibt es ein Gewitter. Und zugegeben, so ein Himmel ist schon sehenswert – Wolken, die rosa sind wie ein Alligatorrachen, dieses prachtvolle Violett um die untergehende Sonne, wenn das Unwetter heraufzieht, das grüne Blitzen eines ausfallenden

Transformators hier und da – was natürlich auch Stromausfall bedeutet –, und es ist ganz schön, wenn der Asphalt mal frisch gewaschen wird. Aber morgens beim Aufstehn ist der Himmel schon wieder blau. Man kann nicht auf dem Rücken liegen und zuschauen, wie eine andere Welt Gestalt annimmt, Menuett tanzt und sich in Luft auflöst. Außer man zählt auch die Kondensstreifen mit.«

»Und tust du das?«

Die Wolkenschildkröte wurde auf Grund ihrer Unentschlossenheit oder vielleicht auch durch irgendein Blutvirus der afrikanischen Steppe langsam entzweigerissen ... »Hm?«

»Zählst du die Kondensstreifen mit?«

»Falls sie überhaupt Zeit haben, sich zu entwickeln. Manchmal stelle ich mir dann vor, die Flugzeuge würden am Himmel neues Leben säen ...« Wir betrachteten die Wolken eine Weile.

»Komisch«, meinte Julia zuletzt, »dass du so viel übers Leben sprichst; dabei hast du schon viel Tod um dich gehabt. Ich fragte dich ja schon einmal, warum du das tust, und du hast geantwortet, weil du Norwegerin bist. Jetzt kenne ich Norwegen selbst. Es ist ein Land, das keine Kompromisse schließt. Es besteht nur aus Schnee, Eis und der Dunkelheit des Winters, ausgenommen zwei Sommermonate mit ewiger Mitternachtssonne, bunten Blumenwiesen und duftigem grünem Gras. Schwarz oder Weiß. Ja oder Nein. Das erklärt teilweise, wie du reagierst, wenn du mit etwas konfrontiert wirst: deine pragmatische Unmittelbarkeit, deine Handlungsbereitschaft – du vergisst nie, dass es in den Hügeln Trolle gibt. Aber das erklärt nicht, warum – warum du dich ständig dem Leid dieser Welt in den Weg stellst.«

»Nein.«

Sie wartete.

»Das Leid dieser Welt folgt keinem bestimmten Weg. Es trampelt querbeet. Als ich achtzehn war, ist es Knall und

Fall in mein Schlafzimmer geplatzt, mit einem Revolver.« Sie wartete erneut. »Das ist eine lange Geschichte.«
Die Antilope galoppierte immer noch am Himmel, die Dompfaffen zwitscherten, Julia wirkte rundum glücklich, während sie mit ihrer Angel dasaß und auf die nächste Eiszeit zu warten schien, wo wir auf einer grünen Eiszunge durch die Welt reisen würden. Ich holte tief Luft und begann ganz am Anfang.
»Ich bin in England geboren. Meine Mutter war dort im Konsulat tätig. Mit zwei Jahren habe ich Norwegen zum ersten Mal gesehen. Das bisschen Englisch, das ich konnte, war eine merkwürdige Mischung zwischen dem Akzent meines Vaters, der aus Chicago kam, und dem Süd-Londoner Dialekt meines Kindermädchens. Wir hielten uns hier abwechselnd in Oslo und in Bergen auf. Dann, als ich sechs war, gingen wir wieder nach England. Meine Mutter war inzwischen Attaché, und mein Vater, ein Geschäftsmann, pendelte ständig zwischen London und Chicago hin und her. Ich selbst war entweder in der Schule oder oben in Yorkshire, bei Lord Horley, wo ich zusammen mit seinen Kindern die Ferien verbrachte. Ich bekam meine Mutter kaum zu Gesicht, gewöhnte mich aber daran, dass sie immer weg war, eine Erscheinung, die nur zu wichtigen Anlässen auftrat – zu Geburtstagen, Weihnachten, Schulsportfesten – und dass sie sich nach dem Diktat eines sakrosankten, weit im Voraus geplanten Terminkalenders richtete. So lernte ich, ohne sie auszukommen.« Das Boot knarrte, als ich mich nach vorn beugte. »Meine Mutter gehört zu den Menschen, die immer wissen, wie sie sich zu benehmen, zu kleiden, ja sogar sich zu frisieren haben. Sie wirkt nie und nirgendwo deplatziert. Sie konnte in einer uralten Berberjacke auf einer Party im Freien sein, an einem großen Freudenfeuer, wo sie für meine Freunde und Freundinnen Lebkuchen aufschnitt, Malzkaffee ausschenkte und verkohlte

Kartoffeln aus der Glut holte, ganz verstruwwelt und mit einer Nase, die genau das richtige Rot für die kalte Novemberluft hatte, und am nächsten Abend war sie mit Kaschmir, Perlen und Chignonzopf zum Tee bei Lady Horley. Aber wir waren einander fremd. Absolut höflich, absolut willens und bereit, eine mustergültige Mutter bzw. Tochter sein, aber ohne recht zu wissen, wie. Ich glaube, das machte meinen Vater ganz krank.«

»Und dich auch?«

»Nein. Mich störte es eigentlich nicht. Es war eben so.«

»Aber trotzdem möchtest du deine Mutter besuchen, wenn wir über London zurückfliegen. Was hat sich geändert?«

Mein ganzes Leben. »Ich bin einfach neugierig. Und sie, glaube ich, auch. Und ich denke, wir sind inzwischen beide bereit, einander als richtige Menschen zu begegnen, und nicht in irgendwelchen Rollen. Als ich elf war, sind wir wieder nach Oslo, dann wieder nach London, dann wieder zurück nach Oslo. Das heißt, meine Mutter und ich sind dorthin zurück. Mein Vater ging nach Chicago. Für immer. Ich war damals dreizehn. So pendelte ich zwischen England und Norwegen hin und her, bis ich beides und keines als meine Heimat empfand. Meine Mutter bekam ich fast nie zu Gesicht. Mit siebzehn machte ich meinen Schulabschluss, und in diesem Sommer schrieb mir mein Vater. Er lud mich nach Chicago ein, und obwohl ich keine Lust hatte, den Sommer dort zu verbringen, gab mir seine Einladung zu denken. Ich war amerikanische Staatsbürgerin, hatte aber noch nie einen Fuß in dieses Land gesetzt. Und ich dachte mir, ich könnte dort doch studieren. Also bewarb ich mich an allen möglichen Hochschulen und entschied mich zum Schluss für die Georgia Tech.«

»Du bist nicht dumm und hast gute Beziehungen. Du hättest sonst wohin gehen können: Yale, Harvard, Smith. Warum ausgerechnet Georgia?«

»Weil die als Erste ja sagten. Und weil es dort warm ist. So führte ich ein paar Telefongespräche, flog nach London, sagte meiner Mutter, wo ich hingehen wollte, und flog mit der nächsten Frühmaschine nach Atlanta.«

»Einfach so? Gleich am nächsten Morgen?« Ihr Haar schimmerte, als sie den Kopf schüttelte und dann wieder die Leine auswarf. Ssst, plopp.

»Ich flog mit der Delta, Economy-Class, bin um siebzehn Uhr Ortszeit angekommen und stieg in eine Schrottkarre von Taxi, dessen Chauffeur sich hinten und vorne nicht auskannte.«

»So sind sie alle«, sagte Julia, ein Auge auf dem Schwimmer ihrer Angel. »Hättest dir besser 'nen Mietwagen genommen.«

»Ich war die englischen und norwegischen Flughafentaxis gewöhnt.«

»Herbe Überraschung.«

»Ja. Jedenfalls besaß ich keinen Stadtplan außer dem, den mir der Verwalter eines Apartmentkomplexes in Duluth nach Norwegen gefaxt hatte. In diesem Apartmentkomplex wollte ich nämlich –«

»In Duluth? Das ist ja eine Dreiviertelstunde bis zur Georgia Tech.«

»Das weiß ich heute auch. Aber damals wusste ich nur … Da hat einer angebissen!«

Julia begann die Leine einzuholen. »Das ist ein großer.«

Sie zog einen glitzernden Barsch ins Boot, warf erneut aus, während er noch zappelte – und schon biss wieder einer an. »Fischversammlung. Hopp, und rein mit ihm!«

»Ich werd sie nachher über Erlenholz räuchern«, sagte ich, während mir das Wasser im Munde zusammenlief.

»Tu's gleich!«, antwortete Julia, und ich ruderte uns zurück.

Wir machten vor der Hintertür ein Feuer und setzten uns auf die Schwelle, um die Fische, heiß und ölig, direkt aus der Pfanne zu essen. Das Öl wischten wir uns mit Brot vom Mund. Dann stand Julia auf, die Pfanne baumelte in ihrer Hand. Sie lächelte und die Linie ihres Rückens, der Brotkrümel in ihrem Mundwinkel gingen mir tief unter die Haut. Ich schnappte mir ihre freie Hand, zog sie wieder zu mir herab, küsste diese öligen Lippen, fühlte, wie Julias Atem unter meinen Händen schneller ging. Wir waren die einzigen Menschen weit und breit. Ich streifte ihr das Shirt über den Kopf, zog ihr die Hose bis auf die Knöchel, und als sie kam, riss sie eine Hand voll Gänseblümchen heraus, mit einem Schrei, schrill und wild wie der eines Falken.

Dann lag sie in meinen Armen. Dieses langsame, kremige Lächeln trat auf ihr Gesicht. »Mehr. Aber diesmal im Bett.«

Beim zweiten Mal ging es sacht und bedächtig – wie der Einbruch der Nacht in nördlichen Breiten. Wie das Aufgehen einer Knospe im Frühling. Mein Norden, mein Frühling.

Wir machten ein Nickerchen auf der Empore, dem Schlafbereich, während die Sonne unten auf die Läufer strömte. Ich streichelte Julias lange, gebräunte Finger, und sie zog sich die Steppdecke über die Schultern. »Ich kann mich einfach nicht daran gewöhnen, dass Sonne noch lange nicht bedeutet, es wäre auch warm. Wird es denn je warm hier?«

»Schon. Im Juli und August. Aber nicht heiß, und auch nicht schwül.«

»Anders als in Atlanta.« Sie kuschelte sich noch dichter an meine Schulter. »Du wolltest mir gerade erzählen, wie es bei deiner Ankunft in den Staaten war. In Duluth.«

Ich schmiegte mein Gesicht tief in ihr Haar. Moltebeeren und gebratener Fisch. »Tja, also vor meiner Ankunft in Atlanta wusste ich noch nicht mal, was ›Schwüle‹ überhaupt bedeutet. Ich hatte davon gelesen, und Christie Horley hatte mir erzählt, wie schrecklich es vor einem Jahr bei ihrem

Besuch in New Orleans gewesen sei, aber Beschreibungen sind nicht dasselbe wie Erfahrungen, die man am eigenen Leibe macht. Man muss es selbst erleben – es spüren, es riechen, seine Finger leicht über den Schweiß gleiten lassen.« Ich fühlte ihr Kopfnicken an meiner Schulter. »Im August kam ich also an und nahm mir ein Taxi nach Duluth. Der Wagen hatte keine Klimaanlage, und die Luft schien dick und süß wie Pfirsichsaft. Ich merkte, dass ich nicht mehr in Norwegen war, sondern allein in einem fremden, unbekannten Land – am Anfang eines aufregenden Abenteuers. Der Taxichauffeur verstand offenbar nur die Hälfte von dem, was ich sagte, und obwohl ich ihm erzählte, ich sei Norwegerin, betrachtete er mich hartnäckig als Deutsche – wollte wissen, ob ich seinen Sohn Dan kenne, der in Deutschland stationiert sei, in ›Mjuh-nick‹. Ich antwortete, leider nein, aber wir waren hier auf der I-85 – ob er da bitte nach Norden fahren würde statt nach Süden. Sein Fahrstil machte mir ziemliche Sorgen.«

Achtzig Meilen pro Stunde, und das ohne Sicherheitsgurte, mit geöffneten Fenstern, durch die die Schwüle in dicken Schwaden hereindrang, während er, nur mit einem Finger am Lenker und in seinem Sitz zurückgelehnt, mir von seinem Sohn in München erzählte und die anderen Fahrer anscheinend genauso wenig wie er die Verkehrsregeln beachteten, die Menschenleben schützen sollten.

»Der Apartmentkomplex nannte sich Northwoods Lake Court und war nagelneu – standardisierte Wohneinheiten, in deren Mitte ein See lag. Wie viele, weiß ich nicht, weil sie alle hinter Bäumen versteckt waren, aber laut Verwalter gab es nur mich, am Nordostende, und eine Familie, die am nächsten Tag ganz unten im Süden einziehen sollte. Der Rest würde sich frühestens in einem Monat füllen. Der See hatte Fontänen. Mein einziges Gepäck bestand aus zwei Koffern, und ursprünglich wollte ich mit einem Taxi nach

Duluth fahren, um mir das Allernotwendigste zu kaufen – Bettzeug, Sachen für die Küche, Lampen, denn es war eins dieser Apartments ohne Deckenbeleuchtung –, aber es gefiel mir dort so gut, dass ich einfach umherspaziert bin, bis es dunkel wurde.«

Ich wollte gar nicht erst anfangen, Julia die Wunder dieses Fleckchens Erde zu beschreiben: Sumpfeichen und Blaudrosseln, Schwalben und Ochsenfrösche, Weißeichen und Birken – und das Ganze sollte einen Monat lang mein privater Tummelplatz sein.

»Mein Apartment lag an einem Hang, das heißt, der Eingang befand sich auf Bodenhöhe, aber die Fenster hätte man nur mit einer Leiter erreichen können. Und der übrige Komplex stand, wie gesagt, noch leer. Aber das hier war ja auch nicht das richtige Leben. Es war der Beginn eines großen, spannenden Abenteuers, so als würde man am Strand von Mauritius schlafen. Ich hatte in meinen beiden Koffern nichts außer Kleider, eine alte Stablampe, die meinem Vater schon als Junge gehört und die er mir geschenkt hatte, als ich sieben war, sowie ein paar Bücher. In dieser Nacht schlief ich nackt auf dem Schlafzimmerteppich. Die Stablampe lag neben meinem Kopf, und die Fenster waren nur mit Fliegengittern verschlossen, um das Sprudeln der Fontänen und das Quarren der Frösche hereinzulassen.« Ich hatte mich sicher wie in Abrahams Schoß gefühlt, eingewiegt von einer so milden Luft, dass sie fast greifbar schien.

»Ich schlief schon sehr früh ein, wahrscheinlich gegen zehn, doch auf Grund der sechsstündigen Zeitverschiebung kam es mir viel später vor. Ich weiß nicht, wie spät es war, aber plötzlich lag ich hellwach da, starrte diese fremde Decke an, auf die die Jalousie ihre Schatten warf, und lauschte dem Murmeln der Fontäne. Ich lag mucksmäuschenstill, wie versteinert; ich wusste, etwas stimmte nicht. Mein Herz schlug stockend. Ich spitzte die Ohren, hörte aber nur das

Quaken der Laubfrösche, das Zirpen der Grillen in der weiten, samtigen Nacht und das unaufhörliche Sprudeln der Fontäne. Aber ich wusste, ich musste mich ganz still verhalten; diese kleine Stimme in meinem Hinterkopf flüsterte mir zu: *Keine Bewegung, keine Bewegung!* Also versuchte ich mich umzusehen, ohne den Kopf zu drehen, konnte aber lediglich bleigraue Schatten und die Streifen gelben Lichts von der Straßenlampe entdecken. Ich schwitzte – ich klebte von Schweiß –, und mein Herz war wie eine große, wild gewordene Maschine. Trotzdem versuchte ich zu überlegen.«

Ich erinnere mich bis heute, wie der Mittelfinger meiner Rechten hauchzart die Stablampe berührt hatte, wie der Teppich unter meinem schweißnassen Körper plötzlich zu pieken anfing, an ein Auto, das in der Ferne den Gang wechselte, an die Stimme in meinem Krokodilshirn, die sagte: *Keine Bewegung, keine Bewegung!* und an die rastlose rote Turbine in meiner Brust, die zu winseln und heiß zu laufen begann.

Und da sagte eine Männerstimme: ›Keine Bewegung, ich hab einen Revolver.‹«

»Jesus!« Julia richtete sich auf.

»Es war keine sehr bemerkenswerte Stimme – ganz ruhig und fest. Aber ich konnte nicht sehen, wem sie gehörte. Die Stimme war so normal und das Ganze so irreal, dass ich dachte: Vielleicht ist er ja gar nicht da, vielleicht ist alles nur ein Traum. Doch da ertönte aus der Richtung des Schattens ein leises *Klick*, wie von einem geölten Mechanismus, und ich wusste, dass es kein Traum war. Mein Atem kam stoßweise, keuchend, und die Muskeln in meinen Armen und Beinen gingen in Sprungbereitschaft; sie krampften sich zusammen, dass es mir in den Knochen wehtat. Dann trat der Mann nach vorn, und plötzlich fiel das Licht, das durch die Jalousie drang, auf einen Revolver, ein hässliches, plumpes Ding – wanderte zentimeterweise einen nackten

Unterarm, ein weißes Hemd, dann eine Schulter entlang bis zu einem kräftigen Hals und einem rotblonden Schnauzbart.« Ich schloss die Augen. »Ich sehe es noch vor mir, wie eine Fotoserie. Und da ist es passiert. Es war, als würde ich eine Maske, eine Verkleidung abwerfen, und mein Herz fühlte sich an wie ein durchgedrehter Motor, der sich aus seiner Lagerung gerissen hat. Ohne zu überlegen, ohne auch nur mit einer Wimper zu zucken, schnellte ich mich mit meiner Stablampe vom Teppich hoch, und trotz ihres Gewichts – es müssen an die anderthalb Kilo gewesen sein – kam mir die Lampe federleicht vor. Es war, als schnellte ich von einem *Sprungbrett*. Meine Muskeln peitschten wie Drahtseile, während ich meine Waffe auf und nieder schwang. Ich war mir meiner Sache so sicher. Es war so einfach. Immer wieder schlug ich zu. Nichts konnte mich bremsen. Der Mann begann zu blinzeln – das heißt, so schnell das Ganze für mich ging, fiel mir doch auf, dass das Weiße in seinen Augen bei dem einfallenden Licht leicht bläulich wirkte –, er begann zu blinzeln, aber dann sausten ihm anderthalb Kilo blinkenden Stahls mit brutaler Schnelligkeit unters Kinn. Sein Kopf wurde nach hinten gerissen, und er selbst fiel mit einer taumelnden Bewegung auf den Teppich wie ein Sack Kartoffeln.«

Ich machte die Augen auf. Es war seltsam, die Schlafempore, das Haus, den kühlen Sonnenschein zu sehen. Ich erinnerte mich an den Schweiß auf meiner Haut, das Blut, das mir in den Ohren toste; das Gefühl einer summenden Energie in meinem Körper; das Gefühl, mächtig, rein, ungezähmt und voll von einer wilden, heißen Freude zu sein, weil ich am Leben war.

»Ich hielt immer noch die Stablampe. Ich knipste sie an. Sie funktionierte. Den Revolver hielt *er* in der Hand, in seiner Linken, aber der würde ihm nichts mehr nützen. Sein Kopf war zur Seite gedreht, und er starrte an die Decke – mit einem seltsamen Gesichtsausdruck, einer Art milder Belustigung. Da verschlug es mir urplötzlich den Atem. Da lag ein Toter in meinem Schlafzimmer. Meine erste Nacht in einem fremden Land, und in meinem Schlafzimmer lag ein Toter. Ich hatte ihn umgebracht – einen wildfremden Menschen. Ich weiß noch, wie ich auf die Stablampe starrte – das Licht, das mir durch die Finger strömte und sie blutrot machte. Ich schaltete es aus. Der Mann verschwand. Ich schaltete es wieder ein. Er war wieder da. Diesmal schien er mir weit weg. »›Das ist *mein* Apartment‹, sagte ich. ›Sie hatten kein Recht dazu.‹ Das Licht, das auf den Teppich fiel, fing an zu wackeln. Ich zitterte. Mein Atem kam flach und stoßweise. Aus dem Wohnzimmer drang ein sonderbares Geräusch. Telefon. Ich überquerte den Schlafzimmerteppich, den winzigen Flur, den Wohnzimmerläufer.«

Ich spürte immer noch den Teppich unter meinen Füßen, die unterschiedliche Beschaffenheit der beiden Acrylgewebe – roch immer noch die neue Gummibeschichtung auf der Unterseite und die scharfen, fremdartigen Reinigungsmittel.

»Das Telefon stand in der Durchreiche zwischen Küche und Esszimmer. Es fühlte sich groß und etwas glitschig an und war schwer nur mit der linken Hand zu halten. Eine Stimme am anderen Ende der Leitung sagte: ›Sind Sie das, Aud Torvingen?‹ Ich antwortete ›Ja‹. Der Anrufer stellte sich als ein Lieutenant Wills von der Polizei in Duluth vor.« Ich schloss wieder meine Augen. »›Bitte hören Sie jetzt genau zu‹, sagte er. ›Uns ist bewusst, dass Sie wahrscheinlich nicht frei reden können. Aber wir haben die Situation unter Kontrolle. Bitte bleiben Sie ganz ruhig.‹ Es war eine sehr besänftigende Stimme. ›Also, wenn möglich, bitten Sie ihn, mit uns zu sprechen.‹

›Er kann nicht mit Ihnen sprechen‹, erwiderte ich. Mir war schwindlig. Ein blendendes Licht erfüllte das Apartment.

Da ertönte noch eine Stimme, von draußen, über Megafon. Sie klang härter, ungeduldig und aktionsbereit; man hörte das Adrenalin darin. Sie rief, das Gebäude sei umstellt, er solle an den Apparat gehen. ›Nein, Sie verstehen nicht‹, sagte ich und bemerkte erst dann, dass ich gar nicht mehr den Hörer hielt. Er baumelte an seiner Schnur, dicht über dem Boden. Ich hob ihn auf. ›Sie verstehen nicht. Der Mann kann nicht mit Ihnen reden. Er ist tot.‹

Eine Stille entstand. Dann ertönte Gemurmel am anderen Ende der Leitung. Dann: ›Miss Torvingen? In der letzten halben Stunde wurde keine Schießerei gemeldet.‹

›Wie?‹, fragte ich. Mir war völlig schleierhaft, was das mit der Sache zu tun hatte.

›Miss Torvingen, wenn er sich selbst erschossen hätte, dann hätten wir das gehört.‹

›Er hat sich ja gar nicht erschossen‹, antwortete ich.

›Nein‹, sagte die sanfte Stimme, nur triefte sie jetzt von der Süßlichkeit, mit der Eltern ein verstörtes Kind beruhigen. ›Miss Torvingen, sprechen Sie gut genug Englisch, um zu verstehen, was ich sage?‹ Ich antwortete ›Ja‹ und dachte dann: Habe ich nicht gerade Englisch gesprochen? ›Gut‹, fuhr er fort. ›Also, sind Sie in Ordnung, Miss Torvingen? Darf ich Sie Aud nennen?‹

›Nein‹, erwiderte ich, und nun geriet er in Hektik.

›Wo sind Sie verletzt?‹

›Nein‹, erklärte ich, ›Sie dürfen mich nicht Aud nennen. Ich bin nämlich achtzehn Jahre, und Sie behandeln mich wie ein Kind. Sie hören überhaupt nicht zu, was ich sage. Der Mann ist tot. Ich habe ihn mit einer Stablampe erschlagen. Er bedrohte mich mit einem Revolver, und ich habe ihn erschlagen. Er liegt in meinem Schlafzimmer. Er hatte kein Recht dazu. Er hält den Revolver immer noch in der Hand, aber er ist tot. Mir geht es gut.‹

Diesmal dauerte die Stille im Hörer länger, und ich fragte

mich, ob ich etwa doch Norwegisch gesprochen hatte. ›Aud, Miss Torvingen‹, sagte die Stimme und verklang dann irgendwie. Der Mann räusperte sich. ›Sie sagten, er sei tot‹, fing er noch einmal an, ›und dass Sie ihn getötet hätten. Sind Sie da ganz sicher?‹ Wenigstens klang er jetzt nicht mehr so beschützerhaft.

›Naja‹, sagte ich, ›seine Augen sind offen, sein Hals ist gebrochen und er hat sich nicht mehr vom Schlafzimmerboden gerührt.‹ Aber urplötzlich dachte ich: Und wenn er nun doch nicht tot ist? Wenn es nun ist wie in einem dieser Horrorfilme, und er rappelt sich auf, kommt ganz blutüberströmt hereingewankt und hebt mit einem schiefen, teuflischen Grinsen diesen Revolver? Ich ließ den Hörer fallen und rannte zurück in mein Schlafzimmer. Da war er. Er lag natürlich immer noch da. Immer noch tot.«

Julias Hand wanderte sacht über meinen Bauch, um die meine zu finden.

»Sein Gesicht war ganz weiß im Scheinwerferlicht der Polizei, und eine Pfütze von Urin und Fäkalien hatte sich unter der Leiche ausgebreitet. Die ganze Szene schien körnig wie eine alte Schwarzweiß-Wochenschau. Ich bemerkte, dass sein Haar oben dünner wurde, aber seine Augenfarbe konnte ich bei diesem Licht nicht erkennen. Das wurmte mich. Und dann dachte ich: Der Revolver! Dem Revolver werden sie glauben, wenn schon nicht mir. Also ging ich neben der Hand, die den Revolver hielt, in die Hocke, aber merkwürdigerweise brachte ich es nicht fertig, vorher die Stablampe loszulassen. Ich versuchte es, aber meine Finger wollten sich nicht bewegen; deshalb musste ich eine Weile mit meiner Linken herumhantieren, ehe ich die Pistole wegziehen konnte. Ich ging wieder ins Wohnzimmer, das jetzt hell erleuchtet von Polizeischeinwerfern war, legte die Waffe in die Durchreiche und nahm den Telefonhörer. ›Ich habe seinen Revolver‹, sagte ich. ›Ich werde jetzt die Balkontür im

Wohnzimmer aufmachen, rauskommen und die Waffe unten ins Gras werfen.‹

›Aud, ich glaube –‹

Diesmal legte ich auf – ich hatte diese schleimige Stimme allmählich satt –, ergriff den Revolver, ging damit zur Balkontür und wäre nackt nach draußen getreten, hätte ich nicht in der Scheibe mein Spiegelbild gesehen. Oh, dachte ich, dagegen musst du was tun. Die Polizeischeinwerfer reichten nicht bis in den Wandschrank, und ich stolperte über einen meiner Koffer, der gleich hinter der Tür stand. Ich musste die Pistole auf den Boden legen, um mir mit einer Hand eine Jeans anzuziehen. Weil die Stablampe durch keinen Ärmel passte, entschied ich mich für eine Weste. Als ich dann so weit war, steckte ich mir den Revolver in die Gesäßtasche. Er fühlte sich gut an. Aber die Stablampe noch besser.

Die Glastür ließ sich mühelos beiseite schieben. Der Balkon war mit ein Grund, weshalb ich mir dieses Apartment ausgesucht hatte. Die Nacht – drei Stunden vorher noch so still, so sanft, während der feine Dunst der Fontäne über den See wehte – war nun grell erleuchtet von Licht, Metall und blank polierten Stiefeln. Da stand ich, überschaute die blinkenden Polizeilampen, die Bäume, den See, der hinter ihnen lag, und dachte: Das ist also meine neue Heimat, meine neue Wohnung, mein neues Leben; alles besudelt wie mein Schlafzimmerteppich. Ich zog den Revolver aus meiner Tasche, warf ihn hinab zu den Leuten, beugte mich dann über das Geländer und erbrach mich, auf ihre Köpfe.«

Julia zog sich einen Frotteemantel an und kochte uns Brombeertee. Ich trank meinen im Bad, während sie sich neben mich auf den Boden setzte und mir den Arm streichelte, von der Schulter über Ellbogen und Handgelenk zu den Fingerspitzen und wieder zurück.

»Du hast noch nie jemandem davon erzählt, stimmt's?«

»Nie. Ich vermute, meine Mutter wurde durch das Konsulat über die Situation informiert, aber wir haben nie darüber gesprochen.« Ich erinnerte mich an meinen Transport zum Krankenhaus, wo mich das Dienstpersonal so übertrieben höflich in Empfang nahm, dass ich gleich wusste: Irgendwer hatte irgendwo die Grenzen seiner Pflicht überschritten und herausgefunden, wer ich oder wenigstens wer meine Mutter war.

»Fahr mit mir dorthin.«

»Wohin? Nach Northwoods Lake Court?«

»Ja. Fahr mit mir dorthin, wenn wir zurück sind.«

Das Ganze war so intim. Keiner wusste überhaupt, dass ich je dort gewohnt hatte, geschweige denn wie es aussah oder was passiert war. So ein schönes Fleckchen Erde. »Ich war nur ein paar Tage dort.«

»Fahr mich trotzdem hin.« Ihre Hand blieb genau unter meinem Trizeps liegen. »Versprich mir, dass wir dorthin fahren, wenn wir zurück sind.«

»Na gut. Versprochen.«

Ihre Hand streichelte weiter. »Wer war denn dieser Kerl? Und woher wusste die Polizei, dass er bei dir steckte?«

»Die Polizei hatte eine Einbruchsmeldung aus einem Apartment eine halbe Meile weiter unten erhalten. Allem Anschein nach war gerade ein Streifenwagen in dieser Gegend, und sie verfolgten die Spur bis Northwoods Lake Court. Dort sahen sie, dass meine Haustür offen stand. Der Mann hieß Tim Schultz und war ein arbeitsloser Schreiner. Zwei Kinder, geschieden. Vierunddreißig. Keiner konnte sagen, warum er das getan hat.«

Ich seifte mich nachdenklich ab.

»Ich dachte, man müsse die Einzelheiten wissen, aber das spielt im Grunde gar keine Rolle. Wichtig war nicht das, was in meinem Apartment geschah, sondern was mir auf dem Weg ins Krankenhaus klar wurde. Da platzten die Polizei und die Rettungsmannschaft in meine Wohnung herein, verpackten mich in eine Decke und warfen mich in den Krankenwagen, ohne auch nur ›Entschuldigung‹ oder ›Darf ich mal bitte‹ zu sagen. Ich war wie betäubt. Ich weiß noch, dass der Polizeisergeant und der Notarzt sich wegen der Stablampe stritten, weil der Sergeant behauptete, es sei ein Beweismittel, aber der Notarzt sagte, ich stünde unter Schock und wenn es mir mit der Lampe besser ginge, dann würde er sie mir keinesfalls wegnehmen. Genau in diesem Augenblick – das Zittern und das Erbrechen hatten ja aufgehört –, in diesem Augenblick wurde mir klar: Die seltsame Losgelöstheit, die ich empfand, war kein Schock, sondern die dämmernde Erkenntnis, dass das hier Wirklichkeit war: Ich hatte einen Menschen getötet; er hatte einen Revolver gehabt, ich eine Stablampe, aber er war der Unterlegene, ich der Sieger, und in dem Moment meines Sieges hatte ich mich schneller, lebendiger, kraftvoller gefühlt als je zuvor. Ihn umzubringen, hatte mich auf meinen nackten ungeschönten Kern, auf mein ureigenstes Wesen reduziert. Es war harte Wirklichkeit, und dennoch fühlte ich mich … Na, sag doch selbst, wie du dich gefühlt hast, als du diesen Mann in Honeycutts Haus in die Flucht schlugst.«

»Gut. Gut hab ich mich gefühlt. Stärker. Und größer.«

»Das kommt vom Adrenalin. Wenn sich alles verlangsamt, wenn meine Muskeln ganz warm und stark sind und mir das Blut in den Adern pulsiert wie Champagner, dann empfinde ich diese ungeheure Freude. Alles ist dann herrlich und kostbar – so wunderbar klar. Das Licht bekommt einen Blaustich, und ich fühle mich wie ein Kolibri zwischen Elefanten: unantastbar.«

Sie streckte ihren Arm aus und bespritzte den geschwollenen rosa Striemen auf meinen unteren Rippen mit Wasser. »Aber das bist du nicht.«

»Ich habe mit dem Adrenalin gespielt, in fast jeder erdenklichen Art von Extremsport; doch das ist nicht dasselbe wie echte Gewalt – nicht so, wie wenn man sich jemandem zum Kampf stellt, der einen tot sehen möchte – wo kein falscher Schritt erlaubt ist, weil es heißt: Alles oder nichts. Zu spüren, wie einen dieses Bungeeseil nur ein, zwei Sekunden vor dem Aufprall nach oben reißt, ist eins – in die Augen eines Menschen zu schauen, der ein Messer in der Hand hält, etwas anderes. Es ist der ultimative Kampf; es geht um nur ein Leben, und zwar *meins*. Man fühlt, wie *schön* das Leben ist. Das Ganze hat etwas Verschlingendes. Ein bisschen wie Sex. Genau wie man jemandem nicht einfach in aller Öffentlichkeit die Kleider vom Leib reißen kann, wenn man gerade Lust dazu hat, muss man den eigenen Drang zur Gewalt disziplinieren. Es ist, als würde man immer *sotto voce* singen, will in Wirklichkeit aber nur einen einzigen großen Atemzug tun und alles, was sich in einem aufgestaut hat, aus sich herauslassen. Gewalt tut gut. Sie ist so unkompliziert und klar. Es gibt keinen Zweifel über den Sieger. Ich mag Gewalt, aber ich gehe ihr aus dem Weg, gehe nicht zu diesem Ort, wo das Licht blau ist; ich glaube nämlich, ich könnte mich verirren und nicht mehr zurückfinden, nicht zurückfinden *wollen,* denn dieser Ort ist verführerisch.« Ich plätscherte mit meinen Fingern in dem warmen Wasser. »Ich habe gesagt, ich sei aus der Polizei ausgeschieden, weil ich für niemand anderen mehr arbeiten wollte. Das stimmt auch, einerseits. Aber andererseits rief mich zu stark dieser blaue Ort. Er war mein ein und alles geworden – alles, was ich wollte, alles, was es gab.«

Julia setzte sich auf ihre Hacken und musterte mich mit kühlen, leicht zusammengekniffenen Augen. »Vergangenheitsform?«

Ich dachte über den blauen Ort, über mein damaliges Leben, über Julia nach. »Vergangenheitsform.«

Sie küsste mich. Ich löste den Gürtel ihres Bademantels. Meine Tasse fiel ins Wasser. Wir achteten nicht darauf. Ich wollte in ihr sein.
Später, als sie zwischen meinen Beinen saß und ich ihr mit dem Waschlappen den Rücken abrieb, legte sie die Seife wieder auf die robuste hölzerne Ablage und sagte: »Also, was ist aus der Stablampe geworden, als man dich ins Krankenhaus brachte?«
»Ich hab sie in meiner Hand gewogen –«
»Na, da gingen die anderen bestimmt alle in Deckung!«
Ich lächelte in Erinnerung an die würdelose Hast, mit der sich der Notarzt in den hinteren Teil des Wagens geflüchtet hatte. »Ja. Ich wog sie in meiner Hand. Sie war glatt, schwer und ich dachte: Oh, das ist die Sauerstoffflasche neben meiner Bahre auch, und der Infusionsständer, und der Knüppel des Polizisten ... Ich war umgeben von Gegenständen, die sich als Waffe benutzen ließen. Ich sagte dem Beamten, er könne die Lampe haben. Und seitdem habe ich nie mehr eine Waffe mit mir rumgeschleppt. Es gibt überall welche.«
»Fast überall zumindest.«
»Überall.« Ich tauchte den Waschlappen ins Wasser, faltete ihn mehrmals, faltete das Ganze noch einmal andersherum und wrang es leicht aus, sodass das meiste Wasser noch drinblieb.
»Das da?«
»Instant-Totschläger.« Mit einem festen Ruck aus dem Handgelenk schmetterte ich das Ablagebrett von der Wand. Julia grinste. »Jetzt wirst du's wieder festmachen müssen.«
»Du hast noch Seife auf dem Rücken«, sagte ich und tauchte den Totschläger ins Wasser, um ihn wieder in einen Waschlappen zu verwandeln.

Beim Erwachen lag Julias Hand auf meiner Schulter. Es war dunkel. »Schon gut, Aud, ist schon gut. Wach auf. Es war bloß ein Traum.«
»Ich bin schon wach.« Die Bilder aus dem Traum verblassten allmählich.
Julias Atem wehte mir sanft und schläfrig ins Gesicht. Ihr Haar fiel mir über die Kehle. Ich inhalierte den Geruch von Moltebeere, Veilchen und warmem Frauenkörper. »Hast du Lust, es mir zu erzählen?«
»Es ist ein Traum, der immer wieder kommt. Von einer Toten in einer Badewanne. Ihre Augen sind wie ungeschliffener Marmor, und sie liegt ganz still. Ganz, ganz still. Auch das Wasser ist still und kalt. Und dann merke ich plötzlich, dass ich gar nicht atme, dass mein Herz gar nicht schlägt. Ich bin selber still. Und kalt. Wie erfroren. Ich bin tot.«
Julia schob sich behutsam auf mich. »Fühl mal. Da ist mein Herz. Und es schlägt. Deins schlägt auch. Leg deine Arme um mich. Da. Fühl, wie sich meine Rippen auf und ab bewegen. Ich atme. Und du atmest. Es war bloß ein Traum. Wir sind am Leben. Hör nur.«
Ich hörte, lauschte auf den faustgroßen Muskel, der tapfer in ihrer Brust schlug – *Lub-dub, lub-dub,* Vorhof-Kammer, Vorhof-Kammer –, und dickes rotes Blut durch Julias Arterien pumpte, es dünn und müde in sich zurücksog, es erfrischt von neuem aussandte, immer wieder, wie ein Zwischenstadion-Cheerleader, am Rande eines Marathonrennens, der an erschöpfte Läufer Wasser und Bananenchips verteilt und sie dann weiterschickt. Lebendig.

zwölf

Die Fachwerkkirche von Urnes ist die älteste in Norwegen und liegt fünf Kilometer südlich des Sommerhauses. Wir stapften durch Wiesen und Blumen dahin, während rechts unter uns grünes, glasklares Wasser glitzerte.
Ich deutete den Hang hinab. »Dort, zwischen dem Felsen links und den Baumwipfeln, das ist der Kirchturm. Wir können entweder einen Bogen laufen – das wäre dann zirka einen Kilometer mehr – oder wir gehen geradewegs dorthin, den Hang runter.«
Wir nahmen den direkten Weg. Fröhlich wie Kinder, wenn sie sich ihrer eigenen Sterblichkeit noch nicht bewusst sind, in einem Alter, wo das Schlimmste vorstellbare Unglück ist, dass man hinfällt und jemand mit kleinen Küsschen die Schmerzen heilt, vielleicht noch der Geruch von Antiseptikum und Heftpflaster – oder, viel besser: ein prächtiger weißer Verband –, aber nichts Dauerhaftes, nichts wirklich Reales; und wie Kinder kamen wir mit roten Wangen und im Vollgefühl unseres Körpers, im Gefühl, die ganze Welt zu beherrschen, unten an. Wir waren die Einzigen hier. Nicht einmal in der Hand voll Häuser, die das Dorf bildeten, westlich des winzigen Kirchhofs, ging jemand ein und aus.
»So klein hatte ich es mir gar nicht vorgestellt.«
Die Kirche war, selbst ohne Turm, höher, als sie lang war, und der von einer uralten Steinmauer umgebene Friedhof bildete ein abschüssiges Parallelogramm, halb so groß wie

ein Fußballfeld. Der Rasen wirkte abgegrast, als hätten Schafe darauf geweidet, und an der Nordwestseite standen zwei große Birken. Drei, vier Dutzend Grabsteine nahmen die Nord- und Südseite ein. Sie wirkten ganz schlicht. Einer stammte aus jüngster Zeit. Es war so still, dass man die Würmer unter dem Torf dahingleiten hören konnte, und wie alte Gebeine endgültig in sich zusammensackten. Das ideale Fleckchen für eine Kirche – auf einer Landzunge hoch über dem Lustrafjord, wo vor der Christianisierung vermutlich der Dorfplatz gewesen war. Dort hatte sich im neunten und zehnten Jahrhundert die weibliche Bevölkerung versammelt, um sehnsüchtig nach den Booten Ausschau zu halten, mit denen die Männer von einer Wikingerfahrt aus dem Süden heimkehrten. Als Erstes hatten sie die Segel gesehen – ein ausgeblichenes gelbliches Weiß statt der leuchtenden blauen Streifen von einst –, die am Sognefjord backbords drehten und sich vielleicht von einem Begleitschiff verabschiedeten, welches auf dem Årdalsfjord weiter zu den Frauen von Naddvik und Ofredal fuhr. Dann kam allmählich das ganze Boot in Sicht. Man konnte die Schilde zählen, unter ihnen nach den vertrauten purpurnen Verzierungen oder dem grünen Rand Ausschau halten, und stürmte hoffnungsvoll mit den anderen zum Pier hinab. Vielleicht würde ja irgendein Bruder oder Sohn einen prunkvollen Armreif oder einen Ballen feinen irischen Linnens mitbringen. Vor allem aber hoffte man, dass er wieder im Kreis der Familie schmunzeln und lachen werde, anders als der Sohn der armen Unn, der vorletzten Winter blutig verstümmelt und mit grauenvoll mühseligem Lidschlag heimgekehrt war …

»Aud?« Julia stand am Fuße der fünf Stufen, die zum Portal führten. Ich ging zu ihr.

In der Kirche von Urnes roch es nach Holz – alter, aber robuster Waldkiefer –, nach Bienenwachs und frischen Blumen. Das Licht, das durch die Fenster hoch unterm Dach fiel, überströmte die oberste Fachwerkreihe mit einem goldenen Glanz, die zweite mit einem vollen, honigfarbenen Ton und die mächtigen dunklen Pfosten des Grundgeschosses mit einem trüben Schimmer. Hier und da leuchtete ein Jahrhunderte alter Flecken Rot, Gelb, Blau oder Grün, wo man zum größeren Ruhme des Herrn die Schnitzereien bunt bemalt hatte.

»Ich wusste gar nicht, dass Holz so schön sein kann!«, sagte Julia. »So schlicht und rein. Es sieht so … also, wie tausend Jahre sieht es bestimmt nicht aus; kein bisschen rissig oder wurmstichig.«

Ich legte meine Hand auf die massiven Pfeiler. »Die Leute, die diese Kirche gebaut haben, verstanden was von Holz, und sie hatten es nicht eilig.« Wahrscheinlich waren die Schreiner in den Wald gegangen, um mehrere Kiefern auszuwählen, hatten sie aber nicht gefällt; sie kappten bloß die Spitzen und Äste. Das hieß, die Bäume standen noch, während man den äußeren Splint abhobelte. So ließ man sie fünf bis acht Jahre stehen. In diesem Zeitraum starben die Kiefern ab, und das verbleibende Kernholz wurde von ihrem Harz imprägniert, also unempfindlich gegen Feuchtigkeit, Krankheitsbefall oder Alterung. Was diese Menschen gebaut hatten, war, wenn nicht für die Ewigkeit, so doch auf einen langen Bestand angelegt; aus diesem Grunde machten sie auch alles aus Holz. Die Klammern zwischen Füllung und Pfosten waren Birke. Man nahm dafür meist die Stelle zwischen Stamm und Wurzel, denn dort ist die Maserung von Natur aus bogenförmig und sehr stark. Sämtliche andere Verbindungsteile sowie Nägel bestanden aus Wacholderstaude, einem massiven, aber weichen Holz. Eisen gab es keins; das konnte rosten und dadurch das Holz verderben. Ich klopfte mit meiner Faust auf den Pfosten. »Diese Kirche steht schon seit tausend Jahren, und es gibt keinen Grund, weshalb sie nicht noch einmal so lange stehen sollte.«

Julia betrachtete die Blumen und dann das neue Gesangbuch, das jemand auf einer Bank hatte liegen lassen. »Sie ist noch in Gebrauch.«

»Hjørdis hat mich öfter hierher zum Gottesdienst mitgenommen.«

Julia setzte sich an das Ende der Kirchbank. »Ich kann mir gar nicht vorstellen, wie es ist, wenn man inmitten von so viel Geschichte aufwächst. Dieselben Pfade zu gehen, die schon die Ururgroßmütter gegangen sind – seit fünfzig Generationen. Dort getauft zu werden, wo schon sie und deine Mutter und wiederum deren Mutter getauft wurde. So klar den Fortgang des Lebens zu sehen – zu wissen, dass das eigene Kind einmal die gleichen Bäume und die gleichen Fische im Fjord sehen, die gleichen Blumen zur gleichen Jahreszeit pflücken wird.« Sie griff nach meiner Hand. »Die meisten von uns stolpern durch die Welt und stellen dabei ihre Regeln auf, aber was wir nicht alles versäumen …! Als ich klein war, ist die Tut-ench-Amun-Ausstellung nach Boston gekommen, und ich ging sie mir anschaun. *Wow,* hab ich gedacht, jetzt sieh dir dieses Geschmeide an, diese Juwelen! Das ist schon über tausend Jahre alt! Ich konnte es zwar nicht mal berühren, aber es ging mir durch und durch, dieses Bewusstsein, dass Menschen, deren Gebeine längst zu Staub zerfallen und vom Winde verweht waren, deren Seele vielleicht in einen Baum übergegangen war, der seinerseits vor hundert Jahren für irgendein Schiff oder sonst was hatte sterben müssen – dass diese Menschen etwas gemacht hatten, was *ich* anschauen konnte. Aber hiermit ist es anders. Das hier gehört zum ganz normalen Leben, zum Alltag.« Sie drehte meine Handfläche nach oben und betrachtete die Linien darin. »Ich glaube, jetzt begreife ich allmählich. Von hier kommt das alles, was dich so macht, wie du bist – deine

Klarheit, Standfestigkeit und Bestimmtheit. Du kannst tatsächlich die Hand ausstrecken und deine Geschichte berühren. Sie steckt in diesem Holz, in dem kalten, klaren Wasser des Fjords und im harten Fels des Gebirges. Und Holz, Fjord, Gebirge – sie stecken alle in dir, rein, stark und massiv.« Julia sah mich an. Sie streckte die Hand aus, um über meinen Wangenknochen, meine Nase, meinen Unterkiefer zu streichen. »Aud, Aud, Aud.«

Während wir fjordaufwärts zum Sommerhaus zurückgingen, schwamm ein Schwarm Wolken mit leicht violetten Bäuchen langsam hinter uns her. Ich wusste nicht, ob das um diese Jahreszeit Regen ankündigte.

Dann, bei einem Mittagessen aus Aufschnitt und Salat, fragte mich Julia, was mein Name übersetzt bedeutete.

»Keine Ahnung. Aber ich bin nach Aud der Tiefsinnigen benannt, die im neunten Jahrhundert nicht weit von hier zur Welt kam, in Sogn.«

»O schön, schon wieder eine Geschichte.«

Das Funktelefon klingelte. Wir starrten einander ausdruckslos an. Es hatte in diesem Haus noch nie Telefon gegeben. Das Geräusch kam mir so fremd vor, dass ich es erst nach einem Moment erkannte und wieder erst einen Moment später den Apparat fand. Er steckte in meiner Jackentasche, auf der Empore unterm Dach. Ich ging dran.

»Es ist für dich!« Ich kehrte rasch nach unten zurück, um ihn Julia zu reichen. »Edvard Borlaug. Klingt ziemlich aufgeregt – für seine Verhältnisse.«

Julia übernahm. »Hallo, Edvard, wie geht's – sachte, sachte, jetzt beruhigen Sie sich erst mal. Ich verstehe kein Wort. Mittwoch? Aber – nein, natürlich kann ich kommen. Natürlich, das sehe ich ein.« *Was ist heute für ein Tag?,* fragte sie mich lautlos. *Montag,* antwortete ich genauso. »Es wird ein bisschen – Edvard, bitte atmen Sie erst mal tief durch. Ich unterhalte mich gern mit Ihnen, mit dem allergrößten Vergnügen. Wenn die das Grundkonzept erst mal verstehen, geht die Sache bestimmt in Ordnung. Ich komme morgen rein, und dann hecken wir zusammen eine Strategie aus. Morgen. Ja. Oh, so etwa gegen zwei. Vierzehn Uhr. Ja, bis dann. Ja. Keine *Sorge*, Edvard. Morgen um zwei. Gar keine Ursache.«

Sie drückte den Ausschaltknopf. »Der war ja richtig hysterisch.«

»Für seine Verhältnisse.«

»Für seine Verhältnisse. Gestern war eine Vorstandssitzung, und man hat ihm gesagt, seine Ideen kämen vielleicht nicht durch.«

»Dann müssen wir vermutlich wieder für ein, zwei Tage nach Oslo, um ihm Händchen zu halten?«

»Du brauchst nicht mitzukommen. Ich fahre allein hin, treffe mich morgen Nachmittag mit Borlaug, übernachte im Hotel, habe vormittags eine formlose Zusammenkunft mit ein, zwei Vorstandsmitgliedern und bin Mittwoch am frühen Nachmittag wieder da.« Sie rutschte mir auf den Schoß. »Werde ich dir denn fehlen?«

»Nein. Ich komme mit.«

»Sei nicht albern. Die Strecke ist ja nicht schwer zu fahren. Ich kenne sie jetzt, und genauso kenne ich die Stadt, das Hotel, den Weg zu Olsen-Glas und auch den Rückweg. Ich habe dort alle Hände voll zu tun, während du Däumchen drehend in irgendwelchen Warteräumen herumsitzen würdest. Es wär doch verrückt, wenn du nicht lieber hier bliebest. Wenn du mitfährst, komme ich mir nur egoistisch vor – als würde ich dir den Urlaub verderben.« Sie drückte mich an ihre Brust und hielt mich dann auf Armeslänge von sich. »Okay?«

Sie war mein Falke – dazu geschaffen, über allem zu schweben. Man legt Falken nicht an die Kette. An irgendeiner

Stelle lässt man sie frei, sieht ihnen beim Aufsteigen zu, steht mit ausgestreckter Faust da und hofft, dass sie zurückkehren, nicht dem Jagdhüter oder einem größeren Falken ins Visier kommen – beziehungsweise einer riesigen Schattenhand, die über den Ozean nach ihnen greift. Nein. Ein Falke ist zum Fliegen da – nicht, um sich zu fürchten. Ich setzte ein Lächeln auf. »Dann muss ich morgen eben allein den Gletscher besteigen.«

»Das hatte ich ja ganz vergessen. Wir könnten doch Gudrun anrufen –«

»Nicht nötig. Ich geh auch allein, und wenn du zurückkommst, werde ich dir die Wunder des Eises zeigen können. Nur … komm bald zurück. Und nimm das Funktelefon mit, für alle Fälle.« Sie fühlte sich so leicht an auf meinem Schoß. So kostbar.

»Wenn ich das Telefon mitnehme, kann ich dich aber nicht anrufen.«

»Stimmt auch wieder.« Ich küsste sie seitlich auf den Hals, dort wo der Puls bebte. Die Haut so dünn, so verwundbar. Ein winziger Biss, und Julias Herz würde dickes rotes Blut über den ganzen Boden pumpen.

Sie bäumte sich auf, und der Puls unter meinen Lippen hämmerte. »Stell dir bloß vor, wenn wir uns wieder sehen«, flüsterte sie, während sich das Gras draußen unter den ersten dicken Regentropfen beugte.

Julia trug ein graublaues Baumwollkostüm und steckte sich ihr dichtes, volles Haar mit einem passenden Band zusammen. Am liebsten hätte ich dieses Ding fortgerissen, hätte mir ihre Haare über die Hände fallen lassen und Julia in mein Bett geschleppt wie eine Jagdbeute. Stattdessen hielt ich ihr die Autotür auf. Sie stieg ein, machte hinter sich zu und steckte noch einmal den Kopf durch das Fenster, um mich auf die Wange zu küssen. Dann ließ sie den Motor an.

Zwei Minuten später war nichts mehr von ihr zu sehen außer einer wirbelnden Staubfahne den Feldweg hinauf.
Ich schulterte meinen Rucksack und marschierte hangabwärts zum Hof. Die Mastkälber in ihren Holzpferchen bockten und Gudrun schien geistesabwesend, als sie kam.
»Ich habe gar kein Auto gehört«, sagte sie.
»Nein. Julia ist bis morgen damit nach Oslo.«
»Und Sie wollen immer noch auf den Gletscher.«
»Ja.«
»Ich weiß nicht, ob ich Zeit habe, Sie hinzufahren –«
»Ich kann zu Fuß zum Nigardsbreen. Es ist ja ein schöner Tag.«
»Nigardsbreen?« Sie warf mir einen bedenklichen Blick zu. »Die Wanderwege sind noch bis Juni gesperrt, wegen des späten Frühjahrs.« Mit dem Frühjahr setzte auch die Schneeschmelze ein. Das Eis war zu dieser Zeit fast unberechenbar und die schmale Zunge des Jostedalsbreen weniger stabil als ihr massiverer Ursprungsgletscher. Ich blieb einfach stehen und wartete. Zu guter Letzt schwenkte Gudrun die Hand in Richtung Südschuppen. »Ausrüstung ist am üblichen Platz. Ich habe sie überprüft.«
»Vielen Dank. Lassen Sie sich durch mich nicht von der Arbeit abhalten.«
Sie nickte mir kurz zu und verschwand nach den Futterscheunen.
Die Südschuppen waren kühl und trocken. Skier, Stiefel, Seile, Eispickel, Schlittschuhe und ein Durcheinander an sonstiger Ausrüstung nahmen die gesamte Nordseite des Raumes ein. Ich suchte mir eine Rolle blaues Nylonseil heraus – sie roch zwar etwas muffig, war aber an sich in Ordnung –, einen Eispickel mit Grifflasche, Handschuhe, eine Eissonde und Steigeisen. Das Ganze verstaute ich neben Wasser, Käse, Schokolade, Feldflasche und Wärmekompressen in meinem Rucksack.

Die Regenfälle von letzter Nacht hatten den ganzen Fjell abgewaschen. Blumen streckten golden, leuchtend rot und tieflila ihre Köpfe aus dem glitzernden Gras; Vögel zwitscherten glücklich auf Eschen und Birken, als kümmerte es sie gar nicht, dass ihre Nester ausgespült waren; selbst das Geröll, das nach und nach meinen Weg übersäte, wirkte wie neu, obwohl manche Steine schon vor Jahrzehnten oder Jahrhunderten vom Gletscher aus ihrem Bett gerissen und blank gescheuert worden waren. Mit knirschenden Schritten wanderte ich über Geschiebelehm und -kies, den die Schneeschmelze erst vor kurzem ausgeschwemmt hatte, und genoss das kraftvolle *Tschunk* meiner Stiefel auf nackten, faustgroßen Steinbrocken. Julia würde inzwischen den Feldweg zu der einspurigen Landstraße entlangrumpeln, der auf einen zweiten Feldweg und von dort zur Autobahn führte.

Es gab jetzt keine Bäume, keine Blumen mehr, weit und breit nur rutschiges Geröll – die Gletschermoräne, ein wüstes Gelände aus Kieseln und Felsblöcken, umgeschichtetem Gestein aller Farben, Formen und Größen, alles rund und alles von den Bewegungen uralten Eises abgeschliffen. Hier und da hatte sich zwar tapfer etwas Moos festgeklammert, und Insekten schwirrten über Felstümpeln, aber auch die wären bis zum Spätnachmittag verschwunden; Kargheit und Kahlheit überschatteten sämtliches Leben ringsum. Ich stellte mir die Moore von Yorkshire vor, als die ersten römischen Baumeister dort angekommen waren: das Heidekraut und den Stechginster, die Fasanen, Rebhühner und Glockenblumen, die die Arbeiter aus dem Weg räumten, als sie eine geradlinige Bahn durch die Landschaft pflügten, einen Pfeil von einem Lager zum andern, gefolgt von den Steinmetzen mit ihren sorgfältig behauenen Kalksteinquadern. Sie hatten ihre Sache so gut gemacht, dass man bis heute, wenn man nach Goathland hinaufgeht, eine Linie im Torf

erkennen kann. Sie erstreckt sich bis zum fernen Horizont, und es wachsen dort nur hier und da ein paar Butter- oder Gänseblümchen. *Foss Way* nennen es die Einheimischen.
Diese Steine lagen noch nicht so lange hier. Die meisten stammten frühestens aus der Kleinen Eiszeit, eine Verschlechterung der Klimabedingungen, durch die Jostedalsbreen entstanden war und die genau wie Nigardsbreen, ihre Zunge ins Tal gestreckt hatte, um dort Haus und Hof, Feld und Fjell aufzulecken. Die Kleine Eiszeit erreichte vor 250 Jahren ihren Höhepunkt, und als die Zungen sich zurückzogen, hatten sie an den Spitzen und Flanken des Eises steile Gesteinskämme, die so genannten Moränen, hinterlassen. Das Moos folgte dem Weg der Zunge jedes Jahr ein Stückchen weiter hinauf, und jedes Jahr wich die Zunge ein Stückchen weiter zurück. Aber jetzt war ich schon an dem Moos vorbei. Ich befand mich zwischen den Gesteinsablagerungen jener Eisdecke, die vor mehreren tausend Jahren das ganze Land eingenommen hatte. Sie meißelte die Fjords entlang des »Nordwegs« heraus, jene Meeresstraße, die ein Leben in diesem Teil der Welt überhaupt erst ermöglichte, die Verbindung, aus der Norwegen entstanden war.
Nun stach er mir in die Nase: der Geruch grünen Eises, so scharf wie ein Grashalm, der eine unvorsichtige Zunge schneiden konnte. Die Sonne schien, und ich zog meinen Pullover aus, verstaute ihn zusammengelegt im Rucksack.
Julia hätte die zwölf Kilometer Landstraße inzwischen hinter sich und würde nach rechts abbiegen, auf einen zweiten Feldweg Richtung Süden und Osten, der am mächtigen Skagatølstindane vorbeiführte, einem der höchsten Gipfel Jotunheimens. Ich wischte mir den Schweiß von der Stirn und begann mit dem Aufstieg.
Jetzt erklang schroffer, gewachsener Fels in der Farbe von Fischpastete unter meinen Stiefeln, und da war sie: die Flanke der Gletscherzunge.

Altes Eis sieht aus wie ein Baiser, das der Holzlöffel eines Riesen über Luftkammern aufgeschichtet hat: weißer Eierschaum, zehn Meter hoch über meinem Kopf und mit Farbstichen hier und da wie von unterschiedlichen Beerenfrüchten. Aber das waren noch gar nicht die echten prächtigen Farben des Eises, sondern nur Oberflächenverschmutzung, ein Grau von den Schneefällen des letzten Winters, das sich in der Spätvormittagssonne als Rosa ausgab.
Ich untersuchte die gefrorene Masse. Noch brauchte ich keine Steigeisen. Ich zog meine Handschuhe an und begann zu klettern. Es war jetzt fast Mittag, und ich schwitzte leicht, aber als ich mich Halt suchend nach dem Eis bückte, hatte ich eine Atemwolke vorm Mund. Ich kletterte wie eine Spinne diagonal an der Flanke der Gletscherzunge hinauf. Nichts außer dem Knirschen des Schnees – es klang wie Kristallzucker – und das Rauschen meines Atems waren zu hören. Meist hielten sich um diese Jahreszeit schon Grüppchen von erfahrenen Bergsteigern hier auf, die weniger erfahrene als Touristenführer ausbildeten. Gegen Ende des Monats würden die nämlich scharenweise einfallen, und das Eis wäre dann getupft mit kleinen Gestalten in Anzügen aus knallrotem Latex und orange leuchtendem Nylon, mit giftgrünen und knallrosa Firmenlogos auf Stiefeln und Handschuhen, während sie selbst Fähnchen aufpflanzten, um sichere Routen zu markieren; Gestalten, die wie bunte, künstliche Schlangen aussahen: den Körper kreuz und quer mit Kletterseil in Designerfarben bedeckt. Aber als ich heute auf die Gletscherzunge gelangte, war ich allein mit dem Himmel, dem Felsen und dem Eis, das sich vor mir erstreckte wie das Negativfoto einer von einem Riesen verwüsteten zwölfspurigen Autobahn.
Gletscher entstehen aus dem ersten Schneefall oberhalb der Schneegrenze, wenn sich der Niederschlag in Felsmulden sammelt. Manches davon taut wieder auf und gefriert neu,

sodass die Kristalle einen körnigen Harsch bilden, den so genannten Firn. Durch weitere Schneefälle wird dieser Firn zu Eis verdichtet und steigt höher. Zuletzt drückt die Last des Eises die allerunterste Schicht, die in den Felsmulden, heraus, und die Schwerkraft zieht das Ganze unaufhaltsam bergab. Es nimmt den Weg des geringsten Widerstandes: durch Schneisen und Täler, und wo die nicht vorhanden sind, gräbt es u-förmige Hohlkehlen ins Gestein, schmirgelt gewaltige Felsblöcke zu großen, runden Findlingen ab oder zermalmt das weichere Sedimentgeröll zu Sand, der an der Spitze und an den Rändern des Gletschers ausgeschwemmt wird. Die darin enthaltenen Nährstoffe düngen dann das tiefer gelegene Tal, und es bleiben bizarre Felsgebilde zurück, manche davon turmförmig, ein Felsen in empfindlichem Gleichgewicht auf dem andern. Das Gestein aber, über das sich der Gletscher schiebt, ist nicht einheitlich; manche Teile lassen sich leichter, manche weniger leicht herausreißen. Mit der Zeit sackt die wandernde Eismasse in Gruben ab, und es entstehen tiefe Risse in ihr. Diese Risse oder *sprekker* sind oft von Neuschnee überdeckt, und die meisten, die im Eis ums Leben kommen, stürzen in solche Spalten, besonders im Frühjahr, vor der Schneeschmelze. Ich aber war genau wegen dieser *sprekker* hier – wegen ihnen, wegen der Eishöhlen und des Sees.

Vorm Ende der Kleinen Eiszeit war die Schneedecke wohl noch unberührt gewesen – im Gegensatz zu heute. Aber wenn man einen frischen *sprekk* entdeckt und die Sonne im richtigen Winkel steht, kann man in längst vergangene Zeiten blicken und den Gletscher sehen, wie er einmal war: die klaren, strahlenden Farben tief im Eis.

Die Sonne funkelte auf tausenderlei weißen und beinah weißen Oberflächen. Ich nahm meinen Rucksack und holte Schneebrille, Eispickel, eine kleine Flasche Wasser, eine Banane sowie die Eissonde heraus. Die Schneebrille setzte ich mir auf, das Wasser trank ich, die Banane aß ich, steckte die Schale in die leere Flasche und die Flasche wiederum in meinen Rucksack, den ich mir überzog. Dann machte ich die Eissonde einsatzbereit und marschierte los – sie in der einen, den Pickel in der anderen Hand. Es war fast drei Jahre her, aber ich hatte es noch in Fleisch und Blut: ein Schritt – Eis diagonal sondieren; zwei Schritte – wieder sondieren. Narrensicher war es natürlich nicht. Dafür hatte ich ja den Pickel: Wenn man ins Stürzen kam, musste man sich rasch umdrehen, ihn nach hinten ins Eis schlagen und beten, dass er hielt.

Manchmal war der Weg mühelos, manchmal musste ich die Sonde weglegen und den Pickel nehmen, um Eisklippen oder, in einem Fall, auch eine Eiswand zu überwinden, die wie ein gefrorener Sturzbach aussah. Bevor ich mit dem diagonalen Aufstieg begann, setzte ich mich in den Schnee und befestigte mir Steigeisen an den Stiefeln. Dem Stand der Sonne nach war es etwa ein Uhr. Julia würde jetzt auf der E16 sein und mit überhöhter Geschwindigkeit und offenen Fenstern die graugrünen Fluten des Sperillen passieren, während ihre Hand auf dem Lenker leicht den Takt der Radiomusik schlug; bald käme das Autobahnkreuz mit der E7; dann wäre es nicht mehr weit bis Oslo. Ich stand auf und trat mir ein neues Loch in den Gletscher, wo ich meinen Fuß abstützen konnte.

dreizehn

Bei Erhitzung verlieren die meisten Moleküle an Dichte und weiten sich aus. Was in festem Zustand kaum eine halbe Tasse füllt, kann dann zu einer Flüssigkeit zerschmelzen, die diese Tasse zum Überlaufen bringt. Erhitzt man den Stoff bis zur Verdunstung, erfüllt er den ganzen Raum. Bei Wasser jedoch ist das anders. Zum einen gibt es für jedes seiner unterschiedlichen Stadien – anders als etwa bei Stickstoff – einen eigenen Namen: z.B. »Wasser« in flüssigem Zustand, »Dampf«, wenn es verdunstet, und »Eis«, wenn es fest ist. Und wenn Wasser gefriert, dann zieht es sich nicht zusammen, sondern dehnt sich aus. Entgegen jeder Vernunft schwimmt Eis auf Wasser. Eis hat uns von jeher fasziniert.

Fragt man einen Bergsteiger, warum er, sagen wir, den Mount Everest erklimmen will, dann lautet die Antwort: *Weil es ihn gibt.* Eine ehrliche Antwort wäre vielleicht: *Weil es Eis darauf gibt.* Eis ist so fremdartig, so verlockend und so geheimnisvoll. In der westlichen Welt betrachtet man Eis und Wissenschaft im selben Licht: kalt, klar, geordnet, durch und durch rational – nach außen hin schlicht, innerlich aber absolut unergründbar. Ich bezweifle, dass der allererste Science-Fiction-Roman, *Frankenstein,* rein zufällig beides vermischt: Das Monstrum wird aus kosmischem Feuer geboren und zum Schluss im Eis ausgesetzt. Eis kann kein Leben hervorbringen, kann bei richtiger Anwendung aber Leben erhalten. Man denke nur an all die Nahrungsmittel in unseren Gefriertruhen. Man denke an all die Nieren, Lebern und Herzen, die in Kühlboxen geworfen und per Hubschrauber verschickt werden, um Menschenleben zu retten. Jeder weiß, dass man den Finger kühlen sollte, wenn man sich beim Kartoffelschälen geschnitten hat – aber nicht *unterkühlen,* denn dann bilden die Wassermoleküle im Innern des durchbluteten Gewebes, in den Hautzellen, winzige Kristalle, die sich immer mehr ausdehnen, die Zellmembran letztlich zerreißen und Protoplasma in alle Winde zerstreuen, sodass es vernichtet wird. Wer an ein Leben aus dem Eis oder gar an die so genannte »Einfriermethode« glaubt, der träumt. Er hat zu viele Rumpsteaks gesehen, die als eisverkrustete Bretter aus dem Kühlhaus kamen und doch zwei Stunden später so rot und saftig in der Ladentheke lagen, dass einem das Wasser im Munde zusammenlief; wenn aber etwas Lebendiges eingefroren wird, dann stirbt es. Nur Organismen, die schon vor ihrer vollen Entstehung tiefgefroren wurden – reife Keimzellen und Embryonen – lassen sich durch Auftauen wieder zum Leben erwecken.

Eis ist gefährlich, aber trotzdem klettern die Leute diese Berge hinauf und besteigen Gletscher, weil Eis in allererster Linie eines ist: einfach schön.

Der *sprekk* vor meinen Füßen offenbarte Juwelen, die seit Jahrtausenden kein menschliches Auge erblickt hatte. Ich streifte mir wieder den Pullover über, legte mich auf den Bauch und robbte an den Rand der Gletscherspalte. Ein Grand Canyon aus Eis. Nur Zentimeter vor meiner Nase ging die oberste, von Kohlenwasserstoffen verrußte Schicht in eine schmutzig gelbe über und diese in eine tief cremefarbene. Gefroren, aber in der Frühlingssonne mehrmals wieder aufgetaut, glänzten diese Schichten von eisiger Glätte. Darunter, jenseits der Reichweite meiner Arme und der direkten Sonneneinstrahlung, fingen die wahren Farben erst an. Die Spalte war mehr als fünfzehn Meter tief, und weiter unten wurde das Licht milchig und zart, jeweils gedämpft oder verstärkt durch unregelmäßige Ausbuchtungen an merkwürdigen Stellen. Dort glitzerte ein Eisvorsprung blendend weiß, während der Rand des Schattens, den er warf, in einem blassen Malventon schimmerte und der Kernschatten in staubigem Indigo. Immer weiter hinab, bis die Farben nichts Organischem mehr glichen und die Spalte schroff, streng und einheitlich wurde, eine Kathedrale aus Eis. Streifen von Amethyst und Aquamarin, tiefe, tiefe Schichten blassen Smaragdgrüns. Meine Körperwärme und die schrägen, überall reflektierten Strahlen der Nachmittagssonne ließen das Eis leicht antauen, sodass der stechende mineralische Geruch des Wassers aufstieg, das vor achtzehntausend Jahren in Form von Flocken heruntergefallen war – einer Zeit, als noch Mammuts auf der Erde umhergingen, atmeten und mit ihren Rüsseln Schneewehen beiseite räumten, Millionen Jahre, bevor der Mensch auch nur einen Fuß auf das Land setzte, das heute Norwegen heißt. Vom Genuss dieses Wassers war allerdings abzuraten. Jedes Jahr gab es irgendeinen dummen Touristen, der meinte, er müsse einen Schluck aus dem See nehmen oder eine Hand voll Schmelzwasser kosten, und der dann mit heftigem Durchfall und einer Mundfäule herunterkam, die zehn Tage anhalten würden. Der Geruch dieses Wassers aber konnte nicht schaden, und eine Zeit lang lag ich selbstvergessen in diesen Dünsten, diesem Wechselspiel von Licht und Farben.

Ich musste aufstehen, als meine Schenkel vor Kälte taub wurden. Zu lang – ich hatte zu lang dagelegen. Leichtsinnig. Meine Hose und mein Pullover hatten Feuchtigkeit gezogen, aber sie waren aus Wolle und darunter trug ich Seide, beides Materialien die im Gegensatz zu Baumwolle rasch trocknen und auch noch Wärme speichern. An einer ebenen Stelle machte ich ein paar Katas, erst langsam, dann schneller, immer schneller, bis meine Bewegungen blitzarti-

ge Andeutungen tödlicher Schläge waren und ein ferner Zuschauer hätte glauben können, dort auf dem Eis tanze ein wirbelnder Derwisch. Als ich aufhörte, war mir wieder warm, aber ich setzte mich dennoch auf den Rucksack, schenkte mir eine Tasse süßen, heißen Kaffee ein und aß Käse sowie ein paar Nüsse dazu. Eine Vorbeugungsmaßnahme.
Ich ließ es mir schmecken, die Sonne wärmte mir den Rücken, und der Pullover begann zu dampfen. Es war ungefähr drei Uhr. Julia würde inzwischen in Oslo sein und dem armen Edvard Borlaug sehr amerikanisch kommen. Ich holte meine Karte hervor. Wenn die Sonne erst einmal so tief stand, dass jeder kleine Schneehügel einen langen, bizarren Schatten warf, dann hielt man sich besser nicht mehr in diesem Eis auf. Für die Eishöhle blieb keine Zeit mehr, aber wenn ich mir sorgfältig meine Strecke aussuchte, dann könnte ich noch ein paar Minuten am See verbringen.
Es würde ein ziemlicher Marsch dorthin, aber er führte am Rand des Gletschers entlang, wo die Moräne an manchen Stellen fast nicht vorhanden oder so alt war, dass zuerst Moos und Flechten sie erobert hatten, dann Gras und die nickenden Köpfe des seltenen Teufelsbarts sowie der zierlichen Zimtrose, gefolgt von Birken, Eschen, Nadelbäumen samt allem, was da auf ihnen kreuchte und fleuchte. Der Übergang von Weiß zu voller Farbe wäre unerträglich abrupt gewesen, hätte es nicht die silbrigen Birkenstämme und die Teppiche von weißblättrigem Silberwurz gegeben.
Der See, auf dessen Oberfläche die langen Strahlen der Spätnachmittagssonne funkelten, lag in einem riesigen, vor mehreren zehntausend Jahren vom Gletscher ausgeschürften Becken. Nigardsbreen berührte an dieser Stelle den leicht verformten Kreis, den dieses Becken bildete, und das Kies- und Felsgeröll, auf dem ich jetzt stand, war eigentlich eine Gletschermoräne. Am gegenüberliegenden Ufer

sah ich Schilf und Moos, gesprenkelt mit lilafarbenem Steinbrech, und hinter diesem das Waldland. Vögel sangen ein endloses Gespinst von Trillern und Zwitschern.
Der See selbst bestand aus Schmelzwasser des Gletschers, dessen Temperatur kaum über dem Gefrierpunkt lag, und war so still, dass es schien, als hielte er seinen dicken grünen mineralischen Atem an. Ich berührte mit meiner Fingerspitze ganz sacht den Wasserspiegel, und nachgebend wie eine Haut schlug er eine leichte, flache Welle, die die Oberfläche hier golden in der Sonne glänzen ließ, sie dort in beinah schwarzen Schatten tauchte, aber ohne dass die Oberflächenspannung je zerriss. Irgendwo hätte hier auch Grendel hausen können: an einem tiefen, eisigen, geheimen Ort.
Ich setzte mich auf einen Felsen und schloss die Augen.
Es geht nichts über den Geruch von Gletscher und Fjell im April und Mai, den Duft von fruchtbarer, dunkler Erde nach einem langen Winter, der papierartigen Birkenrinde, die sich erwärmt, und des zarten Grüns, das sich in den Tiefen des Waldes neu entfaltet. Völlig entspannt vergaß ich die ganze Welt, bis das Licht zu verblassen begann und die Vögel ihren Abendgesang anstimmten.
Die Vögel verstummten abrupt.
Ich schlug die Augen auf und horchte. Knirschende Schritte kamen links hinter mir den Gletscher herauf, zwischen mir und der untergehenden Sonne. Ich drehte mich um, mein »Ich wollte gerade gehen«-Lächeln schon halb auf den Lippen, aber es war niemand da. Mein Atem ging schneller. Kein Fels, kein Baum, hinter denen ich Deckung nehmen konnte. Die Schritte verstummten. Mein Herz schaltete einen Gang höher. Er oder sie musste auf dem Gletscher sein, aber ich sah nichts.
Ich stand auf und winkte. »Hey!« Warf ein dickes Grinsen. Stellte mich auf die Zehenspitzen, um meine Muskeln zu

dehnen, öffnete und schloss meine steifen Finger, drehte mein Gesicht leicht, sodass die Sonne, die breiter werdend im Westen unterging, mich nicht blendete. Trat im Pulsschlag der Stille zwei Schritte näher auf den Gletscher zu – schnitt dem Unbekannten die Sicht ab.

Ein Rutschen und Füßescharren im Schnee über mir.

»Hallihallo!« Männerstimme, amerikanisch. Er kam an den Rand des Gletschers und winkte. Mittelgroß, Schnee auf der Brust, linke Hand nackt, rechte behandschuht. »Warten Sie, ich komme runter.« Er blieb noch kurz stehen, aber ich hatte mich bereits umgedreht und lief die drei Schritte zum See, da fühlte ich einen dumpfen Schlag im Rücken. Als ich mit weiten Schritten den Pfad der Sonne entlangrannte, hörte ich das *Pffd* eines schallgedämpften Gewehrs, und schon schlug das Wasser über meinem Kopf zusammen. Ich schwamm blindlings hinab, in größere Tiefe.

Eiswasser lässt den Atem stocken, das Zwerchfell in Zuckungen ausbrechen und jeden Muskel erstarren, aber die Wahl fiel nicht schwer: untertauchen oder sterben. Der Mann würde jetzt mit schussbereitem Gewehr den Gletscher herabklettern, sich vorsichtig und mit geschultem Blick dem Ufer nähern – bereit zum Handeln. Ich verkrampfte mich innerlich, um nicht den Wasserspiegel aufzurühren. Ich war jetzt fünf oder sechs Sekunden untergetaucht, konnte aber höchstens noch zwei Sekunden den Atem anhalten. Denk nach! Sonne. Sonnenuntergang: blendender Wasserspiegel. Vielleicht würde es reichen. Ich ließ mich behutsam aufsteigen. Mit einer raschen Seitwärtsbewegung meines rechten Arms drehte ich mich um und durchbrach für eine -zigstel Sekunde wie ein Schwimmkörper, nur mit meiner Schulter und meiner unteren Gesichtshälfte, die Oberfläche, aber lange genug, um aus Leibeskräften Luft, herrliche Luft, zu holen; dann wieder ab, unter Wasser. Die Mineralstoffe und die Kälte brannten mir in den Augen, doch ich konnte in den grünen Fluten die braune Blutwolke sehen, die aus meiner Schulter quoll. Das kalte Wasser würde die Blutung bald stillen. Mein Verfolger würde mich für tot halten. Ganz vorsichtig, ganz langsam tauchte ich Richtung Ufer. Er hatte seine Waffe, aber ich hatte die Sonne: Er würde nicht unter den blendenden Wasserspiegel schauen können, doch ich konnte seinen Schatten sehn. Behandschuhte Rechte am Gewehrlauf, nackte Linke am Abzug: Er war Linkshänder. Ich tastete das Bett des Sees ab, bis ich einen glatten runden Stein fand, der mir in der Hand lag wie angegossen.

Das Blut hatte den Kerl leichtsinnig gemacht. Er stand direkt am Wasser, mit einem Fuß sogar schon darin; das Gewehr lehnte locker an seiner linken Schulter. Ich glitt, leicht zur Seite gedreht, links neben ihm heran, zählte bis drei und rauschte dann mit hocherhobenem Stein wie eine Furie aus dem Wasser –

– nur dass es eher ein Platschen als ein Rauschen war und der Stein, den ich ihm in die Schläfe hatte schmettern wollen, sich in sein linkes Bein bohrte. Knochen knirschte, und der Mann stürzte kopfüber in den See. Ich lag auf den Knien. Das Wasser machte mich schwer und kampfuntüchtig. Ich schwang den Stein nach dem Kopf meines Gegners, rutschte aber aus und traf ihn zwischen die Schulterblätter. Er zappelte und zuckte in den kalten Fluten. Unfähig, meine Kräfte zu mobilisieren – es war, als hätte jemand den Stecker herausgezogen – ließ ich meinen Stein fallen und schob den Mann wie ein Boot auf den See hinaus. Dabei war ich immerhin noch so clever, mich an seinem Gewehr festzuhalten. Er hatte Krämpfe und schluckte Wasser. Ich zog den Munitionsstreifen heraus, steckte ihn mir in die Hosentasche, klopfte auch eine volle Ladung Patronen heraus, und benutzte dann sein Gewehr als Krücke, mit der ich mich auf die Beine stemmte. Ich war vor

Kälte so taub, dass ich kaum merkte, wo er mich getroffen hatte.

Denk nach. Schnell. Schwankend schloss ich die Augen – schlug sie wieder auf. Der Mann bewegte sich jetzt eindeutig langsamer. Schön. Ich schleuderte die Waffe neben meinen Rucksack.

Als ich wieder loswatete, schien das Wasser zwar keine Spur wärmer, aber ich musste ja nur bis zu den Oberschenkeln hinein. Der Mann war fast bewusstlos. Manche Leute reagieren so. Ich packte ihn beim Kragen – er trug irgend so ein gestepptes Baumwollding, das jetzt tropfnass war – und zerrte ihn Richtung Ufer. Es fiel mir schwer, ihn herauszuhieven. Als ich es zum größten Teil geschafft hatte, begannen die Augenlider des Mannes zu flattern. Ich ließ ihn fallen, suchte meinen Stein und schlug ihm damit auf die Stirn; aber nicht zu fest. Ich würde nicht lange brauchen. Dann schleuderte ich den Stein ins Wasser, das schwere Wellenringe schlug – die trübe Blutwolke war immer noch deutlich sichtbar –, und zerrte den Kerl ganz aufs Trockene. Bei einer raschen Durchsuchung fand ich seine Brieftasche, Schlüssel mit Volvo-Logo auf dem daranhängenden Täschchen und eine durchgeweichte Packung Zigaretten samt Feuerzeug. Ich probierte das Feuerzeug aus. Nichts. Ich hielt es gegen die schwindende Sonne: halb leer. Probierte erneut. Nichts. Der Führerschein lautete auf einen gewissen John Turkel, die Blaues-Kreuz-Karte ebenfalls. Keine Papiere vom Autoverleih. Die Schlüssel schob ich mir in die Tasche, alles andere wieder in seine eigene.

Meine Muskeln waren wie Holzklötze, die man willkürlich auf Knochen aus Pappkarton geklebt hatte. Nichts wollte gehen, wie es sollte. Meine Finger kamen mir vor wie dicke, dumme Bananenbündel, so nutzlos hingen sie an den Händen, und dauernd fiel ich hin, weil ich meine Füße nicht spürte. Ich brauchte fünf Anläufe, um mir den Pullover auszuziehen, noch mehr bei Hose und Schuhen. Dann stolperte ich so schnell wie möglich den Gletscher hinauf, um mich in jedem Fleckchen Schnee zu wälzen, das ich nur finden konnte, denn ich wollte das überschüssige Wasser auf meiner nackten Haut davon aufsaugen lassen. Hier und da blieben leuchtend rote Spuren zurück, aber nicht viele. Ich machte so lange Aufwärmgymnastik und schleppte mich im Kreis herum, bis wieder Gefühl in Oberkörper, Schenkel und Handgelenke einkehrte. Dann lief ich noch eine Weile – presste dabei das Wasser aus Pullover, Unterhemd und Hose heraus, so gut ich nur konnte. Als ich anschließend wieder zu meinem Gepäck trabte, war ich einigermaßen sicher auf den Beinen, aber selbst die Kieselsteine warfen jetzt so lange Schatten, dass ich sie für Felsblöcke hielt und ihnen auswich.

Bei meinem Rucksack angekommen, hatte ich nur den Wunsch, mich zu setzen. Doch das wagte ich nicht. Ich fischte aufrecht stehend in meinem Gepäck herum und kippte es nach rechts und links, bis die Plastikkompressen in meine ungeschickten Hände rutschten. Die Kompressen waren kalt wie Aale, ich zog einmal, zweimal kurz daran, dann trat die katalytische Reaktion in Gang und sie begannen sich zu erwärmen. Die eine hielt ich mir mit der Rechten an meine Brust, die andere versuchte ich mit der Linken in meinen Pullover und meine Hose zu wickeln, die nass am Ufer lagen, aber mein Arm wollte nicht richtig funktionieren; er fuchtelte nur herum. Noch mal versuchen. Ganz langsam. Zentimeterweise schaffte ich es. Die Kugel hatte irgendetwas Wichtiges getroffen. Keine Zeit, darüber nachzudenken; es gab Dringenderes: Ich musste meine Körpertemperatur wieder hochkriegen und Wollpullover und Hose so weit aufwärmen, dass ich sie wieder anziehen konnte. Mein Körper sollte so viel Hitze speichern, wie sich ihm nur entlocken ließ.

In der tiefer werdenden Dämmerung sahen die Felsblöcke am See wie Kühe aus, die es sich für die Nacht bequem machten. Ich ging vom einen zum andern, fand einen Stein, der noch warm von der Sonne war, und breitete mein Unterhemd darauf aus. Auch dies zentimeterweise.

Dann steckte ich mir die Kompresse zwischen die Zähne und zerrte meinen Rucksack zu einem zweiten Felsen, wo ich mich hinsetzte und den Wärmeverband auf meinen Oberschenkel fallen ließ. Ich musste die Tasse der Plastikthermoskanne auf den Boden stellen, um den süßen, heißen Kaffee einzugießen. Dabei wackelte sie gefährlich. Dann trank ich in einem Zug leer, schenkte mir nach, kramte etwas Schokolade hervor, kaute, schluckte und kaute erneut. Die heiße Tasse brannte mir in den Händen – in der rechten bloß wegen der Kälte, in der linken noch wegen etwas anderem. Auch in meinem Rücken breitete sich ein Schmerz aus. Musste warten bis später.

Noch mehr Schokolade, den letzten Rest Kaffee. Alles in den Rucksack räumen. Zu dem Gewehrschützen gehen. Turkel, John Turkel.

Ich hatte ein merkwürdiges Gefühl beim Gehen. So, als hätte mir jemand Arme und Beine abgenommen, um sie dann mit sonderbaren Verbindungsgliedern wieder anzumontieren. Ein Stück weit von dem Mann, der wild zuckend und mit geschlossenen Augen dalag, hockte ich mich hin. Ich warf einen Kieselstein nach ihm. Als er die Lider aufschlug und meine Nacktheit sah, weiteten sich seine Pupillen zuerst, dann zogen sie sich zusammen.

»Reden Sie«, sagte ich auf Englisch.

Er starrte mich an.

Ich hatte keine Zeit für so was. »Ich vermute, Ihr Knie schmerzt, sofern Sie überhaupt etwas spüren. Es wird eine mehrstündige Operation nötig sein, damit Sie auf diesem Bein wieder gehen können. Sie sind völlig durchnässt von eiskaltem Wasser und befinden sich im Anfangsstadium der Unterkühlung. Vielleicht verschwimmen auch langsam Ihre Gedankengänge. Nur dass wir uns verstehen: Sie werden mir rückhaltlos erzählen, wer Sie auf mich angesetzt hat und aus welchem Grund; sonst müssen Sie hier draußen krepieren.«

Ich beobachtete, wie er seinen kläglichen Rest Energie sammelte – zwei schnelle Atemzüge, Beben der Nasenflügel, Anspannung der Muskeln um seinen Mund –, aber als er sprang, wich ich aus und schlug ihn mit der fleischigen Seite meiner Faust auf die bereits verwundete Stirn. Er stürzte zu Boden wie eine kaputte Gummipuppe.

Das hier dauerte alles zu lange. Ich durchstöberte das Gras, bis ich wieder einen Stein fand.

Während der Mann noch ächzte, zertrümmerte ich ihm das andere Knie. Er schrie wie am Spieß. Ich wartete, bis er fertig war. »Ich bin in Eile. Können Sie verstehn, was ich sage?«

Ein Stöhnen. Ich patschte ihm leicht mit der Hand aufs Knie. Wieder ein Schrei.

»John, antworten Sie. Können Sie verstehen, was ich sage?«

»Ja. Ja.«

»Dann hören Sie gut zu. Ihre Kniescheiben sind beide zertrümmert. In ein paar Minuten wird es dunkel. Sie werden diese Nacht nur überleben, wenn ich Ihnen helfe, aber dafür müssen Sie auch etwas für mich tun. Wo steht Ihr Wagen?«

Sein Zittern war zu einem Schaudern geworden, das in langen Wellen seinen Körper durchlief; sein Wagen schien ihm gleichgültig. Ich hob eine Hand. »Nein! Er ... er steht ...« Turkel musste die Zähne zusammenbeißen, damit sie nicht klapperten. »Drei Meilen, vielleicht, Tal.«

»Im Nigard-Tal?« Das Wasser reflektierte immer noch genug Licht, dass ich das Kopfnicken erkennen konnte – oder das,

was zwischen all dem Zittern und Zucken wie ein Kopfnicken aussah. »Nördlich oder südlich?«
»Nörd ... lich.«
Meine Kompresse kühlte ab. Ein leichtes, inneres Muskelbeben setzte ein. Der Schmerz oben in meinem Rücken verstärkte sich und sandte ein stoßweises Stechen aus, das sich wie eine Liane links an mir hinunter-, dann zur Schulter hinauf- und meinen Arm entlangschlängelte. Ich wich zurück, um die Dunkelheit nach einer Kuh mit weißem Mantel zu durchforschen. Ich entdeckte sie. Na wunderbar! Die Seide war schon fast trocken. »Wo haben Sie den Wagen her?« Ich schob vorsichtig meine rechte Hand um die Rippen und berührte meine Taille mit den Fingerspitzen. Getrocknetes Blut, aber die Haut war heil. Langsam arbeitete ich mich nach oben vor – und musste ein Zischen unterdrücken, als meine Finger auf eine zerfetzte Furche entlang des Schulterblatts stießen.
»Göteborg«, ächzte der Mann.
Erst nach einem Moment fiel mir wieder ein, was ich ihn gefragt hatte. »Wer hat angeordnet, dass Sie sich den Wagen in Schweden besorgen?« Ich tastete meine Schultern ab: nichts; dann hinten, den Oberarm: autsch. Also hatte sich das Geschoss, während ich tauchte, durch Haut und Knochen vorwärts gebohrt, genau im richtigen Winkel. Schien, als hätte es auch den Ellbogen erwischt; das hieß, dass Nerven beschädigt waren, aber vielleicht nicht dauerhaft. Glück im Unglück. Doch ich hatte Blut verloren, und der Schmerz würde sich verschlimmern. »John, wer hat angeordnet, Sie sollten sich den Wagen in Göteborg besorgen?« Ich ließ meine linke Hand wie einen Fleischklumpen auf das eine Bündchen fallen und versuchte mit meiner rechten, die beiden Ärmel zu verknoten. Zum Festzurren des Knoten musste ich meine Zähne benutzen. Ich hatte mir die Behelfsschlinge kaum über den Kopf ge-

streift, da erkannte ich meinen Fehler und nahm sie wieder ab.
»John?« Keine Reaktion. Bewusstlos. Ich beeilte mich.
Mein Pullover war zwar noch feucht, aber warm, und Wärme zählte jetzt mehr als etwaiger Schmerz. Ich legte meine linke Hand auf den linken Oberschenkel, breitete auf dem rechten den Pullover aus und stülpte mir den Ärmel über den linken Arm, als wär er ein Stock – etwas, das nicht zu mir gehörte. Ich musste ihn schütteln. *Schmerz ist nur eine Botschaft.* Beim rechten Arm ging es mühelos. Ich spürte, wie die Wolle auf dem klaffenden Streifschuss rieb. Sie klebte an gerinnendem Blut fest. Tief Luft holen, *nur eine Botschaft,* Pullover über den Kopf streifen und runterziehn. Luft holen. Ganz ruhig durchatmen. Bei der Schlinge legte ich nicht einmal eine Pause ein: über den Kopf, linken Arm hoch, durchstecken. Jetzt die Hose, Strümpfe, Stiefel. Autoschlüssel und Munitionsstreifen in der Tasche überprüfen, Kompressen in den Hosenbund stecken. Würden noch ein paar Minuten vorhalten. Hinter dichtem Gewölk drang Mondschein hervor.
Zurück zu John. Seine Wange fühlte sich kalt und fest an, wie Lehm. Ich gab ihm eine leichte Ohrfeige. Er wimmerte. Eine zweite. Schwacher Schimmer in seinen Augen, als er sie aufschlug.
»Sie haben schon aufgehört zu zittern. Ihre Unterkühlung ist weiter fortgeschritten. Wenn Sie jetzt nicht bald ins Warme kommen, John, werden Sie sterben. Ich bin die Einzige, die Ihren Tod verhindern kann. Sagen Sie mir jetzt, was Sie wissen. Wer hat Sie hergeschickt?«
»Mann.« Er schien verblüfft: Ohne das Zittern ließ es sich leichter reden. »Mann in Atlanta.«
»Wer?«
»Weiß nicht. Ehrlich nicht. Hat uns einfach Geld telegrafiert, an die Bank.«

»Uns? Wie viele seid ihr?«
»Drei.«
Julia. Ich musste auf schnellstem Wege nach Oslo. Aber selbst wenn ich sie jetzt noch beschützen konnte: Was dann? Ich brauchte Informationen, um das Übel mit der Wurzel auszurotten. »Wie haben Sie mich gefunden?«
»Edvard Borlaug. Hab ihn angerufen ... aus Göteborg. Sagte, andere Frau ... Julia? Julia.« Als ich ihren Namen aus dem Mund dieses Kerls hörte, juckte es mir in den Fingern, ihm eine reinzuhauen, mitten ins Gehirn. »Sagte, Julia würde kommen. *Sie* wahrscheinlich auch, aber nicht sicher. Bin also ... hergefahren. Habe gefragt ... bei Bauernhof. Die anderen nach Oslo. Sie töten.«
Drei. »Wie sehen die beiden andern aus?«
»Fies.« Er hielt das wohl für komisch; er lachte heiser und hell.
»Beschreiben Sie sie. Sagen Sie mir ihre Namen.« Gewaltanwendung würde im Moment nichts nützen.
»McCall ist schlank. Rank. Schlank, rank.« Der kleine Reim faszinierte ihn anscheinend. Ein typisches Unterkühlungssymptom: geistige Verwirrung.
»Wie alt?«
»Vierzig?«
»Jetzt den andern. Beschreiben Sie ihn mir.«
»Ginger. Wegen seinem zimtbraunen Haar. Weiß nicht, wie er richtig heißt. Mittelgroß. Dünn. Jung.« Nicht die beiden Typen aus Honeycutts Haus.
Laut seinem Führerschein war John Turkel zweiunddreißig.
»Anfang zwanzig?«
»Jünger.«
»Noch mal: Wer hat Sie hergeschickt?«
»Weiß nicht. Mann. Aus Atlanta.«
»Woher wissen Sie, dass er aus Atlanta kommt?«
»Mir geht's echt dreckig.«

»Woher wissen Sie das?«
»Hab gefragt ... wie wir Sie finden. Er sagte. Würde anrufen. Von dort, wo er war. Dann ... hat jemand gebrüllt ... in seinem Büro. ›Welcher Zeitunterschied zwischen Atlanta und Schweden‹. Irgend so was. Atlanta.«
»Was hat er gesagt? Wie hat seine Stimme geklungen?«
»Sagte: Kunstschnepfe töten. Julia. Töten. *Sie* töten.«
»Wollte er, dass es wie ein Unfall aussieht?«
»Egal. Hauptsache tot. Hat er selbst gesagt. Mir geht's so dreckig. Ganz ... komisch.«
»Sonst nichts mehr? Wissen McCall und Ginger, wo Julia sich in Oslo aufhält?«
»Vielleicht ... jetzt. Helfen Sie mir.« Er versuchte, eine Hand zu heben, doch inzwischen hatte ihn die Unterkühlung voll erwischt und nur ein paar Finger zuckten. Es roch nach Regen.
»Hilfe«, röchelte er noch einmal.
Ich ging im Geiste durch, was sich hier abgespielt hatte: All meine Habseligkeiten, alles, was mich mit einem Toten in Verbindung bringen konnte, war in meinem Rucksack. Die Fußspuren würden vom nächsten Regen verwischt. Blieben nur meine Fingerabdrücke auf dem Gewehr.
»Ich brauche Ihre Jacke.«
Sie war klatschnass, und er konnte nicht einmal einen Arm rühren, um mir zu helfen. Zuletzt riss ich den Kragen kurzerhand ab und nahm ihn mit zum Rucksack. Dann suchte ich das Gewehr. Ich musste in der Dunkelheit danach herumtasten, und als ich es hatte, wischte ich die Fingerabdrücke ab und trug es, in den Kragen gepackt, zum See. Das Wasser platschte – ein flaches, dünnes Geräusch.
»Was?«, fragte Turkel.
Als Nächstes folgte der Munitionsstreifen. Dann kniete ich mich neben den Mann und drückte ihm den abgerissenen Kragen in die Hand. Ich glaube, er merkte es gar nicht mehr.

»Hilfe. Bitte.« Kaum noch ein Flüstern.
Ich schulterte meinen Rucksack. »Keine Zeit.«
Die Wolken öffneten sich, und plötzlich stand ich in einer monochromen Welt: glattes schwarzes Wasser; auf Lithiumgrau ausgeblichenes Schilf; Mondschein, der wie Quecksilberpfützen auf den nach oben gekehrten Köpfen grafitfarbener Blumen lag. Im Glauben, niemand würde zuschauen, ließ die Natur ihre Grün-, Blau- und Honiggelbtöne fallen, um ihr anderes Gesicht zu zeigen: flach, neutral, anonym. Nur Trolle, Narren und Verzweifelte durchstreifen nachts den Fjell, wenn alles Schatten und noch tieferer Schatten ist. Ich wusste, dass ich mit Muskeln, die nach dem eisigen Bad im See unter Erschöpfung und der Wirkung der Giftstoffe litten, keinen Kletterpfad nehmen durfte, den ich nicht kannte. Wie leicht konnte mein Fuß über einen unbemerkten Stein stolpern oder auf dem Firn ausrutschen. Wie leicht konnte ich in eine Felsspalte stürzen oder gegen einen Baum rennen! Aber ich wusste: Mit einer Riesenwunde im Rücken, die auch noch ständig blutete, war es unmöglich, drei oder vier Meilen weit einen Fuß aufmerksam vor den anderen zu setzen. Also rannte ich los.
Die Wolkendecke schloss sich über dem Mond, und ein zarter Sprühregen setzte ein. Während ich wie ein gehetztes Wild bergab lief, nahm ich die Gerüche wahr, die dieser Regen aufsteigen ließ. Ich machte einen Bogen um Fichten, Kiefern oder schlüpfriges Gestein, bei denen Gefahr drohte, orientierte mich an der Sicherheit feuchten Grases und aufgehender Blumen, dem winzigen Geräusch von Kieselsteinen, die unter meinem Stiefel seitwärts wegrollten, um mich vor einer Felsspalte zu warnen, rannte wie ein Stück Wild, das eine Kugel in seiner Schulter ignoriert, weil die Wunde nicht zählt sondern nur das Adrenalintempo ausschlaggebend ist, das Laufen, das Vorwärtskommen, das Unaufhaltsam-in-Gang-bleiben über Bäche und flaches Ge-

strüpp, durch Dickicht und Unterholz, zwischen Bäumen hindurch, auf losem Geröll, wo man ausschlittert, aber sofort wieder aufstehen muss, ohne nachzudenken, ohne auszusetzen, ohne aus dem Rhythmus zu kommen. Die Zweige, die mir ins Gesicht peitschten, das langsame, warme Rieseln von Blut und die Fleischwunde auf meinem Rücken, die der Rucksack noch tiefer aufriss – das alles war egal, denn Schmerz ist nur eine Botschaft. Ich beachtete sie gar nicht – spülte sie weg mit Adrenalin, Endorphinen und dem Rhythmus von Atem, Blut und Knochen.

Drei Meilen, hatte Turkel gesagt, aber das war bei Tageslicht und mit einer Landkarte, mit der man die direkte Diagonalstrecke wählen konnte. Ich würde weiter laufen müssen; ins Tal hinunter und dann nordwärts. Fünf Meilen vielleicht. Vielleicht noch weiter. Es regnete jetzt stärker, und das Unterholz wurde dichter. Meine Stiefel begannen im Schlamm zu rutschen. Ich nahm etwas kürzere Schritte und lief weiter. Atem, der pfeifend durch Nase und Mund ein und aus ging, Oberschenkelmuskeln, die sich in einem stampfenden Rhythmus zusammenzogen, entspannten, zusammenzogen, entspannten, Zehen, in den Stiefeln verkrümmt, die sich an der nassen Wolle aufscheuerten. Schweiß, der mir den Bauch hinablief.

Als allmählich jeder Schritt kürzer wurde und die Belastung auf den Waden lag, nicht mehr auf dem Quadrizeps – in diesem Moment merkte ich, dass ich die Talsohle schon überschritten hatte und den nächsten Hang hinaufrannte. Ich wandte mich nach links und lief Richtung Norden.

Der Pfad unter den Bäumen war so dunkel, dass ich die Stelle gar nicht bemerkt hätte, wäre mir nicht plötzlich der Geruch von Autoreifen und Qualitätsleder in die Nase gestiegen, die im Regen nass wurden – Gerüche wie aus einer anderen Welt. Da stand er, der Wagen: Windschutzscheibe von Wasser überströmt, beide Vorderfenster offen.

Als ich auf dem zivilisierten Leder Platz nahm, Regen und Dunkelheit draußen ließ und den Zündschlüssel drehte, schnappte der Schmerz in meinem Rücken zu wie ein Fangeisen – so hart, dass er sich mir in die Lungen zu bohren und sie zu zerfleischen schien. Mein Atem kam nur noch stockend. Die Scheinwerferkegel, die den Regen durchdrangen, wichen zurück, als wäre ich am Ende eines Zuges, der in einen langen Tunnel rast.

Vor dem Sommerhaus schwenkte ich ein, brachte den Volvo zum Stehen und stolperte nach drinnen. Das Handy lag auf dem Tisch. Ich hatte mir die Telefonnummer des Bristol nicht gemerkt. Ich rief die Auskunft an. Sie verstand mich nicht.

»Oslo«, wiederholte ich. Ich merkte, dass ich nuschelte, und strengte mich bei den nächsten Worten mehr an: »Hotel Bristol. Kristian VII gate.«

Die Auskunft gab mir die Nummer. In meinen Ohren toste es wie eine Meeresbrandung.

»Noch mal. Bitte. Sagen Sie mir die Nummer noch mal.«

»22 41 58 40.«

Ich hatte keinen Stift, keinen Zettel. 22 41 48 … nein, 58, 22 58 … Ich musste erneut anrufen. Dieselbe Frau. Sie nannte mir die Nummer noch einmal. 22 41 58 40. Ich tippte sie sorgfältig ein. Es ertönte ewig lang das Freizeichen. Blut rieselte mir den Rücken hinab.

»Hotel Bristol.« Strahlende junge Männerstimme.

»Ich muss mit einem Ihrer Gäste sprechen, Julia Lyons-Bennet. Es ist dringend.«

»Vielleicht könnte ich eine Nachricht entgegennehmen.«

Seine Stimme begann wegzudriften. Ich holte tief Luft.

»Nein.« Ich musste durchhalten. Nur noch ein, zwei Minuten. »Ich muss mit ihr sprechen, sofort.«

»Es ist zwei Uhr. Nachts.«

»Ich bin nicht betrunken. Ich rufe nicht aus einer anderen Zeitzone an. Es geht um einen Notfall. Bitte stellen Sie mich durch.«

»Es gehört zur Politik unseres Hauses, dass nach zweiundzwanzig Uhr –«

»Ich möchte Ihren Chef sprechen.«

»Ma'am, der –«

»Geben Sie mir Ihren Chef.«

Er legte mich auf Warteschaltung. Der Schmerz zuckte wie eine Kerze unter Glas, die den Sauerstoff gierig aufnimmt und flackert, ihn verbraucht, herabbrennt, dann neuen Sauerstoff aufnimmt und wieder flackert. Er brachte meine Nerven zur Weißglut, als wären sie aus Draht. Ganz langsam, ganz aufrecht ging ich in die Küche. Halt durch. Nur noch ein, zwei Minuten. Ich musste mir das Handy unters Kinn stecken, während ich den Schrank aufmachte, einen halben Laib Brot und ein Glas Marmelade herausholte. Weil ich das Brot nicht mit einer Hand schneiden konnte, klemmte ich es zwischen Hüfte und Küchentisch und riss Brocken davon ab, die ich direkt in die Marmelade eintauchte. Es schmeckte wie Dreck, aber ich kaute und schluckte, kaute und schluckte. Immer noch auf Warteschaltung. Im Kühlschrank entdeckte ich eine Ecke gelben Käse, eingeschlagen in Butterbrotpapier, und eine vertrocknete Salami. Mit einem Wust gedämpfter Geräusche kehrte mein Gehör zurück: das leise Pfeifen bei jedem Ausatmen meiner Lungen, das Knirschen von Knochen in meinem Ellbogen, als ich ihn leicht bewegte, das Patschen von weißem Papier auf Käse. Die Sinnesschärfe des Deliriums. Nur noch ein, zwei Minuten.

Plötzlich schien sich das Telefon weit zu öffnen: Der Nachtmanager des Hotels beendete die Warteschaltung, und die unzähligen Summgeräusche von Bürocomputern im Stand-by-Modus erfüllten den Hörer. Der Mann – ich merkte an der Klangfarbe seines Atems, dass es ein Mann war – holte Luft, aber ich kam ihm zuvor.

»Mein Name ist Aud Torvingen«, sagte ich. »Mit wem bitte habe ich das Vergnügen?«

»Rolf Lothbrok, Geschäftsführer.«

»Rolf, wenn Sie im Gästeregister nachsehen, werden Sie feststellen, dass Miss Lyons-Bennet und ich vor zwei Wochen bei Ihnen logiert haben. Es ist dringend – *lebenswichtig* –, dass ich sofort mit Miss Lyons-Bennet sprechen kann. Nicht bald oder später, sondern sofort.« Die Kohlenwasserstoffe gingen jetzt in meinen Stoffwechsel und die Blutbahn über. Plötzlich funkelte alles vor meinem Blick, ja, selbst meine Worte schienen funkelnd klar und gefasst. Diesen Eindruck musste auch Rolf haben.

»Also gut, ich werde Sie durchstellen.«

Ein Klicken. Schnurrendes Freizeichen. Zweimal. Dreimal. Immer, immer wieder. Endlos. Die Kohlenwasserstoffe fluteten meinen Kreislauf wie ein Sturzbach. Ich brach die Verbindung ab, drückte auf Wahlwiederholung.

»Bitte noch mal den Geschäftsführer«, befahl ich dem eingeschüchterten jungen Nachtportier. »Rolf, Miss Lyons-Bennet hat anscheinend das Telefon ausgeschaltet. Ich möchte, dass Sie bei ihr klopfen.«

»Miss Torvingen, das widerspricht absolut unserer Geschäftspolitik. Wir können die Gäste nicht stören.«

»Es handelt sich um einen Notfall.«

»Dürfte ich dann empfehlen, dass Sie die Polizei anrufen?«

Ich war jetzt an dem Punkt angelangt, wo man bei Menschen in verantwortlicher Stellung auf Granit beißt, und das Telefon ließ sich da nicht wirkungsvoll einsetzen. Ich versuchte es mit einer anderen Taktik. »Rolf, es ist wirklich wahnsinnig dringend, aber wenn ich Ihre Großzügigkeit nochmals strapazieren darf, wüsste ich vielleicht einen Ausweg.« Julia schlief gut aufgehoben in einem gut geführten

Hotel. Ich konnte noch vor dem Frühstück dort sein. »Wenn Sie nicht zu beschäftigt sind, würde ich Sie gern dazu überreden, eine Notiz zu schreiben und ihr die unter der Tür durchzuschieben. Dann sieht sie sie gleich beim Aufwachen.« Als scharfen Kontrast zu dem Teppich, wenn sie mitten in der Nacht vom Klopfen eines Fremden erwachte. »Bitte, Rolf, wären Sie so freundlich?«

»Ich … na gut, das ließe sich vielleicht machen.«

»Oh, vielen Dank! Und zwar lautet die Nachricht: ›Sehr dringend! Sämtliche Vorsichtsmaßnahmen treffen! Sofort Aud anrufen – wiederhole: sofort‹!« Er kritzelte fleißig mit. Ich hatte einen höllischen Durst. Jedes Wort von wegen Blutvergießen, von einer Schießerei auf dem Fjell hätte den Mann augenblicklich verschreckt. Dann hielte er mich nur für eine Irre, denn so was gab's nicht in Norwegen; das passierte nur woanders. »Und bitte schreiben Sie noch …« Was? ›Nicht mit zwei Männern namens McCall und Ginger reden, die als Killer auf dich angesetzt wurden‹? »Bitte schreiben Sie noch ›Herzliche Grüße‹. Und unterstreichen Sie die Worte ›sehr‹ und ›sämtliche‹.«

»Ist gut.«

»Ach … Mr. Lothbrok?« Gib ihm das Gefühl, sehr klug und wichtig zu sein. »Sie kümmern sich doch auch gleich darum? Ich könnte kein Auge zutun, solange ich nicht weiß, dass Miss Lyons-Bennet die Nachricht bekommen hat. Sie stecken sie ihr doch unter der Tür durch?«

»Sowie ich aufgelegt habe, Miss Torvingen.«

»Danke, vielen, vielen herzlichen Dank.«

Dürfte ich dann empfehlen, dass Sie die Polizei anrufen. Die Osloer Polizei ist typisch norwegisch – immer schön der Reihe nach, immer nach Vorschrift. Sie würde das Hotel aufsuchen, ein paar Fragen stellen, Julia vielleicht aufwecken, auch mit ihr reden, und hier würde sie ebenfalls auftauchen, um mich zu vernehmen. Sie würde wissen wollen, woher ich die Schussverletzung hatte; würde fragen, wem das Auto da draußen gehörte. Sie würde nicht zulassen, dass ich mit Julia sprach. Und wenn Julia fertig vernommen wäre, würde ich ins Krankenhaus kommen – in einen geschlossenen Raum, denn man würde mich für verrückt halten. Und von dort aus konnte ich sie nicht beschützen. Nein, keine Polizei. Für heute Nacht war Julia in Sicherheit. Rolf und sein Personal hielten sich pedantisch ans Protokoll. Die würden niemandem Julias Zimmernummer sagen. Und morgen früh beim Aufwachen fände sie die Notiz.

Ich brauchte Wasser, Schmerzmittel, Wärme, noch mehr zu essen – in dieser Reihenfolge. Aber das alles musste warten. Vorerst hatte ich nachzudenken. Ein Mann aus Atlanta hatte drei amerikanische Killer auf Julia angesetzt. Es war entweder Honeycutt oder sein Erpresser. Falls es Honeycutt war, handelte er auf eigene Faust – das Kartell hätte eigene Leute eingesetzt. Leute von hier. Aber woher wusste Honeycutt – oder der Erpresser –, dass wir uns in Norwegen aufhielten und wo er mit seiner Suche beginnen sollte? Eigentlich musste ich mit Annie telefonieren, aber die würde Fragen stellen, und ich hatte keine Antworten. Nichts ergab einen Sinn.

Denk später darüber nach. Im Moment war Julia die Hauptsache, und ich brauchte dringend einheimische Hilfe. Hilfe von Leuten, die es mit dem Gesetz nicht so genau nahmen. Es war fast drei Uhr früh; in London sogar erst zwei. Ich griff erneut zum Telefon und wählte die Nummer, die meine Mutter mir vor langer Zeit gegeben hatte – damals, als ich von Zuhause wegging – und die ich noch nie hatte gebrauchen müssen. Dreimal ertönte das Freizeichen, dann war meine Mutter hellwach am Apparat. »Ja, bitte?«

»Ich bin's, Aud. Ich brauche deine Hilfe.« Ich sah den Schrecken und dann die jähe Erleichterung in ihrem Gesicht regelrecht vor mir, als sie begriff, dass es ein Anruf ihrer Toch-

ter war, die in Problemen steckte, und nicht der Dritte Weltkrieg. Es klickte in der Leitung.
»Ein Tonband«, erklärte sie, »damit du nicht alles wiederholen musst.« Norwegisch. Ich wusste nicht mehr, wann wir uns das letzte Mal in unserer Muttersprache unterhalten hatten.
»Ich rufe von einem Handy an, in unserem Sommerhaus.« Ich gab ihr die Nummer. »Ich brauche die Durchwahl vom Chef der Bundespolizei in Tijuana. Möglichst die Privatnummer. Und eine von jemandem, den er vielleicht kennt und der ihm meine Identität bestätigen kann.«
Meine Mutter hatte zwar hundert Fragen, stellte aber nur eine. »Wie dringend?«
»Es ... Julia, eine Frau, die ich liebe ... es könnte für sie um Leben und Tod gehen.«
»Ich ruf dich in einer Stunde zurück.«
Bis dahin konnte ich nichts weiter tun. Jetzt waren Wasser, Schmerzmittel, Wärme und Essen an der Reihe.
Ich holte den Erste-Hilfe-Koffer des Sommerhauses, einen alten Blechkasten, aus dem Regal im Badezimmer und verarztete mich mit wild entschlossener Gründlichkeit. Feuchte Hose ausziehen. Eine kleine Morphiumspritze ins obere Seitenviertel des rechten Schenkels. Saubere, trockene Hose anziehen. Wasser trinken, während das Mittel wirkte, Wasserkessel auffüllen und auf den Herd setzen. Kompressen, antibiotische Salbe, Peroxid und Verbandszeug vorbereiten. Überlegen, wie ich morgen in Oslo auftreten will. Saubere, trockene Seidenbluse suchen. Feuchten, blutigen Pullover ausziehn. Wunde desinfizieren.
Es war mühselig, es tat weh, und zweimal wurde ich ohnmächtig. Die Kompressen reichten nicht. Am Ende musste ich auch noch einen in der Mitte gefalteten Kopfkissenbezug nehmen. Ich konnte es mir nicht leisten, morgen in aller Öffentlichkeit zu *bluten*. Dann machte ich mir einen

sehr starken Instantkaffee, hatte aber leider keine andere Suppe als eine aus der Dose. So riss ich zuletzt mit meinen Zähnen dicke Stücke von einem Knochenschinken und zerbrockte den Rest des Brotlaibs. Das Morphium durchspülte meine zerfetzten Muskeln wie warme Milch und packte meine Nervenstränge in Watte. Ich konnte den linken Arm gut genug bewegen, um eine Wärmflasche zu halten, die ich mit heißem Wasser aus dem Kessel füllte. Nach drei-, viermaligem Hin- und Herlaufen hatte ich Schreibpapier, Kuli, Kaffee, Wärmflasche und Handy auf dem Wohnzimmertisch beisammen.

Die Londoner Botschaft wäre inzwischen ein Hornissennest. Meine Mutter würde alle möglichen Leute aus dem Bett trommeln, losschicken, um in anderen Botschaften Leute aus dem Bett zu trommeln, die ihr eine Gefälligkeit schuldeten, und so die von mir benötigten Informationen auftreiben. Ich hatte meine Mutter schon erlebt, wenn sie arbeitete.

Der achteckige, durchsichtige Kuli war alt und am Ende abgekaut. Als ich ihn auf das Papier setzte, machte er einen Klecks. Ich schrieb das Datum und stockte. So musste es dem Großen König Vortigern gegangen sein, als sich im vierten Jahrhundert die letzten römischen Legionen zurückzogen und Britannien den sächsischen Seewölfen preisgaben. Vortigern hatte ein Glücksspiel riskiert: Er suchte sich einige aus dem Rudel als Freunde aus, ließ sie versprechen, das Land vor ihren heimatlosen, raubgierigen Artgenossen zu schützen, und schenkte ihnen dafür Grund und Boden entlang der Südküste. Klassische Strategie: Den Gegner aufspalten, um die beiden Lager in vollkommenem Spannungsgleichgewicht zu halten. Nur wusste der König nicht um die schiere Überzahl derer, die da gegen seine Küste stürmten. Die Kräfte waren ungleich verteilt; sein Glücksspiel ging nicht auf. Und absolut ungleich war auch das

Kräfteverhältnis zwischen Honeycutt und dem Tijuana-Kartell. Wenn es ihn aber zerquetschen und sich dann auf mich stürzen wollte, dann wäre dieser Brief meine geheime Trumpfkarte, meine Reservelegion.

Ich schrieb konzentriert vor mich hin.

Das Handy klingelte: meine Mutter. Sie hatte fünfzig Minuten gebraucht. »Der Chef der Bundespolizei von Tijuana heißt Luis Palma. Ich habe seine Privatnummer, seine Büronummer und die Nummer seiner Dienststelle. Der Mann in Tijuana, der deine Identität bestätigen kann, heißt Hector Lorca, ein Fernsehmoderator. Ich habe schon mit ihm telefoniert. Er ist einverstanden.« Er musste gewaltig in ihrer Schuld stehen. So wie ich jetzt.

»Vielen Dank.«

»Wenn du mir danken willst, dann bring Julia gesund mit nach London.«

Vier Uhr. In Mexiko war es erst Abend. Luis Palma würde sich gerade mit seiner Familie zu Tisch setzen, während draußen die Sonne unterging.

Ich wählte. Sofort wurde abgehoben und eine glatte, geschmeidige Männerstimme sagte: »Familie Palma.«

»Ich möchte bitte mit Señor Palma sprechen.« Mein Spanisch hatte ich vor langer Zeit in England und Spanien erlernt. Ich konnte zwar nicht schnell reden, aber dank der paar Tage Übung mit Beatriz ging es gar nicht so schlecht. Außerdem würde mir der europäische Akzent zugute kommen.

»Señor Palma ist ein viel beschäftigter Mann, und Sie rufen in seiner Freizeit an, die er mit der Familie verbringt. Bestimmt wäre es ihm ein Vergnügen, Sie morgen vom Büro aus zurückzurufen.« Ölig wie Avocadocreme.

»Es geht auch nicht um eine Dienstangelegenheit. Ich habe Informationen über den Geldwäscher des Kartells in Atlanta mitzuteilen.«

»Das *ist* doch eine Dienstangelegenheit. Aber wenn Sie schon so freundlich sind, wegen dieser Informationen anzurufen, werde ich Señor Palma Bescheid sagen.«
»Nein. Ich möchte persönlich mit ihm sprechen. Sagen Sie ihm, Michael Honeycutt hintergeht das Kartell und unterschlägt Gelder.«
»Wenn Sie vielleicht etwas näher erklären würden –«
»Ich spreche nur mit Señor Palma. Sagen Sie ihm, mein Name ist Aud Torvingen und meine Mutter sei Else Torvingen, die norwegische Botschafterin in London. Ich sei vertrauenswürdig, aber im Zweifelsfalle könne er sich das gern durch Señor Hektor Lorca bestätigen lassen. Er erwartet den Anruf unter seiner Privatnummer. In zwanzig Minuten melde ich mich noch mal.«
Die Würfel waren gefallen. Das Spiel mit der Gefahr, dem blutrünstigen Berserker, hatte begonnen.
Ich beeilte mich mit meinen Notizen.
Ich füllte drei weitere Seiten mit enger, klecksender Handschrift. Dann rief ich wieder an. Dieselbe ölige Stimme war am Apparat.
»Señor Palma wird mit Ihnen reden, Señorita Torvingen.«
»Danke.«
»Luis Palma.« Auch seine Stimme hörte sich glatt an, aber glatt wie ein Rolls-Royce, im sicheren Gefühl von Macht, Geld und einer Arroganz, die es gar nicht nötig hat, sich offen zu zeigen. »Sie haben Informationen für mich.«
»Ja. Und außerdem möchte ich Sie um Hilfe bitten.«
»Einer jungen Dame helfe ich mit Vergnügen, sofern es in meiner Macht liegt. Ich bin ja nur ein bescheidener Polizist in einem armen Land.«
»Natürlich, Señor. Sie haben doch sicher schon vom Tijuana-Kartell gehört, das seine Ware an gewisse Leute nach Kolumbien verschifft. Und bestimmt ist Ihnen als Polizist und gebildeter, gut informierter Bürger auch längst be-

kannt, dass ein Teil der Gewinne aus diesem Geschäft in Atlanta verwaltet, das heißt, zum Teil wiederum in Kunstwerke investiert wird, die man in den USA und anderen Ländern weiterverkauft. Diese Verkaufserlöse müssten natürlich auf die Konten der Auftraggeber in Tijuana fließen, und natürlich sollte der Bankfachmann, der diese Geschäfte überwacht, ein kluger, umsichtiger Mensch sein. Das ist er aber nicht. Rein zufällig bin ich dahinter gekommen, dass besagter Bankfachmann aus Atlanta, Michael Honeycutt –«

Ich wusste nicht, wie ich mit meinem eher förmlichen Spanisch ausdrücken sollte: *ein doppeltes Spiel treibt* – »seine Auftraggeber betrügt. Und außerdem zieht er durch diverse illegale Machenschaften die Aufmerksamkeit auf sich und das Kartell, so unter anderem durch die Fälschung dieser Kunstwerke, die er auf eigene Rechnung zu Geld macht.«

»Ich bin sicher, die Geschäftsleute, von denen Sie reden, hätten gern einen Beweis für die Unzuverlässigkeit ihres Partners.«

»Beweise habe ich mehr als genug. Ich kenne die Namen derjenigen, die Honeycutt die Fälschungen besorgt haben, und ich weiß von Honeycutts Konten auf den Seychellen. Und das übrigens nicht als Einzige. Señor Palma, ich bin überzeugt, jemand in Atlanta ist Honeycutt auf die Schliche gekommen, auch was seine Tätigkeit für die Geschäftsleute in Tijuana betrifft, und erpresst ihn jetzt. Es sind schon viele Unschuldige in diese Sache verwickelt worden, unter anderem ich selbst und eine Freundin, deren Name hier keine Rolle spielt.«

»Und Sie haben natürlich noch mit niemandem darüber gesprochen.«

»Nein, mit niemandem. Aber vorsichtshalber habe ich mein Wissen aufgeschrieben und das Ganze bei meinem Anwalt hinterlegt, für den Fall meines plötzlichen Todes oder Verschwindens.«

»Eine sehr kluge Maßnahme.«
»Danke. Nun mache ich mir natürlich Sorgen, dass es besagtem Bankier in Atlanta, Michael Honeycutt, doch noch gelingt, mich und meine Freundin zu beseitigen, und dass die Informationen – diese vertraulichen Informationen – vorzeitig an die Öffentlichkeit dringen könnten, sodass Ansehen und Einkünfte dieser Geschäftsgesellschaft in Tijuana Schaden nehmen. Einer der Beauftragten dieses Bankers hätte heute um ein Haar Erfolg gehabt, und zwei andere warten in Oslo auf mich. Ich dachte mir, wenn diese Geschäftsleute um meine prekäre Situation wüssten, dann würden sie mich vielleicht mit einigen Partnern in Kontakt bringen – mir etwas Hilfe vor Ort leisten und mir zeitweilig einen Teil ihres Firmeninventars zur Verfügung stellen.«
»Ein angemessener Wunsch. Aber ich bin nicht sicher, ob diese Gesellschaft einen Stützpunkt in Ihrem Gebiet unterhält. Es ließe sich vielleicht herausfinden. Ich rufe Sie dann in, sagen wir, einer Stunde zurück?«
»Einverstanden.«
»Allerdings bräuchte ich Ihre Nummer.« Ich gab sie ihm.
»In einer Stunde dann, Miss Torvingen.«
Morgens um halb sechs war mein langer Brief fertig. Ich steckte ihn in einen verschlossenen Umschlag, schrieb anschließend einen Begleitbrief an meinen Anwalt und steckte beides in ein zweites Kuvert, das ich an die Kanzlei Spirkett und Clowes in Atlanta adressierte. Ich hatte keine Ahnung, was das an Porto kostete, aber zehn norwegische Briefmarken mussten eigentlich reichen. Eine einzige kleine Postsendung. Das war nicht genug Sicherheitsgarantie. Ich begann mit einem neuen Schreiben.
Diesmal ging es schneller. Ich adressierte es an mich selbst, zu Händen von Dornan, »Borealis«. Zum ersten Mal seit zwölf Stunden fror mich nicht mehr.
Die Watte um meine Nerven wurde allmählich dünn, und

die Milch, die meine Muskeln gebadet hatte, verdunstete. Noch zwei Morphiumspritzen waren übrig. Ich würde warten müssen.

Draußen regnete es nicht mehr, und die Sonne ging auf. Nachdem ich die Kennzeichen des Volvo mit Schmutz verschmiert hatte – nur für den Fall, dass er als gestohlen gemeldet war – fuhr ich wie eine Oma mit dem Auto zum Briefkasten, drei Kilometer weiter unten an dem holperigen Feldweg. Die erste Leerung war um halb acht. Ich warf den Umschlag an meinen Rechtsanwalt ein und fuhr noch fünf Kilometer weiter, um den zweiten Brief aufzugeben.

Als ich zurückkehrte, klingelte im Haus das Telefon.

»Miss Torvingen.« Es war die Avocadocreme-Stimme, der Assistent. »Señor Palma hat mich gebeten, Ihnen die Nummer eines Geschäftspartners in Oslo zu übermitteln. Man erwartet Ihren Anruf dort.« Es war eine Handynummer. »Darüber hinaus bat mich Señor Palma, Ihnen zweierlei mitzuteilen. Erstens sei der Bankier, von dem Sie sprachen, Señor Honeycutt, vor zehn Tagen am New Yorker Flughafen erschossen worden …«

Honeycutt vor zehn Tagen erschossen! Vor zehn Tagen …

»… worüber die Gesellschaft zunächst natürlich tief betroffen war, doch hält sich diese Betroffenheit nach Ihrer heutigen Nachricht in Grenzen. Gleichwohl würde man gerne erfahren, wer eine solche Tat veranlasst hat.«

Honeycutts Mörder war dem Kartell unbekannt. Honeycutt selbst war tot. Der Mann aus Atlanta war Honeycutts Mörder. Honeycutt war nicht der Mann aus Atlanta.

»… zweitens bat mich Señor Palma Ihnen mitzuteilen, dass er Ihnen trotz des Todesfalles sein Einverständnis gibt. Und sollten Sie herausfinden, wer gegen Señor Honeycutt möglicherweise Böses im Schilde führte, so wäre Señor Palma für jede Information natürlich äußerst dankbar. Er hegt die Hoffnung, dass Sie sich in Anbetracht Ihrer diplomatischen

Beziehungen vielleicht überreden ließen, künftig als Botschafterin des guten Willens zu fungieren. Guten Abend, Miss Torvingen.«
Ein Wink mit dem Zaunpfahl, zuckersüß vorgebracht: *Sie stehen in unsrer Schuld. Wir werden die Schuld eintreiben.*

vierzehn

Ich bretterte wie ein Henker über den Feldweg, der zur Nebenstraße führte. Honeycutt war nicht der Mann aus Atlanta. Honeycutt war tot. Ich hätte auf meine innere Stimme hören sollen. Sie hatte mich gewarnt. Ich hätte auf sie hören sollen. Das Morphium, das glatt wie Eis durch meinen Organismus glitt, milderte nicht die Furcht, die meinen Fuß weiter aufs Gaspedal stampfen ließ, obwohl der Splitt den Volvo schon ins Schlingern brachte und es mir Höllenqualen bereitete, den Lenker gerade zu halten. Ein Unbekannter griff aus dem Schatten, um mit seinem langen Arm die Fäden zu kappen.

Ich schlitterte auf die Nebenstraße und gab Gas. Mit einhundertfünfzig km/h jagte ich dahin. Aber nur zirka zehn Minuten. Dann kroch ich mit zwanzig km/h den nächsten Feldweg entlang, doch er war gerade und die Strecke war frei. Ich riskierte es, meine unverletzte Hand vom Lenker zu nehmen, tippte die Telefonnummer des Bristol ein und klemmte mir das Handy unters Kinn. Es war kurz vor sieben. Der Portier stellte mich ohne Murren zu Julias Zimmer durch. Immer wieder das Freizeichen. Ich rief nochmals an. Als der Portier sich meldete, verlangte ich Rolf.

»Miss Torvingen. Was kann ich für Sie tun?«

»In Miss Lyons-Bennets Zimmer geht niemand an den Apparat, und sie hat mich auch nicht zurückgerufen. Haben Sie ihr die Nachricht zugestellt?«

»Allerdings. Sogar persönlich.«

»Und sind Sie sicher, dass Miss Lyons-Bennet auf ihrem Zimmer ist?«

»Moment bitte.« Schlüsselgeklimper. »Ja. Als sie gestern Abend zurückkam, sagte sie dem Portier, sie werde heute nach dem Mittagessen abreisen.«

»Danke, Sie waren mir eine große Hilfe. Aber falls Sie sie noch sehen, richten Sie ihr doch bitte aus, ich hätte versucht sie zu erreichen. Und sagen Sie ihr auch, sie soll im Hotel bleiben. In spätestens zwei Stunden bin ich da.«

»Ich werde Ihren Wunsch ausrichten.«

Mehr konnte ich nicht tun.

Ich nahm die scharfe Linkskurve auf die E16, ohne zu verlangsamen, und sobald ich mit allen vier Rädern auf der Autobahn war, trat ich das Gaspedal durch. Wie die Nebenstraße war es auch auf der Autobahn ausgestorben. Mein Herz glich einer Dampfmaschine, die den Wagen vorwärts trieb. Ohne die Fahrbahn aus den Augen zu lassen, tippte ich die Nummer vom hiesigen Verbindungsmann des Kartells.

»Hei.« Eine Kaffeesatzstimme, dunkel und verbraucht.

»Torvingen.«

»Sie dürfen mich Sampo nennen.« Sampo Lappelil – der Kleine Lappenjunge, der die Welt vor dem Trollkönig und dem ewigen Winter rettete. Ein bitterer Mensch.

»In zwei Stunden bin ich da. Sogar früher. Sie haben etwas für mich.«

»Ja.« Er nannte mir eine Adresse in der Nähe des Akershus. »Seien Sie vor neun dort.«

Ich rief wieder das Bristol an, aber hier im Oppland prallte das Funksignal zwischen den Felsen ab.

Ohne eine Sekunde zu verlangsamen, schoss ich Richtung Süden – ließ Geschwindigkeit und Adrenalin sämtliche Empfindungen, die Furcht, den Schmerz, von mir herunterhacken, bis ich nur noch muskelbekleideter Knochen war, der mit tödlichem Vorsatz seinem Ziel zustrebte.

Sobald ich die Außenbezirke Oslos erreichte und die Flaggen an jedem Fahnenmast flattern sah, wurde mir klar, warum die Straßen so leer gewesen waren: siebzehnter Mai, Nationalfeiertag! Heute strömten stolze Norweger scharenweise aus ihren Häusern, um mit Aufmärschen, Umzügen und Feierlichkeiten der Verfassung von 1814 zu gedenken. Ich fluchte innerlich, als ich das Stadtzentrum ansteuerte. Halb neun. Auf den Promenaden und Boulevards war alles still bis auf das Gehämmer von Schreinern, die letzte Hand an Redetribünen anlegten, und das Schrillen übersteuerter Mikrofone, während Techniker das Lautsprechersystem ausprobierten. Die Arbeiter fuhren allesamt herum, als ich mit quietschenden Reifen an ihnen vorbeijagte. Lauter brave Norweger, mindestens einer würde die Polizei verständigen. In einem Parkverbot vor dem Bristol machte ich Halt und fegte den protestierenden Türhüter einfach beiseite. Der Mann an der Rezeption wich förmlich zurück, als er mich kommen sah.

»Welche Zimmernummer hat Julia Lyons-Bennet?«

Er schluckte. »Miss Lyons-Bennet ... Bedaure. Sie ist vor einer halben Stunde abgereist.«

»Wo ist Rolf?«

Seine Augen quollen hervor wie gekochte Eier. »Rolf?«

»Der Geschäftsführer von heute Nacht.«

»Der ... der hatte vor zwanzig Minuten Schichtende.« Aber er warf einen Seitenblick zu einer Tür mit der Aufschrift: Personal. Mit einem Satz war ich über den Schalter und stieß knallend die Tür auf. Rolf war ein großer, sanfter Mann um die dreißig, der aus einem Sessel sprang und seinen Tee vergoss.

»Wo ist sie?« Er schüttelte den Kopf, und seine linke Hand

bedeckte die Genitalien. Ich glaube, er merkte nicht einmal, was er da tat. »Was haben Sie in dieser Nachricht geschrieben? Sagen Sie's mir.«
»Ich habe noch eine Kopie davon.« So eine kleine, verklemmte Stimme für so einen großen Mann.
Eine Kopie. Typisch norwegisch. »Die will ich sehen.«
Er lavierte sich an mir vorbei, als hätte er Angst, ich könne ihm mit bloßen Händen die Eingeweide aus dem Bauch reißen, öffnete eine Schublade unter dem Rezeptionstisch und zog ein Stück Papier hervor. Er nahm es genau in Augenschein, und was er sah, schenkte ihm neues Selbstvertrauen; blinzelnd, aber nicht zitternd, überreichte er mir das Blatt.
Die Nachricht war auf Norwegisch. Ich zerknüllte sie langsam in meiner Faust, und Rolf wich einen Schritt zurück.
Dumm. Was war ich doch dumm! Ich hätte Julia nie gehen lassen dürfen. So viele Fehler. Es fiel mir schwer, eine feste Stimme zu bewahren. »Haben Sie sie vor ihrer Abreise noch gesprochen?«
Er schüttelte den Kopf und konnte anscheinend gar nicht mehr damit aufhören. »Nein. Aber das war doch auch nach meiner Schicht«, flehte er, »nach meiner Schicht!«
»Geben Sie mir das Telefonbuch.« Ich schlug die Nummer von Olsen-Glas nach. Wählte. Es klingelte siebenmal. Dann bat mich eine fröhliche Tonbandstimme, morgen wieder anzurufen, und wünschte mir einen schönen Nationalfeiertag.
Der Hörer baumelte noch von der Rezeption und die beiden Männer standen da wie Gemäldefiguren, als ich mich wieder in den Wagen setzte.
Noch zehn Minuten Zeit, um Sampo zu finden.

Es war ein modernes Lagerhaus. Sampo öffnete eine Verladebucht und winkte den Volvo nach drinnen. Der Mann war kräftig, untersetzt, braunhaarig und viel jünger, als ich erwartet hatte. Ein zweiter Mann und eine Frau erschienen aus den Ecken des Betongebäudes.

»Ihre Armee steht Ihnen zu Befehl«, sagte Sampo, ersparte mir aber den ironischen Salut. Er hob von der Bank, die rings um die Hälfte der Bucht verlief, etwas auf, das in schmutzigen Stoff eingepackt war, und übergab es mir: eine massive alte Lahti-Pistole, neun Millimeter. Voll geladen. »Sie ist alt. Nicht gemeldet.« Er streckte seine andere Hand aus, und es klimperte etwas darin. »Reservepatronen, aber kein zusätzlicher Munitionsstreifen.« Ich steckte mir die Patronen in die Jackentasche, warf die Pistole auf den Vordersitz des Volvo und holte Julias Pass aus dem Handschuhfach.

»Das hier ist Julia Lyons-Bennet.« Ohne ein Lächeln, mit zurückgestecktem Haar, schön. »Sie war im Hotel Bristol gemeldet und hat heute Vormittag um zehn einen Termin beim Vorstand oder mit ein paar Mitgliedern des Vorstands von Olsen-Glas. Es handelt sich um ein inoffizielles Treffen, und es ist Nationalfeiertag; deshalb kann es sein, dass die Zusammenkunft nicht im Olsen-Gebäude stattfindet.« Sie ließen den Pass reihum gehen. »Es sind zwei Killer auf sie angesetzt, Ginger und McCall. *Sie* werden die beiden aufhalten.« Ich gab ihnen eine Beschreibung. »Finden Sie sie. Und wenn Sie sie finden, kriegen Sie heraus, wer die Männer geschickt hat. Danach töten Sie sie. Beschützen Sie diese Frau. Ihre Sicherheit hat oberste Priorität. Das wär's.«

»Das wär's«, sagte Sampo versonnen. »Wir wissen ja nicht mal, wo wir anfangen sollen.«

»Sie sind doch nicht von gestern. Suchen Sie im Olsen-Gebäude. Finden Sie heraus, wer im Vorstand sitzt, wo die einzelnen Vorstandsmitglieder wohnen, und sehen Sie dort nach. Finden Sie diese Frau. Meine Telefonnummer haben Sie ja. Halten Sie mich auf dem Laufenden.«

Ginger und McCall würden mir nicht entkommen.

Auf der Toilette des Rainbow Hotel Stefan verzog ich ein paarmal das Gesicht, um es in Form zu bringen, und studierte mich im Spiegel. Eine etwas nervöse, ziemlich junge Frau schaute zurück. Gut.

An der Rezeption lächelte ich schüchtern. »Hallo?«

Zur Antwort ebenfalls ein Lächeln. »Kann ich Ihnen helfen?«

»Naja, es ist ... eigentlich ist es ganz dumm«, sagte ich hastig und mit einem Blick über meine Schulter. »Aber Sie kennen doch das Internet? Ich bin hier mit einem ... na ja, mit einem Mann verabredet. Er heißt Ginger. Zumindest hat er sich so genannt. Er kommt aus Amerika. Wir haben online so viel miteinander geplaudert. Er ist jung, ledig und hat zimtbraunes Haar – *angeblich* –, und, ich weiß nicht, letzte Woche habe ich ihm gesagt, wir könnten uns heute Vormittag hier treffen. ›Am Nationalfeiertag‹, habe ich gesagt. Nur, jetzt ist Nationalfeiertag ...«

»Sie meinen, Sie sind vielleicht etwas voreilig gewesen?« Mein Gegenüber war erst Anfang zwanzig, gab sich aber gesetzt und spielte die ältere, welterfahrene Frau.

Ich nickte verschämt. »Ich dachte, vielleicht könnten Sie mir sagen, ob er hier wohnt. Dann könnte ich erst einen Blick auf ihn werfen, ehe ich mich zu erkennen gebe. Nur für den Fall.«

»Ist auch viel vernünftiger«, stimmte die andere zu und öffnete das Gästeverzeichnis ihres Computers.

»Er wollte gestern mit seinem Geschäftspartner hier eintreffen, einem Mann namens McCall«, half ich.

Sie las die Liste durch. »Nein. Nein, ich sehe niemanden mit diesem Namen.«

»Haben Sie schon die ganze Woche Dienst?«

»Ja.«

»Und Ihnen ist kein dünner Mann mit rötlichen Haaren untergekommen?«

»Nein.«

Ich zog ein langes Gesicht.
»Vielleicht ist es besser so.«
»Wahrscheinlich. Jedenfalls vielen Dank.«
Weiter zum Majorstuen, am Bogstadsveien. Diesmal war eine ältere Frau an der Rezeption, die mir glatt ins Gesicht sagte, ich sei verrückt, und wenn ich wüsste, was gut für mich wäre, dann würde ich nach Hause zu meinen Eltern gehen und den ganzen Quatsch vergessen. Aber sie sagte auch, es gebe hier weder einen McCall noch einen dünnen jungen Mann mit rotem Haar. Beim Hinausgehen fiel mir auf, wie nah der Vigeland-Park war, und einen wilden Moment lang dachte ich: Julia ist bei den Skulpturen! Aber nein. Sie war ja mit Edvard Borlaug und einem oder mehreren Vorstandsmitgliedern verabredet. Irgendwo. Es war Sampos Aufgabe, diese Spur zu verfolgen.
Das Handy in meiner Tasche schwieg hartnäckig. Ich zog es heraus, rief die Auskunft an und danach vier verschiedene Borlaugs. Erst dann forderte mich Edvards leicht gehetzt wirkende Stimme auf, eine Nachricht zu hinterlassen. »Edvard, hier ist Aud. Ich muss dringend mit Julia sprechen. Wenn Sie wissen, wo sie ist, dann rufen Sie mich sofort an. Es ist sehr, sehr wichtig. Die Nummer haben Sie ja.«
Plötzlich erschien vor meinen Augen ein Bild: Edvard, wie er mit gebrochenem Genick auf dem Wohnzimmerteppich lag und ihm das Blut aus den Augen lief, während meine Stimme vom Anrufbeantworter hallte. Vielleicht lag Julia neben ihm …
Ich rief noch einmal die Auskunft an, nannte ihr Edvards Namen und Nummer und erhielt dafür seine Adresse. Dann telefonierte ich mit Sampo. »Schicken Sie einen Ihrer Leute dorthin. Im Notfall dringen Sie mit Gewalt in das Haus ein. Vergewissern Sie sich, ob Julia dort ist. Überprüfen Sie sämtliche Terminkalender oder Adressbücher.« Es war halb elf. Wie lange würde die Unterredung dauern? »Wenn Sie bis

halb zwölf nichts von mir hören, schicken Sie jemanden an die E16, direkt hinter Nordehov.« Es war zwar auch möglich, dass Julia irgendeine Landstraße nahm, aber die müsste schon große Umwege machen, wenn sie nicht nördlich von Nordehov auf die Autobahn mündete. »Es ist ein dunkelblauer Audi.« Ich nannte ihm das Kennzeichen.

Was wir hier machten, war alles verkehrt. So als stünden vier Personen an den Ecken eines riesigen Feldes voller Pferde und hielten die Arme ausgebreitet. Zu viele Lücken.

Die zweite Dosis Morphium ließ allmählich nach.

Auf zum nächsten Hotel. Irgendwo mussten McCall und Ginger doch abgestiegen sein.

Nachdem ich die billigsten abgeklappert hatte, nahm ich mir die Mittelklasse-Hotels vor. Mir lief die Zeit davon, und auf den Straßen ging der Feiertagsbetrieb los.

Dem Portier des Continental in der Stortingsgaten gab ich zweihundert Kronen, um mein Auto direkt vor der Tür parken zu dürfen. Der Mann an der Rezeption war jung. Deshalb spielte ich diesmal eine etwas ältere Frau, die ein bisschen zu viel von der Welt gesehen hatte und sich Unrecht von ihr behandelt fühlte.

»Aber ja«, sagte der junge Mann. »Die sind heute hier abgestiegen. Ich erinnere mich noch. Sie waren sehr früh dran und wirkten müde. Sie haben direkt darauf bestanden, sofort ein Zimmer zu bekommen. Ich dachte, sie wollten schlafen – aussehen taten sie jedenfalls, als bräuchten sie ein bisschen Schlaf, aber« – ein paar Tastenhiebe, ein Kopfnicken vor dem Bildschirm – »anscheinend haben sie nur einen Haufen Telefongespräche geführt.«

»Sind sie immer noch da?«

»O nein. Vor zirka zwanzig Minuten sind sie weg.«

Ich winkte den Portier herein. »Die beiden Männer, die vor zwanzig Minuten hinausgegangen sind, was fuhren die für ein Auto?«

»Einen Toyota 4Runner, dunkelgrün.«
Ich dankte ihm mit einem Kopfnicken, und er postierte sich wieder vor der Tür.
Der einzige Mensch in diesem Foyer war eine Fünfzigjährige, die mit halb geschlossenen Augen auf einer Couch saß. Ich schob dem Rezeptionisten einen Hundertkronenschein über den Tisch. »Darf ich sehen, mit wem die beiden telefoniert haben?«
Der junge Mann steckte das Geld ein und drehte den Bildschirm leicht herum. Olsen-Glas, 8:08. Edvard Borlaug, 8:09. Dieses Gespräch hatte zehn Minuten gedauert, zu lang für eine Nachricht. Was hatte Borlaug ihnen erzählt? Danach die Auskunft, gefolgt von einer hiesigen Nummer, die mir nichts sagte. Ich tippte sie in mein Handy und brach die Verbindung ab, als sich der Anrufbeantworter eines Sportartikelgeschäfts meldete: Am heutigen Feiertag sei der Laden geschlossen. Munition knapp? Wenn ja, dann würden sie nur kurz wegbleiben. Am Nationalfeiertag hatte alles geschlossen.
Die Bürgersteige draußen waren von Sonnenschein überflutet, der mir trotz meiner dicken Bandagen fast unerträglich auf Schultern und Arme brannte, und in meinem Volvo stand die Luft. Ich kurbelte die Fenster nach unten. Dann stieß ich vorsichtig auf die Straße, die mit Menschen im leuchtenden Rot und Weiß der Nationaltracht verstopft war, alle strahlend im Sonnenschein, alle fröhlich *pølse* essend, prickelnde *brus* trinkend und vergnügt zu dem Platz unterwegs, wo mittags die Festreden beginnen würden. Ich rief Sampo an – »Sie fahren einen dunkelgrünen Toyota 4Runner« – und konzentrierte mich darauf, niemanden aus der Herde zu überrollen.
Es war Viertel vor zwölf. Julias Besprechung musste inzwischen zu Ende sein.
Denk nach. Ich versuchte, mich in Julia hineinzuversetzen.

Ich stellte mir vor, wie ich aus einem Büro oder Wohnhaus trat, vergnügt und zufrieden, weil es mir gelungen war, Olsen von dem Skulpturengarten zu überzeugen. Warme Sonne schien mir aufs Haar und ein leichtes Kostüm umspielte meine Schenkel, während ich zum Auto ging, dabei an die Rückfahrt dachte, an den schönen Tag und die gute Laune überall. Die Feiertagsstimmung. Das Zusammensein mit der Familie …

Und da wusste ich, wo Julia hingehen würde, wusste, was Borlaug zu McCall und Ginger gesagt hatte, wusste, wohin ich fahren musste.

Ich wählte die Nummer. In meinem Ohr ertönte das Freizeichen, immer und immer wieder – ein ganz unwirkliches Geräusch. Zu guter Letzt meldete sich eine ziemlich unwirsche, atemlose Stimme. »Hei.«

»Tante. Ist Julia bei dir?«

»Aud? Nein. Aber sie wird jeden Moment da sein. Ich war gerade im Keller und muss wieder zurück. Sie kommt zum Mittagessen, bevor sie zum Sommerhaus fährt. Außerdem hat sie eine Nachricht erhalten, die ich ihr übersetzen soll – möglicherweise etwas Persönliches, sagt sie. Sie hat versucht, es mir übers Telefon vorzulesen, aber die Verbindung war ziemlich schlecht und bei Julia klingt Norwegisch wie Deutsch. Dann kam auch noch dieser Mann, Edvard, und sagte ihr, die Besprechung würde gleich anfangen. Soll ich sie bitten, dass sie dich zurückruft, wenn sie hier ist?«

»Hör zu, Tante. Ich bin in Oslo und gerade zu dir unterwegs. Lass niemanden rein. Außer mir und Julia. Keinen Menschen. Und wenn du einen dunkelgrünen Vier-mal-vier auf der Straße siehst, dann ruf die Polizei.«

»Ich verstehe nicht.«

»Zwei Männer sind hinter Julia her. Sie wollen sie töten –«

»Julia? In Oslo? Warum sollte –«

»Ein Dritter hat gestern auf dem Gletscher versucht, mich zu erschießen. Die beiden andern sind zu dir unterwegs. Sie sind bewaffnet. Halt die Tür verschlossen. Pass auf, wann Julia kommt. Und wenn sie kommt, dann verschwindet. Fahrt direkt auf die E16. Mit deinem Saab. Hast du verstanden?«

»Aber warum sollten sie –«

In meinen Ohren war ein lautes Rauschen. »Hast du verstanden? Wirst du meine Anweisungen befolgen?«

»Ja.«

»Ich bin gleich bei dir.« Klick. Neu wählen. »Sampo? Sagen Sie Ihrem Mann an der E16, er muss nun nach einer älteren Frau in einem roten Saab Ausschau halten. Julia ist bei ihr. Wenn er die beiden entdeckt, soll er sich um ihre Sicherheit kümmern. Ich weiß jetzt, wohin Ginger und McCall unterwegs sind. Kommen Sie auch dorthin. Wir treffen uns.« Ich gab ihm die Adresse, beendete das Gespräch und legte das Handy behutsam auf den weichen Ledersitz neben mir.

Meine Schulter tat nicht mehr weh. Mein Verstand war geschärft wie ein Rasiermesser, mein Gesicht völlig entspannt, und die Welt um mich herum konturierte und verlangsamte sich, bis ich alles mit kristallener Klarheit sah, bis mir jedes noch so kleine Detail auffiel: Die offenen Schnürsenkel eines drei Jahre alten Turnschuhs, das wundervoll satte Bernsteingelb der Ampel, die ich überfuhr. Mein Herz war jetzt kein stampfender Verbrennungsmotor mehr, der durch Explosionen, tief in seinen Kammern, betrieben wurde, sondern arbeitete geräusch- und reibungslos; ich glich einer Magnetschwebebahn, die auf ihrem einspurigen Gleis wie der Wind dahinsauste, ihrem einzigen, unverrückbaren Ziel entgegen.

Die Gebäude wurden kleiner, die Straßen offener. Aus Stein wurden Ziegel und Holz. Zäune, Haustüren und Bäume tauchten auf. Jedes sauber blinkende Fenster, jedes grüne,

zart geäderte Blatt erfüllten mich mit Freude. Wie ein Lufthauch, wie ein Geist flog ich zwischen all dem hindurch.
Hjørdis' Straße erschien quasi aus dem Nichts. Ich bog nach links, und da entfalteten sich die Ereignisse vor mir wie eine bunte Fahne. Julia in ihrem blauen Baumwollkostüm, die auf dem rechten Bürgersteig zu Hjørdis' Haustür geht, die Autoschlüssel noch in der Hand und vor sich hin summend; ein dunkelgrüner Toyota, dessen Türen sich öffnen und dem zwei Männer entsteigen, beide mit Revolvern. Als sie den Volvo hören, nehmen sie die Waffen abrupt herunter und drücken sie dicht an die Schenkel.
Ich fahre ganz gemächlich, ja sogar mit einem leichten Lächeln die Straße entlang. Komme mit ihnen auf eine Höhe – fahre an ihnen vorbei. Sie werfen einen Blick auf mich, beschließen, dass ich harmlos bin, entspannen sich. Ich schalte den Temporegler ein, öffne die Tür und rolle mich auf die Straße. Sie merken es nicht. Sie beobachten Julia. Der eine überquert hinter ihr die Fahrbahn, der andere bleibt auf dieser Seite. Die Zeit verlangsamt sich, dehnt sich aus, und ich gleite wie Butter hinter den Mann, der seinen Glock-Revolver erhebt. Der graue Polymerlauf glänzt nicht einmal in der Sonne, während er ihn auf die Frau im blauen Kostüm richtet.
Es geht unglaublich leicht. Wie ein Blitz schnellt mein Ellbogen nach oben, trifft perfekt die weiche Stelle an der Schädelbasis des Mannes, genau als dieser abdrückt, und in derselben Sekunde, als die Kugel in die Vortreppe von Hjørdis' Haus einschlägt, fällt der Schütze zu Boden. Er ist tot. Dann bricht überall Bewegung aus: die Frau im blauen Kostüm dreht sich mit offenem Munde herum, der Mann auf der anderen Straßenseite dreht sich zu *mir* um, sieht erst mich an, dann wieder die Frau. Sein Arm geht hoch, eine winzige Feuerzunge, wie eine kleine Sonne, springt sekundenschnell aus der Mündung seines Revolvers, und ich la-

che, als ich den Mann vom Pflaster herunterfege, lache, als ich mit meinen Knien auf seinem Bauch, *in* seinem Bauch lande, lache, als ich seine Faust mit meiner packe und sie ihm herumdrehe, lache über den Schock in seinem Sommersprossengesicht, als ich diese zusammengeballte, warme Hand drücke und die Sommersprossen in einer roten Verwüstung untergehen.

Ich dehnte mich und lächelte. Alles erledigt. Und immer noch lächelnd ging ich zu der Frau hinüber, die jetzt auf dem Gehsteig lag, einen Arm die Vortreppe hochgestreckt. Das blaue Kleid war von der Taille abwärts rot. Die Frau fing an zu wimmern und sich zu winden. Ich kniete mich hin, berührte das braune Haar, das sich aus seinem Band gelöst hatte, runzelte dann die Stirn und wollte gerade aufstehen, da merkte ich, dass ich in etwas Nassem kniete, aber die Haare der Frau hatten so einen Geruch, einen Geruch ...

Moltebeeren. Julia. Die Frau in dem blauen Kleid, die da ihr Leben in Strömen auf das Trottoir vergoss und vor Schock den Verstand verloren hatte – diese Frau war *Julia*.

Ich riss mir das Hemd herunter, knüllte es zusammen, drückte es ihr auf den Bauch. Der Stoff wurde sofort rot, und Julia bewegte sich so stark, dass ich den Druck nicht beibehalten konnte. Ich setzte ihr meine Knie auf die Schultern. »Julia. Stirb nicht. Du darfst nicht sterben. Julia. Bleib bei mir! Julia.«

Schritte. Hjørdis, in den Armen ihr Jagdgewehr. »Ich habe den Notarzt gerufen. Es ging alles so schnell! Du lieber Gott, Aud.«

»Komm her. Drück das hier fest drauf. Fest!«

Sie gehorchte, und ich begann, mir die Bandage von Arm und Schultern zu wickeln.

»Du hast doch selbst eine Schussverletzung!«

Ich riss das blutige Wirrwarr herunter und knäulte es zusammen. Ein Blutstrom rieselte mir an Rücken und Arm hinab. »Wenn ich bis drei zähle, hebst du beide Hände und drückst sie gleich wieder drauf. Eins, zwei, drei. Fest drücken!«

Quietschende Autoreifen. Türengeknall. Füße, die liefen.

»Sie sind tot«, sagte ich zu Sampo und der Frau. »Ziehen Sie den dort« – McCall – »auf diese Straßenseite rüber. Zu dem anderen.« Ginger. »Es muss aussehn, als hätten sie sich gegenseitig erschossen. Im Volvo ist eine Pistole mit meinen Fingerabdrücken.« Die Waffe, die ich nicht benutzt hatte. Die Waffe, die ich hätte benutzen sollen. »Lassen Sie sie verschwinden.«

»Aud, ich kann sie nicht festhalten.«

Julia zappelte und schlug um sich wie ein wildes Tier, das vor Schrecken völlig panisch ist, und war genauso schwer zu fassen. Sie warf Hjørdis, immerhin eine kräftige Frau, lange genug ab, um sich auf den Bauch herumzudrehen. Keine Austrittswunde.

»Setz dich auf ihre Beine!« Ich schlang Julia meine Arme um den Kopf. »Sie«, rief ich Sampos Kollegin zu, »kommen Sie her und drücken Sie ihr die Schultern nach unten. Tante, ich übernehme die Kompresse.«

»... eine klaffende Wunde, größer als die Hand jedes Menschen, der sie stillen möchte. Ein Loch, das die ganze Welt verschlingen könnte.«

»Ich habe große Hände.«

Sie wand sich wie ein überfahrenes Kätzchen mit gebrochenem Rückgrat.

»Julia. Der Notarzt ist gleich da. Bleib nur noch ein paar Minuten am Leben, dann können sie dir helfen. Bleib am Leben.«

Unter meinen Händen war alles rot.

fünfzehn

Sie hielt durch, bis der Notarzt kam. Ich musste den Sanitätern helfen, Julia stillzuhalten, damit sie ihr an beiden Armen Infusionsschläuche anlegen konnten. Als einer meinte, ich könne ja mit dem zweiten Rettungswagen fahren, der gerade eintraf und Hjørdis' Straße in rotes Licht tauchte – genau dasselbe Rot wie auf meinem Hemd –, sprang ich dem Kerl an den Kragen.

Julia hielt durch, bis wir die Klinik erreichten. Und sie war auch noch am Leben, als man sie in den Operationssaal brachte.

»Sie ist stark«, sagte ich zu den drei Krankenschwestern und dem Arzt in grüner OP-Kleidung, die neben mir an der Schwingtür standen. Eine der Schwestern hatte eine Injektionsspritze in der Hand. »Sollten Sie nicht dort reingehn und ihr helfen?«

»Wir sind da, um Ihnen zu helfen.«

»O nein«, erwiderte ich sanft, »mir fehlt nichts.« Und schon hatte ich ihr das Instrument weggenommen, um dessen Inhalt auf den Boden zu spritzen. Da stach mich etwas durch die Hose, drei der Schwestern nickten zufrieden, und eine vierte, die von hinten herantrat, injizierte mir ihrerseits eine Dosis.

»Wir *müssen* Sie uns mal anschaun«, erklärte eine von ihnen.

Ich wich an die Wand zurück. »Julia.«

»Sie können im Moment nichts für sie tun.«
Die Wand fühlte sich kühl und fest an unter meiner Haut. Außerdem schien sie sich aufwärts zu bewegen. Ich konnte lediglich vier Paar grün bekleidete Beine und weiße Galoschen sehen.
»Holen Sie eine Krankenbahre.«
Zwei der grünen Hosenbeine entfernten sich auf dem Gang. Dann sah ich nur noch den Fußboden.

Das Zimmer roch nach sauberer Bettwäsche und den Zitronen, die Hjørdis für mich dagelassen hatte.
»Die Polizei schluckt die Geschichte, dass diese beiden Amerikaner um eine Frau kämpften und Sie in die Schusslinie geraten sind«, sagte Sampo.
»Nach einigen Schwierigkeiten.«
»Ja. Aber was gibt's denn sonst für eine Erklärung? Zumal auf keiner der beiden Waffen Ihre Fingerabdrücke waren und Sie eine angesehene Bürgerin sind. Natürlich helfen auch die beiden Wunden.«
»Ja.«
Wir maßen einander mit Blicken. Hätte ich mich durch meine Briefe nicht rückversichert, dann wäre ich von diesem Beruhigungsmittel nie aufgewacht.
»Wie heißen Sie wirklich?«
»Harald.«
»So wie der König.«
»Ja, wie der König.«
Wir gaben uns nicht die Hand zum Abschied.
Eine Krankenschwester mit einem Tablett voller Nadeln, Scheren und Verbandszeug kam herein. Sie arbeitete schnell, mit dem Mangel an Einfühlsamkeit, der für ihren Berufsstand typisch ist. »Draußen wartet noch jemand für Sie. Ich sagte ihr bereits, dass Sie heute schon zu viel Besuch hatten.«

»Eine Frau? Wer?«
»Ihren Namen konnte ich nicht verstehen. Sie ist Amerikanerin.«
»Richten Sie ihr aus, wenn Sie hier fertig sind, kann sie reinkommen.«
Es war Annie – ohne Lachen jetzt, und es lagen Ringe unter ihren Augen: Besorgnis und Übermüdung. Sie holte sich einen Stuhl ans Bett, wusste aber anscheinend nicht, was sie sagen sollte.
»Seit wann sind Sie hier?«
»Seit zwei Stunden.«
»Werden ihr Bruder und ihre Schwester auch kommen?«
Einen Moment glaubte ich, sie hätte mich nicht verstanden. Dann: »Oh. Nein. Drew ... naja, Drew ist verhindert. Und Carmel befindet sich in der US-Forschungsstation in der McMurdo-Bucht. Am Südpol. Die konnte ich nicht erreichen.« Annie saß hilflos auf ihrem Stuhl.
»Haben Sie mit den Ärzten gesprochen?«
»Ja. Sie sagten, Julias Zustand sei kritisch, aber stabil. Viele innere Verletzungen. Ihre Leber –« Sie stockte. »Beinah hätte ich gesagt: ist völlig kaputt. Das klingt so missverständlich. Aber es stimmt. Und eine von Julias Nieren auch. Ich habe mir sagen lassen, die Kugel war ein Spezialgeschoss – eins, das im Innern kreuz und quer prallt.«
»Der einzig irreparable Schaden ist die Leber.«
»Julia ... Julia ist doch stark, nicht wahr?«
»Sehr stark.«
»Und eine Lebertransplantation könnte sie doch so gut wie neu machen?«
»So gut wie.«
»Warum nur wacht sie dann nicht auf? Sie liegt da, und es gibt keinen Laut außer dem Piep-piep-piep der Apparate.«
»Ihr Körper hat *seine* Art, sich auf das Notwendigste zu konzentrieren. Julia kämpft um ihr Leben, so gut sie kann.

Wenn sie ihre Kraft wiedergewonnen hat, wacht sie auch auf.«

»Sind Sie sicher?«

»Hundert Prozent. Sie kennen doch Julia, die hält es nicht aus, irgendwas zu verpassen.«

Annie fing an zu lächeln, aber ein Zittern trat in ihre Gesichtsmuskeln. »Ich kann nicht.«

»Sie sind müde. Ich wette, Sie haben im Flugzeug nicht geschlafen. Julia schläft auch nicht, wenn sie fliegt. Ein paar Stunden Ruhe wirken da Wunder.«

»Aber ich muss mich doch um ihre Angelegenheiten kümmern. Die Versicherung. Ihre Kleider. Arrangements treffen.«

»Meine Tante Hjørdis holt bereits Julias Sachen aus dem Sommerhaus – dem ehemaligen Bauernhof, wo wir gewohnt haben. Es wird für alles gesorgt. Und Julia ist jetzt gut aufgehoben. Schlafen Sie sich ein bisschen aus, Mrs. Miclasz.«

»Annie.« Ein Schatten des früheren verschmitzten Lächelns – blitzschnell wieder verschwunden. »Sie haben ihr das Leben gerettet.« Ich hätte sie nie allein lassen dürfen. »Sie lieben sie, nicht wahr?«

Meinen Falken mit gebrochenen Schwingen und verklebtem Gefieder. »Ja.«

»Das tue ich auch. Wenn wir mit all unserer Kraft daran glauben, *muss* sie überleben.«

»Sie wird überleben.« Sie musste.

»Die Ärzte sagen, Sie wurden auch verletzt.«

Sprung im Schulterblatt, zersplitterter Ellbogen, Nervenschaden. Man hatte mir etwas Haut- und Muskelgewebe weggeschnitten, das entzündet war; mir eine Bluttransfusion verabreicht; und mein Arm hatte so viele Stiche, dass es aussah wie bei einem ungeschickt zusammengeflickten Teddybären.

»Nichts, was nicht wieder heilen würde.«
Annie stand auf. »Bis morgen also. Dann bringe ich Ihnen ein paar Vitamine mit. Sie müssen nämlich schnell wieder gesund werden. Julia braucht uns, alle beide.«

Eine Schwester brachte mir ein Telefon. Meine Mutter war am Apparat.
»Hjørdis hat mir weiterberichtet, was du ihr erzählt hast.« Die Feinheiten der Diplomatensprache. »Dann dürfte sich dein Besuch in England ja wohl verschieben?«
»Ja. Ich habe für morgen einen Krankentransport arrangiert. Ich begleite Julia und ihre Mutter in einem Charterflugzeug nach Atlanta. Es wurde ein Spender gefunden, den man bis zu unserer Ankunft am Leben erhalten kann.«
»Und wird sie die Operation überstehen?«
»Die Chancen sind etwa fifty-fifty.«
»Halte mich auf dem Laufenden. Und wenn du irgendetwas brauchst – irgendetwas –, dann ruf an.«

Auf dem Flug über die Nordsee, die Irische See und den Atlantik hielt ich Julia die ganze Zeit die Hand, obwohl sie diesmal höchstwahrscheinlich keine Angst hatte. Und als ich loslassen musste, damit die Krankenschwester ihre Arbeit tun konnte, legte ich Julia meine Hand auf den Schenkel. Irgendwo, tief in ihrem Krokodilshirn, sollte sie registrieren, dass sie nicht allein war – und nie mehr allein sein würde.
Auf der anderen Seite des Bettes saß Annie. Manchmal hielt auch sie Julia die Hand. Aber meistens schaute sie einfach nur.
Über der Irischen See schlingerte die Maschine ein wenig.
»Ich hasse Turbulenzen«, sagte Annie.
»Das muss in der Familie liegen.«
»Sie sollten Ihre Schulter nicht überbeanspruchen.«

»Danke, das geht schon.«
Die Maschine dröhnte durch die eintönigen Weiten des Nachmittagshimmels.
»Julia ist hübsch, finden Sie nicht?«
»Ja.«
»Sie ist zu jung und zu schön, um zu sterben.«
»Ich werde nicht zulassen, dass sie stirbt.«
»Wissen Sie, ich hab es sofort gesehen.«
»Was?«
»Dass ihr beide zusammenpasst. Sie war nach Jims Tod völlig am Boden zerstört. Gar nicht wie sonst. So hatte ich Julia noch nie erlebt, seit ... nun seit ...«
»Sie hat mir von ihrem Bruder erzählt.«
»Oh. Naja, ich konnte das nicht verstehen – warum sie dermaßen aufgelöst war. Fast, als würde sie *sich* die Schuld geben. Da kamen aus heiterem Himmel Sie daher, und plötzlich war sie wieder sie selbst.« Annie lächelte. »Hat sie Ihnen jemals gesagt, dass sie zuerst dachte, *Sie* hätten es getan?«
»Die Polizei hat es mir erzählt.«
»Ist sie Ihretwegen zur Polizei gegangen?« Annie warf einen erschrockenen Blick auf ihre Tochter.
»Wahrscheinlich war die Idee damals gar nicht so abwegig. Jim Lusk war ein Freund von ihr. Ich hielt mich in der Nähe des Tatorts auf. Aber die Polizei hat sie nicht ernst genommen.«
»Na, da bin ich aber froh! Wenn Sie Schwierigkeiten bekommen hätten ...«
Schwierigkeiten. Schwierigkeiten. Am liebsten hätte ich gelacht, aber ich fürchtete, es könnte als Heulen herauskommen.
Annie sagte leise: »Was rede ich denn da! Ich bin ja nicht auf den Kopf gefallen. Die norwegische Polizei glaubt Ihnen eigentlich nicht, dass zwei Männer aufeinander losgegan-

gen wären und Julia versehentlich einen Schuss abbekommen hätte.«
»Und Sie?«
Der Ton der Triebwerke stieg höher, während der Pilot einen Weg aus den Turbulenzen suchte.
»Eher glaube ich das, als dass Julia sich irgendwas hätte zu Schulden kommen lassen.« Annies Gesicht wirkte fest und so blass, dass ihre Verlegenheitsröte fast grell erschien, wie die kosmetisch bearbeiteten Wangen einer Leiche.
»Julia war einfach zur falschen Zeit am falschen Ort. Nein, nicht in Oslo. Es fing schon in Atlanta an.«
»Als Jim starb.«
»Noch vorher.« Ich erzählte ihr die Geschichte, bis auf den Einbruch in Honeycutts Haus und die Übergabe meiner Informationen an Denneny. Davon oder von meinem Deal mit den Kartellen brauchte sie nichts zu wissen. Aber wie sie selbst gesagt hatte: Sie war ja nicht auf den Kopf gefallen.
»Dann haben *Sie* die beiden getötet. Nein, sagen Sie nichts! Ich bin froh. Wenn ich glauben würde, Sie müssten hundertmal töten, um Julias Sicherheit zu gewährleisten, dann würde ich Sie bitten, es zu tun.«
Und ich würde ihre Bitte erfüllen. Hundertmal. Tausendmal.
»Aber darum brauchen wir uns jetzt nicht zu kümmern, oder? Von nun an übernimmt die Polizei von Atlanta. Sie hat während eurer Abwesenheit übrigens angerufen. Es gäbe neues Beweismaterial. Sie wollte deswegen mit Julia sprechen. Ich habe gesagt, Julia sei in Oslo, zu Verhandlungen mit Olsen-Glas.«
»Und wie reagierten sie darauf?«
»Der Beamte wollte den Namen der Person wissen, mit der Julia sich trifft. Ich habe ihm Edvards Nummer gegeben. Er kam übrigens auch ins Krankenhaus.«
Ich nickte. Mich hatte er ebenfalls besucht.

»Er ist ja so jung und schien Julias Verletzung richtig persönlich zu nehmen – entschuldigte sich dauernd im Namen seines Landes. Und weil er mich ganz in Verlegenheit brachte, hab ich ihn einfach in den Arm genommen, bis er still war. Er weinte. Ich musste die Tränen von mir abwischen. Aber wenigstens hatte ich dadurch eine Beschäftigung – eine, die halbwegs sinnvoll war.«
Wir betrachteten Julia, die immer noch regungslos dalag. Wir konnten nichts für sie tun. Die Triebwerke nahmen wieder ihr gewohntes gleichmäßiges Brummen auf. Wir flogen oberhalb der Turbulenz.
»Dieser Skulpturengarten, den Borlaug und Julia da planten – ich meine: planen –, das klingt ganz nett. All diese Märchenszenen für die Kinder. Der Teil für die Erwachsenen hört sich auch recht spannend an, nach einer Herausforderung, aber ich glaube, in Wirklichkeit wollte er den Märchengarten. Will er den Märchengarten. O mein Gott, Aud, jetzt rede ich über sie und den Garten schon in der Vergangenheitsform.«

Kurz vor achtzehn Uhr Ortszeit landeten wir in Atlanta. Die Luft war dick, schwül und mit Dieselabgasen geschwängert. Der Krankenwagen fuhr auf seinem Weg zum Piedmont Hospital durch Straßen voller Cabrios, in denen braun gebrannte Menschen saßen, alle mit Shorts, pastellfarbenen Polohemden und anonymen, von Sonnenblenden und -brillen geschützten Augen. Die Bäume trugen ein üppiges, sommerliches Grün, der Himmel lachte in unpersönlichem Blau. Ich bestand darauf, dass Julia während des Transports eine zweite Wolldecke bekam; die Klimaanlage war gnadenlos. Um sieben bereitete man die Patientin für den Eingriff vor.
Der Arzt traf sich, noch ohne OP-Kleidung, zu einem Gespräch mit uns. »Die Operation wird voraussichtlich mehre-

re Stunden dauern, und danach dürfen Sie die Patientin mehrere Stunden nicht besuchen; aber es hat wohl keinen Zweck, Ihnen zu sagen, Sie sollten heimgehen und ein bisschen schlafen. Na schön. Also, wenn alles vorbei ist, komme ich noch mal und sage Ihnen, wie es lief.«

Ich rückte für Annie und mich je zwei Lehnstühle zusammen, besorgte uns Wolldecken, und dann legten wir uns aufs Ohr. Als ich um zwei Uhr morgens wach wurde, sah ich Annie an die Decke starren.

»Lust auf einen Kaffee?«

»Warum nicht?«

Krankenhäuser sind nachts merkwürdige Orte. Die Böden glänzen im Dunkeln, und die Luft ist zu trocken, zu heiß. In ein paar Stunden würden Krankenbahren durch diese Gänge quietschen, um diejenigen, die in der Nacht verstorben waren, schnell und diskret aus dem Lebensalltag zu befördern, während verängstigte Menschen hinter ihren Türen lauschten. Auf dem Weg zum Stationsschalter kam ich an einem Kaffeeautomaten vorbei, ignorierte ihn aber.

Als ich mit frischem Kaffee zurückkehrte, setzte Annie sich auf. »Wo, um alles in der Welt, haben Sie den denn her?«

»Ich sagte der Schwester, wenn Sie mich in der Teeküche frischen kochen ließe, dann würde ich nicht nur der Kinderstation eine großzügige Spende machen, sondern auch eine Tasse für sie mitmachen und sie ihr ganz nach Wunsch servieren. Es wird Sie freuen zu hören, dass die Schwester ihn mit Milch und Zucker trinkt. Und sie mag Plätzchen.« Ich hielt ihr den Teller hin.

Der Kaffee war schon lange ausgetrunken und wir spielten Backgammon, da erschien Julias Chirurg. Er gehörte zu den Männern, die sich dreimal täglich rasieren müssen. Er war auf dem Sprung nach Hause, in weiten Baumwollhosen und Sportsakko.

Beim Hereinkommen trug er zwar ein Stirnrunzeln, lächelte jedoch, als wir aufstanden.
»Setzen wir uns doch alle, ja?« Immer dieses Ärzte-»Wir«. »Es freut mich, Ihnen mitteilen zu können, dass die Operation problemlos vonstatten gegangen ist und die Patientin sich in stabilem Zustand befindet. Aber Sie wissen ja: Der Genesungsprozess dauert manchmal.« Er hatte Julias Namen vergessen.
»Wann dürfen wir sie sehen?«, fragte Annie.
»Sie ist immer noch bewusstlos.«
»Wann?«
»Morgen Vormittag? Ja, morgen – ich meine: heute Vormittag. Gegen zehn. Aber wirklich nur ganz kurz. Ja, das dürfte wohl das Beste sein.« Der Mann war so müde, dass er mit sich selbst redete. Er schickte sich an, aufzustehen.
»Aber man gibt uns doch Bescheid, wie es ihr geht?«
»Der Stationsschalter, gleich unten am Gang, hat alle diesbezüglichen Informationen. Fragen Sie einfach. Wie gesagt: Die Operation ist problemlos verlaufen.«
Annie nickte nur, und der Arzt verabschiedete sich. Ich stand auf. »Ich werde uns noch mal Kaffee besorgen.«
Am Stationsschalter holte ich den Mann ein. Er bemerkte gerade etwas über irgendeinen Fehler in einer Arzt-Serie, gestern Abend. Die Schwester und er lachten.
»Herr Doktor.«
»Ja?«
»Eine Frage noch, wegen Julia Lyons-Bennet, der Sie gerade die neue Leber eingepflanzt haben. Wann wird man wissen, ob ihr Körper die Leber annimmt oder nicht?«
»In frühestens zwölf Stunden. Morgen Nachmittag. *Frühestens.«* Er wollte einfach nur nach Hause.
»Es muss ein komplizierter Eingriff gewesen sein.«
Er unternahm eine gewaltige Kraftanstrengung, um noch einmal zu lächeln. »Nun ja, schon. Sie hat eine Schuss-

verletzung, und es gab da ein, zwei Dinge, denen wir normalerweise nicht begegnen, doch unter den gegebenen Umständen verlief alles sehr gut. Sehr problemlos. Wie gesagt.«

»Aber trotzdem ist sie noch nicht bei Bewusstsein. Was waren das für ein, zwei Dinge?«

Sein Lächeln verblasste. »Wir mussten ihr den Dickdarm entfernen, und es gibt Anzeichen für eine starke Belastung der verbliebenen Niere. Ich kann aber nicht genug betonen, dass sich die Patientin in stabilem Zustand befindet und es ihr den Umständen entsprechend gut geht. Das Spenderorgan stimmt gut mit dem ihren überein. Wir haben große Hoffnungen.«

»Was heißt ›groß‹?«

»Groß.« Sein Tonfall klang bestimmt. Aber er log.

Als ich mit frischem Kaffee in den Aufenthaltsraum zurückkehrte, war Annie in Tränen aufgelöst. »Sie wird schon wieder gesund, Aud. Sie wird schon wieder. Ich weiß es. O bitte, lieber Gott, mach, dass sie wieder gesund wird.« Sie wischte sich die Augen und nahm einen Schluck Kaffee. Ich hatte extra viel Zucker hineingetan. »Es war rücksichtsvoll, dass er seine blutigen Sachen vor dem Hereinkommen ausgezogen hat, finden Sie nicht?«

Wahrscheinlich hatte er eher Zeit gebraucht, um sich Beruhigungsphrasen auszudenken, die keine richtigen Lügen waren.

»Ah.« Sie stellte die Tasse hin. »Ich glaube, jetzt kann ich schlafen.«

Ich blieb wach und dachte nach. Dachte an Julia, wie sie mir auf dieser verregneten Straße zum ersten Mal ins Gesicht geschaut hatte – an Julia, wie sie Dornan von Penis-Piercings erzählte. An Julia auf dem Fjord, in meinen Armen. Julia, Julia, Julia. So viele Fehler.

Nachdem ich mir Julia angesehen hatte, fuhr ich mit dem Taxi nach Haus. Die Blumen waren alle vertrocknet, und es roch nach Aircondition. Der Stuhl stand leer inmitten meiner Werkstatt. Ich rief Benny an. »Hoffentlich haben Sie zum Mittagessen noch nichts vor. Ich brauche ein paar Informationen, und zwar sofort. Alles, was Sie über den Tod von Michael Honeycutt in New York herausfinden können. Bridgetown Grill, um zwölf.«

Ich duschte, zog mich um, packte aus, schmiss die schmutzigen Sachen auf den Boden neben der Waschmaschine und kniete mich, um alles zu sortieren. Hjørdis hatte gepackt, Julias Sachen waren kunterbunt mit meinen vermischt. Ich hielt mir eine weiche blaue Bluse an die Wange – erinnerte mich an Julias verschmitztes Lächeln, als ich ihr dieses Teil eines Nachmittags im Sommerhaus aufgeknöpft hatte, erinnerte mich an ihr Lachen und Winken, als sie auf dem Feldweg davongefahren war, so schön in ihrem blauen Kleid. Ich konnte ihren Geruch einfach nicht herauswaschen. Ich ließ die Sachen am Boden liegen.

Ich fuhr mit heruntergelassenen Fenstern, und die feuchte, massive Hitze rammte mir in die Kehle wie eine Faust – schien zusätzlich den fetten, hässlichen Blutegel zu vergrößern, der unter meinem Brustbein pulsierte.

Im Bridgetown Grill war es sogar noch heißer. Der ganze Raum flirrte vom öligen Zischen und Spritzen jamaikanischer Gerichte in der offenen Küche, die entlang einer schmalen, mit Palmen bemalten Galerie verlief, bevölkert von schnell sprechenden Zahnärztinnen, denen dauernd die Brille beschlug, und Weißen mit Rastafrisur, die sich an schwarz gebrutzeltem Fisch mit scharfer Soße die Löckchen beschmutzten, ohne es zu merken. Benny saß bereits beim Essen. Er war zaundürr, und sein Adamsapfel hüpfte wie das rote Narrenzepter eines Blutdruckmonitors.

»Gedörrte Hühnerfleischstreifen, jamaikanische Art«, sagte er statt einer Begrüßung.
Ich winkte dem Kellner und bestellte das Erstbeste von der Karte. »Erzählen Sie mir über Honeycutt.«
»Ey, wie geht's denn überhaupt, Torvingen? Da schlachte ich in fünfzig Minuten das ganze Crime Information Center aus, fahre in weiteren fünfzehn Minuten hierher, und was ist der Dank –«
»Honeycutt.«
»Revolverkugel, pfeilgerade in den Hinterkopf, am achten Mai gegen fünfzehn Uhr dreißig auf der Herrentoilette des Kennedy Airport getötet. Keiner hat was gesehen, keiner hat was gehört. Und das i-Tüpfelchen: Er war noch nicht mal durch die Zoll- und die Passkontrolle.«
»Jemand, der Zutritt besaß und Honeycutts Terminplaner kannte.« Jemand mit Zugang zu geschützten Informationen. Jemand, der in den Sicherheitsbereich eines internationalen Flughafens gelangen konnte.
Mein Essen kam gerade, als Benny mit seinem fertig war. Er sah von seinem leeren Teller zu meinem vollen. Ich schob ihn ihm hin. »Bedienen Sie sich.«
»Keinen Hunger?« Er schnitt den Fisch bereits in mundgerechte Happen, die sich besser in Rekordzeit hineinschaufeln ließen. »Übrigens: dieser Koks, der Sie so interessiert hat ... von dem Brand im Inman Park. Der ist verschwunden. Hm, schmeckt!«
Es war, als würde mein Kopf von einem Schraubstock gepackt. »Wann?«
»Weiß nicht genau. Oh, dieser Fisch ist ein Gedicht!«
»Dann also: Wann hat die Behörde es entdeckt?«
»Tja, das hat sie eigentlich noch gar nicht. Aber Sachen, die mich interessieren, schau ich mir gerne noch mal an, wie so 'ne Art Trophäe. Das heißt: Ich schau sie mir genau genommen nicht an, ich teste sie, gewissermaßen. Von Zeit zu

Zeit. So wollte ich mir auch den Koks noch mal anschauen, und – er war weg. Das heißt, nicht direkt weg. Er war ausgetauscht. Die Päckchen und die Siegel sind noch dieselben, aber der Koks ist ein anderer. Eigentlich ist es gar kein Koks.«

»War's denn vorher welcher?«

»Laut Laborbericht war es zu neunzig Prozent reiner kolumbianischer Koks. Punkt. Und jetzt ist er's nicht mehr.«

»Woher wissen Sie das?«

»Ich hab eben mal, naja, davon gekostet.«

»Vorher oder nachher?«

»Ich hab ja bloß ein ganz klein bisschen genommen. Ehrlich. Ein ganz kleines bisschen, zum Probieren. Ich bin nicht süchtig oder was.«

»Schon gut. Das spielt ja jetzt keine Rolle. Aber sind Sie sicher, absolut sicher, dass das Zeug beim Hereinkommen rein war und das, was jetzt da ist, nicht?«

»Absolut.«

Natürlich würde er das niemals vor Gericht und unter Eid aussagen – warum sollte er seinen Job und eine strafrechtliche Verfolgung riskieren? –, aber das war auch gar nicht nötig. Der Blutegel unter meinem Brustbein schwoll an. Ich stand auf.

Mein Handy klingelte. »Torvingen.«

»Aud?« Es war Annie. »Aud, besser, Sie kommen her. Ihr Körper nimmt das Organ nicht an.«

Annie wartete schon vor der Intensivstation auf mich. »Der Arzt sagt, sie stößt das Organ zwar nicht ab, aber sie müsste noch mal operiert werden. Keiner will Näheres erklären.« Ihre einst runden Wangen waren eingefallen, und sie sah wie eine traurige Karikatur der Annie Miclasz aus, die ich vor ein paar Wochen kennen gelernt hatte.

»Ist sie jetzt im OP?«

»Nein, aber sie wird gleich vorbereitet.«
»Wenn sie das Organ nicht abstößt, wozu dann die Operation?«
»Die Leber hat ausgesetzt, und ihre Niere auch. Und sie hat eine Infektion. Dabei dachte ich schon, es ginge ihr besser. Ich verstehe das nicht. Sie ist aufgewacht und –«
»Sie ist aufgewacht?« Ich erstarrte.
»Nur für eine Minute. Aber ich weiß es genau.«
»Ich muss sie sehen.« Ehe sie für die Operation vorbereitet wurde und sie wieder ins Koma fiel.
»Ich besorge uns Kaffee, bin in einer Viertelstunde zurück.«
»Wenn Sie den Arzt sehen, schicken Sie ihn bitte her.«
Das Innere der Intensivstation war völlig weiß: Wände, Böden, Bettzeug, sogar das Leintuch auf Julias Bettdecke. Im Kontrast dazu blinkten kristallrote und grüne Lämpchen langsam vor sich hin wie Echsenaugen. Ein Saugen und Zischen von Sauerstoff, der peristaltische Puls der Infusionseinheiten, die Julia Gott-weiß-was in die Adern pumpten, und das Summen von einem Dutzend Apparate erfüllten den Raum.
Julias Hand war jetzt senfgelb wie ihr Arm, wie ihr Gesicht. Ich ergriff diese Hand, hob sie an mein Gesicht. Sie roch fremd und seltsam, nach Medikamenten und Schmerz. So roch jemand, wenn er dem falsch spielenden Berserker mit den großen Pranken begegnet war.
»Deine Nägel müssten geschnitten werden«, sagte ich zu ihr.
Zischen, Saugen, Blinken.
»Die sind in den letzten paar Tagen anscheinend einen halben Zentimeter gewachsen.« Es klang idiotisch, was ich da redete. »Julia, ich möchte, dass du mir zuhörst. Du bist krank, aber du darfst nicht aufgeben. Ich möchte, dass du anfängst darüber nachzudenken, was du tun willst, wenn du hier wieder rauskommst. Habe ich dir schon von Whitby

Abbey an der Küste von Yorkshire erzählt? Es gibt dort eine alte Ruine, aus dem zwölften Jahrhundert, die ist sehr unheimlich, sehr gotisch, aber die erste Abtei dort wurde im siebten Jahrhundert von Hilda gegründet. Dieser Ort besitzt eine unerklärliche Macht. Von außen sieht man's ihm gar nicht an. Aber dann überquert man den Trampelpfad, geht über irgendeinen Rasenfleck, und ... ach, Julia, plötzlich liegt es vor dir – es ist, als würde dir der Atem der Erde durch die Schuhsohlen gehen und in Mark und Bein hineinjagen. Ich möchte deine Hand halten, diese Hand, und dein Gesicht beobachten, wenn du auf den Rasen von Whitby Abbey trittst.«
Zischen, Saugen, Blinken.
»Oder wir könnten Ende Juni mit einem Boot zu den Lofoten fahren. Dann ist selbst um zwei Uhr nachts das Meer silberhell, wie ein Spukgewässer, und man braucht kein Licht, um die Zeitung zu lesen. Oder falls du lieber im Herbst fährst, könnten wir Trollkrem machen, aus Heidelbeeren.«
Ich erzählte ihr, wie man die Beeren zerquetschte, Eiweiß zu Schaum schlug, beides miteinander verquirlte, und wie es sich in ihrem Mund anfühlen würde.
Zischen, Saugen, Blinken.
»Aber es könnte ein Weilchen dauern, bis du für so eine Reise wieder fit bist. Deshalb zeige ich dir, bevor wir zu den Lofoten segeln und bevor du dir Whitby anschaust, noch Northwood Lakes Court. Wie versprochen.«
Ich hatte auch versprochen, sie vor Gefahr zu beschützen. Ich berührte mit meinen Fingerspitzen ganz, ganz sanft ihre Wange. Trocken jetzt, aber immer noch zart. Julias Augenlider flatterten.
»Scheiße«, flüsterte sie.
»Julia?« Ich berührte ihre Wange erneut. »Julia?«
»Scheiße. Das tut weh.«
»Ich bin bei dir. Hier, direkt neben dir«, sagte ich und nahm

ihre Hand in meine beiden, drückte sie. Dann strich ich Julia die Haare aus der Stirn.

Sie schlug die Augen auf. Das Weiße war rosa, aber die Iris funkelte und strahlte so klar wie der Abendhimmel. Julia blinzelte rasch, es erinnerte an den Verschluss einer Kamera. »Hier bin ich«, sagte ich.

»Ich werde sterben, stimmt's?« Ihre Stimme klang leicht und etwas trocken – ein Insekt, das über ein Zeitungsblatt huschte.

»Du hattest eine Lebertransplantation. Es läuft nicht so gut. Sie werden dich heute Nachmittag noch mal operieren.«

»Versprich mir, dass du ...«

Ihr fielen die Augen zu.

»Julia?«

Sie versuchte, einen Arm zu heben. Ich half ihr, indem ich ihre Hand ergriff und sie an meine Wange legte. »Als wir uns begegnet sind«, flüsterte Julia, »warst du innerlich eiskalt. Leer. Jetzt nicht mehr. Fall nicht wieder zurück. Selbst wenn ich sterbe. Bleib in der Welt.«

Ich konnte mir eine Welt ohne Julia nicht vorstellen. »Du wirst nicht sterben.«

Sie schlug wieder die Augen auf. Diesmal ohne zu blinzeln. »Meine Mutter ... sie ist nicht immer ganz tapfer. Ich hasse Apparate. Lass mich nicht von Apparaten am Leben erhalten. Lass es nicht zu.«

»Versprochen.«

»Bleib in der Welt, Aud. Bleib innerlich am Leben. Versprich's mir. Bleib am Leben.«

Ich peitschte durch die Nacht, während mir Eis durch die Adern rieselte. Bei einem Einkaufszentrum am Straßenrand machte ich Halt, um Denenny anzurufen. Ich wählte seine Büronummer und legte auf, sobald er den Hörer abnahm. Dann füllte ich meinen Reservekanister mit Benzin und

kaufte ein paar Handschuhe. In meinem Mund war ein Geschmack nach Kupfer und Blut.
Ich fuhr die Sexclubs an der Cheshire Bridge ab, bis ich einen geeigneten Wagen fand, einen Volvo neuerer Bauart mit mehreren Airbags und Antiblockiersystem. Diesmal parkte ich vor einer anderen Bar und ging zu Fuß zurück. Ein kurzer Ruck mit einem Stück Motoreneinlage, und ich war drin.

Ich kann Denneny ja verstehen. Er macht Überstunden, weil ihn daheim nichts erwartet, und wenn er in sich selbst hineinschaut, ist da auch niemand. Ich parkte einen Block unterhalb der Vorortstraße, in der Dennenys Haus steht, und brachte die Kopfstütze in optimale Position. Dann wartete ich. Ich beobachtete die Sterne. Heute Nacht erkannte ich gar keinen; sie waren kalt und fremd. Ich dachte an Abteien über dem Meer, an norwegische Inseln in der Brise, an Northwoods Lake Court, wo die Stille nur vom Quaken der Laubfrösche und dem ewigen Plätschern der Fontäne durchbrochen wurde. Und dann dachte ich eine Zeit lang an gar nichts.
Es war gerade elf Uhr vorbei, da tauchte Denenny auf. Ich gab seinem Lexus einen Block Vorsprung, ehe ich selbst startete.
Als wir uns kennen lernten, hatte Denneny im Candler Park gewohnt. Bei seiner Beförderung zum Captain war er nach Morningside gezogen, einem Viertel voll kleiner gewundener Straßen und Häusern aus verstaubt wirkendem altrosa Backstein, die Vorgärten aus samtweichem, von Flutlicht übergossenem Rasen. Bestimmt hatte Denneny gedacht, er würde bald zum Commander und den Schwindel erregenden Höhen der Nobelvillen im Prado aufsteigen.
An der Kreuzung zog ich meinen Anschnallgurt straff. Dann schaltete ich die Scheinwerfer aus, um Denneny einen

langen, leeren Hang hinauf zu folgen. Er fuhr diese Strecke seit acht Jahren, immer die gleiche, und das eigentlich zu schnell für die herrschende Dunkelheit. Eine halbe Meile vor dem Gipfel des Hügels würde die Straße eine weite Kurve nach links und dann eine scharfe nach rechts machen, eine dieser dunkelrosa Mauern entlang. Dennenys Tempo beschleunigte sich. Fünfzig, fünfundfünfzig, sechzig.

Er nahm die Linkskurve, ohne zu verlangsamen. Das hatte ich schon gewusst. Zeit für mich und den Berserker, eine letzte Partie zu spielen. Lächelnd brachte ich mich auf meinem Sitz in Positur und gab Gas. Der Volvo berührte Dennenys Stoßstange rechts außen, gerade als dieser sich den Lenker zum Rechtsabbiegen durch die Hände gleiten ließ, vielleicht in Gedanken daran, die Bremsfederung bald einmal zu erneuern.

Bremsleuchten flackerten wie rote Lichtkleckse in der Dunkelheit. Ich gab noch ein bisschen stärker Gas. Reifen quietschten, Metall kreischte. Mein Herz war ein Schmiedehammer. Der Lexus schlingerte, drehte sich halb um die eigene Achse und richtete sich dann wieder aus. Ich summte vor mich hin, als ich den Gashebel durchtrat und Denneny mit sechzig Meilen pro Stunde in die Mauer rammte.

Es gab ein gewaltiges Krachen, das nie wieder aufzuhören schien. Dann wurde die Nacht von etwas Weißem erfüllt: Airbags öffneten sich wie Blüten, während die beiden Wagen aufeinander prallten und ich an die Kopfstütze geschleudert wurde. Meine Schulterwunde zerrte an den Nähten. Nichts, womit ich nicht gerechnet hatte. Ich schlitzte die Airbags auf und befreite mich mit Fußtritten aus dem Volvo. Die Nacht war durchdrungen vom Geruch nach Geißblatt, Benzin und heißem Gummi. Sie schien sich ganz langsam um sich selbst zu drehen.

Auch Dennenys Airbags hatten sich geöffnet, und als guter Polizist trug er seinen Anschnallgurt, aber der Aufprall war doch eine Überraschung gewesen. Denneny schien halb bewusstlos. Ich riss die Fahrertür auf, tastete seinen Gürtel nach den Handschellen und dem Revolver ab, zerschoss dann den Airbag und fesselte Denneny mit beiden Händen an den Lenker.

»Ich hab Sie nie leiden können, Denneny, aber ich habe Ihnen vertraut. Sie hatten mal Spielregeln, an die Sie sich hielten. Also was ist passiert? War es, weil Ihre Träume kaputtgingen, oder war es der Tod Ihrer Frau? Nichts mehr da, wofür man arbeitet, niemand, der zu Hause auf einen wartet – nichts mehr übrig. Bis auf Ihre Spielregeln. Sie hätten sich daran halten sollen, Denenny, vielleicht hätten sie Sie gerettet.«

Metall tickte. Irgendwo schrie eine Eule.

»Sie wissen, weshalb ich hier bin, nicht wahr?«

Er drehte langsam den Kopf. Blut rieselte aus seinem linken Nasenloch. Ich spannte den Revolver.

»Nicht wahr?«

Er schloss die Augen und nickte.

»Gut.« Ich schoss ihm in den Bauch.

Der Rahmen des Volvo hatte sich beim Aufprall ein bisschen verzogen, und es dauerte einen Moment, bis der Kofferraum aufging. Ich hatte Kopfweh. Als ich mit dem Benzinkanister zurückkam, stand Denneny schon unter Schock.

Ich öffnete die Verschlusskappe und legte sie sorgfältig auf den Rasen neben der Fahrbahn. Dann verspritzte ich das Benzin im Wageninnern, übergoss damit Dennenys Körper. Nach der Art, wie er aufjaulte und um sich schlug, brannte es in seiner Wunde.

»Ich war ein Dummkopf, Denneny. Wer hat mich denn als Erster von dem Fall abzubringen versucht? Warum sollte jemand diesen ganzen Koks am Tatort zurücklassen, wenn er ihn nicht später jederzeit wieder aus dem Beweismittelarchiv holen kann? Ich hätte es wissen müssen, doch ich habe Ihnen vertraut. Ihren Regeln. Aber Sie haben all diese Regeln gebrochen, um des Geldes willen. Wann wurden sie Ihnen gleichgültig, Denneny?«

Der Kanister war schwer. Ich spürte einen brennenden Schmerz in der Schulter.

»Wer sonst hätte Lyon Art anrufen können, um Informationen über Olsen-Glas zu erhalten? Wer machte Urlaub in Kalifornien, wo Michael Honeycutt früher gearbeitet hat? Wer wusste, wo drei Kerle aufzutreiben waren, die für Geld jemanden umbringen?« Die Benzindämpfe nahmen ihm den Atem. »Von wem durfte man erwarten, dass er Honeycutt als Geldwäscher des Kartells entlarven würde? So simpel, so durchschaubar. Ich hätte nur eins und eins zusammenzählen müssen, aber ich habe es nicht getan, habe mir diese letzte Frage nicht gestellt: Wer war der einzige Mensch – der einzige, Denneny –, dem ich mich in dieser Sache um Hilfe anvertraute?«

Ich hätte daran denken sollen: Der Berserker hielt sich nie an die Spielregeln.

»Haben Sie gelacht, während Sie die Fäden zogen? Fanden Sie es komisch, mich springen zu sehen wie einen treudoofen Hund, der Ihnen Knochen bringt? Nein. Denn Sie können nichts mehr komisch finden, stimmt's? Und auch nicht langweilig. Es gibt nichts, was Ihnen noch Freude macht. Alles weg. Sie sind innerlich leer. Tot.«

Ich wich zurück und betrachtete ihn. Nass bis auf die Haut. Ich riss ihm das Hemd herunter und knotete es zu etwas zusammen, das sich werfen ließ. Mir hämmerte der Kopf. Als ich mich nach dem Benzinkanister bückte, tanzte der Grünstreifen mir vor den Augen. Ich schraubte die Verschlusskappe schief auf und musste es noch mal machen, ehe ich den Kanister zum Volvo bringen konnte. Ich kehrte mit Streichhölzern zurück.

Nachdem ich Dennenys Revolver auf den Rücksitz geworfen hatte, zog ich einen Penny aus meiner Hosentasche. Er lag mir warm in der Hand; blinkend und scharf. Ich hielt ihn hoch, zwischen Daumen und Zeigefinger, und betrachtete ihn. In dem Scheinwerferlicht hätte es Gold sein können. »Alles dafür, Denneny. Alles wegen Geld.« Ich steckte den Penny wieder ein. Mein Geld für die Überfahrt, nicht seines.

Ich trat ein Stück weit zurück und zündete das Streichholz an. Die Flamme war in der Mitte neonblau, aber ihre Spitze flackerte gelb wie jede Fackel, die man nur je an einen Scheiterhaufen gelegt hat, dieses menschlichste aller Feuer, das gegen die Nacht anbrüllt, um das Eis von unseren Herzen fern zu halten. Ich hielt das Streichholz an das Hemd und wirbelte den brennenden Stoff über meinem Kopf, bis er ein großes orangefarbenes Feuerrad war. Dann warf ich ihn in den Wagen.

In Little Five Points war die Nacht vom Lärm und Gelächter der Menschen erfüllt, die nicht wissen, dass einen am Schluss doch immer der Troll holt, und die, wenn sie nachts zum Himmel aufblicken, nicht begreifen, dass die helle, unermessliche Sternenpracht, die über ihren Köpfen kreist, von einem Universum geschaffen wurde, dem das Schicksal der Menschen absolut gleichgültig ist. Diese nichts ahnenden, gesunden Jugendlichen kennen nur die Spitze der Angst, sie füllen sich mit Pot und Bier ab und lauschen im Licht unzähliger Cafés Straßenmusikern, die mit ihrem dilettantischen Spiel die Dunkelheit zu vertreiben suchen.

Ich ging ins »Borealis«. Die Tische schienen sich mir in den Weg zu stellen, und die Stühle standen nicht dort, wo sie hingehörten. *Lass mich nicht von Apparaten am Leben erhalten,* hatte sie gesagt. *Lass es nicht zu.* Und ich hatte es versprochen.

»Aud! Was, um alles in der Welt ist denn passiert?«, rief er, und dann über seine Schulter: »Bitte hierher zwei Lattés, Jonie. Setz dich doch, Aud. Setz dich hin, um Himmels willen!« Er steuerte mich zu dem Ecktisch. »Was ist denn das für ein grauenhafter Geruch? Benzin, oder? Hast du einen Unfall gehabt? Nein? Na, Hauptsache, du lebst. Wie geht es Julia?«

Julia mit den indigoblauen Augen und dem Lachen wie Armagnac. Julia, die geglaubt hatte, sie sei bereit. Ich zog den Penny aus meiner Hosentasche. Fährmannslohn. Aber *Bleib in der Welt* hatte sie gesagt. Ich ließ die Münze auf der Tischplatte wirbeln und starrte vor mich hin, vorbei an Dornan, an den Ahnungslosen mit ihrem Licht und ihrem Lärm – hinaus in die Nacht.

»Sie ist tot.«

Sie war tot, aber *Bleib in der Welt, Aud* hatte sie gesagt. *Bleib innerlich am Leben. Versprich's mir.* Ich schloss meine Faust um den tanzenden Penny. Eine Münze, weiter nichts. Die Welt brach in Stücke; Schmelzwasser lief mir über das Gesicht.

dank

Ich möchte mich bedanken bei Jan Berg, Eddie Hall, Holly Wade Matter, Mark Tiedemann, Cindy Ward sowie meinen Lektorinnen Jennifer Hershey und Charlotte Abbott, von denen jede auf ihre Art mitgeholfen hat, dies zu einem besseren Buch zu machen; bei meiner Agentin Shawna McCarthy; und bei Dave Slusher, Webmaster der Extraklasse.

Paul Johnston

Die kalte Stadt

Roman

Stellen wir uns Edinburgh nach dem Millennium vor – keine Autos, kein Fernsehen, keine Romantik. Eine Stadt ohne Vergnügen und ohne Kriminalität, verwaltet von eiserner Hand. Plötzlich aber geschieht ein Mord, und es droht das absolute Chaos. Privatdetektiv Quint Dalrymple juckt es in allen Fingern. Doch das Verbrechen scheint ebenso perfekt wie das System ...

»Eine ungeheuer unterhaltsame Sache – spannend und durchdacht.«

The Times

»Ein faszinierendes und äußerst anregendes Debüt, das auf viele weitere Bücher hoffen läßt.«

Val McDermid

Knaur

Julie Parsons

Mary, Mary

Roman

Die Ärztin Margaret Mitchel wird mit dem Undenkbaren konfrontiert – ihre geliebte Tochter Mary fällt einem Gewaltverbrechen zum Opfer. Für Margaret beginnt eine qualvolle Reise in die eigene Vergangenheit: Was hat sie falsch gemacht im Leben, und welche Geheimnisse hat ihre Tochter vor ihr verborgen? Als der Mörder ihrer Tochter mit ihr Kontakt aufzunehmen sucht, läßt sie sich auf das gefährlichste Spiel ihres Lebens ein.

»Ein Debüt von unglaublicher krimineller Energie.«

Hamburger Morgenpost

»Julie Parsons ist ein raffinierter, verstörender Psychothriller gelungen, der sehr viel mehr über ihr Leben offenbart, als sie ursprünglich preisgeben wollte. Man wird diese Geschichte so schnell nicht vergessen.«

Der Spiegel

Knaur